Lili Klondike
Tome I
de Mylène Gilbert-Dumas
est le huit cent cinquante-septième ouvrage
publié chez
VLB ÉDITEUR.

La collection « Roman »
est dirigée par Jean-Yves Soucy.

L'auteure tient à remercier ses premiers lecteurs, Nathalie Dumas, Josée Gagnon, Nathalie Ginchereau, Ghislain Lavoie, Danielle Paré et Luce Vachon pour leurs commentaires pertinents.

VLB éditeur bénéficie du soutien de la Société de développement des entreprises culturelles du Québec (SODEC) pour son programme d'édition.

Gouvernement du Québec – Programme de crédit d'impôt pour l'édition de livres – Gestion SODEC.

Nous reconnaissons l'aide financière du gouvernement du Canada par l'entremise du Programme d'aide au développement de l'industrie de l'édition (PADIÉ) pour nos activités d'édition.

Nous remercions le Conseil des Arts du Canada de l'aide accordée à notre programme de publication.

LILI KLONDIKE

Tome I

DE LA MÊME AUTEURE

Les dames de Beauchêne, t. I, Montréal, VLB éditeur, coll. « Roman »,
2002.

Mystique, Montréal, La courte échelle, coll. « Mon roman », 2003.

Les dames de Beauchêne, t. II, Montréal, VLB éditeur, coll. « Roman »,
2004.

Les dames de Beauchêne, t. III, Montréal, VLB éditeur, coll. « Roman »,
2005.

Rhapsodie bohémienne, Saint-Lambert, Soulières éditeur, coll. « Graf-
fiti », 2005.

1704, Montréal, VLB éditeur, coll. « Roman », 2006.

Mylène Gilbert-Dumas

LILI KLONDIKE

Tome I

roman

vlb éditeur
Une compagnie de Quebecor Media

VLB ÉDITEUR
Une division du groupe Ville-Marie Littérature
1010, rue de La Gauchetière Est
Montréal (Québec) H2L 2N5
Tél. : 514 523-1182
Téléc. : 514 282-7530
Courriel : vml@sogides.com

Maquette de la couverture : Anne Bérubé
Illustration de la couverture : © Sybiline 2007
Cartographie : Julie Benoît

Catalogage avant publication de Bibliothèque et Archives nationales du Québec
et Bibliothèque et Archives Canada
    Gilbert-Dumas, Mylène, 1967-
    Lili Klondike
    (Collection Roman)
    ISBN 978-2-89005-988-7 (v. 1)
    I. Titre.
PS8563.I474L54   2008   C843'.6   C2007-942466-X
PS9563.I474L54   2008

DISTRIBUTEURS EXCLUSIFS :

• Pour le Québec, le Canada
et les États-Unis :
LES MESSAGERIES ADP*
2315, rue de la Province
Longueuil (Québec) J4G 1G4
Tél. : 450 640-1237
Téléc. : 450 674-6237
  *Une division du Groupe Sogides inc. ;
  filiale du Groupe Livre Quebecor Média inc.

• Pour la France et la Belgique :
Librairie du Québec / DNM
30, rue Gay-Lussac
75005 Paris
Tél. : 01 43 54 49 02
Téléc. : 01 43 54 39 15
Courriel : direction@librairieduquebec.fr
Site Internet : www.librairieduquebec.fr

• Pour la Suisse :
TRANSAT SA
C.P. 3625, 1211 Genève 3
Tél. : 022 342 77 40
Téléc. : 022 343 46 46
Courriel : transat-diff@slatkine.com

Pour en savoir davantage sur nos publications,
visitez notre site : **www.edvlb.com**
Autres sites à visiter : www.edhexagone.com • www.edtypo.com
www.edjour.com • www.edhomme.com • www.edutilis.com

Pour ma mère

Je réponds ordinairement à ceux
qui me demandent raison de mes voyages :
que je sais bien ce que je fuis,
mais non ce que je cherche.

Montaigne, *Essais*

There are strange things done in the midnight sun
By the men who moil for gold ;
The Arctic trails have their secret tales
That would make your blood run cold.

Il s'est fait des choses étranges sous le soleil de minuit
Chez ces hommes venus chercher de l'or ;
Les routes du Nord murmurent encore le récit
De ces histoires à vous glacer le sang.

Robert Service, *The Cremation of Sam McGee*
(Traduction de l'auteure)

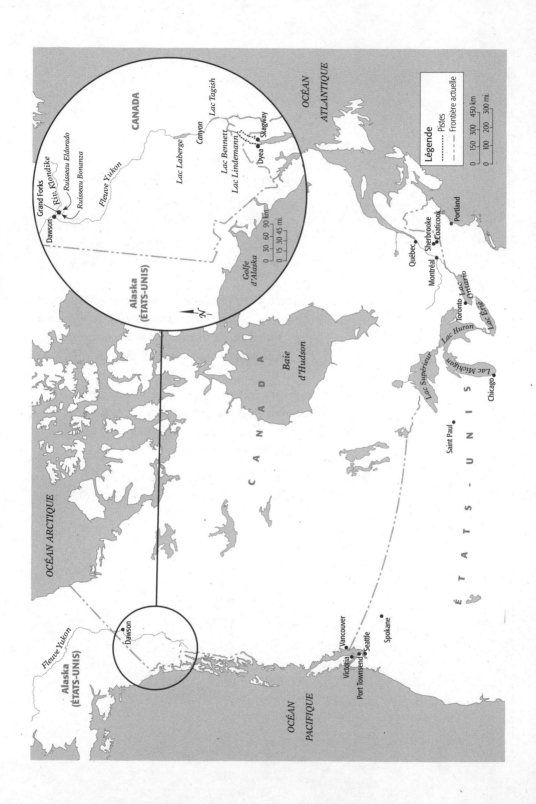

OCÉAN ARCTIQUE

Alaska
(ÉTATS-UNIS)

Fleuve Yukon

Dawson

OCÉAN
PACIFIQUE

Vancouver
Victoria
Port Townsend Seattle
Spokane

Saint Paul

Chicago

Lac Supérieur

Lac Michigan

Lac Huron

Toronto Lac Ontario

Lac Érié

Québec

Montréal Sherbrooke
Coaticook

Portland

OCÉAN
ATLANTIQUE

CANADA

Baie
d'Hudson

É T A T S - U N I S

Golfe
d'Alaska

Légende

········ Pistes

—··—·· Frontière actuelle

0 150 300 450 km
0 100 200 300 mi.

CANADA

Lac Tagish

Lac Laberge

Canyon

Fleuve Yukon

Lac Bennett
Lac Lindemann

Dyea Skagway

Grand Forks
Riv. Klondike
Ruisseau Eldorado
Ruisseau Bonanza
Dawson

Alaska
(ÉTATS-UNIS)

N

0 30 60 90 km
0 15 30 45 mi.

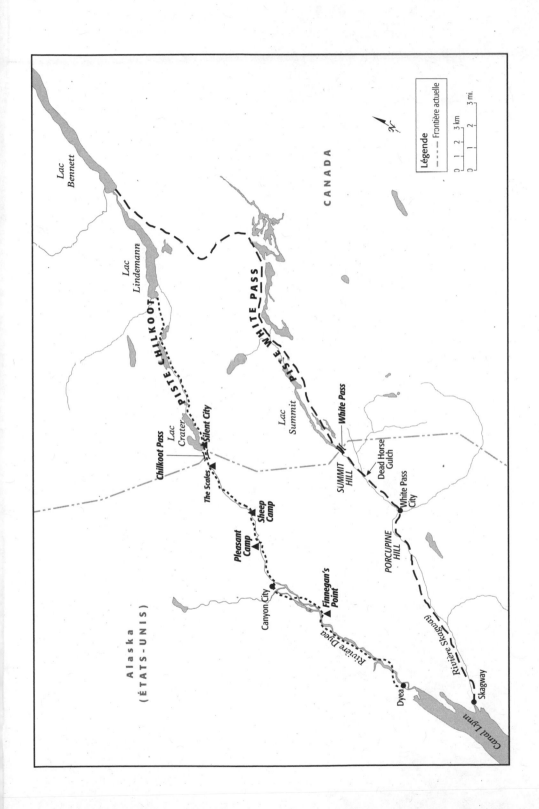

Légende

– – – Frontière actuelle

0 1 2 3 km
0   1   2   3 mi.

Lac Bennett

Lac Lindemann

CANADA

PISTE CHILKOOT

WHITE PASS

PISTE

White Pass

Lac Crater

Silent City

Chilkoot Pass

Lac Summit

The Scales

SUMMIT HILL

Dead Horse Gulch

Sheep Camp

White Pass City

Pleasant Camp

PORCUPINE HILL

Canyon City

Finnegan's Point

Rivière Dyea

Alaska (ÉTATS-UNIS)

Rivière Skagway

Dyea

Skagway

Canal Lynn

Avant-propos

J'ai imaginé Lili Klondike lors de mon premier voyage à Whitehorse, en 2001. Assise sur le bord du fleuve Yukon, baignée par les rayons du soleil de minuit, j'ai rêvé de celle qui affronterait les rapides, tiendrait tête aux hommes, se montrerait aussi forte et capable qu'eux. Déjà à cette époque, Lili Klondike avait les traits physiques et le tempérament fonceur d'Émilie Fortin-Tremblay, cette jeune femme partie d'Alma, au Lac-Saint-Jean, pour suivre son nouvel époux jusqu'à Dawson. Là s'arrêtait, cependant, la ressemblance de mon personnage avec celle qui allait devenir un des piliers de la communauté francophone du Yukon. Ma Lili se devait d'être plus rebelle, plus aventureuse aussi, car d'une réputation plus sulfureuse. Avouons-le, les filles qui se sont rendues au Klondike en 1897 n'avaient pas l'intention de creuser une mine. C'est dans les poches des prospecteurs qu'elles comptaient trouver leur or. Et aussi incroyable que cela puisse paraître, plusieurs d'entre elles se sont effectivement enrichies.

Lors de mes recherches sur les mœurs de l'époque, les événements et les lieux, je me suis heurtée à une difficulté inattendue. Bien que les archives soient nombreuses, il est impossible de retracer tous ceux et celles qui ont franchi les montagnes à la poursuite de ce rêve fou. La raison est bien simple : beaucoup vivaient à Dawson sous un nom d'emprunt. Qui le voulait pouvait s'y créer un métier, une personnalité, une vie. Si on avait de l'audace – et on peut croire que celles qui s'y sont rendues en possédaient un lot –, la moindre petite cuisinière voyait s'ouvrir devant elle les plus intéressantes possibilités. Pas d'échelle sociale ni de contraintes religieuses. Le Klondike offrait une deuxième chance aux moins bien nées, à condition qu'elles aient préalablement parcouru les milliers de kilomètres qui séparaient ce lieu chimérique de la civilisation.

Lors de mon deuxième voyage au Yukon en 2006, j'ai retrouvé Lili Klondike sur un mur. Une vieille photographie anonyme affichée dans un restaurant de Dawson. *Une des danseuses du Monte-Carlo*, indiquait l'inscription pyrogravée. À cette aventurière aux mœurs légères, j'ai imaginé une vie, des amis, des amoureux. Je lui ai créé une personnalité, un métier, des talents, qui ont orienté ses péripéties. Puisque le destin l'avait menée si loin au nord, Lili Klondike se devait d'être costaude, débrouillarde et courageuse. Dans mon esprit, elle affrontait Skagway, dernière ville du Far West. Elle traversait les Rocheuses chargée comme un homme, y constatait la bêtise humaine et passait la frontière incognito, comme de nombreux prospecteurs désargentés. En temps de famine, elle se vendait à l'enchère, debout sur la table d'un saloon, à l'exemple de cette autre Québécoise dont on ne connaît que le nom d'emprunt, Mable LaRose. Ma Lili gagnait sa vie en plein cœur d'un pays encore sauvage et s'enrichissait de la même manière que Belinda Mulroney, cette célèbre femme d'affaires du Nord-Ouest.

Emportée par mon imagination et par le fruit de mes recherches, j'avais créé, sans m'en rendre compte, un personnage plus grand que nature. Un personnage de démesure, à l'image du territoire du Yukon. Un personnage digne des légendes qui foisonnaient à Dawson et à Grand Forks dans la noirceur de cet hiver de 1897. Or, personne ne pouvait posséder tous ces talents, ressentir tous ces désirs, subir toutes ces tentations. Personne, non plus, ne pouvait avoir survécu à tant d'aventures abracadabrantes. Elles devaient donc être deux.

CHAPITRE PREMIER

Portland, Maine, fin de juin 1897. Un vent chaud venu du sud accable depuis des jours la côte est américaine. De temps à autre, un éclair silencieux déchire l'horizon, à l'endroit où la mer rejoint le ciel. Ce sont là, sans contredit, les signes avant coureurs d'un orage d'été. Des nuages translucides laissent pourtant percer un soleil flamboyant. Il ne pleuvra pas, c'est certain, mais dans la cuisine d'un immense cottage anglais, à quelques pas de la plage, le tonnerre gronde déjà.

Deux femmes s'y toisent dans une colère réciproque. La plus jeune est vêtue de l'uniforme des domestiques, son épaisse chevelure brune ramassée sous un bonnet blanc. L'autre, aux abords de la quarantaine, porte une robe de soie et de dentelle de même qu'une paire d'escarpins. Malgré sa toilette élégante, elle tient dans ses mains gantées un seau d'eau d'où s'élève une vapeur fine.

— Il n'est pas question que je m'abaisse à faire ça, s'insurge la jeune femme dans un mauvais anglais. Vous ne m'avez pas embauchée pour laver vos planchers à quatre pattes. Si vous pensez que vous pouvez me faire faire n'importe quoi…

Son arrogance n'intimide pas la patronne qui dépose le bac devant les pieds de son employée.

— Si tu tiens à garder ton poste, Lili, tu feras ce que je te dis.

Ça prenait bien des Anglais pour la baptiser Lili alors qu'elle s'appelle Rosalie ! Certains jours, ce surnom l'indiffère, mais ce matin, il lui tape sur les nerfs et l'incite à s'entêter davantage. Du bout du pied, elle repousse le seau, ce qui laisse une trace mouillée sur le parquet.

— Est-ce qu'il faut que je vous le dise tous les jours ou quoi ? Je suis votre cuisinière, Mrs. Wright, pas votre bonne. Il me semble que quand c'est le temps de vous mettre à table, vous vous le rappelez très bien.

Sa voix dénote sa détermination, mais la patronne ne bronche pas. Elle déplace à son tour le récipient, qui se trouve maintenant à égale distance des deux femmes. Rosalie la jauge, les poings serrés. Pendant plusieurs secondes, la cuisine est plongée dans un silence inquiétant. Puis, sans avertissement, Mrs. Wright tourne les talons et lui lance, dans une nonchalance déconcertante :

— Si le poste ne vous intéresse plus, Lili, vous pouvez toujours démissionner et retourner au Canada.

Argument extrême et efficace. Rosalie ne peut imaginer pire affront, elle qui tente par tous les moyens d'éviter de remettre les pieds au Québec, cette contrée catholique à l'excès où le moindre écart est jugé sévèrement. Elle n'a jamais pu supporter les limites imposées par ses parents, encore moins celles prescrites par l'Église. Son idéal serait de vivre comme elle l'entend, comme elle peut souvent le faire aux États-Unis, quand sa patronne ne s'en mêle pas.

Il n'y a pas à dire, Mrs. Wright connaît bien son point faible. En un an, elle l'a menacée de la renvoyer chez elle à cinq reprises au moins. Ce pouvoir qu'elle a sur son employée lui procure une grande satisfaction, Rosalie s'en est aperçue. Il lui permet d'affermir son emprise sur elle, de lui rappeler que, même si elle sait cuisiner, elle n'est qu'une domestique canadienne-française, rien de plus.

Alors, à contrecœur, Rosalie empoigne le torchon abandonné sur le comptoir. Dans son geste plein d'amertume, elle heurte au passage le vase de cristal garni des fleurs du matin. Celui-ci bascule et se brise en éclats à ses pieds. Rosalie sourit en contemplant les dégâts. Elle devra sans doute remplacer le vase en puisant dans son salaire, mais le plaisir qu'elle ressent à le voir en morceaux vaut bien le prix qu'il faudra payer.

*

À la nuit tombée, au troisième étage de cette grande demeure, une fenêtre ouverte laisse entrer le faible éclairage de la lune. Dans ce clair-obscur, on distingue les murs, couverts d'un papier peint démodé. L'unique fauteuil de la pièce disparaît sous une pile de vêtements en désordre. Sur la commode, un vase contient une vingtaine de fleurs, fanées depuis longtemps. Autour de celui-ci, des objets hétéroclites : bijoux, livres, recettes écrites à la main, quelques poèmes aussi, griffonnés sur des bouts de papier.

Le bruit des vagues mourant sur la grève est le seul élément régulier dans ce désordre. Leur grondement emplit la chambre, la maison et certainement toute la ville, et Rosalie, qui fixe le plafond de ses yeux noirs et soucieux, s'imagine être la seule à ne pas trouver le sommeil cette nuit. Elle qui pourtant ne souffre jamais de la chaleur ne supporte ce soir aucun drap, aucune robe de nuit.

« Abrille-toi, c'est indécent », dirait sa mère si elle la voyait.

Rosalie n'en a cure. Elle est sans nouvelles de ses parents depuis ce jour lointain et déplaisant où ils lui ont annoncé qu'ils envoyaient leur fille unique au couvent.

Son esprit divague et, de fil en aiguille, des souvenirs refont surface. Elle repense à ce froid matin d'octobre, il y a un peu plus d'un an. Elle se rappelle Coaticook, la maison de ses parents. Elle revoit leur querelle, comme si c'était la veille.

— Vous ne m'enfermerez pas dans un couvent!

Voilà ce qu'elle leur a crié, avant de sortir en claquant la porte. Désemparé, son père la regardait par la fenêtre du salon. Demeurée sur le perron, elle n'avait pas fini de s'emporter :

— Il est hors de question que vous décidiez pour moi, m'entendez-vous? Je ne suis plus une petite fille qu'on peut bousculer et forcer à faire ce qu'elle ne veut pas faire. Je vais avoir vingt ans dans un mois. Vingt ans! Ça fait que vous ne me direz pas comment diriger ma vie. C'est VOTRE ciel que vous essayez de gagner en m'envoyant au cloître, pas le mien. Mon ciel à moi, si jamais j'y vais, je l'aurai mérité moi-même.

Elle s'élançait déjà sur le trottoir.

« Des paysans! se répétait-elle en marchant d'un pas brusque. Des paysans égoïstes et sans ambition! »

Elle s'est dirigée vers le parc jouxtant la gare en espérant y trouver le silence nécessaire pour se calmer, mais le train arrivait. Des passagers sont descendus, d'autres sont montés. Les employés ne sont pas restés longtemps dehors au grand vent. Surtout que l'orage menaçait. Soudain, les roues ont grincé, métal contre métal. La fumée s'est échappée de la cheminée et le sifflet a retenti. Lorsque la locomotive s'est mise en marche, Rosalie a compris qu'elle vivait le moment qu'elle attendait depuis toujours. La gare étant déserte, elle savait que personne ne pourrait l'empêcher d'agir, et c'est dans un geste empreint d'espoir qu'elle a bondi en direction de l'avant-dernier wagon dont la porte était entrouverte. Déjà à l'époque, elle était rondelette et peu agile. Comme elle a trouvé pénible de courir à côté du train en mouvement! Le bruit assourdissant lui broyait les tympans. Son sang battait fort à ses tempes. Devant ses yeux, la clenche métallique heurtait la porte, se balançait dans le vide pour revenir à sa position initiale. En étirant le bras, Rosalie y touchait presque, mais il fallait courir plus vite, le train accélérait. Dans un ultime effort, ses doigts ont attrapé la poignée et se sont refermés sur le métal froid. La porte a glissé, s'est ouverte dans un nuage de poussière et de foin, et Rosalie s'est projetée vers l'avant. Elle s'est retrouvée à l'intérieur, allongée de tout son long, la face contre le plancher du wagon qui tremblait sur les rails. Le souffle court, les mains meurtries, elle s'est redressée suffisamment pour voir les maisons défiler, de plus en plus vite. Dans les rues, des passants qui l'apercevaient la pointaient du doigt en suivant le mouvement du train qui, tout le monde le savait, s'en allait à Portland, aux États-Unis. Seule dans son wagon vide, Rosalie riait de son audace, et les éclats cristallins se répercutaient en écho sur les murs de bois qui vibraient bruyamment. Elle s'est laissée rouler sur le sol, le sourire aux lèvres, ravie d'avoir réussi. Elle venait de mettre un terme à son passé de fille d'habitant. L'avenir s'ouvrait à elle, plein de promesses.

Jamais Rosalie n'a regretté son geste. D'ailleurs, moins de deux semaines plus tard, elle entrait au service de Mrs. Wright en tant que cuisinière. Comme quoi elle savait prendre sa vie en main.

*

Le ruban de sable blanc s'étire à perte de vue vers le sud et, au-dessus, les mouettes, nombreuses et bruyantes, planent, portées par le vent du large. Aujourd'hui est un jour de repos pour Rosalie et elle quitte la demeure de ses patrons, un panier à pique-nique sous le bras. Elle ne pense à rien et se laisse bercer par les bruits de la mer.

La plage de Portland ne semble jamais déserte. Le long de la côte, à une vingtaine de verges de la grève, de grandes maisons bordent une avenue verdoyante. Des maisons de riches, il va sans dire. On voit parfois une vieille dame se balader, un serviteur sur les talons, une jeune mère suivie de ses enfants, des couples d'amoureux qui se tiennent par la main. Rosalie les envie et ralentit souvent le pas pour écouter ce qu'ils se murmurent. Les mots d'amour lui paraissent plus beaux en anglais, mais elle se doute bien que c'est un leurre. Les mots d'amour viennent du cœur, ils sont délicieux, quelle que soit la langue. Elle se plaît cependant à rêver d'un homme à l'accent mélodieux des Anglais, d'un homme qui lui dirait qu'il l'aime, qu'il veut l'épouser, bâtir avec elle une famille, toute une vie.

La tête perdue dans les nuages, elle laisse sa jupe traîner sur le sable, créant ainsi un sillon large et facile à suivre. Puis elle s'arrête pour scruter l'océan, une main en visière. Au loin, affrontant les vagues, quelques bateaux de pêcheurs dansent dans le vent. Rosalie inspire profondément. Les effluves de la mer se mêlent à ceux du port de même qu'à ceux de la ville, mais son odorat détaille chaque parfum. Elle ne l'avait jamais remarqué avant d'arriver à Portland, mais elle possède le don de filtrer les odeurs, de les imaginer aussi, surtout lorsqu'elle cuisine. Son talent profite chaque jour à ses patrons, et Rosalie sait que Mrs. Wright, malgré les menaces répétées, ne la forcerait jamais à retourner au Québec. Rosalie est une bonne cuisinière. Elle réussit des miracles avec peu, use avec parcimonie des épices et aromates, dosant le sucré, le salé, le piquant et parfois même l'amer pour tirer le meilleur des aliments. Sa réputation est établie et, même si elle ne l'admettra jamais, Mrs. Wright est bien contente de l'avoir à son service. Surtout qu'elle ne lui coûte pas très cher.

— Vous prenez l'air seule, Lili?

La voix ramène brutalement Rosalie sur la plage de Portland et efface de son esprit bateaux de pêche et plaisirs gourmands. Il n'y a que ses patrons pour l'appeler Lili et il n'y a que le fils Wright pour oser la rejoindre si loin de la maison. Bien que la présence du jeune homme ne la surprenne pas, Rosalie feint la défensive.

— C'est mon jour de congé, Steven. Tu ne peux pas me faire travailler aujourd'hui.

— Ce n'était pas mon intention, ne t'inquiète pas. C'est juste que ma mère est sortie, alors je me disais que, peut-être, si tu avais du temps libre…

Ses hésitations amusent Rosalie qui rit de bon cœur lorsqu'il se place à côté d'elle :

— Est-ce que je peux marcher avec toi ?

Sans attendre la réponse, il lui emboîte le pas. Les mains dans les poches de son pantalon, il ne dit rien pendant plusieurs minutes, mais sur son visage un sourire entendu exprime mieux que des mots ce qu'il attend d'elle. Il a roulé les manches de sa chemise de coton et en a déboutonné le col. Ce relâchement lui donne un air d'écolier en vacances qui, étrangement, n'est pas pour déplaire à Rosalie. Elle doit bien se l'avouer, d'ailleurs, le fils de sa patronne a du charme à revendre. Et, bien qu'il soit plus jeune qu'elle d'un an, elle ne refuse pas de l'accueillir dans son lit, de temps en temps… quand la maison est vide, naturellement.

*

— C'était la dernière fois, Lili.

La voix de Steven fait sursauter Rosalie qui le croyait assoupi, comme souvent après l'amour. Allongée près de lui, elle ne relève pas le caractère solennel de ces mots murmurés à son oreille. Elle savoure plutôt ce corps chaud contre le sien, ce bras solide passé autour de sa taille. Il la maintient ainsi depuis un moment déjà, serrée contre lui.

— Demain soir, il y aura des invités pour souper, ajoute-t-il sur un ton hésitant.

Rosalie n'aime pas quand il lui parle de son travail lorsqu'ils sont seuls, surtout pendant un jour de congé. Elle suppose néanmoins que cela doit avoir une certaine importance pour qu'il aborde ce sujet juste après lui avoir fait l'amour. Elle ferme les yeux et enroule sa jambe autour de la sienne.

— À voir la pièce de viande que ta mère m'a demandé de préparer, vous serez bien une dizaine.

— Douze, corrige Steven en affermissant son étreinte.

Rosalie savoure ce geste de tendresse, la tiédeur de la chambre, l'odeur de la mer qui pénètre par la fenêtre ouverte. Le parfum salin dissimule à peine celui de leurs corps alanguis. Steven s'éclaircit la voix, mais n'ajoute rien. Puis, dans un mouvement brusque, il se lève, et le drap qui les couvrait glisse sur le plancher. Sa peau à découvert, Rosalie frissonne.

— Pourquoi te sauves-tu maintenant? demande-t-elle pour le taquiner. Ta mère est-elle déjà rentrée?

Sitôt dits, ces mots lui brûlent la langue et elle regrette de les avoir laissés échapper. Ce dernier commentaire, pour acerbe qu'il soit, traduit pourtant leur cruelle réalité, celle qu'ils se sont plu à ignorer dès les premiers jours. S'il n'y avait eu Mrs. Wright…

Pour se faire pardonner, Rosalie roule sur le dos et offre sa poitrine encore tiède. Steven ne s'en approche pas. Il ne la regarde pas non plus. Il se concentre plutôt sur ses vêtements dispersés sur le sol. Elle le détaille pendant qu'il se penche puis se redresse. Son ventre est ferme, son sexe, humide. Sa peau est lisse, blanche et couverte de ce duvet tendre qu'elle aime tant caresser. Il enfile son caleçon et glisse un bras dans sa chemise d'un geste nerveux. Tout ce temps, il évite de lever les yeux vers elle. Il attrape enfin son pantalon sur la chaise et, sans même prendre le temps de s'en revêtir, il ouvre la porte. Comme chaque fois qu'il la quitte, Rosalie se redresse sur un coude. Elle aime s'imprégner de cette image qui figure parmi les souvenirs qu'elle conserve précieusement, les moments qu'elle voudrait éternels. Cependant, contrairement à son habitude, Steven ne lui souffle pas de baiser. Il sort plutôt dans le couloir et se tourne vers elle, l'air penaud. Sa voix se brise et prend le ton solennel des plates excuses.

— Tu t'attaches trop, Lili.

Trop. Encore ce damné mot. Elle est *trop*, comme d'autres sont heureux. Trop émotive, trop sentimentale, trop colérique aussi. On lui a déjà reproché de rire trop fort, de manger trop vite. Maintenant, on lui reproche de trop s'attacher. C'est une véritable malédiction. Elle ouvre la bouche dans l'intention de se justifier, mais il est trop tard, Steven lui donne son coup de grâce.

— Demain soir, nous recevons ma fiancée et ses parents.

Comme si ce n'était pas suffisant pour la démolir, il ajoute :

— Il faut que tout soit parfait.

En lâche, il fait demi-tour et disparaît. Rosalie demeure sur le lit, estomaquée. Ce rejet la blesse plus qu'elle ne le voudrait.

— Vas-y ! s'écrie-t-elle alors qu'il ne peut plus l'entendre, vas-y ! Dis à ta mère que tu as arrangé les choses avec la cuisinière. Dis-lui que je ne la gênerai plus dans ses projets.

Steven est déjà loin. Les larmes montent aux yeux de Rosalie et elle pleure, seule, nue sur son lit.

Les minutes passent. Puis les heures. Rosalie s'est calmée. Elle fixe sans les voir les objets qui meublent sa chambre. Ils sont en désordre, à l'image des émotions qui peuplent sa vie. Malgré ses torts, Steven a raison, elle le sait bien. Depuis le début, elle n'a cessé d'appréhender la fin de cette relation qui n'en était pas vraiment une. Tous les jours, Mrs. Wright s'est vengée de l'attention que son fils portait à une simple domestique. Bêtes mesquineries, harcèlement aussi, quand elle jugeait les sourires de Steven trop tendres, trop insistants.

– C'était de bonne guerre, se répète Rosalie, qui n'en souffre pas moins.

Dans le fond, tout le monde savait que Mrs. Wright avait assez de pouvoir sur son fils pour ne pas craindre les charmes d'une petite Canadienne française. Cette idylle ne les menait nulle part, ne servait à rien, sinon à combler une certaine solitude chez elle, un besoin physique chez lui. Malgré ce constat d'échec qui lui brise le cœur, Rosalie se morfond, culpabilise aussi. Peut-être Steven serait-il resté plus longtemps près d'elle si elle ne l'avait pas piqué au vif en lui parlant de sa mère. Toujours des *si*... La réalité ne se résume cependant pas à des hypothèses. Et même si Rosalie s'était trouvée enceinte, comme elle l'a craint à quelques reprises, jamais Steven ne l'aurait épousée. Mrs. Wright ne l'aurait pas permis.

CHAPITRE II

Sherbrooke, fin de juin 1897. Un après-midi doux et agréable. Une brise tiède souffle sur la rive est de la rivière Saint-François et laisse planer un bruissement léger. Dans ce quartier ouvrier, les enfants s'amusent. Ils peuvent encore s'en donner à cœur joie avant le retour des pères et des aînés qui termineront bientôt leur quart de travail à l'usine.

Dans une petite maison de la rue Bowen, Liliane Doré s'affaire à changer les langes de son frère dernier-né. À genoux sur le plancher de la cuisine, elle semble grande et costaude pour une fille. Ses cheveux bruns, retenus sur la nuque dans un chignon serré, la font paraître plus vieille que ses seize ans. Il lui arrive parfois d'abuser de cette singularité. Parfois d'en souffrir aussi.

Des cris lui parviennent de l'extérieur et elle lève la tête en direction de la cour. Elle ne voit rien, mais reconnaît la voix de ses jeunes frères qui se poursuivent dans le parc. D'un geste souple, elle replace l'épingle qui retient la couche de l'enfant puis l'aide à se remettre debout.

— Fini, Lili ? demande-t-il en trépignant d'impatience.

— Fini, Armand. Va jouer maintenant.

Le garçon s'excite, pousse un cri de joie et s'enfuit. Liliane le suit un moment de ses yeux gris et soupire, tant de soulagement que de dépit. Ils sont sept, de moins de douze ans, à se bousculer en permanence. Sept garçons. C'est dire à quel point ça se chamaille dans la maison. Il y a constamment des cris, du désordre.

Liliane se redresse et les relents d'urine lui donnent comme toujours la nausée. D'un geste de dédain, elle jette la couche souillée dans le seau d'eau et s'approche du chaudron où sa mère fait la lessive. L'odeur du savon l'enivre, car elle lui rappelle la cuisine de Mrs. Burns où elle-même s'occupe du lavage des linges de maison, des belles robes aussi. Les effluves sont les mêmes, mais pas l'environnement ni les bruits. Chez Mrs. Burns, la sérénité règne.

– Tu penses à ton fiancé?

Au son de cette voix familière, Liliane lève les yeux. Elle ressent un certain vertige de revenir aussi brusquement à la réalité. Près du poêle, sa mère brasse les vêtements de ses fils. Elle est petite, menue même, et des mèches blondes, s'échappant de son chignon, lui collent aux tempes. Sur ses lèvres, un sourire qui indispose sa fille. Liliane n'aime pas parler du mariage à venir ni de Joseph Gagné, son fiancé. Sa mère le sait, mais persiste à aborder le sujet dès qu'elle en a l'occasion. Pour éviter de répondre, Liliane se penche sous l'évier et en sort le sac de pommes de terre qu'elle dépose sur la table. Il faut en peler une douzaine pour le souper.

– Patience, Lili, lui dit doucement sa mère en continuant sa lessive. Tu auras bientôt ton logement à toi. Tu verras comme c'est bien d'être responsable d'une famille.

Liliane acquiesce, bien que cette idée ne lui plaise pas.

— Joseph dit qu'on va habiter au-dessus de chez ses parents, ajoute-t-elle simplement.

— C'est très généreux de la part de M. Gagné, approuve sa mère. Et ça fera l'affaire tant que vous n'aurez que trois ou quatre enfants. Après…

Liliane hoche la tête sans rien ajouter. Dehors, trois des garçons traversent la cour en riant. L'un d'eux trébuche et s'agrippe à un des draps qui sèchent sous le vent. Les épingles cèdent et le drap flotte un moment dans les airs avant de s'affaler dans la boue. Liliane, qui n'a rien manqué de la scène, s'apprête à sortir pour punir ses frères, mais sa mère la devance. En une fraction de seconde, elle est debout sur la galerie.

— Allez donc jouer dans le parc! hurle-t-elle en agitant sa cuillère de bois. Je ne veux pas vous voir revenir avant le souper ou bien je raconte à votre père vos mauvais coups de la journée.

La menace porte fruit. Les garçons disparaissent derrière les arbres.

— Ceux-là vont me rendre folle, soupire-t-elle en rentrant. Il me semble que les plus vieux pourraient être utiles à la Paton*. Comme ça, ils rapporteraient un peu d'argent et ça calmerait peut-être les autres…

Liliane hausse les épaules et va ramasser le drap qu'il faut laver de nouveau. Une certaine complicité unit soudain la mère et la fille. Quand Georges Doré rentrera de l'usine, les garçons en seront quittes pour une bonne fessée. Cela devrait les aider à se tenir tranquilles pendant au moins deux jours. Ensuite, il faudra recommencer.

* Usine de textile sherbrookoise.

Cette dernière frasque de ses frères est, pour Liliane, un avant-goût de ce qui l'attend dans quelques années. Un avant-goût qui lui lève le cœur. Les enfants viennent nombreux et sont tannants et bruyants. Tout ce qu'on lui raconte d'autre n'y change rien. Elle ne les aime pas, ne croit pas avoir la patience pour les endurer et préférerait ne jamais en mettre au monde. Cuisiner, réparer, laver, coudre, faire les lits et tout le reste, elle accomplit ces tâches depuis tellement longtemps qu'il lui semble avoir déjà fait sa part. Sa mère lui répète souvent que ça ne compte pas puisque ce sont ses frères et non ses enfants, mais Liliane se révolte à l'idée que son avenir ressemble à la vie de sa mère. D'ailleurs, le ventre proéminent de cette dernière ne trompe pas : d'ici quelques mois, il y aura un bébé de plus dans cette maison. Cela signifie encore des nuits sans sommeil, des cris et des pleurs. Voilà exactement ce qui l'attend, elle aussi, et cela la terrifie.

— Je suppose…, murmure sa mère. Enfin, il me semble qu'il faudrait que je t'explique… Tu sais, le soir de tes noces…

Liliane la regarde, l'air suppliant. Non, pas ça, l'implore-t-elle en silence. Mais sa mère ne perçoit pas sa détresse.

— On ne trouvera pas un autre moment de tranquillité avant le mariage.

En disant cela, elle arque le dos pour soulager le poids sur ses reins. Liliane est forcée de lui donner raison. Ce soir, elle doit retourner chez Mrs. Burns pour travailler. Dans deux semaines, lorsqu'elle reviendra pour son nouveau congé, ce sera le temps d'épouser Joseph Gagné. Alors que sa mère s'apprête à poursuivre, Liliane se raidit et pose la pomme de terre pelée sur la table. Puisqu'il n'y a pas de fuite possible, autant faire face.

— Je n'ai pas envie de parler de ça, murmure-t-elle en serrant le couteau entre ses doigts. Je n'ai pas envie de savoir comment on fait les enfants. Ça ne m'intéresse pas.

Devant l'air scandalisé de sa mère, elle s'empresse d'ajouter :

— Pas tout de suite, je veux dire…

— Le mariage approche, Lili. Tu es mieux de savoir ce qui s'en vient, ce que tu as à faire. Ça… ça fait moins mal dans ce temps-là.

Liliane frissonne, baisse les yeux, et les mots qu'elle prononce, bien que timidement, sont très audacieux :

— Je voudrais voir du pays avant.

Sa mère secoue la tête, l'air découragé.

— Pauvre Lili. Tout le monde aimerait ça, mais ce n'est pas avec son salaire d'ouvrier que ton mari va pouvoir t'emmener en voyage. Et puis ça ne prendra pas de temps avant que tu sois aussi grosse que moi. On ne quitte pas la maison dans cet état-là, c'est indécent.

À entendre le ton pessimiste de sa mère, Liliane juge que le moment est mal choisi pour lui annoncer la nouvelle. D'ailleurs, Joseph détesterait apprendre de la bouche de ses beaux-parents qu'il s'en va à Montréal pour son voyage de noces. Liliane n'a pas encore eu l'occasion d'être seule avec lui pour lui en parler. Les deux billets de train, cadeau de Mrs. Burns, se trouvent toujours dans son sac, là-haut sur son lit. Puisque sa mère pourrait émettre des objections à ce voyage, Liliane songe qu'il vaut mieux préparer le terrain.

— Ce que je veux dire, commence-t-elle, c'est que…

Peine perdue, sa mère l'interrompt de nouveau, cette fois avec autorité :

— Quoi ? Qu'est-ce que tu veux de plus que moi ? que ma mère ? que la sienne avant elle ? Faire des enfants, c'est le lot des femmes, Lili.

Liliane est sous le choc. Sa mère s'emporte avec elle comme avec les plus jeunes. Cela la blesse tant qu'elle en a les larmes aux yeux.

— Mrs. Burns n'a pas d'enfants, laisse-t-elle échapper entre deux sanglots.

Le ton de sa mère se fait plus dur encore.

— Tu blasphèmes, ma fille. Parce que c'est un blasphème de vouloir vivre comme une Anglaise ! Tant qu'à dire des niaiseries, va donc préparer ta valise pour ce soir. Pendant ce temps là, je vais prier pour que Joseph Gagné réussisse à te mettre un peu de plomb dans la tête.

Liliane s'approche du poêle, dépose le chaudron de pommes de terre sur le feu et s'éloigne vers l'escalier. Cinq minutes lui suffiraient pour rassembler ses affaires, mais elle tâchera de prendre plus de temps. Peut-être même qu'elle lira quelques pages de ce livre que lui a prêté Mrs. Burns. En anglais, s'il vous plaît. Il sera toujours assez tôt pour redescendre mettre la table.

— Vivre comme une protestante ! répète sa mère pendant que Liliane monte les marches. Il manquait plus que ça.

Puis, avant que sa fille ne disparaisse de son champ de vision, elle ajoute à voix forte pour être bien certaine d'être entendue :

— Si j'étais toi, je ne parlerais plus jamais de ça. Des plans pour que Joseph Gagné change d'idée. Pas avoir d'enfants, franchement !

Réfugiée dans l'unique chambre de l'étage, Liliane s'assoit sur son lit et ouvre son sac de toile usé. Elle en sort une enveloppe où est imprimé le blason rouge du Canadian Pacific Railway. Délicatement, elle en retire les billets qu'elle fait glisser entre ses doigts. Puis elle lit à haute voix la petite écriture serrée : *Montréal, première classe.* La grande ville. Jamais elle n'y a mis les pieds. Sa mère non plus, d'ailleurs. Liliane revoit le visage affectueux de sa patronne, la veille, lorsqu'elle lui a remis ce cadeau. Il y avait dans ses yeux une sorte de fatalisme morose, de pitié aussi.

— Pour la lune de miel, a-t-elle dit, avant d'ordonner à Liliane de l'ouvrir.

À l'intérieur se trouvaient deux allers-retours dans les wagons des riches, plus une forte somme en billets de dix dollars. Liliane a compris immédiatement d'où venait cet argent. Depuis ses premiers jours au service de Mrs. Burns, l'Anglaise n'a cessé d'essayer de la convaincre de garder une partie de son argent pour elle. Elle savait bien que Liliane, comme toutes les jeunes Canadiennes françaises, remettait l'entièreté de sa paie à son père. Mrs. Burns n'approuvait pas cette coutume et l'avait donc informée qu'un montant serait prélevé sur son salaire.

Cet argent et ces billets s'ajoutaient à la jupe et à l'étroit manteau bourgogne offerts la semaine précédente, et qui avaient appartenu à la sœur de Mrs. Burns, décédée au mois de mars. Jamais Liliane n'avait imaginé recevoir tant de cadeaux et, en s'en retournant chez son père une heure plus tard, elle exultait encore. Quelques plis, aux coins de ses yeux, donnaient l'impression que tout son visage souriait et, en déambulant dans le centreville, elle pressait contre elle le sac de toile qui contenait les cadeaux. Elle avait, enfin, un projet de bonheur.

*

Depuis toujours, Liliane est douée pour les chiffres. Comme on le répète souvent dans la famille, elle sait compter. Déjà, quand elle était toute petite, elle retenait les nombres, les additionnait, les soustrayait. Juste avant que son père ne la retire de l'école pour la faire entrer à la Paton, elle avait même appris à multiplier et à diviser. Elle faisait cela mentalement, sans effort, comme d'autres évaluent les distances en un clin d'œil. C'est ainsi qu'elle avait conclu qu'elle gagnerait le même salaire, qu'elle soit ouvrière à l'usine Paton ou domestique chez des Anglais. Quand l'occasion s'est présentée, elle est entrée au service de Mrs. Burns. L'emploi convenait d'ailleurs davantage à ses goûts et à son tempérament. Un travail moins exigeant, moins bruyant et, surtout, moins rebutant.

C'est également grâce à ce don pour les chiffres si elle a découvert le secret de sa mère. Un secret qu'elle s'est efforcée en vain d'oublier. Un secret qui la ronge de l'intérieur, souvent au point de la faire douter de son identité.

Elle avait douze ans. C'était l'hiver et on l'avait envoyée chez Alma, la jeune sœur de sa mère, qui venait de mettre au monde des jumeaux. Parce que Liliane était costaude, douce et obéissante, on avait pensé à elle pour aider aux relevailles. Elle ne s'était pas opposée, sachant bien que la chose aurait été inutile. Il faut dire aussi que tante Alma avait déjà travaillé dans une manufacture aux États-Unis. Elle aimait parler de ce qu'elle y avait vu et

Liliane pouvait l'écouter pendant des heures. En mettant les pieds dans le petit logement de la rue King, la jeune fille espérait entendre seulement des histoires de voyage. Elle ne se doutait pas qu'on y raconterait un récit qui rendrait caduque la plus grande certitude de sa vie.

À cette époque-là, l'économie reprenait à Sherbrooke et la Paton recommençait à embaucher. Les ouvriers, en chômage depuis des mois, retournaient au travail. Pendant que Liliane donnait le bain aux nourrissons, sa tante, trop contente que son mari soit réembauché comme les autres, n'a pu se retenir de tirer des conclusions :

— C'est toujours la même chose, a-t-elle déclaré en préparant le thé. Ça l'était déjà pendant la grande reprise de 1880. Exactement la même chose. La Paton avait tourné au ralenti pendant des mois, avant de recommencer à embaucher en masse. On engageait tellement qu'il n'y avait pas assez de main-d'œuvre à Sherbrooke ni dans les Cantons de l'Est. La compagnie a été obligée d'aller en chercher ailleurs. Il est arrivé des gens de partout. Certains venaient d'aussi loin que Montréal, Trois-Rivières et même des États. Tiens, il me semble que ton père faisait partie de ceux-là.

Sa tante a cessé de parler, a réfléchi quelques instants et Liliane a eu peur qu'elle ne se taise pour de bon. Celle-ci a néanmoins poursuivi, sans se rendre compte de l'effet que produisaient ses paroles :

— Oui, oui, je me souviens bien. D'ailleurs, personne ne pourrait oublier ça. C'était en mars 1880. Le train de Montréal était rempli d'hommes qui s'en venaient travailler par ici. Il n'a pas réussi à passer Farnham tellement il y avait de la neige. Dix pieds de neige, à ce qu'on racontait. En tout cas, ça leur a pris quatre jours pour faire la distance entre Montréal et Sherbrooke. On n'avait jamais vu ça.

Les chiffres, toujours les chiffres. Liliane les a additionnés, puis soustraits. Puisque sa date de naissance était le 17 août 1880, une seule conclusion s'imposait : elle n'était pas celle qu'elle croyait. Car les chiffres ne mentaient pas. Pour que la paternité de Georges Doré soit indiscutable, il aurait fallu qu'il arrive en ville au moins neuf mois avant la naissance de Liliane, donc au plus tard en décembre de l'année 1879. Or, tante Alma venait de lui apprendre le contraire.

Évidemment, l'idée ne lui serait jamais venue à l'esprit de questionner sa mère à ce sujet. C'était impensable, tout simplement. Un sujet aussi délicat, on ne parle pas de ça. Avec personne. Mais dans la tête de Liliane, les indices se sont accumulés, un commentaire, une référence, jusqu'à créer ce doute, ce questionnement, cette obsession. Si elle n'est pas la fille de son père, qui est-elle ?

*

Le souper est terminé et la cuisine, enfin tranquille. Les garçons dorment depuis un moment, Liliane fait la vaisselle en silence, pendant que sa mère, assise en retrait, reprise les chaussettes de ses fils. Par la fenêtre, juste au-dessus de l'évier, parviennent des bribes de la conversation qu'entretiennent Georges Doré et son futur gendre, le fameux Joseph Gagné. Tous deux fument sur la galerie et, bien qu'ils ne puissent la voir, ils savent que Liliane les écoute.

— Mr. Donahue se fait encore construire une maison, annonce Joseph sur un ton désapprobateur. Il paraît que ce sera une grosse maison, avec des étages et plusieurs cheminées. Assez grande aussi pour y loger au moins vingt serviteurs.

Liliane ne supporte pas d'entendre Joseph railler son patron de cette manière. Cela fait orgueilleux. Envieux, aussi.

— Une autre grosse maison d'Anglais! renchérit Georges Doré. Comme s'il n'y en avait pas déjà assez. Le Nord en est plein.

Son père non plus n'aime pas ses patrons et, dans son esprit, les Anglais sont tous des patrons. Il déteste donc tous les Anglais. «C'est l'ordre des choses», répète-t-il souvent pour justifier cette résignation teintée de convoitise. Liliane juge qu'il s'agit d'un argument ridicule pour convaincre ses enfants qu'ils sont nés pour un petit pain alors que les Anglais… Liliane sait bien, elle, qu'ils ne sont pas tous comme ça, les Anglais. Depuis qu'elle travaille chez Mrs. Burns, elle en a connu des désagréables, mais aussi des gentils. Des avares, mais aussi des généreux. C'est vrai, par contre, qu'ils possèdent presque toute la ville et que, par conséquent, ce sont souvent des patrons. Joseph a donc raison de les trouver riches, très riches même. Mais peut-on vraiment dire qu'ils sont trop riches? D'ailleurs, qu'est-ce que cela signifie, trop riches?

Le sifflement du train, de l'autre côté de la rivière, fait taire les deux hommes, et Liliane lève les yeux. À travers la moustiquaire, elle peut voir la locomotive puissante qui tire une douzaine de wagons en direction du pont de la rivière Magog. Une sensation étrange s'empare d'elle et, bien que le mariage ne soit prévu que pour dans deux semaines, Liliane a l'impression d'être sur son départ, impatiente de parcourir le monde. Depuis le souper, c'est comme si elle n'attendait qu'un signe pour leur annoncer à tous qu'elle s'en va en voyage.

Nouveau sifflement et nouveau jet de vapeur. Le train s'éloigne en suivant la rive ouest de la rivière Saint-François. Au-delà de la colline, le soleil décline à peine. Liliane en admire les reflets sur les vitres des édifices de la rue Wellington. Même à travers les frondaisons, les briques rouges semblent sur le point de s'embraser. Bientôt, ce sera à son tour de franchir ce pont à bord d'un wagon.

Sur la galerie, la conversation a repris. Liliane en veut à Joseph de faire durer l'attente. S'il la raccompagnait tout de suite, elle pourrait enfin lui annoncer la nouvelle, la crier sur les toits, montrer sa joie. Au lieu de quoi elle finit la vaisselle et écoute les commentaires de son père sur la vie à l'usine Paton.

— Le boss a finalement compris qu'on ne lisait pas l'anglais, lance-t-il dans une bouffée de fumée. Il était temps. On en avait assez de ses amendes. On n'arrêtait pas de lui dire qu'on ne comprenait rien, mais, lui, il continuait de crier en nous montrant son damné règlement en anglais. C'est monsieur le curé qui s'est porté volontaire pour nous expliquer ça en français.

— C'est beau de les voir aller, ces boss-là! Ils se pensent plus riches et plus intelligents parce qu'ils parlent anglais. Ils aiment donc ça se prendre pour du grand monde!

— Ils peuvent bien. Ils possèdent toutes les *factries* de la ville.

L'amertume de Georges Doré est manifeste et Joseph en rajoute:

— Si au moins ils étaient catholiques.

Ce ressassage de fiel commence grandement à lasser Liliane. Un jour, elle s'en souvient, elle a eu hâte d'épouser Joseph. Elle avait envie de vivre avec lui dans un grand logement. C'était du temps où elle ne le voyait pas souvent. Du temps où il ne la saluait que timidement. Il paraissait solide et elle le trouvait tellement beau. C'est pour cette raison qu'elle s'était montrée intéressée et qu'elle avait accepté de se fiancer. Dans ce temps-là, il lui tardait de revenir à la maison après ses deux semaines de travail chez Mrs. Burns. Elle n'avait que deux jours de congé, mais ces journées-là, son père recevait immanquablement son voisin et le fils de celui-ci dans la cuisine. Parfois même dans le salon, sur le sofa habituellement réservé à monsieur le curé. Sans doute était-il pressé de la voir casée et de ne plus l'avoir à sa charge, même si cela impliquait qu'elle ne lui rapporterait plus son salaire. Pour Liliane, le mariage signifiait la liberté. Le pouvoir aussi. Pendant un temps, elle a pensé qu'elle pourrait influencer les décisions de Joseph. Quelle ne fut pas sa déception quand elle a appris qu'il avait loué pour eux, sans même la consulter, le logement au-dessus de chez ses parents !

Depuis, les mots que son fiancé prononce l'agacent. Ses propos ne sont que jalousie et récriminations contre les riches, contre les patrons, contre les Anglais et, parfois même, contre les gouvernements. Toujours une raison pour se plaindre, toujours une iniquité à dénoncer. Au moins, ce soir, elle peut souhaiter que tout cela change. Quand Joseph verra la générosité de Mrs. Burns, il comprendra que le monde n'est pas aussi sombre qu'il le pense, ni les Anglais aussi méchants. De quoi peut-être lui donner le goût de voyager, à lui aussi.

*

La voix de Joseph flotte dans l'air, tel un ronronne-
ment régulier que Liliane écoute à peine. La soirée est
douce et, de l'ouest, parviennent encore quelques lueurs
orangées qui baignent la rue d'une aura insolite, presque
irréelle. Est-ce son imagination ? On dirait que même les
clameurs de la ville se propagent plus lentement. Liliane
inspire pour tenter d'émerger de cet état léthargique qui
s'accroît à mesure que passent les minutes. Vain effort.
Elle se sent engourdie, incapable de placer un mot. Son
avenir avec Joseph va-t-il ressembler à cette promenade
à la brunante avec, en toile de fond, des soucis quotidiens et des pleurs d'enfants ?

Elle n'a pas encore eu l'occasion d'aborder le sujet
du voyage et, pourtant, elle hâte le pas. Il lui tarde de retrouver le silence de sa chambre, au dernier étage avec
celles des autres servantes. Une certaine urgence l'habite,
une pression qu'elle ne s'explique pas. Comme si elle
avait besoin de fuir son ancienne vie de fille de même
que sa future vie de femme. Entre les deux, elle n'arrive
pas à trouver sa place.

Depuis les fiançailles, Joseph la raccompagne chez
sa patronne. C'est, pour ainsi dire, les seules fréquentations qu'on leur accorde. Or, ce soir, Liliane trouve cette
intimité difficile à supporter. Joseph parle sans arrêt depuis
qu'ils ont traversé le pont. Il est nerveux, elle l'a bien
compris. Le grincement des roues de la bicyclette qu'il
pousse habilement de la main gauche le distrait un moment, mais dès que le bruit cesse, Joseph recommence à
parler. Il est furieux contre son père parce que celui-ci
leur réclamera un loyer élevé. Sur la rue King, de riches

Anglaises font leur promenade du soir dans leurs carrioles. Joseph émet l'idée d'une maison… un jour.

– On va essayer de se trouver un terrain en ville. C'est important qu'on ne se construise pas trop loin de l'usine, sinon il faudra, en plus, acheter une voiture et un cheval. Des dépenses qu'on ne peut pas vraiment se permettre. Pas avant un bon bout de temps en tout cas.

Liliane approuve et l'observe pendant qu'il fait pivoter le guidon de la bicyclette pour suivre le trottoir. Il a l'air soucieux, tendu aussi. A-t-il peur qu'elle ne comprenne pas leur situation ? Il n'aurait pas tort, mais elle ne l'admettra jamais. Après tout, ses réticences sont sûrement normales. Peut-être que toutes les futures mariées éprouvent ces angoisses à l'idée de commencer leur propre famille.

De chaque côté de la rue, des édifices de briques se dressent, bien alignés. Leurs façades rouges et sculptées ont quelque chose de majestueux, de sécurisant. On voit bien que ces bâtisses sont solides. Elles rappellent à Liliane l'ordre immuable des choses. Comme cette stabilité caractéristique de son peuple et de son pays. Pour en faire partie, on attend de Liliane qu'elle participe au développement de la communauté, qu'elle fonde une famille et qu'elle élève des enfants. Or, elle ne se trouve pas à la hauteur et cache sa honte en attardant son regard sur les larges fenêtres et sur les toitures de cuivre où nichent les pigeons. Même les frises de la banque lui apparaissent sous un angle nouveau. Malgré la beauté familière des lieux, elle se sent étrangère.

Absorbée dans ses pensées, elle franchit le pont de la rivière Magog. Tout en bas, la rivière heurte les rochers dans un rugissement qui couvre pendant un instant les propos de Joseph. Pourquoi est-elle déçue lorsque le bruit diminue à mesure qu'ils s'éloignent? Est-elle déjà lassée de ce fiancé? Elle se voudrait plus forte, moins difficile aussi. Sa mère lui dirait qu'elle manque de respect envers Joseph. Liliane acquiescerait en baissant les yeux. Elle n'a pas le droit de le juger ainsi. Joseph est un homme bon, solide, fiable. Il gagne bien sa vie et est même beau. Liliane sait qu'elle suscite l'envie des autres filles du quartier depuis qu'elle a accepté de l'épouser. Alors pourquoi s'ennuie-t-elle à ce point en sa compagnie? Avant, il lui plaisait vraiment, elle s'en souvient.

— J'ai dit aux boss que je voulais une augmentation de salaire.

La voix de Joseph l'a interrompue dans sa remise en question.

— J'ai dit que j'allais fonder une famille et qu'il fallait qu'ils en tiennent compte. Il me semble qu'un boss, même anglais, est capable de comprendre ça!

Soudain, Joseph lui prend le bras pour la forcer à s'immobiliser sous un gros chêne dont les branches les dissimulent au regard des curieux. C'est la première fois qu'il la touche et elle espère qu'il va l'embrasser, enfin. Mais en même temps, elle se prépare à le repousser. Est-ce seulement la bienséance qui l'incite à agir ainsi? Joseph ne lui donne pas l'occasion de tirer ses conclusions. Il lui vole un bref baiser avant de reprendre la route. Liliane se laisse guider, stupéfaite et déçue à la fois.

— Il faudrait que toi aussi tu demandes à Mrs. Burns de réviser ta paye à la hausse, dit-il en pressant doucement son bras.

Liliane ne sait que répondre. La lumière, la tiédeur de l'air, les chuchotements des deux rivières, toute cette douceur contribue à lui faire croire qu'elle vit un mauvais rêve et qu'elle va s'éveiller d'une minute à l'autre, qu'elle va aimer Joseph, pour vrai. Son compagnon insiste :

— Mrs. Burns apprécie beaucoup ton travail, Lili. Elle ne pourra pas refuser de reconnaître ton nouveau statut.

Voilà l'occasion qu'elle a attendue toute la soirée. Elle laisse enfin tomber la grande nouvelle, heureuse de pouvoir partager ce bonheur avec quelqu'un :

— Justement, Mrs. Burns nous a fait un cadeau de noces.

Joseph s'immobilise, incrédule. Devant son air méfiant, Liliane se sent obligée de poursuivre, mais elle le fait avec prudence, histoire d'évaluer le terrain :

— Elle m'a dit qu'elle nous donnerait deux billets de train pour Montréal.

Liliane n'a pas l'impression de mentir, seulement de déformer un peu la réalité pour voir la réaction de son fiancé. Celle-ci ne tarde pas, d'ailleurs, mais quelle déception !

— Tu parles d'un cadeau ridicule ! s'exclame Joseph en se remettant à pousser sur sa bicyclette. Deux billets de train ! Est-ce qu'elle a au moins pensé à nous fournir l'argent pour l'hôtel aussi ? Parce que c'est cher, les voyages ! De toute façon, elle peut bien te donner des billets, ça ne lui coûte rien. Son cousin est le contremaître de la gare. Nous autres, en tout cas, on n'a pas une cenne à mettre là-dedans.

Devant l'air dépité de Liliane, il ajoute, comme pour la rassurer :

— Dans le fond, laisse-la donc te les donner, on aura juste à les encaisser. Ça nous fera de quoi payer nos premiers mois de loyer. J'espère que ça sera des billets de première classe. Ça vaut plus cher.

Liliane cherche une porte de sortie, quelque chose à dire pour s'opposer à la décision de Joseph, mais elle ne trouve rien. Elle voit son avenir se confirmer, se dessiner, bien clairement, sous ses yeux. Douze enfants et un mari qui travaille de grosses heures pour nourrir tout ce monde. Sa vie ressemblera-t-elle à ce point à celle de sa mère, à celle de toutes les Canadiennes françaises ? Elle panique, mais Joseph ne le remarque pas. Il continue son monologue alors qu'ils arrivent devant la maison de sa patronne.

– C'est mon père qui va être surpris que je lui apporte tout ça, *cash*. Lui qui pensait qu'il serait obligé de me faire crédit pendant un bout de temps. Oui, il va être bien content.

Alors, l'amertume envahit Liliane. Elle se met à regretter sa naissance. Peu importe que sa mère la croie impie ; elle aurait voulu voir le jour Anglaise et protestante, comme Mrs. Burns.

*

Quelle étrange sensation que celle de se promener avec des billets de train ! Pendant deux semaines, elle les a gardés dans ses poches, hésitant sur ce qu'elle devait faire avec. Si elle les remettait à Joseph, elle pouvait dire adieu à Montréal, au train et à tout autre voyage, alors que si elle ne lui disait rien…

Le démon s'est emparé d'elle lorsqu'elle a touché aux billets, qu'elle a lu le nom de la destination. Une grande euphorie l'habitait. Puis elle a fait un bref calcul. Rien de bien compliqué, juste des additions et des soustractions. Deux allers-retours pour Montréal en première classe coûtaient beaucoup plus cher qu'un aller simple en troisième classe pour la même destination. Avec la différence, elle pouvait acheter un autre billet de train, et aller loin, beaucoup plus loin. Elle a donc mis dans son sac de toile tous les effets personnels qu'elle gardait chez Mrs. Burns, sans oublier sa paie et l'argent retenu sur son salaire depuis deux ans. Cela faisait beaucoup. Suffisamment en tout cas pour lui permettre de voyager un long moment. Ensuite…

« Ensuite, on verra », s'est-elle dit en enfilant ses nouveaux vêtements.

Avant de s'en aller, elle a salué sa patronne au salon. Celle-ci l'a regardée avec curiosité et a souri devant son excès de coquetterie. Enfiler des vêtements de cette qualité un jour de semaine, cela ne se voyait pas souvent chez les Canadiens français.

Liliane l'a quittée en retenant le sanglot qui lui serrait la gorge, puis elle s'est rendue d'un pas décidé jusqu'à la gare. Elle se trouve maintenant sur un banc, face à la rivière, par une belle journée de juillet. À côté d'elle, un homme d'affaires lit son journal, une famille se prépare pour un long voyage. Une famille d'Anglais, cela s'entend. Personne ne prête attention à cette jeune fille endimanchée. Il est 12 h 45, et le train n'est pas encore en vue.

D'un mouvement discret, Liliane incline d'une main son chapeau et, de l'autre, elle caresse distraitement le manteau de laine posé sur ses genoux. Elle ne peut s'empêcher d'admirer le vêtement et en ressent un soupçon de vanité, sentiment tout à fait nouveau pour elle. Quand elle bouge, elle entend le froissement du billet dans sa poche. Liliane se prend à rêver en fixant la voie ferrée qui s'étire au loin, mais la tension monte en elle à mesure que le temps passe.

Elle a beau afficher une assurance qui l'étonne elle-même, elle n'a pas la conscience tranquille. S'il fallait que Joseph ou même son père la surprenne à la gare dans cette toilette élégante… On devinerait immédiatement ce qu'elle s'apprête à faire. Et on la punirait en conséquence. Un peu inquiète, elle se tourne vers l'horloge. Il est 12 h 50, et il n'y a toujours pas de signe du train. Pour se calmer, Liliane ferme les yeux, réfléchit et arrive à la même conclusion que précédemment. C'est Dieu qui, à travers Mrs. Burns, lui a fait ce cadeau. Personne d'autre n'était au courant de sa détresse, à part peut-être sa mère, et jamais celle-ci n'aurait toléré que sa fille faillisse à son devoir, encore moins qu'elle s'enfuie. Il n'y a que Dieu pour comprendre la panique qu'elle ressent.

C'est parce qu'elle est convaincue de cela qu'elle ne fait aucun effort pour retenir l'instinct qui la pousse à agir contre toute logique et, surtout, contre l'autorité paternelle. Il ne lui faut pas grand-chose pour se justifier à ses propres yeux. Le petit doute sur ses origines suffit à lui faire croire que Georges Doré n'a aucun droit sur elle. De là à penser que tant qu'elle ne sera pas mariée elle sera plus libre que sa mère, il n'y a qu'un pas, qu'elle franchit allègrement.

L'horloge indique 1 heure. La locomotive entre en gare. Liliane ne tient plus en place.

« Celui qui n'a pas de dettes est libre », répète souvent Georges Doré.

« Celle qui a beaucoup d'argent et pas de mari l'est plus encore », conclut Liliane en se dirigeant vers le contrôleur, son sac de toile à la main.

*

Montréal. Enfin. La gare Windsor est animée en cette fin d'après-midi et Liliane erre dans la salle des pas perdus, admirant le plafond voûté, les arcs gigantesques et les piliers de marbre. La lumière du soleil couchant s'introduit de partout. Ses rayons ocre et roses dansent sur la foule qui va et vient dans un mouvement continu. Une foule majoritairement masculine. Liliane ne savait pas qu'il existait autant d'hommes travaillant ailleurs qu'à l'usine. Dans le monde d'où elle vient, chacun d'eux y est contraint, sans exception, dès l'âge de quatorze ans, parfois même avant. À part les Anglais, évidemment.

Certains des voyageurs semblent très pressés, d'autres flânent, comme elle, en attente d'une correspondance. Leur tenue est soignée et Liliane les trouve magnifiques avec leurs cravates soyeuses et leurs valises de cuir. Elle tend l'oreille et n'est pas surprise d'entendre très peu de français. Les Anglais sont plus nombreux à Montréal, c'est bien connu. Et ces femmes qu'elle regarde déambuler à leur bras sont de toute évidence des protestantes. Peu d'enfants les accompagnent. Liliane en observe quelques-unes, près de la billetterie, toutes richement vêtues. Cela la fait sourire, car elle fait partie de leur monde, pour le moment du moins. Après… Après, ce sera après.

À la cantine, elle s'achète un sandwich qu'elle grignote en se promenant entre les quais. Elle ne s'est toujours pas procuré de billet et s'en veut d'hésiter encore entre le train pour Sherbrooke et celui pour Toronto. Les remords l'assaillent d'avoir abandonné Joseph à la veille de leur mariage. Elle n'avait pas le droit de s'enfuir seule, comme elle l'a fait, avec l'argent du voyage de noces. Ce n'était pas un geste impulsif puisqu'elle y songeait depuis plus d'une semaine. Et pourtant…

Soudain, on annonce le départ du train pour Toronto. Liliane frémit. Elle pourrait le prendre, acheter ensuite un billet pour Vancouver et ainsi traverser le Canada tout entier. L'idée la grise, mais il faut penser à l'avenir. Une fois là-bas, pourra-t-elle revenir? Et si elle se trompait? Et si, en partant, elle avait commis la plus grave erreur de sa vie?

Lorsque le contrôleur annonce enfin le départ pour Sherbrooke, Liliane en ressent un grand soulagement. Il est encore temps de reculer et de retourner à sa vie normale. Ce voyage n'aura été qu'une escapade sans conséquence. Elle arrivera tard à la maison de la rue Bowen, on la grondera sans doute sévèrement, mais, demain, elle sera présente à son mariage. Joseph comprendra, surtout si elle lui donne ce qui reste de l'argent. Il lui faut se rendre à l'évidence : c'est là la voie de la raison.

CHAPITRE III

La nuit est tombée sur Portland et la célèbre famille Wright se prépare à donner l'une des plus belles réceptions de l'année. Dans la cuisine de leur grande maison de la plage, les domestiques s'activent. Les semaines ont passé depuis le départ du fils Wright et de sa fiancée, et Rosalie s'est bien remise, trouvant dans son travail une source de contentement encore plus grand. Ce soir encore, elle s'est surpassée. Elle a ficelé une immense pièce de bœuf à rôtir et la viande attend sur le comptoir, prête à être enfournée au bon moment. Sur le feu, la sauce mijote. Les gâteaux parfumés et les tartes aux fruits embaument la maison depuis la veille. Les huîtres ont été lavées et plongées dans la glace, là où reposent également le caviar, les homards et la crème. Il ne manque que les invités pour déguster toutes ces victuailles apprêtées avec tout l'art qu'elle possède.

Appuyée contre le chambranle de la porte, les yeux fixés sur les flammes du poêle, Rosalie repasse dans sa tête les différents services. Le consommé à la jardinière doit être frémissant. Le jambon, fumé et bien cuit. Les fromages, à la bonne température. Pendant quelques minutes, ces images défilent, les unes à la suite des autres, permettant à Rosalie de visualiser l'intégralité du repas. Lorsqu'elle juge que tout est fin prêt ou sur le point de l'être, elle abandonne la cuisine aux mains de la servante chargée de l'assister pour la soirée.

— Assure-toi de brasser la sauce pour qu'elle ne colle pas au fond. Si par malheur ça se produit, ta tête tombera avec la mienne, je te le garantis.

Cette menace produit l'effet escompté et la jeune fille s'empare immédiatement de la cuillère de bois pour agiter la sauce. Rosalie en profite pour monter l'escalier en vitesse. Elle atteint sa chambre en quelques secondes, retire ses vêtements tachés de gras et en enfile des propres. Ce soir, comme d'habitude, tout doit être parfait. Elle devra superviser de près la réception en allant et venant, de la cuisine à la salle à manger. Elle sera tenue responsable du moindre faux pas, de la moindre maladresse des employés chargés du service.

Vers six heures, le marteau de l'entrée retentit. Rosalie, qui termine les derniers préparatifs dans la cuisine, écoute les pas du maître d'hôtel qui guide les nouveaux venus jusqu'au salon. L'odeur des fines herbes, des épices et de la viande rôtie doit déjà se répandre dans la maison et leur donner l'eau à la bouche. Une vingtaine de minutes plus tard, le bruit des conversations arrive jusqu'aux fourneaux par les portes qu'on ouvre et qu'on ferme à répétition. Rosalie sent la fébrilité la gagner. Voilà ce qu'elle aime le plus de son travail : le feu de l'action. Cette pression qui l'envahit quand il faut à la fois mettre la dernière touche à un mets, vérifier la table, inspecter les uniformes du personnel et commencer le service des hors-d'œuvre et des boissons. Elle n'est soudain plus elle-même. Finie la petite

Canadienne française dont on peut abuser impunément et dont le fils Wright garde sans doute un vague souvenir. Elle est le chef, celle par qui ce gargantuesque repas a vu le jour dans cette maison de riches au bord de la mer. Sans elle, la fête ne serait pas la même. Elle en est pleinement consciente et c'est cette confiance en elle qui lui permet d'ignorer le despotisme de Mrs. Wright. Elle sait que, ce soir encore, sa patronne recevra les félicitations de ses invités. Parce que ce soir encore, tout sera parfait.

Rosalie passe les heures qui suivent dans cet état second. Elle dirige d'instinct, goûte chaque mets, rectifie les assaisonnements, retire du feu ce qui est chaud et enfourne ce qui doit cuire. De temps en temps, elle replace le tablier d'une servante, ajoute de la glace pour refroidir le vin blanc ou monte de la cave des bouteilles de rouge qui se vident à vue d'œil.

Avec sa discrétion habituelle, elle pénètre dans la salle à manger, guette chez les invités tous les indices d'insatisfaction ou de délectation. Elle note les sourires, les lèvres qu'on pourlèche, les yeux qu'on ferme de plaisir. Puis elle retourne à la cuisine surveiller les assiettes qui entrent et sortent, avant de se poster, enfin, dans l'étroit couloir joignant les deux pièces. Elle peut respirer calmement ; les opérations se déroulent rondement.

Soudain, la récompense qu'elle attendait arrive. Le commentaire approbateur d'une dame lui parvient par la porte entrebâillée :

– Mrs. Wright, vous avez un chef extraordinaire. Me le prêteriez-vous pour une réception que je donne le mois prochain ? Je serais aux anges d'impressionner mes invités comme vous le faites.

Suit alors un chapelet de murmures élogieux qui s'éteignent lorsque Mrs. Wright refuse la requête :

— Vous comprendrez que je ne pourrais me passer des talents de ma cuisinière, ne serait-ce qu'une soirée. Elle nous a tous rendus très… dépendants. Je peux cependant vous la présenter. Je crois qu'elle vous plaira.

Puis, sur un ton autoritaire, elle ajoute :

— Betty, allez donc nous chercher Lili.

À ces mots, une jeune fille souffle un timide « Oui, Madame ». Rosalie a juste le temps de changer de tablier. Lorsque la servante apparaît dans le couloir, Rosalie lui fait signe qu'elle a entendu et pousse à son tour la porte battante. Elle fait son entrée dans la salle à manger et, dès qu'ils l'aperçoivent, les invités se taisent, visiblement surpris de découvrir que celle qui leur a préparé ce somptueux repas paraît à peine vingt ans. Mrs. Wright affiche un sourire triomphant qui intimide Rosalie au point de rendre hésitants ses derniers pas vers elle.

— Comme vous le voyez, poursuit la maîtresse de maison, il s'agit d'une très jeune cuisinière. Elle s'appelle Rosalie Laliberté, mais nous l'avons affectueusement baptisée Lili.

— Une Française ! s'exclame une grosse dame enserrée dans une robe rouge et brillante. Voilà qui explique tout.

— Mais pas du tout, la corrige l'hôtesse. Lili vient du Canada. D'où exactement, Lili ?

— De Coaticook, au Québec, Madame.

À ce moment, un homme se tourne vers elle. Parce qu'il est assis devant la dame en rouge, Rosalie ne le voyait que de dos. Il n'est pas tout jeune, trente ou trente-cinq ans peut-être, et, bien qu'il soit vêtu plus sobrement que les autres invités, il porte au cou une écharpe de soie d'un bleu aussi clair que ses yeux. Une fine moustache blonde lui dessine la lèvre supérieure et lui confère un air délicat. Il ne semblait pas avoir noté sa présence depuis qu'elle est entrée, mais voilà qu'il lui prête soudain beaucoup d'intérêt.

— Où avez-vous appris l'anglais, mademoiselle ? demande-t-il en l'examinant de la tête aux pieds. À Montréal ?

— Je l'ai appris ici, Monsieur, quand je suis arrivée, il y a un an.

— Un an ! s'exclame une autre femme en se tournant vers Mrs. Wright. Ça fait un an que vous nous cachez cette perle rare ? C'est bien cruel de votre part.

À ces mots, quelques invités rient discrètement. L'hôtesse en profite pour faire un signe discret à Rosalie. Celle-ci s'incline et reprend la direction de la cuisine. Cependant, juste avant de passer la porte, elle ne peut s'empêcher de jeter un dernier regard vers l'homme à l'écharpe bleue.

— Vous connaissez donc Montréal, Dennis-James ? demande la grosse femme en rouge.

Prenant la parole pour la première fois, Mr. Wright ajoute :

— Faut-il en croire que vous voyagez beaucoup, Peterson ?

Le principal intéressé semble soudain regretter d'avoir ouvert la bouche et, après une gorgée de vin, il répond simplement :

— Pas autant que je le voudrais.

Puis il se tait et la conversation reprend, plus animée qu'avant. Rosalie sent chez le dénommé Dennis-James

Peterson un malaise qui le distingue résolument des autres riches attablés dans la pièce. Cette idée s'évanouit toutefois dès qu'elle retourne à ses chaudrons. Malgré les éloges, le travail n'est pas terminé.

*

Il est tard lorsque les hôtes guident leurs invités vers le salon, où l'on sert le sherry pour les dames et le brandy pour les hommes. Rosalie et ses compagnes envahissent alors la salle à manger pour desservir. La table est jonchée de vaisselle, d'ustensiles et de serviettes qu'on place délicatement dans des bacs afin d'en faire le tri à la cuisine. S'y côtoient également les plateaux de fromages, dont plusieurs morceaux sont bien entamés. D'autres ont à peine été touchés et Rosalie les récupère dans une assiette propre ; ce sera la collation de fin de soirée des employés. Elle est absorbée par cette tâche lorsqu'elle entend des notes qui, elle ne le sait pas encore, vont bouleverser sa vie. Elle s'éloigne de la table et sent la musique la pénétrer complètement. Lentement, elle se rapproche de la porte du salon et il se produit alors un événement qu'elle n'attendait presque plus.

Les Wright et leurs invités se sont rassemblés autour du piano. Assis sur le banc, à côté d'une dame beaucoup plus âgée que lui, Dennis-James Peterson laisse ses mains errer sur le clavier. Sous ses doigts naît le célèbre menuet de Bach dont la mélodie s'amplifie, flotte dans l'air jusqu'à emplir la pièce et fuir par les fenêtres ouvertes. Personne n'ose parler, ni la dame en rouge ni même Mrs. Wright. Dans le salon, ainsi que dans toute la maison, hommes et femmes sont sous le charme.

Figée dans l'embrasure de la porte, Rosalie est incapable de quitter des yeux l'homme à l'écharpe bleue. Elle plonge avec lui dans la mélodie et bouge la tête dans un mouvement de va-et-vient, au rythme des doigts qui glissent sur les touches. Elle qui n'a jamais été capable de jouer du moindre instrument a toujours été profondément attachée à la musique. Sa vie a été marquée par les musiciens : ses oncles et leurs violons, une tante au piano, un cousin à l'orgue de l'église. Dans son esprit, ce ne sont pas que de banals souvenirs : ce sont des émotions si vives qu'elles prennent de l'intensité à mesure que lui reviennent les notes des mélodies. Puis survient, comme toujours, le trouble. Une sensation impossible à décrire et qui lui pique les yeux. Un serrement dans sa poitrine, une douleur, plus bas, au creux de son ventre. Alors, l'image de l'homme caressant son piano se grave en elle. Un tourbillon de chaleur la submerge et des larmes lui brouillent la vue quand elle reconnaît Mozart. Surtout, que la musique ne s'arrête jamais, que Dennis-James Peterson inonde son âme jusqu'à y occuper toute la place. Rosalie mémorise chacun de ses traits, chaque note qu'il produit, son rythme, son intensité, de même que les diverses sensations qu'il fait naître en elle. L'ivresse qu'elle éprouve a quelque chose de magique, de divin, de délicieux aussi.

Au salon, Peterson joue toujours. Lentement, les hommes et les femmes reprennent leur conversation respective et il ne reste d'auditeur attentif que Rosalie, complètement subjuguée. Bach et Mozart ne servent désormais qu'à combler le vide entre deux mots, leur art ne tenant plus lieu que de musique d'ambiance sympathique. Peterson enchaîne les pièces, exécutant son répertoire pour des oreilles sourdes, comme s'il lui importait peu qu'on l'écoute, qu'on l'apprécie, pourvu qu'on le laisse jouer et qu'on le paie. Il a fermé les yeux et son interprétation devient intense, presque dramatique. Ses doigts heurtent parfois les touches avec violence. D'autres fois, ils les effleurent à peine. Entre une mélodie qui s'éteint et une autre qui naît, un bref silence, quelques applaudissements polis.

Au bout d'un long moment, le silence revient, définitif. Les convives félicitent le musicien et reprennent leurs discussions. Parce qu'elle craint tout à coup d'être aperçue par sa patronne, Rosalie se détourne du nouvel objet de sa passion et se place un peu en retrait. Elle remarque alors que la salle à manger est vide et propre. Le plancher a été balayé et même son assiette de fromages a disparu, rapportée sans doute à la cuisine par les servantes affamées. Au lieu de les rejoindre, Rosalie demeure immobile, fixant les bougies suspendues au plafond, adossée au mur adjacent à la porte, d'où parviennent encore quelques bribes de paroles indistinctes. Elle ferme les yeux pour tenter de recréer en elle l'émotion engendrée par la musique, mais n'y arrive pas. Dans son esprit se volatilisent, déjà, le visage aux traits fins, le dos incliné, la couleur exacte de l'écharpe de soie et la blondeur particulière des cheveux. Il ne reste de ce vertige que des mots, qu'une voix émanant du salon qu'elle distingue aisément des autres.

— J'ai entendu dire que vous songiez à partir pour l'or. Est-ce vrai, Mr. Peterson ?

Rosalie reconnaît la dame en rouge, avec son accent nasillard, ses manières lentes et affectées.

— Je fais plus qu'y songer, madame. Vous avez écouté ce soir mon dernier concert sur la côte est. Je prends le train dès demain pour Seattle.

Ces mots font battre très fort le cœur de Rosalie. Son dernier concert? Partir pour l'or?

— Le Klondike, Peterson… Vous n'y pensez pas. C'est le bout du monde!

Le ton incrédule de Mr. Wright secoue Rosalie. Le musicien n'a rien d'un mineur, c'est vrai, mais le fait qu'il songe à améliorer son sort fait de lui quelqu'un d'extravagant et d'intéressant. Ce n'est quand même pas tous les jours qu'on rencontre une personne prête à investir tout ce qu'elle possède dans le but d'obtenir enfin sa part de paradis. Rosalie aussi a rêvé pendant quelques minutes en entendant parler du Klondike, de Dawson City dont les rues sont pavées avec de l'or. Comment demeurer insensible à la richesse quand les journaux décrivent à pleines pages ces millionnaires arrivés par bateau à San Francisco, il y a deux jours? Mais de là à songer à partir elle-même…

La découverte de cette nature aventurière chez Dennis-James Peterson surprend parce qu'elle détonne avec son talent musical, mais aussi avec son physique d'apparence fragile. Cela n'est cependant pas pour déplaire à Rosalie qui lui trouve tout à coup encore plus de charme. Pendant qu'autour du piano les femmes expriment leur admiration ou leurs craintes, les hommes exposent leurs connaissances en la matière. Rosalie demeure dans la salle à manger, les oreilles amarrées à la voix du musicien.

— Tout est prêt et emballé proprement. J'ai fait transporter mes caisses à la gare aujourd'hui.

— Comptez-vous donner des concerts à Dawson? Il paraît qu'il y règne toute une vie sociale et artistique. Certains la comparent même à Paris.

— La chose pourrait s'avérer intéressante, mais s'il y a autant d'or qu'on le dit, je n'en aurai probablement pas le temps. Je vais me prendre un *claim*, peut-être acheter des parts dans un deuxième et…

— Je suppose que vous avez déjà des associés.

— J'en ai un, en effet, Mr. Wright. Il s'agit d'un ami de New York. Mais je suis à la recherche d'autres partenaires dans cette affaire. L'idée vous plairait-elle ?

— C'est possible, répond l'hôte.

De toute évidence, Peterson ne laissera pas passer l'occasion de parler de son expédition. Il détaille son équipement et explique la technique de creusage qu'il prévoit utiliser.

— Vous voyez, conclut-il, les profits seront énormes. Je pense que les investissements seront multipliés par cinquante, peut-être même par cent.

À ce moment, les autres hommes se mettent de la partie, chacun y allant de son avis, de ses questions, de ses capacités financières, mais, déjà, Rosalie a déserté la salle à manger. Elle dénoue son tablier et l'abandonne sur le plancher de la cuisine, qu'elle traverse en courant. Il ne faut surtout pas que Peterson parte sans elle. Les servantes prennent leur souper en papotant, assises sur leurs petits bancs de bois verni. Leurs interrogations planent dans la pièce longtemps après que Rosalie y est passée. Il y a des choses dans la vie qui sont des certitudes. Dennis-James Peterson fait partie de celles-là. Le Klondike également. C'est deux par deux qu'elle grimpe les marches jusqu'à sa chambre. Sans même prendre la peine de se changer, elle fouille dans l'armoire et en ressort un sac de voyage. Elle ne laissera pas cette chance lui filer entre les doigts. C'est l'occasion d'une vie : un musicien qui la fait chavirer et qui s'apprête à partir à l'aventure. Que demander de plus ? À côté de Dennis-James Peterson, Steven Wright a l'air tellement banal… Rosalie attrape d'un coup tous les vêtements qu'elle possède, ce qui, outre ses uniformes, constitue un bien maigre bagage.

Elle suspend à son bras son manteau de laine, la pièce la plus chère de sa garde-robe, et redescend l'escalier presque aussi vite qu'elle l'a monté. Le rez-de-chaussée grouille toujours d'activité, mais Rosalie réussit à franchir la porte de service sans attirer l'attention. Heureusement pour elle, Peterson s'est réinstallé au piano. Debout dans la nuit, près d'une fenêtre entrebâillée, elle l'écoute, n'attendant que le moment où elle pourra l'aborder librement.

*

La lune est haute et brillante. Rosalie demeure dans l'ombre d'un cèdre à surveiller les carrosses alignés dans la rue. Les conducteurs, qui attendent que la fête se termine, sont descendus et discutent entre eux à quelques pas de l'entrée. Rosalie ne les quitte pas des yeux, se demandant dans lequel de ces véhicules s'engouffrera Peterson. Elle s'amuse du fait que les servantes la croient au lit. Sa patronne, si elle l'a cherchée, doit fulminer. Jamais Rosalie ne s'est retirée sans la permission de Mrs. Wright. Qui donc imaginerait qu'elle est là, dans la pénombre, à guetter un étranger qu'elle a l'intention de suivre au bout du monde ? Et dire qu'elle ne lui a adressé la parole qu'une fois ! Elle-même, quand elle s'y arrête, se trouve un peu ridicule, mais il ne lui vient pas à l'esprit qu'il puisse la repousser. Sitôt que le

doute surgit, elle l'écarte en se concentrant sur la musique et sur l'effet que celle-ci produit en elle. Elle ne
serait pas à Portland si elle avait écouté ses doutes. Elle a
foi en elle-même comme sa mère avait foi en Dieu, et
cela justifie qu'elle suive cet instinct qui la pousse à agir,
à partir aussi, quand c'est le temps. D'ailleurs, de toute
sa vie, Rosalie n'a jamais hésité. Ce n'est pas à vingt et un
ans qu'elle va commencer.

La musique s'est tue depuis quelques minutes et
Rosalie garde les yeux fixés sur la grande porte de bois qui
s'ouvre en grinçant. Les couples sortent à la lueur des lampes à pétrole et se dirigent d'un pas joyeux vers les carrosses. Rosalie repère rapidement la silhouette de Peterson.
Son corps mince et souple est enveloppé dans une cape
noire et un pan de l'écharpe bleue flotte derrière lui. Pendant que tous montent dans leur véhicule respectif, Peterson atteint le dernier carrosse en compagnie de la femme
en rouge dont la robe froufroute au rythme de ses pas.
Rosalie écoute, cachée dans l'ombre.

— Laissez donc mon chauffeur vous conduire à votre
hôtel, dit la dame en tendant une main gantée vers le
musicien. Vous savez, la nuit, Portland est un véritable
coupe-jarret.

Rosalie panique. Ce serait terrible qu'il s'en aille de
cette manière. Heureusement, Peterson décline l'invita-
tion :

— Je vous remercie de votre sollicitude, madame,
mais j'ai envie de marcher le long de la plage. J'ai trop
mangé, sans doute… Tout était tellement bon. Le grand
air me fera du bien.

Ce dernier commentaire concernant le repas encourage Rosalie et apaise son impatience.

— Vous n'y pensez pas, insiste la femme, qui vient de prendre place à bord de son carrosse. Je ne me le pardonnerais pas s'il vous arrivait quelque chose.

Est-ce le ton implorant qui fait hésiter Peterson? Rosalie se mord la lèvre et espère qu'il ne cédera pas à ce chantage tout à fait féminin.

— La lune éclaire suffisamment pour que je trouve mon chemin, conclut le musicien, au grand soulagement de Rosalie. Et puis, mon hôtel n'est pas très loin. J'y serai en moins de trente minutes, ne vous inquiétez pas pour moi.

— Comme vous voulez… Me permettez-vous, dans ce cas, de passer vous voir demain?

Sa voix laisse deviner une troublante déception, de même qu'un vif intérêt, et Rosalie se dit qu'elle pourrait facilement haïr cette femme. Elle n'est pas surprise d'entendre le musicien acquiescer, mais elle se demande dans quelle mesure ses propos sont sincères lorsqu'il ajoute:

— Ce sera un plaisir de vous revoir avant mon départ, madame.

La dame frappe un coup sur la portière et le carrosse se met en mouvement. Peterson demeure immobile à le regarder s'en aller par la grande avenue. Les derniers véhicules ont déjà disparu et la place, tout à coup, se trouve déserte. Peterson allume sa pipe et prend la direction de la mer. Rosalie jette un ultime coup d'œil vers la maison et elle a une pensée pour sa patronne. Elle a été heureuse ici, malgré tout. Mais il est maintenant temps de tourner la page. Elle attrape son sac et suit le musicien, dont les pas sont étouffés mais tracés dans le sable, donc bien visibles dans le clair de lune.

*

Elle marche déjà depuis une quinzaine de minutes et Dennis-James Peterson ne s'est pas encore retourné. Rosalie le trouve bien insouciant pour un homme qui se sait dans un endroit isolé et, à ce qu'on dit, fort dangereux. Les choses seraient peut-être plus aisées s'il s'apercevait de sa présence, mais le sable étouffe aussi ses pas à elle, en plus de rendre sa progression difficile. Elle s'enfonce jusqu'aux chevilles, tente quand même d'accélérer sans y parvenir. La distance qui les sépare grandit de minute en minute et, finalement, Rosalie abandonne la course. Si elle ne peut le rattraper, elle doit au moins attirer son attention. À bout de souffle, elle risque le tout pour le tout.

— Mr. Peterson! lance-t-elle en s'efforçant de couvrir, de sa voix, le bruit des vagues. Mr. Peterson, arrêtez-vous, je vous en prie.

L'homme fait demi-tour, en alerte. Rosalie s'élance vers lui et l'atteint enfin, le sourire aux lèvres mais la respiration haletante.

— Mr. Peterson, accepteriez-vous de m'emmener au Klondike?

Le musicien la regarde, bouche bée. Rosalie attend une réponse, qui tarde, alors que l'air suspicieux de Peterson s'accentue. Il lui faut immédiatement s'expliquer si elle ne veut pas passer pour folle.

— Je vous ai entendu parler de Dawson City et je me demandais…

— Qui êtes-vous?

Rosalie s'interrompt, déçue. Il ne l'a finalement pas remarquée, ni au dîner, ni pendant le concert. Elle l'avait pourtant tellement espéré. Les choses auraient été plus faciles s'il lui avait porté attention. Mais puisque ce n'est pas le cas…

— Je suis Lili, la cuisinière de Mrs. Wright.

— Oh oui! Je vous reconnais maintenant. Ce n'est guère prudent de vous aventurer sur la plage à cette heure-ci.

Il l'a reconnue! Rosalie jubile et saisit l'occasion.

— Je sais que le souper vous a plu. Je propose de cuisiner pour vous au Klondike, mais aussi pendant toute la durée du voyage. Je n'ai besoin que d'une couverture et je mange très peu, je le jure.

La lumière de la lune lui permet de lire l'amusement qui anime le visage du musicien. Il a certainement conclu le contraire en observant ses rondeurs.

— Je promets de me rendre utile, ajoute-t-elle, de transporter plus que ma part de bagages et de vous concocter de bons petits plats. C'est mon principal talent, Mr. Peterson. En échange, je vous demande de me prendre avec vous et de jouer du piano pour moi chaque fois que cela sera possible.

— Vous m'avez entendu jouer?

L'émotion ressentie plus tôt lui revient à l'esprit et c'est avec beaucoup de détails que Rosalie lui décrit l'effet produit par son concert. Puis elle conclut:

— Vous voyez à quel point je vous ai écouté. Votre musique m'a touchée au moins autant que votre projet, et je veux partir avec vous.

Sans dire un mot, le musicien la détaille des pieds à la tête. Rosalie se sent rougir, mais elle soutient son regard, redressant le menton avec fierté. Ses yeux s'illuminent lorsque apparaît, sur le visage de l'homme, un sourire narquois.

— Je jouerai pour vous, Miss Lili.

D'une main, il la soulage de son sac et, de l'autre, il lui prend le coude. Tous deux accordent leurs pas et marchent alors au même rythme et dans une même direction.

CHAPITRE IV

Le 17 juillet 1897. Quand le train arrive à Vancouver, le soleil décline doucement à l'horizon dans un mélange de roses éblouissant. L'air est tiède. Depuis que l'océan Pacifique est apparu à l'ouest, il y a près d'une demi-heure, Liliane ne l'a pas quitté des yeux. En sept jours de voyage, elle a vu des plaines infinies, des montagnes vertigineuses toutes en pics, et voilà maintenant la mer dont elle a tant rêvé. Elle descend du train dès qu'il s'immobilise dans la gare et s'élance vers les flots ondoyants, son unique bagage à la main. L'émotion qu'elle ressent lui rappelle celle des jours de foire, quand elle était enfant. Elle affiche un sourire extatique, indifférente à la foule qui s'agite autour des wagons. Son sac de toile danse dans le vent selon qu'elle accélère ou ralentit pour atteindre, enfin, la plage blanche. Elle s'assoit sur un rocher puis, dans un geste presque instinctif, elle retire ses bottines et ses bas. Quel plaisir d'enfoncer ses orteils dans le sable chaud ! Elle ne se redresse qu'au bout d'un moment et se remet en marche en laissant traîner sa jupe derrière elle, creusant ainsi un sillon inégal. Elle savoure le grondement des vagues qui viennent mourir sur la grève, à quelques pas à peine. Elle admire les montagnes, à l'est, toujours enneigées malgré la chaleur de l'été. Elle est heureuse, pleinement heureuse.

Depuis qu'elle est montée dans l'express pour Toronto, elle n'a plus eu la moindre pensée pour le pauvre Joseph abandonné devant l'autel. Pas une pensée non plus pour ses parents, dont la honte doit être terrible. Plus de fiancé, plus de parents. Personne pour décider à sa place ni pour la prendre en charge. Cela fait une semaine qu'elle ne compte plus que sur elle-même et cela lui procure une sensation grisante. Elle se sent sûre d'elle, confiante en sa capacité à gérer sa vie, confiante en ses talents aussi. Elle a traversé Toronto, Peterborough, Sudbury. Des villes bordées de collines, de lacs et de forêts. Puis sont venues les Prairies, Winnipeg, Calgary, avant que ne se dressent devant le train les majestueuses Rocheuses. Elle revoit les rangées plus ou moins serrées de montagnes enneigées, de sommets aussi abrupts qu'élevés. Elle peut dire qu'elle a vu du pays. Cela la ravit

C'est seulement en revenant vers la ville, près d'une heure plus tard, qu'elle remarque enfin l'agitation qui habite les hommes et les femmes qu'elle croise dans la rue. Elle a l'impression qu'il s'est passé quelque chose d'important dans le monde depuis son départ de Montréal et se félicite d'avoir appris l'anglais. Cela lui permet d'écouter les conversations et d'attraper au hasard quelques mots qui l'intriguent. Un navire chargé d'or aurait accosté à Seattle très tôt ce matin-là. Un navire provenant du Klondike. Le Klondike? Jamais Liliane n'a entendu parler de cet endroit, mais la frénésie qui s'est emparée des habitants de Vancouver suffit pour piquer sa curiosité. Elle tend l'oreille, mais ne comprend que les mots «aventure» et «richesses». À côté d'elle, un garçon répète le mot Klondike en balançant de gauche à droite la dernière édition d'un journal. Liliane dépose une pièce dans la main du vendeur, qui lui remet son exemplaire avant de s'éloigner en criant toujours les mêmes mots : « Klondike, tout sur le Klondike ». Elle n'a pas le temps de tourner une seule page : le titre de la couverture la laisse interdite. Au Klondike, les rues sont pavées avec de l'or. Bien qu'elle soit sceptique, elle n'en demeure pas moins fascinée par la photo des mineurs sur le pont d'un bateau. Cinq mille personnes sont venues accueillir le vapeur *SS Portland* ce matin à Seattle. Deux jours plus tôt, à San Francisco, le *SS Excelsior* débarquait des hommes parmi les plus riches du monde. Des spécialistes évaluent à près d'une tonne l'or transporté à bord de chacun de ces bateaux. Cela fait deux tonnes d'or découvert près de la rivière Klondike, quelque part dans les Territoires du Nord-Ouest, tout près de la frontière de l'Alaska. Sur le bord de cette rivière serait née la ville de Dawson et c'est dans cette direction que se dirigeraient présentement tous les prospecteurs du Canada, des États-Unis et même de l'Europe.

Voilà donc qui explique la fièvre qui s'est emparée des habitants de Vancouver. Étrangement, elle-même n'est pas insensible à l'idée de partir, bien qu'elle vienne tout juste de descendre du train. Après tout, elle est libre et il lui reste encore de l'argent. Ses yeux prennent soudain un éclat mystérieux. Elle étudie la liste d'équipement proposée dans le journal et elle fait le compte, en pensée, des dépenses nécessaires pour accomplir un tel projet.

Partout, la même rumeur. Dans la rue, au marché, dans les hôtels, les boutiques ainsi que dans les maisons et les logements. Partout où il se trouve deux êtres humains, on parle du Klondike et de son or. Partout, on se prépare à tenter la grande aventure. Les journaux détaillent le matériel que nécessite l'expédition, et les marchands affichent leur propre version de ce qu'il est approprié d'apporter aussi loin de la civilisation. Mais partout, Liliane le constate rapidement, on ignore où se situe exactement le Klondike. Peu importe, remarquent les intéressés, puisque les capitaines de navires en ont fait leur prochaine destination et proposent d'y mener ceux qui sont prêts à payer.

Lorsque Liliane pénètre dans le Noonan's General Store, elle découvre un endroit sombre, animé, voire bondé. Depuis l'entrée jusqu'au fond du commerce, des hommes crient, soupèsent la marchandise et l'entassent dans un coin que chacun s'est approprié faute de pouvoir tout mettre dans un panier. À force de jouer des coudes, Liliane parvient à se frayer un chemin jusqu'au comptoir où le propriétaire s'évertue à servir la horde de clients qui ont pris d'assaut sa boutique. Avec ses rares cheveux blonds et son teint rougeaud, l'homme doit avoir une cinquantaine d'années, estime-t-elle. Ses grandes mains moites s'activent à prendre l'argent qu'on lui tend et à rendre la monnaie.

— Je voudrais acheter un traîneau, dit-elle lorsque, au bout d'une demi-heure d'attente, elle obtient enfin son attention.

L'homme secoue la tête, l'air impatient.

— Je n'en ai plus.

– Je prendrai des raquettes, dans ce cas.

– Je n'en ai plus non plus.

Liliane le regarde, perplexe, se demandant s'il se moque d'elle.

– Qu'avez-vous qui me permettrait de transporter des marchandises sur la neige?

– Hé, Noonan? As-tu encore des abricots secs?

La question, lancée depuis le fond du magasin, achève d'exaspérer le propriétaire.

– Excusez-moi, dit-il en s'éloignant du comptoir.

Lorsqu'il revient, Liliane s'apprête à l'interroger de nouveau, mais Mr. Noonan l'interrompt en montrant, de ses paumes luisantes, l'ensemble de son commerce.

– Vous voyez sur les tablettes tout ce qu'il me reste, dit-il. Et, puisque mes fournisseurs ne fournissent plus, vous devrez vous en contenter. Maintenant, si vous le permettez, j'ai beaucoup de monde aujourd'hui. Choisissez donc ce que vous voulez et apportez-le-moi ici.

Un peu ébranlée, Liliane recule d'un pas. Aussitôt, quelqu'un prend sa place devant le marchand, les bras chargés de sacs de toile et de boîtes de toutes sortes. Mr. Noonan est seul pour servir cette cohue et cela justifie amplement son impatience et cette façon cavalière de traiter les clients indécis. Autour de Liliane, les hommes continuent d'acheter à un rythme effréné. Ils n'ont que le Klondike en tête, ce qui explique que le propriétaire soit à court de matériel d'expédition.

« C'est décidément un bon moment pour vendre des raquettes, songe Liliane en s'extirpant de la foule pour sortir. Dommage que je n'en aie pas, je ferais fortune. »

Dans la lumière chaude du Pacifique, elle arpente les rues et observe les boutiques qui, bien que peu nombreuses, paraissent pleines à craquer de clients enfiévrés. Penser à se procurer de la farine, des fruits séchés, une pelle ou même un poêle serait ridicule. Ce genre de marchandises doit avoir disparu dès que la nouvelle de la découverte s'est répandue. Quant aux fournisseurs, ils auront tôt fait d'augmenter leurs prix, refilant la facture à ceux qui veulent tenter l'aventure.

Cette situation pourrait mettre en péril le nouveau projet de Liliane. La jeune femme erre dans la ville, songeuse. C'est au bord de la mer qu'elle retrouve ses esprits, plus précisément dans le port, où les quais s'étirent comme pour rejoindre les bateaux. Une importante agitation y règne. À l'image de ce qui se passait dans la boutique de Mr. Noonan, tout se fait dans le plus grand désordre. Des éclats de voix fusent, des rires, des cris de colère aussi. On se serre la main, ou on s'insulte. Puis il y a des bagages qu'on lance, d'autres qu'on traîne. Et pendant ce temps, la fumée monte doucement des cheminées des bateaux. Un vent timide et tiède souffle sur la côte, poussant sur la ville les relents de bois brûlé et de charbon, mais également l'odeur tenace de la sueur et de la crasse qu'on devine en regardant les marins. On charge les navires précipitamment, et la négociation du prix d'un billet se fait directement sur le pont. Liliane sent de nouveau cette frénésie s'emparer d'elle et, sous ce flegme qui la caractérise, elle prend conscience du sentiment d'urgence qui l'habite. Il faut qu'elle parte. Elle est là, à l'autre bout du pays, au moment même où se passe l'événement le plus important de la décennie, voire peut-être du siècle. Elle ne va tout de même pas hésiter alors qu'on lui tend presque la main. Les rues sont pavées avec de l'or, disait le journal. Elle doit absolument voir ça.

Dans un soudain éclair de lucidité, elle refait mentalement le compte des dépenses que ce projet nécessiterait. La conclusion est décevante. Avec l'inflation actuelle, elle n'a même pas de quoi s'équiper pour l'expédition, encore moins de quoi s'acheter des vivres pour plusieurs mois. Sans compter le prix du voyage à bord d'un bateau. Seule solution : elle doit trouver un moyen pour payer la marchandise à un prix raisonnable. Un prix plus que raisonnable serait encore mieux. À qui fait-on une telle faveur, sinon à une employée modèle ?

Elle revient sur ses pas et pénètre dans le magasin général de Mr. Noonan, où la foule se montre toujours aussi pressante. De l'autre côté du comptoir, le propriétaire paraît au bord de l'épuisement.

— N'avez-vous pas d'employé ? demande Liliane en s'approchant de lui.

— Il s'est embarqué pour le Klondike hier après-midi.

— Et votre femme ? Pourquoi ne vient-elle pas vous aider ?

— Elle est partie pour le Klondike elle aussi. Avec mon employé.

Il a prononcé ces mots sans s'arrêter, mais soudain, il s'immobilise et fait un pas vers l'arrière pour s'appuyer sur l'étagère murale. Il est plus rouge que jamais et Liliane le croit sur le point de s'effondrer. Elle s'empresse de le rejoindre et dénoue sa cravate. Pendant ce temps, les clients s'impatientent.

— Combien payiez-vous votre employé, Mr. Noonan ?

L'homme prend un air perplexe, mais accepte qu'elle l'aide à s'asseoir.

— Pourquoi ? grogne-t-il. Vous cherchez un emploi ?

Liliane ignore sa question et plonge son regard dans le sien.

— Combien?

— Cinquante cents par jour.

— Je travaillerai pour vous si vous me donnez trois dollars par jour et je vous promets des profits records.

— Trois dollars? Vous êtes complètement folle, mademoiselle.

Liliane secoue la tête et désigne la porte où les gens continuent d'entrer.

— Regardez tous ces clients, dit-elle doucement. Et regardez-vous. Vous êtes au bord de l'épuisement. Sans parler de votre cœur qui ne semble pas se porter à merveille, lui non plus. Comment pourrez-vous vous occuper de votre commerce dans cet état? Vous savez comme moi que la folie qui s'est emparée du monde va durer un moment. Il faudrait que votre boutique reste ouverte la nuit, pour répondre à la demande. À force d'attendre, quelqu'un pourrait perdre patience et décider de prendre ce qu'il veut sans payer.

L'homme se montre sceptique, mais, après un regard vers les clients qui s'excitent bruyamment de l'autre côté du comptoir, il se ravise.

— C'est d'accord, dit-il en serrant maladroitement la main de Liliane. Savez-vous au moins compter?

Liliane éclate de rire en détachant les clés que le propriétaire gardait suspendues à sa ceinture.

— Vous le verrez bien, lance-t-elle en se dirigeant vers la porte qu'elle ferme à double tour.

À partir d'aujourd'hui, personne ne partira sans payer, c'est garanti.

*

Les jours s'écoulent au même rythme que la marchandise, c'est-à-dire rapidement. La ville est toujours en effervescence, mais les différents commerces s'affichent de plus en plus souvent en panne de stock. Le 22 juillet au soir, alors que les rues de Vancouver disparaissent derrière un épais voile de brouillard, Mr. Noonan remet à Liliane son salaire de la semaine. Puis il constate, l'air découragé :

— Cinq jours à trois dollars par jour font quinze dollars. Je n'ai jamais autant payé un employé.

— Vous n'avez jamais fait autant d'argent non plus, rétorque Liliane en repliant les billets pour les mettre dans la poche de sa jupe.

— C'est bien vrai. Il est dommage que je ne puisse en gagner davantage. Mes fournisseurs préfèrent de plus en plus livrer leur marchandise à Seattle où, paraît-il, la demande est encore plus forte qu'ici. La chose est-elle Dieu possible ?

Puis, après un regard circulaire à l'intérieur de son commerce, Mr. Noonan se désole :

— Nous n'avons plus rien qui puisse servir à un prospecteur.

Liliane acquiesce en silence. Elle est arrivée à la même conclusion que son patron il y a deux jours, alors qu'elle vendait le dernier poêle et qu'un télégramme de Montréal annonçait un important retard dans l'acheminement des pelles, des tentes et des précieux poêles à bois. Même si elle avait voulu négocier avec Mr. Noonan, il lui aurait été impossible de s'équiper convenablement pour sa propre expédition, faute d'approvisionnement.

Elle en est là dans ses réflexions pendant qu'elle balaie le plancher de bois maculé par les centaines d'allées et venues de la journée. La voix de Mr. Noonan lui parvient, caverneuse. L'homme dresse l'inventaire de ce qui reste à vendre. Une vingtaine de verges de soie, au moins autant de satin. Plusieurs livres d'épices diverses, deux boîtes de verres de cristal, de l'argenterie pour douze couverts.

— À ce rythme-là, je serai pris avec ça pendant encore des mois, peut-être des années. Qui achètera ces biens de luxe maintenant que tout le monde s'en va au Klondike ? Dire que si j'avais pu vendre la moitié de ce qui se trouve sur cette tablette avant que ne s'amorce ce délire collectif, j'aurais pu commander plus de fruits et de légumes séchés, plus de lait en conserve, plus de cuir à sangles, plus de chandelles. Sans parler des fourrures. Je n'en tiens plus depuis des années, mais là-bas, dans le Nord, il est certain que ça deviendra nécessaire. Oui, il faut que je me procure des fourrures. Plus de sucre aussi, et plus de farine, plus de...

Liliane s'arrête de balayer, et le vent, qui pénètre par la fenêtre ouverte, disperse la poussière à ses pieds. Les mots de son patron ont fait leur chemin jusque dans son esprit, où surgit tout à coup une idée de génie. Une idée risquée, Liliane en convient, mais une idée de génie quand même. Presque comme dans un rêve, elle appuie son balai sur le mur et rejoint son patron au fond de la boutique.

— C'est vrai que ces épices seront probablement rances avant de trouver preneur, dit-elle en indiquant les boîtes de bâtons de cannelle.

— Je le sais bien, je le sais bien. C'est cela qui m'inquiète justement. Ici, Miss Lili, sur la côte pacifique, le temps est très humide. Pour conserver des épices, il faut prendre des tas de précautions. Des précautions qui sont parfois fort coûteuses.

Liliane acquiesce et laisse ses doigts glisser sur le ballot de soie :

— Avant que le luxe ne soit de nouveau à la mode, ces tissus seront sans doute éventés.

— Je le sais bien, je le sais bien, répète l'homme de plus en plus découragé. Je ne pouvais pas prévoir qu'on trouverait de l'or et que tout le monde ne penserait plus qu'à adopter la vie rude des prospecteurs. Klondike. Klondike. C'est écrit partout, on ne parle que de ça. Comment voulez-vous que je vende de l'argenterie quand les clients désirent de l'étain ?

L'écoute de Liliane doit inspirer la sympathie, car elle est surprise de voir son patron se confier ainsi à elle. Tout en frottant une fourchette en argent avec un pan de sa jupe, elle réprime un sourire.

— Dire qu'il faut astiquer ça tous les jours, sinon ça ternit. Que de travail pour en écouler si peu !

Mr. Noonan hoche la tête et retourne vers la caisse.

— Il y a des jours, ma chère enfant, où je me demande pourquoi j'ai quitté mon Irlande natale. Non, mais, quelle misère nous attend avec tous ces objets de luxe dont personne ne veut ? Quelle misère nous attend, je vous le demande ?

Liliane ne répond pas, les yeux fixés au comptoir à épices. Elle a devant elle la solution à son problème d'équipement. À défaut de posséder un traîneau, elle n'aura qu'un léger bagage, si léger qu'elle pourra elle-même le transporter. Et à défaut de s'équiper ici et maintenant, c'est là-bas, au Klondike, qu'elle achètera ce dont elle aura besoin, après avoir vendu ces biens de luxe à tous les millionnaires du Nord. Si son patron ne découvre pas son jeu, cette petite mise de départ lui rapportera gros, songe Liliane.

CHAPITRE V

Le théâtre est silencieux et l'assistance, fébrile. On a remonté les lustres, et les yeux des spectateurs sont rivés à la scène où apparaissent les premiers comédiens. Le décor de carton représente les montagnes, la neige, le froid. Rosalie pourrait facilement croire qu'il s'agit de son propre coin de pays, mais ce n'est pas le cas. La pièce raconte le Klondike, l'or et l'aventure à un public captivé par le sujet et par le rêve qu'il évoque. Rosalie écoute les paroles, chantonne les mélodies et rêvasse, elle aussi. Dans son regard brillent déjà les premières pépites d'or que son nouvel amant sortira de la rivière Klondike.

Car son conte de fées à elle est déjà commencé. Elle n'a qu'à fermer les yeux pour en revivre chacun des chapitres. Le dernier se déroulait dans le parc, sur la rive du lac Michigan qui scintillait dans la lumière du soleil de midi. La voix bienveillante de Dennis-James lui soufflait à l'oreille un « Viens » insistant, tandis qu'il l'attirait loin des autres visiteurs.

Il la menait d'un pas assuré à une petite baie déserte, à l'abri des regards. Elle se souvient de l'odeur de l'herbe où elle s'est allongée, de la paume de Dennis-James qui glissait sur ses seins. Il a relevé sa jupe et jamais Rosalie n'a fait l'amour avec autant d'intensité. Elle transpirait, mais les gouttes d'eau qui perlaient sur sa peau s'évaporaient dans l'air tiède de l'été. C'était cet après-midi, juste avant que Dennis-James ne la conduise chez la couturière pour les derniers ajustements à sa robe de soirée. Celle-là même qu'elle porte en ce moment dans ce théâtre surchauffé. Une robe de taffetas doré, brillante et froufroutante, à l'image de celles que portent toutes ces femmes de la bonne société américaine. Une robe qui lui donne l'impression d'être une princesse avec son prince charmant.

Sans quitter la scène des yeux, elle étire le bras et touche la main de Dennis-James, assis à côté d'elle au balcon. Les doigts longs et fins se referment sur les siens, et ce geste, ajouté à toutes les autres attentions, la comble de bonheur. Qui aurait pu deviner qu'en suivant un pianiste elle changerait radicalement le cours de sa vie ?

Depuis qu'elle est à Chicago, les jours se ressemblent. Dennis-James l'escorte dans les plus beaux musées, les plus vastes parcs, les serres et les jardins les plus verdoyants. Il se montre avec elle d'une gentillesse qui ferait chavirer n'importe quelle femme. Le soir, il y a le théâtre, bien sûr, mais également les soirées chics dans les bars à la mode où il s'installe au piano, faisant la joie des clients, des propriétaires, mais surtout de Rosalie. Comme il le lui a promis, il joue pour elle. Chaque fois qu'elle entend les touches vibrer sous ses doigts, elle sent monter en elle l'ivresse de leur première rencontre. Elle pose les yeux sur ces épaules étroites, sur cette nuque délicate qui disparaît sous l'épaisse chevelure blonde. Elle s'attarde sur cette moustache fine et sur ces lèvres minces qu'elle aime tant caresser du bout de la langue lorsqu'il s'allonge sur elle, la nuit.

Jamais elle n'avait imaginé, cependant, qu'un pianiste puisse vivre ainsi dans le grand monde, fréquenter les plus beaux endroits, faire les plus extravagantes sorties. Jamais non plus elle n'aurait cru qu'il était si riche. Dennis-James dépense sans compter et, étrangement, il ne se passe pas une soirée sans qu'un nouvel associé se manifeste, désireux d'investir dans son projet de prospection minière au Klondike. En fait, il n'a qu'à prononcer le nom de sa destination pour que la foule s'amasse autour de lui.

Sur la scène, la pièce se termine et les applaudissements envahissent le théâtre. Rosalie se lève, imitant son compagnon qui a laissé tomber sa main pour prendre part à l'ovation.

— Bravo! hurle t il. Bravissimo!

Rosalie le détaille, s'amuse de constater qu'il semble heureux, lui aussi. Ce soir, il jouera encore dans un bar, sous les acclamations d'un auditoire déjà conquis. Ce soir, il racontera son projet, s'attardera sur les détails, la couleur et la texture de l'or qu'il ramassera de ses mains dans sa mine. Et l'argent tombera du ciel, comme la veille et comme l'avant-veille. Et ce soir, aussi, il lui fera l'amour dans leur chambre d'hôtel et lui promettra, encore une fois, qu'elle sera la femme la plus riche du Klondike.

*

Le train quitte Chicago le lendemain et fait route vers Saint Paul, où il ne s'arrête que le temps d'accueillir de nouveaux passagers. Par la fenêtre du compartiment qu'ils sont les seuls à occuper, Rosalie remarque la brique rouge dont sont construits la plupart des édifices.

– Ça ressemble à Coaticook, s'étonne-t-elle, dans un soudain élan de nostalgie.

– Est-ce ta ville natale?

Le ton de Dennis-James laisse deviner sa grande sensibilité et Rosalie acquiesce, se pressant contre lui. Il lui dépose un léger baiser sur le front.

– Ta famille y vit-elle encore?

Sa voix est si près de son oreille qu'elle peut sentir son souffle chaud contre sa joue.

– Je pense que oui. Mon père ne vendra jamais la maison. Il l'a construite de ses mains.

– Et tes frères et sœurs?

– Je n'en ai pas.

Devant le regard interrogateur de Dennis-James, Rosalie ajoute:

– Mes parents m'ont eue sur le tard.

Des images défilent dans son esprit, se superposant à celles du fleuve Mississippi que le train franchit à faible vitesse.

– Je me souviens des visites du curé, quand j'étais petite. Il accusait ma mère d'empêcher la famille. Elle niait et pleurait, mais lui offrait pourtant une place à table chaque fois qu'il se présentait à la maison. Elle était pathétique.

Rosalie est consciente qu'elle risque de décevoir son amant en parlant de la sorte, mais cela ne suffit pas à l'arrêter.

– Ton départ a dû l'affliger.

La remarque l'étonne un peu, car elle n'y a jamais vraiment pensé. Elle hausse les épaules.

– Je ne crois pas. Elle ne m'aimait pas.

Rosalie se rappelle les scènes de colère, les cris de son père, les larmes de sa mère devant son refus d'obéir.

Il y avait les menaces aussi, que voilait à peine la lecture des dix commandements. C'est peut-être un peu malhonnête de tirer de telles conclusions, mais si sa mère l'avait aimée, aurait-elle échafaudé pour elle cet ignoble projet? Bien qu'elle ne se sente pas coupable, Rosalie hésite à dire la vérité à son amant. Un protestant comprendra-t-il l'importance pour un catholique d'offrir son unique enfant à Dieu? Heureusement, il ne lui faut pas longtemps pour lire dans les yeux pétillants de Dennis-James qu'elle est pardonnée d'avance. Si elle avait obéi à ses parents, jamais elle ne l'aurait rencontré. D'ailleurs, il lui semble préférable qu'il n'y ait pas de secrets entre eux.

— Elle voulait me mettre au couvent, lance-t-elle enfin.

Contre toute attente, Dennis-James éclate d'un rire sonore et Rosalie l'imite, incapable de résister à cette voix, à ce visage, à cette main qui serre la sienne.

— Tes parents ne te connaissaient vraiment pas pour imaginer qu'un couvent pouvait te convenir.

Rosalie rit de plus belle.

— Je pense qu'ils me connaissaient trop bien, justement. Ils voulaient s'assurer que je me soumette enfin à quelqu'un et, surtout, que je ne fasse pas de bêtises. C'est pour ça qu'ils avaient choisi un cloître.

— Et tu t'es enfuie?

— J'ai sauté dans un train, le premier que j'ai vu, et je ne l'ai jamais regretté. Comme je ne regrette pas non plus de t'avoir suivi sur la plage.

Dennis-James redevient subitement sérieux.

— Il est encore trop tôt pour tirer ce genre de conclusion.

Rosalie glisse son bras sous la veste de son amant et prend un ton faussement menaçant.

— Me cacheriez-vous quelque chose, Mr. Peterson ? Vous êtes peut-être un dangereux criminel. Attendez que je vous chatouille, je vais bien découvrir la vérité.

Elle se blottit contre lui et laisse sa main descendre plus bas. Elle est arrêtée dans son geste par la poigne solide de Dennis-James.

— Ne fais pas ça, Lili, ordonne-t-il en la repoussant doucement. Je n'aime pas ces jeux-là.

— Ce n'est pas ce que tu disais hier soir…

Rosalie a pris sa voix la plus chaude et, à l'évocation de leur dernière nuit à Chicago, Dennis-James retrouve sa bonne humeur. Il lève le bras et lui enserre fermement les épaules.

— Sais-tu, Lili, que tu es la plus formidable des femmes que j'aie jamais rencontrées ?

— Vraiment ?

— Absolument.

Rosalie se montre sceptique pour la forme, car ces mots lui plaisent.

— Dis-le encore.

— Quoi ?

— Que je suis formidable.

— Tu es formidable. Formidable, et délicieuse, et belle.

Il se penche vers elle et elle se laisse embrasser, comme une petite fille sage, avant de l'enlacer à son tour pour lui rendre son baiser. Cette nuit-là, lovés l'un contre l'autre dans la minuscule couchette de la cabine, ils font l'amour en silence, au rythme des cahots qui agitent le wagon.

Le train roule toute la nuit, ne faisant halte que quelques minutes dans les gares qui bordent la voie ferrée. Fort Bufort surgit dans la plaine le lendemain, en début d'après-midi. Vieux poste de traite abandonné, l'endroit est complètement isolé. Ils ne sont que quelques-uns à monter à bord. À la suite de quoi le train reprend la route.

Lorsque les premières montagnes apparaissent, le troisième jour, Rosalie observe les changements dans le paysage, le nez rivé à la vitre. Il y a d'abord des collines, presque désertiques, puis, tout à coup, on découvre la ville de Spokane, entourée d'une végétation maigre et clairsemée. Au-delà, à l'ouest, se dessinent les Rocheuses, les vraies, avec leurs pics enneigés. Elles paraissent lointaines et proches à la fois, et Rosalie en est fascinée.

Il est près de trois heures de l'après-midi. La voix du contrôleur annonce que le train fera halte jusqu'à la tombée de la nuit, ce qui donne amplement le temps aux passagers de visiter la ville. Rosalie et Dennis-James se retrouvent donc, moins d'une heure plus tard, allongés ensemble dans une baignoire au Redwood Hotel, un manoir entièrement construit de bois, le plus récent et le plus luxueux édifice de Spokane.

– Je pourrais m'habituer à cette vie, souffle Rosalie en pointant un orteil hors de l'eau.

– Apprécie-la, chère Lili, apprécie-la. Tu sais que ça ne durera pas. Quand nous arriverons en Alaska, il ne sera plus question de bain chaud. Ce sera rude et inconfortable, du moins le temps qu'il faudra pour exploiter la mine. Ensuite…

Les mains de Dennis-James avancent sous l'eau et suivent le contour des hanches de Rosalie avant de se poser sur son ventre.

— Tu n'as pas peur, des fois?

— Peur de quoi?

— D'être enceinte. Après tout, on joue un jeu dangereux.

Rosalie éclate de rire.

— Si j'avais eu à tomber enceinte, ça se serait produit bien avant, je pense. Il faut croire que je suis comme ma mère. Je t'ai dit qu'elle m'avait eue sur le tard.

Les doigts de Dennis-James descendent plus bas, se perdent dans la toison sombre.

— Dans ce cas, murmure-t-il en se collant contre elle, pourquoi on se priverait?

Rosalie ferme les yeux et laisse ses sens la dominer, la bercer dans une douce euphorie. Son bonheur est total. Plus que jamais, elle est convaincue qu'elle l'aime. Elle a confiance en lui et rien d'autre n'a d'importance.

Pendant qu'elle enfile sa belle robe de soirée, plusieurs minutes plus tard, elle apprécie sa chance. Dennis-James l'emmène dans le plus chic restaurant de Spokane où il jouera du piano, pour elle, jusqu'au départ du train.

*

Les chaînes de montagnes défilent à répétition toute la nuit et tout le jour suivant. Elles s'étirent du nord au sud, à perte de vue. Des pics enneigés, des falaises abruptes, des monts sombres envahis de sapins. Des lacs, des rivières, des cascades moutonneuses. Ici et là, un ours, aperçu de loin, quelques chèvres, des aigles aussi. Soudain,

Seattle apparaît, au bord d'une baie baignée de soleil. Les montagnes dressent tout autour leurs sommets immaculés, offrant aux nouveaux venus un panorama à couper le souffle. Le train s'immobilise dans une gare bondée et, dès que la porte du wagon s'ouvre, des cris, des rires et des chants envahissent le compartiment où Rosalie récupère ses effets personnels. Dennis-James est déjà sur le quai et s'assure que leur équipement sera transporté comme prévu dans un entrepôt qu'il a réservé par télégramme.

Une demi-heure plus tard, tous deux sont assis dans un fiacre, ce qui leur permet d'admirer la ville dans toute sa splendeur et son effervescence. Seattle se dévoile si peuplé que ça en est étourdissant. Il ne se trouve pas un trottoir qui ne soit envahi de pelles, d'outils ou de sacs de toile empilés pêle-mêle. Les clients s'interpellent, entrent et sortent des commerces, s'élancent sans regarder dans les rues boueuses et encombrées de véhicules. Ils sont des milliers à aller et venir dans tous les sens, paquets sous le bras. Parmi eux, plusieurs femmes. Certaines sont élégantes, d'autres, vêtues de robes usées. Quelques-unes portent même le pantalon, ce qui scandalise Rosalie. Au détour d'une large avenue, des coups de feu retentissent, provenant du fond d'une ruelle. Personne n'y prête attention et, inquiète, Rosalie prend la main de Dennis-James dans la sienne.

– Ne t'en fais pas. Seattle est devenu une grosse ville maintenant. Beaucoup plus grosse et sans doute beaucoup plus dangereuse que ne l'est Portland. Mais tu n'as rien à craindre ; nous ne vivrons pas dans le bas quartier.

Le fiacre poursuit son chemin, zigzaguant entre les voitures fermées et les charrettes des habitants. Malgré qu'elle soit toujours un peu effrayée, Rosalie ne peut empêcher un sourire d'apparaître sur ses lèvres.

— Où allons-nous? demande-t-elle sans quitter des yeux les façades de briques neuves, les vitrines fraîchement lavées, les perrons proprement balayés.

— Nous logerons à l'hôtel Seattle.

— C'est luxueux?

— Très.

— Cher?

— Très. Mais il n'y a rien de trop beau pour ceux qui s'apprêtent à partir pour l'or, ma Lili. Notre vie sera assez difficile là-haut, aussi bien se gâter pendant qu'il en est encore temps.

Incapable de résister, Rosalie se laisse aller à la fièvre ambiante, comme s'il s'agissait d'une maladie contagieuse. Partout dans les rues, on affiche le Klondike. Équipement, vêtements, nourriture, tout semble destiné aux chercheurs d'or. Sur chaque visage se lisent le même bonheur, la même excitation. Les gens sont heureux; bientôt, la richesse sera à portée de main.

Le plus extraordinaire, c'est que Rosalie fasse partie de ces gens que la fortune attend. Elle, une petite Canadienne française, participe à cette frénésie qui s'est emparée de l'Amérique, peut-être même du monde entier. Quand elle sera grand-mère, elle pourra raconter à ses petits-enfants qu'elle était là, qu'elle a tout vu, et qu'elle est partie de Seattle, parce que c'est à Seattle que commençait l'aventure.

Chapitre VI

Au matin du 23 juillet, Liliane admire une dernière fois Vancouver qui disparaît lentement derrière une langue de terre. Elle a revêtu la tenue de voyage offerte par Mrs. Burns. Son chapeau, bien épinglé à sa chevelure, ne bronche pas, malgré les bourrasques violentes. Seule la plume s'incline, de temps en temps, lui effleurant la joue. Son habituel sac de toile gît à ses pieds, rempli de son linge de semaine délavé et usé. Juste à côté, un deuxième sac, un peu plus grand, dans lequel elle a enfoui quelques vêtements chauds, achetés expressément pour l'expédition.

Ce nouveau départ a des allures de défi et l'idée même de ne plus avoir d'attaches ni de point d'ancrage a quelque chose de fabuleux. Quelles limites y a-t-il à ce voyage ? Dawson City sera-t-elle sa destination ultime ? Alors que les vagues font tanguer le traversier qui la mène à Victoria, elle savoure la caresse du vent sur son visage. L'odeur des algues est envoûtante et Liliane n'aurait jamais pensé qu'elle aimerait autant la mer.

Autour d'elle, les passagers se plaignent de l'inconfort, se montrent inquiets aussi, car le bateau s'avère peu stable. Mais Liliane se sent assez bien, malgré les secousses. Sous elle, dans une boîte solide et bien fermée, se trouve sa fortune : le stock d'épices de trois commerces, dont celui de Mr. Noonan. Presque la totalité de son argent y est passée, mais quel investissement ! Elle revoit le visage furieux de son patron lorsque, après lui avoir vendu cette marchandise de luxe à un prix dérisoire, il l'a vue emballer soigneusement les flacons puis les empiler dans une vieille caisse de bois. Si elle n'avait pas pris tant de précautions, peut-être ne se serait-il pas douté de ce qu'elle comptait en faire. Mais l'Irlandais n'est pas un imbécile. Dès qu'il a deviné qu'elle s'en allait au Klondike avec ses épices, il lui a fait une offre qu'elle n'a pu refuser : s'associer avec elle dans cette aventure. Elle fournit la marchandise, il s'occupe du transport et de la gestion des affaires. Comme il ne lui restait plus beaucoup d'argent, Liliane a sauté sur l'occasion.

Après une virée à l'appartement de l'Irlandais, il s'est avéré que Mr. Noonan apporterait, de plus, quatre sacs de haricots, des fruits secs, quelques boîtes de conserve, de la farine et du sucre. Une nourriture non périssable, soutenante et facile à transporter. Des denrées avec lesquelles Liliane peut apprêter un lièvre ou n'importe quel gibier. De précieuses provisions qui s'ajoutent au poêle de Mr. Noonan et à quelques ustensiles de cuisine. Finalement, à deux, ils partent pour l'or mieux équipés que Liliane ne l'aurait imaginé. Et même si, au début, la compagnie de l'Irlandais ne lui plaisait pas, elle commence à s'y faire. De toute façon, cette association pourrait être de courte durée puisque Mr. Noonan, mal en point, est penché en permanence par-dessus la rambarde. Comment peut-il entrevoir un voyage en mer de cinq jours s'il ne supporte pas une croisière de quelques heures ?

— N'avez-vous pas traversé l'océan Atlantique depuis votre Irlande natale ? demande-t-elle pour le taquiner.

Quelques sons gutturaux lui servent de réponse.

— Dans ce cas, vous savez ce qui se passera quand nous affronterons le large.

L'homme se redresse, le visage blême et en sueur, et revient vers elle s'asseoir sur un coin de la caisse.

— Nous ne prendrons pas le large, soupire-t-il en désignant l'île sur leur gauche. Du moins, je l'espère. À Victoria, il ne devrait pas être difficile de trouver deux places à bord d'un vapeur empruntant l'Inside Passage.

L'Inside Passage. Liliane a tellement entendu parler de cette route au cours de la dernière semaine. Ce serait la moins dangereuse, la moins coûteuse et la plus courte pour atteindre l'Alaska. La route parfaite, disait chaque client en décrivant l'étroit chenal qui longe la côte, protégé du large par des îles et des îlots. Ainsi dépeignaient-ils le trajet entre Vancouver et les désormais célèbres Skagway et Dyea, deux villages de l'Alaska censés être les meilleurs points de départ pour traverser les montagnes vers le Klondike. Il y a bien une autre route, expliquaient les clients, celle qui mène à St. Michael par la haute mer, puis à Dawson en remontant le fleuve Yukon depuis l'océan Arctique, mais cette voie, entièrement maritime, s'avère extrêmement chère et lente. Pas de montagnes à franchir, donc pas besoin de traîneau ni de raquettes pour transporter les marchandises ; un voyage moins éprouvant certes, mais trop long au goût de Liliane et trop onéreux au goût de son nouvel associé.

— J'espère que nous trouverons des allumettes à Victoria, souffle Mr. Noonan qui reprend lentement un teint normal. J'ai bien peur que nous n'en ayons pas en quantité suffisante.

— Vous ne regrettez pas notre entente? demande soudain Liliane, faisant allusion à son état nauséeux.

Mr. Noonan secoue la tête et son crâne dégarni luit sous les rayons ardents du soleil de midi. Il cherche des yeux l'endroit où il a posé son chapeau, mais Liliane l'aperçoit avant lui et le lui tend.

— Un accord, ça ne se change pas comme ça, Miss Lili. Ne revenez surtout pas là-dessus. Je paierai toutes les dépenses du voyage, ce sera ma part de la mise de fonds. Ensuite, on partage les profits cinquante-cinquante. Un point c'est tout.

La tentation est trop forte et Liliane cède à l'envie de le faire enrager en lui rappelant qu'elle a été plus rapide que lui dans cette affaire.

— Plus j'y pense, commence-t-elle, plus je me dis que, puisque c'était mon idée, une répartition soixante-quarante serait plus appropriée.

Mr. Noonan secoue de nouveau la tête, sur le point de perdre patience.

— On ne revient pas sur une entente, s'écrie-t-il en se tournant vers elle. Je sais que vous faites vos débuts dans ce métier, mais si vous ne voulez pas vous attirer d'ennemis, il est préférable que vous acceptiez immédiatement les règles du jeu.

— Mais…

— Comme on dit par ici, un *deal*, c'est un *deal*, s'emporte l'Irlandais. Un point c'est tout.

Liliane se détourne pour sourire librement. Elle n'a pas l'intention de changer quoi que ce soit à leur association, surtout qu'elle a compris qu'en jouant bien ses cartes, elle pourra apprendre beaucoup. Elle va étudier ce marchand irlandais sous toutes ses coutures et l'imiter en tous points. Elle va faire son chemin dans le monde des affaires et c'est lui qui lui montrera la voie. Elle se promet donc de revenir, de temps en temps, sur la répartition des profits, histoire de cacher sa véritable motivation. Cependant, pour qu'il ne la croie ni soumise ni naïve, elle aborde un autre sujet qui, sans être vraiment une préoccupation, n'en constitue pas moins une réelle inquiétude.

— Êtes-vous toujours certain de vouloir m'accompagner dans le Nord? Vous n'êtes plus tout à fait jeune, Mr. Noonan. Nous pourrions conserver le même accord et je pourrais vous rendre compte des ventes…

Comme elle s'y attendait, son compagnon est piqué au vif.

— Je vous défends de me parler de cette manière, s'exclame-t-il les joues brusquement très colorées. Je ne sais pas comment les choses se passent chez vous, mais chez moi, votre commentaire est un flagrant manque de respect.

Liliane se confond en excuses et détourne le regard pour éviter qu'il ne perçoive son air triomphant. Sur la côte, aux abords d'un petit village, des pêcheurs mettent leurs barques à l'eau. D'autres embarcations demeurent renversées sur la plage ou amarrées au quai. Leurs propriétaires seraient-ils, eux aussi, partis pour le Klondike?

Autour des maisons s'élève une forêt dense dont les arbres, d'un vert profond et d'une taille gigantesque, ne cessent de fasciner Liliane depuis le départ. Il faut dire qu'elle est habituée à une végétation moins luxuriante, plus nordique aussi.

– De toute façon, ajoute Mr. Noonan, je n'ai pas suffisamment confiance en vous pour vous confier une telle responsabilité. Que vous le vouliez ou non, je suivrai la cargaison d'épices. Quitte à la porter moi-même!

Liliane garde les yeux fixés sur la côte, mais intérieurement elle jubile. En matière de détermination, elle a trouvé son maître.

*

Liliane et Mr. Noonan passent moins de douze heures à Victoria. Le traversier sur lequel ils voyageaient jette l'ancre à la nuit tombée et, sans même en négocier le prix, l'Irlandais loue deux chambres dans un hôtel près du port. Liliane le suit, silencieuse mais préoccupée. Lentement, les doutes apparaissent en filigrane dans ses pensées. Cette fois, il n'est plus question de Joseph Gagné, de son mariage, ni même de sa famille toujours à Sherbrooke. Il ne s'agit pas non plus d'argent, de marchandise, de profit. Ce qui la trouble est beaucoup plus urgent, plus important aussi. Mr. Noonan a beau paraître plein de bonne volonté et, avec elle du moins, suffisamment honnête, son état de santé a de quoi alarmer la plus optimiste des femmes. Il n'y a pas un morceau de pain, pas un verre d'eau, pas un fruit qui ne soit resté dans son estomac plus de dix minutes, et ce, même si la traversée a duré moins de six heures. Que se passera-t-il lorsqu'ils quitteront la civilisation, qu'ils vogueront vers l'Alaska pendant cinq, peut-être même dix jours? Cette question la hante longtemps cette nuit-là et, par la fenêtre de sa chambre, demeurée ouverte à cause de la chaleur, elle écoute les bruits de la ville en cherchant le sommeil.

Celui-ci ne vient que tard, sans apporter de réponse. Une lueur bleue pointe déjà à l'horizon.

*

Le lendemain matin, ils se préparent de nouveau à prendre la mer, au grand dam de Liliane qui ne sait plus quel argument utiliser pour convaincre son associé de renoncer au voyage. En usant de son flair, l'Irlandais n'a eu besoin que de quelques heures pour conclure que Victoria n'était pas un bon point de départ pour le Klondike. Les navires n'y sont pas plus fréquents qu'à Vancouver et la centaine d'hommes rassemblés dans le port en attente d'un transport n'améliorent en rien leur propre situation.

— La police surveille le quai comme s'il s'agissait d'une banque. Pas moyen de passer devant qui que ce soit sans attirer l'attention.

Mr. Noonan a donc erré dans la foule, cherchant parmi les badauds ceux qui avaient les moyens de louer avec lui une goélette jusqu'à Port Townsend où, dit-on, tous les bateaux, ou presque, font escale. Pendant ce temps, Liliane a fait la tournée des boutiques, négociant plus ou moins adroitement quelques onces d'épices supplémentaires.

C'est en début d'après-midi que les deux associés quittent le port, sans même un regard en arrière. Liliane ne retiendra de Victoria que des inquiétudes mêlées aux cris des mouettes qui occupent toute la grève. Dès qu'il a mis les pieds sur le bateau, Mr. Noonan a recommencé à être malade.

*

Il y a quelques semaines encore, Port Townsend n'était qu'un village, un petit hameau perdu dans la multitude d'îles et de presqu'îles qui parsèment le détroit que domine Seattle. C'était avant que tous les bateaux du monde, ou presque, fassent route vers le Klondike. Depuis, les quelques maisons qui bordent la rade se sont métamorphosées en plaque tournante pour le commerce au détail et le transport des passagers. Là où il n'y avait que des gîtes de pêcheurs se trouve désormais un quartier grouillant d'activités.

Il n'a pas fallu longtemps à Liliane pour comprendre que Port Townsend se situe en territoire américain. L'accent des habitants, les drapeaux, les armes à feu et les saloons le lui ont confirmé plus clairement que ne l'aurait fait n'importe quelle frontière. Depuis trois jours, elle a sillonné, en compagnie de son mentor, toutes les rues jusque dans leurs moindres recoins. Et il ne s'est pas passé une journée sans qu'elle remercie le ciel d'avoir mis sur sa route un marchand aussi talentueux que l'Irlandais. Son apprentissage se poursuit à chaque halte, à chaque conversation. Parce qu'il est convaincu qu'un non n'est pas une réponse définitive, Mr. Noonan retourne souvent dans les mêmes boutiques, procède à un bref inventaire de la marchandise et renouvelle son offre, parfois même à la baisse. Il demeure courtois et respectueux, ainsi qu'il l'exige de Liliane, mais il fait montre d'un entêtement rare. Lorsque, après seulement deux visites, il fait l'acquisition de toutes les réserves d'épices d'un magasin de la rue principale, Liliane reconnaît que son associé est un homme persévérant. Quand un deuxième marchand leur offre le reste de son stock pour le quart de sa valeur, elle conclut que la persévérance est la première qualité d'un commerçant.

En ce bel après-midi de la fin de juillet, Liliane et Mr. Noonan sont attablés dans un restaurant près du port d'où ils peuvent, à leur guise, surveiller les vapeurs qui jettent l'ancre pour se ravitailler. L'Irlandais a commandé deux cafés très forts et, tout en observant la foule qui continue de grandir, il aborde enfin la question de la suite des opérations.

— Je pense qu'il serait temps de partir, lance-t-il en avalant du bout des lèvres une gorgée de son café brûlant. Nous avons pour quelques centaines de dollars de marchandises ultralégères avec lesquelles nous pouvons espérer un profit de deux cents pour cent, sinon trois cents pour cent. Le transport n'est pas vraiment un problème, mais si nous voulons acheter un mulet pour éviter de nous éreinter, la dépense me semble acceptable.

Liliane n'a pas encore osé goûter à la boisson fumante. Jamais elle n'a bu de café, et le fait qu'on le qualifie de fort n'aide en rien à le rendre appétissant. Elle tend la main pour saisir la tasse, mais se ravise. Préférant s'en tenir à la conversation, elle sort de son sac le journal de la veille où elle a encerclé un article d'une dizaine de lignes.

— Si on en croit cette lettre d'un ancien mineur, un tel achat pourrait s'avérer inutile. Pour atteindre la vallée du fleuve Yukon, il nous faut franchir les montagnes Rocheuses. La route la plus courte s'étend sur environ trente-trois milles. Elle part d'un petit village indien appelé Dyea et passe par le col Chilkoot.

— Quel est le problème? Un mulet peut aisément suivre un sentier de montagne.

— Pas ce sentier-là. On le dit escarpé à quarante-cinq degrés à quelques endroits et il monte jusqu'à trois mille cinq cents pieds d'altitude. Il paraît que cela le rend impraticable pour les animaux de trait.

Mr. Noonan demeure silencieux un moment, puis il lui prend le journal des mains. Il en tourne les pages jusqu'à un article que Liliane a lu elle aussi avec beaucoup d'intérêt.

— On pourrait emprunter la White Pass. Elle est plus basse de six cents pieds. Un cheval peut sans doute…

— Sans doute, oui, mais le trajet est un peu plus long à cause des lacs qu'il faut contourner. Il y a d'autres lieux de débarquement qui sont moins populaires. On parle aussi de nouveaux gisements, découverts au nord du détroit de Béring, mais les informations m'apparaissent contradictoires…

— Que proposes-tu ?

Liliane écarquille les yeux sous le choc. C'est la première fois que Mr. Noonan lui demande son avis. Elle ressent soudain tout le poids de son inexpérience et hésite à s'exprimer. Son compagnon affiche cependant un air détendu et intéressé, où elle ne discerne aucune moquerie. Elle se risque donc :

— Je pense qu'on devrait prendre le premier vapeur disposé à nous vendre deux billets. On débarquera là où il nous mènera, sans faire les capricieux.

Mr. Noonan plisse les yeux, pince les lèvres et, enfin, hoche la tête.

— C'est un plan intelligent. D'ailleurs, si on se montre difficiles, on n'est pas près de monter sur un bateau, avec tous ces gens qui attendent exactement la même chose que nous.

Il lève le menton pour indiquer une cinquantaine d'hommes et de femmes regroupés près du quai et que les journaux de toute l'Amérique ont baptisés les argonautes, en référence aux héros de la mythologie grecque qui partirent à la conquête de la Toison d'or. Liliane acquiesce. Ici, la frénésie, en plus d'être aussi intense qu'à Vancouver et à Victoria, est plus sauvage. Des gens sont volés, d'autres, battus. Elle-même ne se promène pas seule dans le port. Ce matin, lors de leur virée quotidienne dans les boutiques, elle a constaté que plusieurs commerces s'affichaient en rupture de stock pour tout ce qui peut servir à un prospecteur. Un magasin a été pillé, un autre, saccagé. Nombreux sont les hommes à être venus à Port Townsend dans l'espoir de trouver un bateau qui les emmènerait vers le nord, nombreux et imprévisibles aussi, parce qu'irrités de devoir attendre, encore et encore. Car les choses ne se passent pas exactement comme ils l'avaient prévu. C'est vrai que plusieurs navires en direction du Klondike s'arrêtent ici pour se ravitailler en eau douce et en charbon, mais tous arrivent chargés au maximum et les passagers n'osent même pas descendre à terre de peur de perdre leur place chèrement payée.

Cette attente forcée a donc une incidence directe sur le coût des chambres d'hôtel et sur celui des repas dans les restaurants. Tout le monde profite de ce nouvel achalandage pour s'enrichir, à défaut de pouvoir partir… En conséquence, les prix montent quotidiennement. La tension, également. Le quai est étroitement surveillé, nuit et jour. On s'y rue dès qu'un navire y pointe sa proue, dans l'espoir d'y obtenir une place. Certains réussissent, mais la majorité revient s'asseoir au café, au saloon ou au bordel pour constater, maussade, que le bateau reprend la route de l'or avec bien peu de nouveaux passagers.

Cette inflation aurait pu entraîner des dépenses supplémentaires et exorbitantes pour Liliane, n'eût été de l'esprit rusé de Mr. Noonan. En bon homme d'affaires, il a établi une stratégie leur permettant de demeurer quelque temps dans la ville à un coût, sinon modeste, du moins acceptable, ce qui leur évite de trop entamer leurs réserves. Liliane l'a observé lorsqu'il expliquait au propriétaire de l'hôtel que lui et sa fille – c'est ainsi qu'il l'a présentée – venaient mettre sur pied un nouveau restaurant. Il avait pour preuve leur peu de bagages et l'odeur caractéristique de clou de girofle qui émanait de leur caisse. Or, la décence exige qu'on n'écrase pas, par un prix de location abusif, un futur partenaire d'affaires. L'Irlandais prétendait vouloir demeurer chez son hôte au moins six mois, le temps de construire l'édifice qui abriterait leur logement de même que leur restaurant. Il a prouvé sa bonne volonté en refilant au propriétaire de l'hôtel une liste de ses fournisseurs, anciens partenaires, lesquels souhaitaient, affirmait-il, étendre leur négoce jusqu'à Port Townsend.

Donc, depuis leur arrivée, ils ne paient leurs chambres que deux dollars la semaine, au lieu de cinq comme le font les autres argonautes. Pour plus de vraisemblance, ils ont convenu qu'il l'appellerait Lili et elle, papa. Ils se montrent aussi plus familiers l'un envers l'autre et Liliane joue le jeu. Pour éviter les problèmes, Mr. Noonan a recommandé à Liliane de se faire discrète et de recueillir de l'information sur les terrains à vendre ou les édifices à louer. Ce à quoi elle occupe ses journées tandis que son associé erre dans la ville à la recherche de biens de luxe aisément transportables.

— Il faudra agir rapidement, souffle-t-elle en reprenant le fil de leur conversation. Si on vous aperçoit sur un vapeur en train de marchander avec le capitaine, cela pourrait nous mettre dans l'embarras.

Mr. Noonan affiche un sourire plein d'indulgence.

— Chère enfant, ce type de tractation se fait plus facilement dans un saloon que sur le pont d'un bateau.

Chapitre VII

Seattle. Jour et nuit, les rues débordent d'activité. Les boutiques ne ferment jamais leurs portes, bien que les employés se fassent de plus en plus rares. Les hôtels affichent complet, il faut réserver pour obtenir une table dans tous les restaurants de la ville et les prix montent en flèche. Fini le marasme dans lequel le nord de la côte ouest s'enlisait depuis des années. Cet été, la ville de Seattle est plus vivante que jamais.

Dans l'établissement où elle s'est attablée avec son amant pour le déjeuner, Rosalie observe à la dérobée celui qui, la veille encore, personnifiait l'optimisme à l'américaine. Jamais elle n'a vu Dennis-James l'air aussi découragé, et ce changement d'attitude n'est pas sans faire naître, dans son esprit, quelques inquiétudes, du moins quelques interrogations désagréables. Au serveur, il a commandé pour elle un café, pour lui, un whisky, malgré l'heure matinale. Mais à elle, il n'a rien dit jusqu'à présent. Il sirote son alcool en attendant l'arrivée des œufs et, pour la première fois depuis leur départ, Rosalie souhaiterait être ailleurs. Dennis-James s'était jusqu'ici montré respectueux, admiratif même. Il trouvait la solution à ses problèmes, le soulagement à ses peurs, la réponse à ses questions. Pour rien au monde, elle ne voudrait que cela change. Dans ce périple où ils vont se lancer, elle a besoin d'avoir confiance en lui. Or, ce matin, elle a l'impression de le déranger, d'être de trop. Si elle ne craignait pas tant de provoquer sa colère, elle lui confierait ses sentiments. Ou bien elle retournerait dans leur chambre et attendrait que l'orage passe. Mais voilà, elle n'ose pas. Elle a trop peur qu'il la rejette. Elle sait qu'elle ne le supporterait pas. Elle a besoin de croire à ce rêve. Elle a besoin de rêver avec lui. C'est pourquoi elle garde ses pensées pour elle, se distrayant en suivant du regard, sur le trottoir adjacent, les passants à la mine gaillarde qui entrent ou sortent du saloon voisin.

Elle se lasse cependant très vite de cette distraction, qui lui rappelle sa propre situation, et se plonge plutôt dans la lecture du journal ouvert sur la table. On y parle des navires qui ont quitté le port de Seattle la veille, de ceux dont l'arrivée est imminente et des autres, dont les départs sont annoncés et pour lesquels on vend toujours des billets. Un article décrit le village de Skagway comme le lieu idéal pour commencer le voyage. La White Pass sera probablement accessible pendant encore quelques semaines. On recommande certaines pièces d'équipement, certains vêtements. Puis on fait une suggestion qui plaît beaucoup à Rosalie.

– On pourrait s'acheter chacun un manteau de lynx, lance-t-elle en montrant du doigt le texte où il en est question. Il est dit ici qu'on peut remplacer une dizaine de couvertures de laine par un manteau de fourrure suffisamment long pour couvrir le corps la nuit. Je trouve que c'est une bonne idée. Quand il fera froid, on n'aura qu'à porter le manteau et cela diminuera d'autant les bagages. Qu'en penses-tu?

Dennis-James sort brusquement de ses pensées.

– Je n'ai pas réussi à avoir de billets pour le *Willamette*, avoue-t-il sèchement. Tout était déjà vendu.

La veille, Dennis-James a passé la journée à se promener en ville. À en juger par l'état dans lequel il est rentré, à la nuit tombée, Rosalie avait conclu qu'il avait erré d'un saloon à l'autre. Si elle en croit cette triste nouvelle, cependant, il avait fait autre chose, avant.

– Il y a d'autres bateaux, dit-elle en tournant les pages du journal afin qu'il puisse voir les annonces.

– Je sais, mais ils partent trop tard. Pour ne pas être bloqués en chemin par l'hiver, il faudrait partir le 10 août au plus tard. Le *Willamette* m'intéressait parce qu'il quitte Seattle le 8, mais voilà, puisque tous les billets sont vendus, n'en parlons plus. Il paraît que les passagers y seront coincés entre les animaux. C'est, je suppose, un moindre mal étant donné que le voyage ne dure que six jours. Nous n'aurions pas dû nous attarder à Chicago. Si nous étions arrivés ici plus tôt, nous aurions eu une chance, alors que maintenant…

Il soupire et son regard erre sur les édifices voisins, sur le saloon aussi, en face. Il secoue brusquement la tête et se tourne vers Rosalie, l'air suppliant :

– Je ne sais plus quoi faire, Lili. J'ai parcouru la ville d'un bout à l'autre. Aucune compagnie ne garantit un départ avant le 10.

– Tu te trompes, l'interrompt Rosalie en lui montrant une publicité. La Pacific Coast Steamship annonce ce matin même que le *SS Mexico* appareillera le 9. C'est C. H. J. Stoltenberg qui vend les billets.

Dennis-James se redresse sur sa chaise et lui prend le journal des mains.

— Où ça?

Rosalie lui indique l'encadré.

— Viens! ordonne-t-il en se levant. On y va tout de suite. Avec un peu de chance, il restera de la place.

Il lance plusieurs pièces sur la table et entraîne Rosalie vers le quartier des armateurs. Ils ne sont pas les premiers, ce matin, à se rendre aux bureaux de C. H. J. Stoltenberg. Une file de quelques centaines de personnes s'étire sur le trottoir et tourne dans la rue suivante, si bien que Rosalie et Dennis-James doivent marcher à côté de ces gens immobiles pendant une dizaine de minutes avant d'arriver au kiosque du détaillant.

— Ça n'a pas de bon sens, souffle Rosalie, le bras posé sur celui de son compagnon. Combien y a-t-il de places à bord du *SS Mexico*?

— Je ne le sais pas, mais on va tout de même tenter notre chance.

Ils retournent sur leurs pas, prennent place derrière les derniers clients et engagent avec eux une conversation anodine. Les heures passent ainsi et, lorsqu'ils pénètrent enfin dans l'édifice, c'est avec un sourire aux lèvres que l'employé les reçoit.

— Vous êtes les derniers, dit-il en leur remettant leurs billets. Maintenant, si vous voulez bien m'excuser, je dois aller annoncer que le navire est complet.

Rosalie n'en croit pas ses oreilles. Dennis-James tient leur avenir dans ses mains. Excités, ils sortent dans la lumière dorée de l'après-midi, et la ville de Seattle leur apparaît soudain plus belle, plus radieuse. Dennis-James lui montre les billets, incapable de contenir sa joie.

— On part dans dix jours, souffle-t-il. Dans dix jours, Rosalie.

Puis, sans avertissement, il l'enlace et la soulève de terre.

— Tu es mon porte-bonheur, Lili.

Il éclate de rire, la fait tourner un moment avant de la poser délicatement sur le sol en disant :

— Je meurs de faim. Allons dîner !

Ils reprennent ensemble la direction de leur hôtel. Dennis-James est plus volubile qu'un enfant et Rosalie s'amuse à l'écouter raconter ses rêves, ses désirs, ses espoirs. Soudain, comme mû par une passion soudaine, il l'attire dans une ruelle où il l'embrasse fougueusement. Rosalie le laisse faire, trop heureuse de retrouver en son amant le musicien de Portland et de Chicago. Elle ferme les yeux et ne l'arrête pas quand ses mains deviennent plus baladeuses, ses caresses, plus insistantes. Une voix masculine les surprend tous les deux, dans une position à peine décente.

— Excusez-moi de vous déranger, dit un homme fort élégant. Je me demandais si vous accepteriez de me céder ces deux billets que vous venez tout juste d'acheter. Je vous paierai le double de ce qu'ils vous ont coûté.

Dennis-James sourit et reprend la main de Rosalie.

— Désolé, mon vieux. Nous avons fait la file, le ventre vide, pendant trois heures. Tout l'argent du monde ne suffirait pas pour me convaincre de les vendre.

L'homme secoue la tête, admiratif.

— Je vous comprends très bien d'y tenir, souffle-t-il. Si j'étais à votre place, je ferais la même chose.

Il s'incline poliment devant Rosalie.

— Mes hommages, madame.

L'air déçu, il fait quelques pas pour s'éloigner, mais, se ravisant, il s'arrête et se retourne.

— Vous savez, dit-il en écartant les pans de sa veste, là où l'argent échoue, il arrive qu'une arme réussisse.

Un revolver apparaît dans sa main droite et l'homme revient vers eux. Cette fois, son attitude n'a plus rien de courtois. Il se dégage de lui une telle violence contenue que sa voix en est transformée :

— J'aurais préféré vous prendre ces billets poliment, commence-t-il en les menaçant du bout du pistolet. Mais puisque vous ne me laissez pas le choix, je me vois contraint de vous les voler. Comprenez-moi bien, je DOIS partir pour le Klondike.

Rosalie a peine à reconnaître l'homme qui les a interpellés quelques secondes plus tôt. On dirait que la folie s'est emparée de lui. Dennis-James tend les billets à contrecœur.

— Nos noms sont déjà sur la liste des passagers. Je n'ai qu'à retourner au bureau de la compagnie pour leur signaler le vol.

L'autre acquiesce, enfonce les billets dans la poche de sa veste et en ressort une poignée de dollars.

— Vous ne le ferez pas parce que je vous achète vraiment ces billets. Avec ceci…

Il lance l'argent sur le sol.

— … vous en avez suffisamment pour vous rendre trois fois en Alaska.

— Oui, murmure Dennis-James en serrant les poings, mais nous n'y arriverons jamais à temps pour traverser les montagnes avant l'hiver.

— Cela fait partie des aléas de la vie, cher Mr. Peterson. Vous auriez dû y penser avant de quitter New York.

— Comment…? Comment connaissez-vous mon nom?

— Je suis bien renseigné. Alors, je vous conseille de prendre cet argent sans faire de cérémonies. Après tout, il y a d'autres navires. L'un d'entre eux semble d'ailleurs vous attendre à quai, Miss Rosalie. Un nom prédestiné, je dois dire. Il quitte Seattle le 12. Un peu tard, j'en conviens, mais, que voulez-vous, on ne peut pas gagner sur tous les plans.

Sans abaisser son arme, il recule jusqu'à l'intersection d'une ruelle, puis il fait demi-tour et sort en quelques secondes de leur champ de vision. Demeurés sur place, ni Dennis-James ni Rosalie n'osent bouger. Si son compagnon reprend rapidement ses esprits, Rosalie, elle, garde les yeux rivés à la ruelle sombre où le voleur a disparu. Sous le choc, c'est avec difficulté qu'elle articule :

— Qu'allons-nous faire ?

Dennis-James s'est accroupi pour récupérer les dollars éparpillés par le vent. Elle l'entend qui rage, mais, lorsqu'il se redresse, il se montre confiant.

— Il n'y a rien d'autre à faire que de s'acheter de nouveaux billets. Cet homme, s'il connaît nos noms, peut facilement nous retrouver. Je n'ai pas envie que nos cadavres pourrissent dans le fond d'une ruelle de Seattle.

Rosalie frémit. Elle revoit les yeux fous du voleur, son revolver qui s'agitait vers elle. Elle a eu tellement peur qu'elle en est encore couverte de sueur.

— «Un nom prédestiné», souffle Dennis-James en s'approchant d'elle pour prendre le journal qui dépasse de son sac.

Sa voix n'est plus qu'un murmure pendant qu'il scrute les colonnes et les encadrés.

— Le voilà, notre navire! s'écrie-t-il tout à coup.

Puis il lit à haute voix :

— Nous attendons l'élégant et rapide SS Rosalie *qui doit accoster dans le port de Seattle le 10 août prochain et en repartir pour les baies de Skagway et de Dyea deux jours plus tard. Billets en vente chez Frank E. Burns, 109, rue Cherry.*

Il lève les yeux, observe les bâtiments autour de lui et éclate d'un rire cynique.

— Nous allons prendre le *SS Rosalie*, chère Rosalie. Et comme si nous n'étions pas suffisamment prédestinés, nous sommes précisément sur la rue Cherry.

Il soupire et pose une main sur l'épaule de Rosalie.

— Ne t'en fais plus, c'est terminé maintenant. Notre voleur est loin, mais il nous a laissé suffisamment d'argent pour que nous puissions voyager en première classe. C'est toujours ça de gagné.

Sa voix est douce et Rosalie se sent immédiatement rassurée. Dennis-James la serre contre lui en murmurant à son oreille :

— Je sais bien que ce n'est pas ce que nous avions prévu, mais nous serons peut-être chanceux… L'hiver pourrait tarder de quelques jours. Ça arrive, ces choses-là.

Rosalie se ressaisit, s'écarte légèrement et se pend à son bras.

— Tu as raison, dit-elle en s'efforçant de sourire. Je l'aime déjà, ce *SS Rosalie*.

Elle se laisse alors guider par cet homme en qui elle a de nouveau entièrement confiance.

Chapitre VIII

Le *SS City of Topeka* s'éloigne du quai de Port Town-send, sous les regards d'une foule envieuse. Bien que ses deux mâts soient nus, le vapeur crée des vagues qui ne tardent pas à venir mourir sur la grève. La cheminée crache une fumée opaque qui danse joyeusement dans les airs, avant de répandre dans le port la lourde odeur des voyages en mer.

— Ça y est, songe Liliane en retenant son souffle, nous sommes partis.

Appuyée sur la rambarde, elle s'efforce de mémoriser tous les détails de ce moment d'émotion. La disparition progressive de la civilisation, l'appréhension ténue mais persistante de ce que sera la vie dans le Grand Nord. Qui sait ce qui l'attend là-bas ? L'aventure ? La richesse ? La liberté ? C'est là tout ce qu'elle désire et si elle n'atteint qu'un seul de ces objectifs, elle en sera contente.

Comme le jour de son départ de Sherbrooke, ce 28 juillet 1897 restera gravé dans sa mémoire. Aujourd'hui, elle fait son deuxième grand saut dans le monde. Il n'est plus question de revenir en arrière. La chose est tout bonnement impossible. Devant elle, il n'y a plus que la mer et, au-delà, le pays de l'or. Liliane ose croire que Mrs. Burns serait fière d'elle si elle la voyait prendre ainsi sa vie à bras-le-corps.

Le vent diminue à mesure que le navire s'approche de l'île de Vancouver. Le passage demeure large, certes, mais avec cette bande de terre à l'ouest, les eaux deviennent moins agitées. Liliane aurait pensé que cela aiderait Mr. Noonan à se sentir mieux, mais ce n'est pas le cas. L'Irlandais fixe toujours l'horizon, debout à quelques pas d'elle. Il paraît aussi mal en point qu'en quittant le quai, malgré la disparition graduelle des vagues.

— Vous devez être soulagé, dit-elle en se tournant vers lui. Nous prenons l'Inside Passage, comme vous l'aviez souhaité.

L'homme grogne quelques mots indistincts et Liliane conclut qu'il n'a pas envie de converser. Elle poursuit néanmoins, incapable de garder pour elle la fébrilité qui l'habite.

— C'était une bonne idée de m'inscrire sur la liste des passagers en tant que votre fille.

Mr. Noonan ne répond pas, se bornant à faire un geste de la main pour signifier qu'il ne voit pas là un exploit, mais Liliane continue, malgré le mutisme de son compagnon.

— Cela évitera, comme à Port Townsend, un lot de questions indiscrètes.

Nouveau ronchonnement. Les yeux rivés à la côte, Mr. Noonan a maintenant le teint livide.

— Il faudra que vous m'expliquiez comment vous avez fait pour nous obtenir ces places. Vous ne vouliez pas que je vous suive au saloon et je devine bien qu'il s'agissait d'une transaction entre hommes, mais... vous savez, cela pourrait m'être utile un de ces jours.

Cette fois, l'Irlandais trouve l'énergie nécessaire pour répliquer.

— Tout d'abord, il m'a été facile d'acheter deux billets pour ce voyage parce que le *SS City of Topeka* ne dépassera pas Juneau, qui, tu en conviendras, n'est pas la destination à la mode ces temps-ci.

Liliane approuve et ajoute en haussant les épaules :

— De toute manière, nous trouverons bien un bateau pour faire le reste de la route. Au pire, nous louerons une voiture jusqu'à Dyea ou Skagway.

— C'est aussi ce que je me suis dit. Pour ce qui est de la manière dont j'ai procédé pour rencontrer les bonnes personnes, je préfère garder ça pour moi. Si je te montre tout ce que je sais, tu es bien capable de disparaître avec notre cargaison dès que tu jugeras que tu n'as plus besoin de moi. C'est là une erreur que je veux t'éviter de commettre.

Liliane fait mine de s'offusquer :

— Je suis déçue que vous ayez une si piètre opinion de moi, *papa*.

— Ne joue pas à ce jeu-là avec moi, l'interrompt l'Irlandais en poursuivant sur sa lancée. Tu as réussi à me convaincre de te céder pour une bouchée de pain ce que tu comptais revendre beaucoup plus cher au Klondike. Tu es rusée, Lili. Tu étudies les faiblesses des gens et tu les exploites à ton avantage. J'admire ton intelligence et ta finesse d'esprit. Mais j'ai fait partie une fois de ceux dont tu as abusé et je te garde à l'œil parce que je n'ai pas l'intention de revivre une telle situation. Tu n'hésiterais même pas à recommencer, si l'occasion se présentait…

Puis, comme s'il craignait que son attaque ne nuise à leur relation, il ajoute :

— Ne te méprends pas ; ce n'est pas un reproche. J'agirais de la même manière à ta place. C'est pourquoi je préfère me tenir sur mes gardes, me protéger. Tu sais, je te protège du même coup, étant donné que tu ne survivrais pas une semaine sans moi en Alaska.

Liliane voudrait s'offusquer de ce dernier commentaire, mais Mr. Noonan continue, son état s'améliorant à mesure qu'il s'exprime et se concentre sur autre chose que son mal de mer.

— Et même si je t'enseignais tout ce que je sais, tu ne réussirais jamais à marchander comme un homme. Tu es une femme, Lili. Et une femme ne peut pas s'intéresser à tous les genres de commerce.

C'est au tour de Liliane de grogner au lieu de répondre. La sirène du bateau se fait entendre. Sur leur gauche se dresse la ville de Victoria. Au-dessus du port, les mouettes planent en bande, à peine plus nombreuses que les argonautes sur les quais.

— D'ailleurs, souligne Mr. Noonan les yeux rivés aux oiseaux, tu es trop jeune pour qu'on te prenne au sérieux. Je parie que tu ne sais même pas jouer au poker.

Liliane se tourne vers lui, intriguée.

— Qu'est-ce qu'un jeu de cartes peut changer à mes talents de femme d'affaires ?

Le navire avance maintenant dans le chenal et Mr. Noonan paraît beaucoup plus assuré, plus guilleret aussi.

— Pour marchander efficacement, explique-t-il, il faut parfois berner un peu ses adversaires. C'est comme dans une partie de poker. On ne peut pas bien jouer si on ne sait pas bluffer. Qui maîtrise les cartes maîtrise beaucoup mieux les chiffres, Lili. Souviens-toi toujours de ça et ne t'aventure jamais à négocier un contrat avec un joueur de poker.

Liliane perçoit cette dernière phrase comme un défi. Un défi qu'elle est décidée à relever, car en matière de chiffres elle s'y connaît.

— Montrez-moi, lui ordonne-t-elle en levant le menton, l'air frondeur et résolu.

Cette réaction surprend l'Irlandais qui secoue la tête.

— Tu plaisantes ? Le poker n'est pas une affaire de femmes.

— Mais vous venez de...

— Justement. Je viens de dire que ni le commerce ni le poker ne sont des affaires de femmes.

— Vous êtes malhonnête. Ce n'est pas du tout ce que vous avez dit. Vous avez prétendu que je serais meilleure si je savais jouer au poker. Alors, montrez-moi.

— Si je te montre tous mes trucs, tu vas...

Mr. Noonan se tait, constatant qu'il est sur le point de se répéter. Il replonge dans son mutisme et Liliane se voit contrainte de changer de stratégie. Si la ténacité ne fonctionne pas, elle a d'autres cartes dans sa manche. Sa voix se fait plus douce, plus flatteuse aussi lorsqu'elle pose une main sur le bras de son associé :

— Je promets de ne pas vous voler. Après tout, ne sommes-nous pas des partenaires ? Il faut nous faire confiance mutuellement, sinon notre affaire ne nous mènera nulle part.

L'Irlandais la dévisage de son air sceptique, puis il proteste :

— Tes trucs de fille ne fonctionnent pas avec moi.

Mais, se ravisant, il ajoute :

— Qu'est-ce que ça me rapportera, à moi, de te montrer à jouer au poker ?

Voilà l'ouverture qu'elle cherchait. Liliane jette un œil autour d'eux sur le pont et les autres passagers lui apparaissent sous un jour nouveau.

— Je vous offre cinquante pour cent de tous mes gains sur le bateau.

L'Irlandais éclate de rire, mais Liliane demeure grave, bien qu'elle perçoive le ridicule de ses propos. C'est là son premier coup de bluff, décide-t-elle, l'air de se prendre vraiment au sérieux.

— Tu ne sais même pas jouer !

Mr. Noonan a sorti son mouchoir et il essuie les larmes qui coulent sur ses joues rouges alors qu'il rit encore. Liliane trouverait la chose insultante, si elle ne l'avait pas cherché. Elle insiste donc :

— C'est pour cette raison que vous allez m'enseigner vos trucs. Puisque personne ne me prendra au sérieux, comme vous dites, il me sera facile de berner mes adversaires.

Elle se rend compte que son assurance surprend l'Irlandais.

— Même si j'accepte, cela ne fera pas de toi une experte, conclut-il en replaçant son mouchoir dans la poche de son pantalon. Ce bateau regorge de bons joueurs. Regarde ces hommes, là-bas. Et les autres, à la proue. S'ils partent pour l'or, c'est que ce sont nécessairement des joueurs, des *gamblers*, comme on dit par ici. Si ce n'était pas le cas, ils seraient restés chez eux, bien tranquillement, à boire leur whisky à la taverne du village. Mais ils s'en vont au bout du monde risquer le tout pour le tout, dans l'espoir de trouver de l'or. Ça fait d'eux des rêveurs, Lili. Des rêveurs et des *gamblers*.

Tu es stupide si tu penses pouvoir les battre aux cartes en moins de cinq jours.

Liliane se réjouit intérieurement. Elle a gagné, mais Mr. Noonan ne le sait pas encore.

— Je ne les battrai peut-être pas en moins de cinq jours, concède-t-elle, mais la route sera longue jusqu'à Dawson City. Il pourrait arriver que nous ayons besoin de nous refaire financièrement quelque part en chemin.

L'Irlandais secoue de nouveau la tête. Cette fois, il a l'air découragé.

— Tu es pire que ce que je pensais. Tu n'as aucun scrupule ni aucune humilité. Qu'est-ce qui te fait croire que tu seras douée aux cartes puisque tu n'y as jamais touché de ta vie ?

— J'ai le don des chiffres, cher *papa*. Et qui maîtrise les chiffres maîtrise les cartes. N'est-ce pas ce que vous avez dit ?

— Ce n'est pas ce que j'ai dit, mais je vois bien que je n'aurai pas le dernier mot avec toi. Alors, retiens bien ceci, Lili : tu vas te ridiculiser.

*

Le premier soir à bord du *SS City of Topeka*, une certaine fébrilité habite les passagers et les membres d'équipage. Le navire fait route vers le nord, longeant la côte entre la terre et l'île de Vancouver. Au souper, on leur apporte du flétan cuit au four, des pommes de terre, des tomates et des oignons en sauce. Liliane est assez impressionnée pour faire remarquer à Mr. Noonan que la gastronomie maritime est des plus délectables.

— Au prix que coûte notre séjour en mer, rétorque l'Irlandais, c'est bien la moindre des choses qu'on nous serve des repas convenables.

Liliane s'amuse de l'humeur maussade de son compagnon. Depuis qu'elle lui a forcé la main pour qu'il l'initie au poker, il n'a cessé de regimber. Cette attitude ne l'affecte pas, parce qu'elle a compris que, dans le fond, Mr. Noonan l'aime bien. Il veut tout simplement éviter qu'il lui arrive quelque fâcheux incident... avec son argent.

Dans la salle à manger, la plupart des passagers parlent fort, rient et se racontent des histoires. Ils sont heureux, puisqu'ils sont enfin en route pour le Klondike. Le vin coule à flots, les verres étincellent, la porcelaine tinte contre l'argenterie et les plats se succèdent. Sur le pourtour des tables, on a fixé des montants de bois, espèce de cadre d'allure rustique sur lequel les hommes s'appuient les coudes. Liliane n'a jamais vu pareille installation. Bien qu'intriguée, elle n'ose pas poser de questions de peur d'avoir l'air ridicule. D'ailleurs, personne d'autre ne semble trouver la chose incongrue et tous se comportent comme s'il s'agissait là de l'équipement habituel dans une salle à manger.

Le lendemain, lorsque le vapeur quitte l'abri que constituait l'île de Vancouver et se retrouve en pleine mer, l'utilité du cadre de bois prend tout son sens. Depuis l'aube, le navire tangue et roule au gré des vagues et du vent. Les voiles ont été abaissées et il n'y a que le moteur à hélices pour propulser le bateau dans l'adversité. Car il s'agit bien d'adversité, tant sur l'eau que sur le pont.

De peine et de misère, Liliane réussit à se glisser hors du lit. Dans la couchette du dessous, Mr. Noonan gémit. Elle est dans un si mauvais état qu'elle ne trouve pas en elle le courage nécessaire pour aider son compagnon. Jamais encore elle n'a souffert du mal de mer, mais ce matin, c'est tout juste si elle peut ingurgiter un verre d'eau. Son estomac se révulse au même rythme que la lampe-tempête qui danse au plafond. Mr. Noonan se retourne brusquement et se penche au-dessus d'un seau qu'il avait judicieusement placé à la hauteur de son oreiller, sur le sol. En quelques secondes, leur cabine est envahie d'une odeur aigre qui accentue leur nausée à tous deux.

Depuis leur départ de Vancouver, ils ont pris l'habitude de quitter la chambre à tour de rôle afin de laisser l'autre s'habiller à son aise. Ce matin, à voir la souffrance de l'Irlandais, Liliane n'ose lui demander de sortir. Il ne fait d'ailleurs aucun effort dans ce sens, se contentant de se tourner face au mur, la tête enfouie sous les couvertures. Liliane enfile ses vêtements de semaine, sachant bien que, avec les vagues et le vent qui secouent le navire, elle risque de se salir aujourd'hui plus que de coutume. Elle abandonne ensuite Mr. Noonan à son mal, non sans lui avoir promis de lui rapporter quelque chose de léger pour le dîner.

Dans la salle à manger, ils sont peu nombreux à venir prendre leur repas en groupe. Liliane s'installe en retrait et, malgré ses bonnes intentions, arrive à peine à avaler un peu de pain, une gorgée de café, quelques bouchées d'une petite pomme qu'elle trouve trop acide. Sur la table, la vaisselle se promène de gauche à droite, d'avant en arrière. Il ne s'agit plus de porcelaine, mais d'étain, matériau qui cause peu de dégâts lorsque se produit un déversement impromptu.

Liliane ne comprend pas que les membres d'équipage puissent fonctionner dans pareille situation. Aucun d'eux ne semble incommodé par le ballottement du navire et chacun vaque à ses occupations comme si de rien n'était. Pour sa part, dès qu'elle est convaincue qu'elle ne pourra plus rien manger, elle s'empresse de retourner à sa cabine où son maigre repas rejoint celui de la veille, dans le seau de Mr. Noonan.

*

Heureusement, les remous de la mer diminuent d'intensité dès que le navire se glisse derrière une nouvelle île. Le troisième soir, la lune brille, stable, dans un ciel d'encre, juste au delà de la côte. Dans la salle à manger du *SS City of Topeka*, remplie de la fumée bleue des pipes, la plupart des passagers reprennent vie. Le bruit de la vaisselle qui s'entrechoque dans la cuisine n'étouffe pas, loin de là, celui des conversations animées, des rires et des cris poussés par les hommes et les femmes regroupés pour la soirée autour de trois immenses tables. À voir l'énergie qui se dégage d'eux, Liliane conclut qu'ils se sont installés pour y passer la nuit.

Immédiatement après le souper, un violoneux s'assoit sur un banc près de la porte. Sa musique plane au-dessus des voix. Elle réussit même, parfois, quand la complainte est triste, à les faire taire et à soutirer, chez quelques passagers, une larme ou deux. Liliane reconnaît les mélodies et en ressent une vive nostalgie, elle aussi. Elle aperçoit, du coin de l'œil, le regard trop brillant de Mr. Noonan lorsque se termine une ballade irlandaise. Puis, alors que minuit approche, l'ambiance se transforme.

Le violon s'arrête et une voix d'homme s'élève au centre de la pièce.

– Que diriez-vous d'une petite partie, messieurs?

Sous l'acclamation générale, il sort un jeu de cartes d'une poche de sa veste et s'installe à la grande table. Mr. Noonan se joint au groupe avec plaisir, non sans avoir murmuré à l'oreille de sa protégée qu'elle aura ce soir sa première leçon pratique. Finie, donc, la théorie. Excitée, Liliane va se placer derrière son associé et commence, ainsi qu'il le lui a expliqué, à compter les cartes sans savoir ce qui se trouve dans la main des autres joueurs. Autour de la table, ils sont six, aussi bons vivants et buveurs que l'Irlandais. Ils sont tous aussi d'âge respectable, sauf celui qui s'est installé dos au mur. Il s'agit d'un homme d'une vingtaine d'années, à la chevelure claire, et dont le regard gris trahit une candeur charmante. Malchanceux – ou peut-être maladroit –, il se met à perdre dès les premières parties. Des sommes modestes, mais cela dure pendant six tours de table. Au bout d'une demi-heure, Liliane comprend qu'il faut être téméraire pour oser affronter des joueurs aguerris. Le pire, c'est que le jeune homme continue de rire et de s'amuser, comme si perdre n'avait pour lui aucune importance. Cette insouciance caractérise tous les gens que Liliane a rencontrés depuis le début de la ruée vers l'or. Persuadés qu'ils vont devenir riches, ils dépensent sans compter. Elle sourit en constatant qu'elle est un peu comme eux, elle aussi. Elle s'en va faire fortune et ne pense ni à son passé ni à son avenir. Elle ne songe qu'à Dawson et s'y voit heureuse, un point c'est tout.

Le jeune homme continue de perdre et Liliane se demande s'il est simplement naïf ou complètement idiot.

Son attitude plaît cependant à ses adversaires qui rient avec lui. Sans que personne l'y encourage, il se met à parier gros. Comment peut-il ne pas remarquer le sourire triomphant de Mr. Noonan, ni ceux, plus cruels, des autres joueurs ? Ils vont n'en faire qu'une bouchée, songe-t-elle, comme ils ne feraient qu'une bouchée d'elle si elle se risquait à s'asseoir avec eux. Au centre, sur la nappe, la mise monte et, dans la salle, les paris commencent aussi à prendre de l'ampleur. On gage sur un joueur, et on gage gros.

Un premier tour de table, puis un deuxième. Les pièces s'amoncellent et Liliane ressent de plus en plus de sympathie pour celui qui, fièrement, espère berner tous ses adversaires. Mr. Noonan secoue la tête et, presque avec pitié, augmente la mise. Les autres suivent, convaincus de la valeur de leurs propres cartes. C'est alors que le jeune homme au regard candide dépose par-dessus les pièces ses trois as. Les autres joueurs sont sidérés. Dans la salle s'élève alors un concert de protestations inutiles. Puis l'argent change de main, tant sur la table qu'aux alentours. Liliane, bien qu'aussi surprise que tout le monde, est surtout déçue de ne pas voir les cartes qu'on jette sans les retourner. Personne n'avait de meilleur jeu, pas même Mr. Noonan.

– La chance du débutant, souffle celui-ci en brassant les cartes à son tour.

Commence alors une nouvelle partie, avec l'entrain que cela laisse supposer. Liliane lit toutefois une pointe d'inquiétude dans le regard de Mr. Noonan. Intriguée, elle va se poster à côté du débutant en question. Elle constate rapidement qu'il ne donne à personne l'occasion d'apercevoir son jeu. Elle comprend alors, en même temps que les autres joueurs, que cette naïveté dont il fait preuve, depuis le début de la soirée, n'est qu'une super-cherie destinée à rouler des hommes trop sûrs d'eux. Plus la mise monte, plus le visage de Mr. Noonan s'empour-pre. L'Irlandais s'est fait prendre à son propre jeu. Avec un sourire narquois, Liliane se croise les bras et admire la ruse et l'assurance de ce faux débutant. Grâce à lui, elle découvre que le poker n'est pas seulement un jeu de cartes, mais aussi une étude du comportement humain.

Plus tard, lorsque la lune a disparu et que les hommes retournent à leur cabine respective pour la nuit, Liliane s'attarde dans la salle à manger. Quand Mr. Noonan passe près d'elle, son air furieux lui rappelle le conseil de la veille : ne jamais s'attabler avec un joueur profession-nel. Son orgueil en a pris un coup. Non seulement l'Ir-landais a perdu gros, mais il a, en plus, été berné par un jeune homme d'à peine vingt ans. Pas de quoi être fier.

Ce talent pour duper a, par contre, séduit Liliane. Sous le charme, elle laisse les joueurs sortir les uns après les autres, en tentant d'évaluer, dans chaque cas, l'am-pleur de leur défaite. Lorsqu'il ne reste plus que le ga-gnant rusé, elle fait quelques pas dans sa direction. Il lui semble impératif de l'aborder, de l'étudier lui aussi, afin de découvrir comment il peut maintenir son air inno-cent après avoir roulé la compagnie comme il l'a fait.

Étonnamment, le jeune homme se montre distant. L'a-t-il aperçue ? Elle ne saurait le dire, mais il agit comme s'il était seul, comptant les pièces de monnaie sur la table et les ajoutant aux billets déjà entassés dans son gousset de cuir.

— Vous jouez bien, lance-t-elle pour attirer son atten-tion.

— Merci.

Puisqu'il continue de l'ignorer, Liliane insiste.

– Je m'appelle Lili, dit-elle en tendant la main.

Le jeune homme se redresse, surpris.

– Je vous demande pardon ?

Il est évident qu'il la voit pour la première fois. Liliane s'amuse de son embarras pendant qu'il s'essuie les paumes sur le devant de sa chemise pour serrer la main offerte.

– Samuel Lawless.

Son regard n'a plus rien de candide, mais il n'est pas cynique non plus. Il paraît d'ailleurs fort heureux de faire sa connaissance.

– Vous allez au Klondike ? demande-t-elle en s'assoyant devant lui.

– Absolument. J'ai l'intention de prendre un *claim* et de prospecter. Comme tout le monde, je pense.

Elle reconnaît chez lui l'optimisme dont font preuve tous les argonautes. Ils sont au moins deux cents sur le *SS City of Topeka* à vouloir se procurer une concession pour y creuser une mine. Liliane se dit que s'il y en a autant sur tous les bateaux qui font route vers le nord, le Klondike doit être vaste, très vaste.

– Vous jouez bien au poker, répète-t-elle, revenant à ce qui l'intéresse. Où avez-vous appris ?

Elle est consciente que cette question peut sembler indiscrète, mais elle n'a rien à perdre et tout à gagner à s'informer de la sorte. Elle ne connaissait rien du monde avant de partir de Sherbrooke. Ce qu'elle en sait aujourd'hui, elle l'a glané au fil des occasions comme celle-ci. Son interlocuteur semble considérer que ses motivations n'ont rien de répréhensible, car il ne s'offusque pas de cet excès de curiosité.

– Je n'ai pas eu le choix d'apprendre à jouer, je suis marin. Je veux dire, je l'étais, avant de partir pour l'or.

En prononçant ces mots, il lui adresse un clin d'œil complice.

– C'est votre père que j'ai lessivé tout à l'heure ?

Liliane acquiesce, un peu embarrassée.

– C'est étrange, vous ne lui ressemblez pas.

– Je tiens de ma mère, ment-elle en essayant de paraître convaincue.

– Il n'a pas l'air commode.

Si ce n'était pour préserver les apparences, Liliane lui donnerait raison. Mais elle s'est embarquée en tant que Lili Noonan et, pour éviter les ennuis, il vaut mieux continuer à jouer ce rôle. Elle sourit à peine lorsqu'elle répond :

– Mon père n'est pas aussi bougon qu'il aime le faire croire.

Samuel Lawless rit et Liliane l'imite, heureuse de constater que le jeune homme n'est pas aussi idiot qu'il en avait l'air en début de soirée. Cela faisait partie d'une stratégie, elle en est maintenant persuadée. Mr. Lawless n'avait rien laissé au hasard, s'amusant probablement de voir ses adversaires tomber dans le piège les uns après les autres. Pendant tout ce temps où elle le prenait en pitié, lui étudiait chaque joueur, faisait grimper leur assurance par ses maladresses. Les apparences peuvent être trompeuses, songe-t-elle en demandant au steward de leur apporter deux tasses de thé.

– Vous avez un fort accent français quand vous parlez, dit Mr. Lawless en rangeant enfin son argent. Venez-vous d'Europe ?

Liliane est un moment décontenancée par la question, mais se ressaisit.

— Je vous trouve bien indiscret, rétorque-t-elle, l'air narquois. Avez-vous aussi appris cela sur les bateaux ?

— Oui, mais je vous ferai remarquer que ce n'est pas moi qui ai commencé l'interrogatoire.

— Touché !

Ainsi se déroule l'heure suivante. Questions, réponses et fous rires. Liliane se rend compte qu'elle doit mentir souvent pour maintenir sa couverture et elle constate que Mr. Lawless teste sur elle, et de façon efficace, son charme de marin.

Plus tard, cette nuit-là, allongée dans sa couchette au-dessus d'un Mr. Noonan ronflant, Liliane se dit que c'était un véritable coup de chance qu'elle ait quitté Sherbrooke comme elle l'a fait. N'eût été de ces billets offerts par Mrs. Burns, elle serait aujourd'hui la femme de Joseph Gagné et habiterait un appartement dans la même maison que ses beaux-parents. Sa vie ressemblerait à celle de sa mère et de sa grand-mère. À celle de ses voisines et cousines aussi. Et ce, jusqu'à sa mort. Grâce à ce cadeau inattendu, elle s'est évité un mariage dont elle ne voulait pas, a traversé le Canada, s'est embarquée sur un navire et se trouve maintenant en route vers le Klondike en compagnie de personnes fascinantes. Et elle a désormais la certitude que tout un monde reste à découvrir. Un monde qu'elle entend explorer de fond en comble.

Chapitre ix

Seattle. Parce qu'il n'a pas plu depuis des jours, les roues des voitures soulèvent une poussière blanche que le vent charrie sur les boulevards de même que dans les ruelles. Debout sur le trottoir de bois, Rosalie incline son ombrelle de soie et de dentelle pour se protéger les yeux des grains de sable ainsi que du soleil qui plombe en ce début d'août. Une fois la rafale passée, elle dévoile son visage légèrement maquillé, sa coiffure recherchée et son chapeau orné de fleurs et de plumes, le plus extravagant qu'elle ait jamais porté. Elle s'est bien remise du vol de leurs premiers billets, surtout depuis qu'ils ont deux places assurées à bord du *SS Rosalie*. Elle se sent de nouveau comme Dennis-James, s'autorisant toutes les fantaisies et toutes les insouciances. D'ailleurs, le fait que la ville entière soit atteinte de la fièvre du Klondike la fascine. C'est l'unique sujet de conversation, l'unique source de contentement de ceux qui partent, l'unique regret de ceux qui restent. Comme ces gens qu'elle rencontre dans les restaurants, Rosalie respire la bonne humeur, émerveillée que tous les espoirs soient permis. Elle éprouve une grande fierté de pouvoir répondre, à qui le lui demande, que son équipement est prêt, qu'elle sera du prochain départ du *SS Rosalie* en direction de Skagway. Dennis-James et elle font désormais partie de ceux qu'on appelle les argonautes.

Dans son élégante tenue de dame, une ombrelle dans sa main gantée, elle ne ressemble pas encore à la femme d'un mineur, mais ce n'est qu'une question de temps. Comme ces aventuriers sur le point de quitter la civilisation, elle profite de ce nouveau statut qui fait d'elle une personne enviée. Elle prend part à l'événement, à cette passion qui embrase la ville, l'Amérique, le monde entier.

Derrière elle, une porte grince sur ses gonds. Elle se retourne et un large sourire égaie son visage.

— Comme tu es beau! murmure-t-elle. On dirait un riche de Portland.

Dennis-James se tient sur le seuil de la boutique dans un chic habit trois-pièces flambant neuf. Le feutre de son chapeau rond est des plus sombres, sa cravate, des plus soyeuses, et ses chaussures sont parfaitement cirées. Il ne ressemble pas davantage à un pianiste qu'elle à une cuisinière. Si ce n'étaient de ses yeux gris et de sa moustache blonde, Rosalie pourrait croire qu'elle a changé d'amant.

— Tu es bien belle, toi aussi, dit-il en lui prenant la main pour y déposer un bref baiser. Avec ceci, tu le seras plus encore.

Il lui referme les doigts sur un objet filiforme et, en les dépliant, Rosalie découvre un superbe collier de perles.

— C'est pour moi? s'exclame-t-elle, pendant que Dennis-James la contourne pour lui attacher le bijou autour du cou. Merci, merci. Jamais personne ne m'a offert un tel cadeau. Tu es extraordinaire.

Elle laisse sa main errer sur les billes nacrées. Puis, incapable de retenir sa joie, elle enlace Dennis-James qui, bien que déstabilisé, lui rend son étreinte en riant. Il faut plusieurs minutes à Rosalie pour se ressaisir. Les joues rosies de bonheur, elle a plus que jamais l'impression de rêver.

— Es-tu prête ? lui demande Dennis-James. Ce n'est qu'à trois coins de rue d'ici.

Il lui offre son bras et Rosalie se laisse guider, radieuse. Sur leur passage, plusieurs personnes se retournent pour les admirer. Les plus pauvres affichent un regard émerveillé. Les plus riches gardent un air hautain, comme s'ils devinaient que, malgré leurs allures de gens du monde, Rosalie et Dennis-James sont des imposteurs, des faux riches. Qu'importe ! Seattle fourmille de visiteurs comme eux, sur leur départ, dépensant sans compter parce que l'or se trouve au bout du chemin. Chacun fait sa chance, répète-t-on partout en ville. Dans le cas présent, chacun peut décider de partir ou non. Le reste n'est que jalousie.

Avançant aux côtés d'un Dennis-James au torse bombé, Rosalie sent le poids des perles autour de son cou et savoure ce moment de gloire au milieu de la foule. Ils passent devant leur hôtel, longent pendant quelques minutes encore la Deuxième Avenue, puis ils tournent à droite dans une rue beaucoup moins achalandée. Ils s'arrêtent devant une petite boutique.

— Il paraît que cet homme possède le décor le plus réaliste de toute la ville. C'est, en tout cas, le photographe le plus à la mode ces temps-ci. Quand ils recevront ce portrait, Mr. et Mrs. Wright ne te reconnaîtront pas.

Rosalie acquiesce, un sourire figé sur le visage. Il lui faut faire un effort pour se rappeler qu'il ne s'est écoulé que deux semaines depuis qu'elle a quitté Portland. Cela lui semble une éternité. Elle s'est amusée, a vécu des moments merveilleux, dormi dans les plus grands hôtels, mangé dans les plus beaux restaurants, fréquenté les bars les plus chics. Elle n'a plus rien d'une domestique canadienne-française.

Le studio est bondé, tous des argonautes sur leur départ venus faire prendre leur photo devant ce décor censé ressembler au Klondike et identique en tout point à celui des théâtres à la mode. Il s'agit d'une toile peinte représentant des montagnes, de la neige, quelques arbustes fluets. Les clients se relaient devant ce tableau pittoresque et, à tout instant, un éclair inonde la pièce d'une lumière blanche et crue. Après une attente de près d'une heure, c'est au tour de Rosalie et de Dennis-James de prendre place. Elle s'assoit sur un billot de bois sec ; il se place derrière elle. Elle sent sa main chaude posée sur son épaule. D'un geste furtif, elle l'effleure de sa joue avant de fixer l'objectif. L'éclair jaillit, une autre fois.

Lorsqu'ils sortent dans la ruelle, le soleil a déjà commencé à décliner.

— La photographie sera prête demain matin. On la joindra à la lettre que j'ai promise à Mr. Wright. Tu peux lui écrire un petit mot, si tu veux. Après tout, c'est ton ancien patron.

— Je leur dois bien ça. Sans eux, je ne t'aurais jamais rencontré.

Ils rient et se taquinent en se dirigeant vers la Deuxième Avenue. Distraits, ils n'ont pas remarqué les trois hommes qui viennent à leur rencontre.

— Pouvez-vous nous indiquer où se trouve l'hôtel Seattle ? demande l'un d'eux.

Pendant que Dennis-James entreprend ses explications, des pistolets apparaissent dans les mains des inconnus.

— Donnez-nous votre argent! ordonne l'un des hommes en avançant le canon de son arme jusque sous le menton de Dennis-James.

— Quel argent? tente celui-ci. Je suis musicien.

— Ne nous prends pas pour des idiots.

— Je vous assure que…

Un coup de crosse derrière la tête le fait taire et il s'effondre sur le sol, laissant Rosalie seule avec les bandits.

— Fouillez-le!

Rosalie ne saurait dire lequel des trois a prononcé la phrase. Elle demeure figée sur place, terrifiée par les pistolets qui s'agitent en tous sens. Les voleurs ne doivent pas croire qu'elle représente une menace, car ils ne lui prêtent pas attention. Ce n'est qu'une fois qu'ils ont dépouillé Dennis-James de tout son avoir qu'ils se tournent enfin vers elle.

— À ton tour, ma jolie. Tes bijoux!

— Je… je n'en possède pas. Je vous le jure.

— Voyez-vous ça, les gars? Elle n'en a pas. Et ça, qu'est-ce que c'est? Une laisse?

Dans l'énervement, elle a oublié le collier qu'elle porte au cou. Elle s'empresse de retirer ses gants pour le détacher.

— Tenez, prenez-le, dit-elle en leur tendant le bijou. Mon mari vient juste de me l'offrir. Je n'ai rien d'autre, je vous le jure. Regardez!

Elle montre ses poignets vides, ses oreilles où ne brille aucune ornementation. Les voleurs admirent quelques instants le collier, puis, comme s'ils réalisaient soudain qu'ils ont une femme à leur merci, l'un d'eux s'approche de Rosalie.

— Si on s'amusait un peu maintenant. Ce n'est pas ton mari qui va venir à ton secours, n'est-ce pas ? Et puis il est peut-être horrible, au lit, ton mari. Nous, on va te montrer…

Il est interrompu par un groupe de six marins venant du port.

— Hé, vous, là-bas ! Qu'est-ce que vous faites ?

En quelques secondes, les trois voleurs disparaissent. Rosalie s'agenouille près de Dennis-James dont le chapeau a roulé sur le sol, découvrant une chevelure blonde maculée de sang. Dans ses poches, aucune trace des billets.

*

Le soleil descend de l'autre côté de la baie, au-delà des montagnes qui dominent la péninsule. Debout près de la fenêtre de leur chambre, Rosalie observe la ville, les dents serrées. L'endroit devient de plus en plus dangereux. Les rues ne sont plus sûres ; les gens, de moins en moins fiables. Heureusement, Dennis-James a agi en homme prudent. Par précaution, il ne traînait plus rien de valeur sur lui depuis leur première agression. Leurs billets pour l'Alaska ne se trouvaient donc pas dans la poche de sa veste, comme Rosalie l'avait cru, mais bien à l'abri dans le coffre-fort de l'hôtel.

— Je vous recommande du repos pour encore un ou deux jours, Mr. Peterson. Ensuite, évitez de vous surmener. Il pourrait y avoir des complications.

Près du lit, le médecin vient de finir d'ausculter Dennis-James.

— Je peux vous dire que vous avez été chanceux, poursuit-il en rangeant ses instruments dans sa trousse. Ils n'y sont pas allés de main morte. Quelques pouces plus bas et ces bandits vous brisaient la nuque.

— Qui se serait douté qu'un tel événement pouvait arriver en plein jour? interroge Rosalie en repensant à la scène. Il y avait du monde pas loin, c'était dangereux pour eux d'agir ainsi.

— Les gens sont devenus fous, madame. Depuis le début de cette fièvre du Klondike, il se produit ici des choses dont j'ai vraiment honte. Je vous assure que Seattle était une ville respectable, avant. Maintenant, elle est remplie d'hommes venant de je ne sais où qui ne pensent qu'à leur voyage vers le pays de l'or. Il devient difficile de faire respecter les lois avec une population variant au gré des trains qui arrivent et des navires qui quittent. Où cela va-t-il nous mener, je vous le demande?

Rosalie revient vers le lit et prend la main de son amant.

— Nous partons le 12 sur le *SS Rosalie*. Pensez-vous qu'il sera en état?

Le médecin observe son patient pendant quelques secondes, puis il lève vers Rosalie un visage où on peut lire de la compassion, mais aussi beaucoup de curiosité.

— Cela lui donne encore cinq jours. Ça devrait suffire à le remettre sur pied. Surveillez-le bien d'ici l'embarquement. Appelez-moi au moindre signe de faiblesse. S'il n'y a ni fièvre ni nausée, je ne vois pas ce qui vous empêcherait de prendre le bateau.

Rosalie considère Dennis-James, dont le regard est immobile, fixé sur un point imprécis du mur. Elle secoue la tête, un peu découragée, et ses yeux croisent ceux du médecin. L'homme semble en état d'attente ; elle se rend compte tout à coup qu'elle a oublié de le payer. Elle s'exécute donc, lui remettant le montant exigé pour la visite, mais il hésite quand même à s'en aller.

— Vous savez, dit-il à Dennis-James en remontant la couverture, si vous vous sentez le moindrement mal, faites-moi quérir aussitôt.

Dennis-James se tourne vers lui et hoche la tête, l'air confus. Le médecin poursuit :

— Et si jamais vous ne vous trouvez pas assez bien pour monter à bord du *SS Rosalie*, je vous ferai une faveur et vous rachèterai vos billets. Au prix courant, il va sans dire.

Rosalie retient le commentaire acerbe qui lui vient à l'esprit et se dirige promptement vers la porte qu'elle ouvre d'un geste impatient.

— Merci de votre visite, docteur. Si nous avons besoin de vous, nous vous enverrons chercher.

Mais le médecin reste là, à observer Dennis-James avec intérêt.

— Je pourrais peut-être vous laisser quelques remèdes, pour le cas où…

Rosalie lui prend le bras et le force à sortir. Il n'a pas atteint le seuil qu'il tente encore de revenir vers son patient.

— Prenez ceci, insiste-t-il en lançant sur le lit une petite fiole de verre à demi remplie d'un liquide transparent.

Exaspérée, Rosalie se place entre les deux hommes.

– Je pense que nous en avons terminé, docteur. Il est temps que vous partiez.

Le médecin poursuit malgré tout :

– Ça vous évitera d'avoir des nausées, dit-il encore par-dessus l'épaule de Rosalie. Et n'oubliez pas, je prendrai vos billets si…

Rosalie réussit enfin à refermer la porte, qui étouffe les derniers mots de l'importun. Puis, dans un soupir, elle est forcée d'admettre qu'il avait raison. La folie s'est emparée de Seattle… et personne n'est immunisé.

*

C'est le 10 août que Rosalie décide de se rendre chez un armurier. Elle marche un moment dans la ville, observe l'intérieur des commerces à travers les vitrines. Pas question de s'enfoncer dans une ruelle, ni dans un endroit d'apparence sinistre. Elle choisit, en fin de compte, une boutique de la rue Yesler dont on peut voir l'intérieur depuis le trottoir. Bien que tout le quartier soit en effervescence, la place paraît étrangement déserte.

« Ce n'est pas surprenant, se dit-elle en refermant la porte. Avec cette violence qui règne en ville, on pourrait croire que tous les habitants sont déjà armés. »

La pièce est fortement éclairée par les lumières des grandes vitrines devant lesquelles sont exposés des fusils de chasse, des pistolets et autres armes plus ou moins militaires. Les murs sont chargés de fusils, leurs longs canons suspendus à des supports d'acier. Tout ce métal étincelle, créant un effet semblable à celui qu'on ressent quand on pénètre dans une bijouterie.

— Puis-je vous être utile, madame?

Rosalie sursaute. Derrière le comptoir vient d'apparaître un petit homme maigre à l'air soupçonneux. Elle s'avance vers lui et retire ses gants.

— Je voudrais acheter une arme, dit-elle d'un ton ferme.

— Est-ce pour votre utilisation personnelle?

— Oui.

La détermination avec laquelle elle a répondu l'étonne davantage elle-même qu'elle surprend le marchand. Est-elle réellement sur le point de se procurer un fusil? Il y a trois semaines, elle n'aurait jamais cru la chose possible, mais aujourd'hui… Après deux agressions, la prudence lui dicte cette conduite, inhabituelle certes, mais rationnelle. Elle soutient le regard impassible de l'armurier, qui la détaille encore un moment avant de faire quelques pas vers un présentoir.

— J'ai coutume de recommander à mes clientes cette Winchester. Il s'agit d'une carabine suffisamment légère pour être maniée par une femme. Le canon est un peu plus court que celui d'un fusil conventionnel, ce qui en fait un bon compromis entre poids et précision de tir.

Rosalie observe la carabine avec intérêt. Ce n'est pas exactement ce qu'elle avait à l'esprit. Il faut dire qu'elle n'a jamais tenu dans ses mains la moindre arme à feu et l'idée de se déplacer avec un objet aussi encombrant la rend plutôt inconfortable.

— Vous n'auriez pas quelque chose de moins… voyant?

L'armurier sourit légèrement.

— Madame désire une arme discrète?

— Absolument.

L'homme longe alors le comptoir et s'arrête devant un étalage de pistolets. Il tend le bras et saisit une arme courte, à la crosse finement ciselée et au canon argenté et brillant. Il la lui présente.

— Voici un Remington Rider. Un revolver six coups de calibre 320. Pesez-le. Vous verrez, c'est léger comme tout.

L'idée que se fait Rosalie de la légèreté n'est certainement pas la même que celle du marchand, mais elle doit admettre que l'arme semble assez facile à manipuler. L'homme se retourne et, lorsqu'il revient vers elle, il dépose sur le comptoir quelques cartouches, qui roulent jusqu'au bord.

— Chargez-le, propose-t-il en poussant les balles vers elle. Vous constaterez que même lorsque son magasin est plein, il ne pèse pas plus qu'une ombrelle.

*

La pluie s'abat sur Seattle et, dans le hall d'entrée de l'hôtel, où Rosalie pénètre après sa promenade en ville, les gens sont détrempés. L'averse a pris tout d'un coup, surprenant les visiteurs peu habitués à ce climat. Affairés à préparer leur voyage, peu d'entre eux avaient prêté attention à ces nuages qui s'amoncelaient de l'autre côté de la baie.

— Guère plus lourd qu'une ombrelle, grommelle Rosalie en grimpant l'escalier menant à sa chambre. Une comparaison grandement exagérée.

Elle sent le canon du revolver contre sa cuisse. L'arme menace à tout moment de déchirer la poche de sa jupe. Rosalie frémit encore en pensant à ce qu'elle vient de faire. Acheter un pistolet, quel geste absurde! Puis elle se raisonne. À Rome, on fait comme les Romains, avait coutume de dire sa mère. Eh bien! en Amérique, elle fait comme les Américains. Elle porte donc une arme à feu, voilà tout.

Elle atteint son étage et pousse doucement la porte de la chambre. La pénombre y règne toujours, car Dennis-James n'a pas encore ouvert l'œil. Rosalie avance dans la pièce et s'arrête au pied du lit. Si l'état de son amant continue de se détériorer, il faudra bien qu'elle pense à renoncer au voyage. Depuis l'agression, c'est elle qui a dû prendre en charge le transport des bagages et le reste. Tout à coup, à voir Dennis-James si malade, elle ne se sent plus le courage de partir. Elle contourne le lit, s'assoit près de son amant et pose délicatement une main sur son front. Il ne fait pas de fièvre, c'est toujours ça de gagné. Et puis, s'il dort constamment, c'est qu'il ne ressent aucune nausée. La potion laissée par le médecin s'avère peut-être efficace, après tout.

Elle soupire, un peu découragée, et se rend à la fenêtre qu'elle ouvre d'une poussée. L'air du dehors pénètre à l'intérieur, aussi chaud que celui de la chambre, mais saturé des odeurs du port. Du troisième, Rosalie peut voir les mâts et la cheminée du *SS Rosalie* arrivé ce matin. Que faire? Vendre les billets au médecin? Renoncer à ce projet fabuleux? Sur le lit, Dennis-James gémit. Rosalie le rejoint et se rassoit près de lui.

— Donne-moi de l'eau s'il te plaît, murmure-t-il en grimaçant. J'ai la bouche pâteuse comme ce n'est pas possible.

Rosalie remplit à demi le verre sur la table de chevet et aide Dennis-James à en boire quelques gorgées.

— Je ne me suis jamais senti aussi mal, souffle-t-il. On dirait…

Sa voix s'éteint d'elle-même.

— Le coup a dû être plus dur que ce que le médecin pensait, conclut Rosalie en reposant la tête de son amant sur l'oreiller.

— Je ne sais pas. Je suis engourdi comme si j'avais pris une cuite terrible. C'est drôle parce que je n'ai pas bu d'alcool depuis des jours.

Rosalie se penche pour l'embrasser, mais se retient au dernier instant. L'haleine de Dennis-James est infecte. Soudain, un éclair de lucidité surgit dans son esprit. Elle revoit l'attitude du médecin, ses moindres gestes, l'ordre dans lequel il a communiqué ses conseils. Et si… Craintive, elle ouvre la fiole de médicament et renifle le liquide. Elle reconnaît immédiatement l'odeur, la même que celle qui émane de la bouche de son amant.

— Je ne veux plus que tu prennes ce remède, dit-elle en emportant le flacon près de la fenêtre.

Après avoir vérifié que personne ne se trouvait en dessous, elle jette le contenu de la fiole dans le vide. Le liquide tombe du haut du troisième étage jusque dans une haie fleurie. De l'autre côté de la rue, sur la place des Pionniers, des passants la dévisagent, mais Rosalie n'en a cure. Elle soutient leurs regards avant de refermer la fenêtre pour revenir près du lit. Puis elle verse de l'eau dans un vase, en imbibe un linge propre et éponge le visage de Dennis-James.

— Il faut que tu te ressaisisses, mon amour, sinon nous allons manquer le bateau.

Dennis-James tente de se dresser sur les coudes, mais s'affaisse sur l'oreiller.

— Je ne sais plus si j'en suis capable, Lili. Il vaut peut-être mieux vendre nos billets, après tout.

— Il n'en est pas question.

Elle lui rafraîchit le visage et lui ordonne ensuite d'avaler le verre d'eau qu'elle lui tend.

— Tu vas reprendre tes esprits, que tu le veuilles ou non.

Et pendant qu'il s'efforce de revenir peu à peu à lui-même, Rosalie se découvre une autorité toute nouvelle. Il n'y a pas que les servantes qu'elle sache diriger, il y a aussi les hommes…

À ce moment, quelqu'un frappe à la porte. Rosalie remonte la couverture jusque sous le menton de Dennis-James avant d'aller ouvrir. Dans le couloir se tient un homme costaud et Rosalie reconnaît aussitôt le gérant de l'hôtel.

— Bonjour, madame, dit-il en s'inclinant poliment. J'ai pensé que ça vous intéresserait.

Il lui tend le journal et disparaît.

— Bonne journée, souffle Rosalie dont les yeux ne peuvent quitter le gros titre sur la page couverture : *Le* SS *Mexico coule*.

Dans le premier paragraphe de l'article, elle apprend que le *SS Mexico* a heurté des récifs ce matin sur la côte de l'Alaska. Il n'y a pas eu de victimes, tous les passagers ayant réussi à monter dans les canots de sauvetage. Ils ont été secourus par le *SS City of Topeka* qui passait par là, au retour d'un voyage à Juneau. Ainsi s'est terminée, pour ces hommes et ces femmes, l'aventure vers le pays de l'or, car le vapeur a entraîné avec lui dans le fond de l'eau les milliers de dollars de nourriture et d'équipement qui se trouvaient à son bord.

Sous le choc, Rosalie s'appuie au chambranle de la porte. Si on ne leur avait pas volé leurs billets, Dennis-James et elle auraient été du nombre des rescapés qui ont tout perdu.

Chapitre x

L a côte disparaît derrière Liliane et la brise marine s'amenuise pour faire place à un vent plus piquant, mais moins violent, venu des montagnes. Sur une rivière rocailleuse, Liliane pagaie, évitant avec adresse les écueils qui apparaissent en amont. De temps en temps, les muscles de ses bras se tendent en une crampe douloureuse. L'effort est énorme, le geste, énergique.

La rivière Dyea n'est pas très large, une dizaine de verges à peine. De chaque côté se dresse une forêt luxuriante dont la végétation très dense empêche la lumière du jour de parvenir jusqu'au sol. Si ce n'était de cette foule invisible se dirigeant aveuglément vers le col Chilkoot, Liliane aurait l'impression de pénétrer dans une jungle tropicale, la chaleur en moins. Car bien qu'on soit le 10 août, le temps ressemble davantage à ce qu'elle connaît d'une fin d'octobre fraîche et pluvieuse.

Autour d'eux, les arbres s'élèvent sur des berges qui se transforment d'abord en collines puis en véritables montagnes peuplées d'oiseaux de toutes sortes dont les chants s'entremêlent aux cris des hommes. Ces éclats de voix se font toutefois moins présents à mesure que l'on s'éloigne de la mer. Là-haut, sur la droite, presque à mi-pente, Liliane aperçoit entre les branches un visage, un chapeau, la blancheur d'une caisse de bois. Ils sont plusieurs centaines à progresser lentement, une lourde charge sur le dos. Leurs pas façonnent le sol et y tracent un tout nouveau sentier. Grâce à ce canot qu'elle a acheté pour dix dollars, Liliane a pu retarder le moment de devoir les imiter. Tant que la rivière sera navigable, elle a l'intention d'y faire glisser ses bagages, sans effort. Ou presque.

Assis derrière elle dans l'embarcation, Mr. Noonan bougonne. Chaque fois que sa pagaie heurte un rocher, il profère une série de jurons se terminant toujours par la même phrase : « Ce n'est pas ce qui était prévu. » Liliane sait qu'il se retient de mettre pied à terre pour retourner à Dyea, pour prendre le premier bateau qui le ramènerait à la civilisation. Tout avait pourtant si bien commencé…

C'est le cœur léger qu'ils ont quitté Port Townsend, prêts à conquérir l'Alaska et tout ce que ce territoire recèle de ressources exploitables. Ils se sont retrouvés à Juneau, sans moyen de transport, le *SS City of Topeka* repartant pour Seattle. De ces navettes censées faire le trajet jusqu'à Skagway ou Dyea, aucune trace. Liliane a espéré, un moment, acheter des chevaux, une charrette ou, à tout le moins, se rendre à pied jusqu'au départ des pistes, mais c'était sans compter sur un détail géographique de taille : il n'existe pas de route si loin au nord. Dyea et Skagway ne sont reliés, avec le reste du monde, que par l'océan.

Après quelques tractations, Mr. Noonan a accepté de se joindre au groupe composé de Mr. Lawless et de trois autres hommes rencontrés à bord du *SS City of Topeka*. Ensemble, ils ont loué les services d'Indiens qui les ont menés, eux et leurs bagages, en canot jusqu'à

Dyea. Personne n'avait imaginé que ce voyage prendrait deux jours. Personne n'avait prédit, non plus, qu'il pleuvrait tout le long. Liliane et Mr. Noonan ont abouti sur la grève, complètement trempés, leur importante cargaison d'épices menaçant à tout moment d'être emportée par la marée montante.

Le village de Dyea était surpeuplé et le logement, quasi inexistant. Il n'a pas fallu longtemps à Liliane pour comprendre qu'elle n'y ferait pas de bonnes affaires. Personne ne s'attarde sur la côte, car tout le monde est pressé de transporter nourriture et équipement de l'autre côté des montagnes afin d'arriver à Dawson avant l'hiver. Elle a donc pris la route, elle aussi. Avec Mr. Noonan, elle a organisé le transport de leurs bagages jusqu'au point de départ de la piste, à huit milles en amont, à un endroit baptisé Finnegan's Point. Elle aurait pu faire comme plusieurs argonautes et acheter un cheval, mais le prix demandé était exorbitant, surtout que l'animal ne serait plus tellement utile une fois qu'ils auraient atteint la montagne. Elle a donc opté pour le canot, imitant en cela Samuel Lawless et ses compagnons.

Tout ce qu'ils possèdent est maintenant empilé entre eux au milieu de l'embarcation. Se sont ajoutés à leur matériel de départ une tente et deux sacs de couchage d'occasion, mais en bonne condition. C'est ainsi chargé que le canot se dirige vers l'ouest, à l'intérieur des Rocheuses, sous les imprécations perpétuelles de l'Irlandais qui continue de ronchonner. Liliane sait que ce n'est pas d'avoir à transporter leur petite quantité d'équipement qui irrite Mr. Noonan, mais le fait que rien ne se passe comme ils l'avaient anticipé. Rien n'est agréable, surtout, et sur ce point, elle est bien obligée de donner raison à son compagnon. Elle se dit cependant qu'en s'embarquant dans cette aventure il fallait s'attendre à ce qu'aucun plan ne tienne plus de quelques jours. L'inconnu, les contraintes et les dangers sont trop nombreux, le territoire à parcourir, beaucoup trop vaste. Comment prévoir ce qu'ils trouveront sur leur chemin demain ou après-demain ?

Derrière elle, la voix de l'Irlandais s'élève de nouveau, plus forte et plus tranchante. Sa pagaie vient de lui glisser des mains.

— Retiens bien ceci, Lili : cette histoire est en train de prendre une tournure qui va nous mener directement en enfer. Je n'aime pas qu'il n'y ait pas de route, je n'aime pas que les hôtels soient si rares. Je n'aime pas que les moustiques soient si voraces, ni que les chevaux soient si chers. Et je n'aime pas que tu te sentes aussi à l'aise dans ce pays détestable. Je te le dis, on ne m'y reprendra plus à vouloir jouer les marchands itinérants. Et puis, je veux que tu saches que je ne te fais pas plus confiance que le jour où tu m'as entraîné dans cette aventure.

Ce dernier commentaire est empreint de mauvaise foi, mais Liliane lui pardonne cette colère et ce découragement. Pendant qu'elle ralentit l'embarcation pour permettre à Mr. Noonan d'aller rattraper sa pagaie, elle le couve des yeux avec bienveillance. Vivre à la dure doit être difficile pour un homme de son âge. C'est normal qu'il s'en plaigne.

— Si au moins il y avait une nuit dans ce damné pays ! continue de geindre l'Irlandais. Le soleil se couche tellement tard et se lève tellement tôt que ça en est insupportable. Je ne sais pas comment tu fais pour dormir en pleine lumière, comme si de rien n'était. On se croirait en plein jour, même à dix heures du soir.

Voilà exactement pourquoi Liliane se sent gênée. Cette quasi-absence de nuit ne l'affecte pas. Quand elle pose la tête sur l'oreiller, après une dure journée de labeur, elle s'endort, qu'il fasse noir ou non. Le pire, c'est qu'elle prend plaisir à cette vie en pleine nature, à cette vie sauvage. L'aventure lui rosit les joues et lui imprime un sourire inaltérable sur le visage. Qu'il est loin le jour où, au bras de Joseph Gagné, elle a vu son avenir défiler devant elle! Ce qui l'attend ne ressemble en rien à ce qu'elle imaginait alors. Ici, elle respire la liberté, la force. Ici, elle n'est qu'indépendance, et cela lui va très bien. Personne ne songerait à lui confier ces rares enfants qu'on aperçoit dans la piste. Et les hommes sont trop occupés pour la courtiser ou même simplement pour l'approcher. D'ailleurs, tous la croient sous la surveillance de son père. Et l'Irlandais, qui continue de ronchonner, paraît au moins confortable dans ce rôle.

Derrière elle, Mr. Noonan vient de reprendre sa place dans le canot en concluant:

— Ces nuits trop courtes vont finir par avoir ma peau.

*

Situé en bordure d'un marais, à huit milles de la côte, Finnegan's Point est la première halte des argonautes qui veulent faire au moins un aller-retour jusqu'à Dyea dans la journée. S'y trouvent une boutique de forgeron et un saloon. Depuis deux heures cet après-midi-là, l'endroit compte également un restaurant. C'est du moins ce qu'a décidé Mr. Noonan qui a choisi cet emplacement pour évaluer les occasions d'affaires qui s'offraient à eux. Liliane ne s'y est pas opposée, curieuse de commencer sa nouvelle vie d'associée. Dès qu'ils ont eu débarqué leurs avoirs et transporté le tout juste à côté du pont, ils ont installé ce qu'ils ont appelé le restaurant de Mlle Lili. Il n'y avait pas de temps à perdre, car les gens traversaient la rivière par centaines.

Liliane a monté la tente pendant que son compagnon ramassait du bois. Une fois le poêle allumé, la nourriture a été rapidement préparée. Une tarte aux abricots et à la cannelle, que Liliane a fait cuire directement dans le poêlon. Et maintenant que le parfum épicé embaume la forêt, le premier client vient de s'arrêter.

— Qu'est-ce que c'est? demande le nouveau venu en déposant son fardeau sur le sol.

— Une tarte du Nord.

Liliane est fière de ce nom, qui lui semble aussi à la mode que tout cet équipement que l'on vendait dans les boutiques de Port Townsend.

— Et qu'est-ce qu'il y a dedans? De la neige?

L'homme la taquine et Liliane prend la balle au bond.

— Des abricots et de la cannelle, monsieur. Bien chauds et bien sucrés. Juste ce qu'il faut pour vous donner de l'énergie.

— Vous demandez combien pour ce délice?

Liliane hésite. Elle ne veut pas abuser de ses clients. Elle pense alors à un prix juste qui tiendrait compte du coût des produits de base, des frais de transport des marchandises et de la distance qui les sépare du plus proche restaurant. Elle n'a pas le temps de donner sa réponse que Mr. Noonan prend les choses en mains.

— Vingt-cinq cents, annonce l'Irlandais en inspirant de façon suggestive l'odeur alléchante.

Liliane est scandalisée. À Vancouver, elle pouvait avoir un repas complet pour ce prix-là. Ça y est, se dit-elle en jurant entre ses dents. Le vieux va tout saboter. Quand la rumeur de ce prix exorbitant aura parcouru la piste, plus personne ne s'arrêtera. Le client va poursuivre sa route sans rien acheter, c'est certain, songe-t-elle.

— Donnez-m'en deux morceaux. Je meurs de faim.

— À la bonne heure ! s'exclame Mr. Noonan, sa mauvaise humeur subitement volatilisée. Deux morceaux, Lili.

Liliane n'en croit pas ses oreilles. Elle coupe deux pointes de sa tarte, qu'elle sert dans une assiette d'étain. Son premier client semble satisfait et s'éloigne, la bouche pleine, en prononçant quelques compliments indéchiffrables. Ce qui se produit alors l'étonne plus encore que le prix exigé par son associé. Il se crée, devant son poêle, une file qui s'étire jusqu'au pont. « Un morceau, s'il vous plaît », deviennent des mots communs, qui seront répétés sans arrêt tout l'après-midi. Mr. Noonan se construit une table de fortune où il sert les clients pendant que Liliane fabrique une deuxième puis une troisième tarte. Tout le jour, les hommes et les femmes, chargés presque autant que les chevaux, s'arrêtent casser la croûte. Cette activité se poursuit et ne ralentit qu'à la noirceur. Heureusement que Liliane avait mis, dès son arrivée, des fèves à tremper. Cela lui permettra de faire cuire, pendant la nuit, le déjeuner du lendemain. Un repas qu'elle entend bien vendre aussi aux prospecteurs pressés de redescendre à Dyea ou à ceux occupés à monter vers Canyon City.

*

À la brunante, Liliane et Mr. Noonan mangent enfin, épuisés par leur journée de travail. Une couverture sur le dos, ils se réchauffent près du feu en observant les flammes dont la lueur se joint à celle des autres feux qui illuminent, ici et là, Finnegan's Point. En guise de table, ils utilisent celle construite dans l'après-midi. Deux bûches roulées à quelques pieds de la braise servent de bancs. L'Irlandais a préparé du thé qu'il a versé dans leurs tasses émaillées, pendant que Liliane ouvrait une boîte de sardines et faisait cuire des galettes à la muscade dans leur poêlon. Pour dessert, ils se sont gardé deux morceaux de cette tarte qui a fait leur fortune et, peut-être bien, leur renommée.

La nuit est animée. Le bruit des conversations s'élève des différents campements, mais également du saloon où, on le devine, l'alcool coule à flots. Quelques coups de feu sont tirés, puis le calme revient. Plongée dans ses pensées, Liliane crée le menu du lendemain. Malgré le succès de leur restaurant improvisé, elle s'inquiète. Au rythme auquel s'envole la nourriture, leurs provisions seront épuisées dans deux jours. À Mr. Noonan, qui termine ses sardines, elle énonce sa première solution :

— Si j'avais plus de café, je pourrais en vendre pour accompagner la tarte.

— Hum.

L'Irlandais ne lève même pas les yeux vers elle.

— Je suppose, enchaîne-t-elle, que si j'offrais aux gens d'échanger une partie de leurs provisions contre un bon repas chaud, ils n'y verraient pas d'objection.

— Hum, répète l'autre sans davantage lui manifester d'intérêt.

L'attitude de son associé l'irrite. Elle n'aime pas sentir qu'il planifie tout sans la consulter, surtout que le restaurant, c'était son idée à elle. Elle insiste donc :

— Combien avons-nous fait aujourd'hui?

— Vingt dollars.

— Tant que ça!

Liliane n'en revient pas. Il est vrai qu'elle était trop occupée pour compter les clients, mais elle n'avait pas réalisé qu'elle en avait servi quatre-vingts.

— Ce n'est rien. Demain, nous augmentons les prix. Si les gens paient vingt-cinq cents sans marchander, c'est qu'ils sont prêts à payer davantage.

— Mais vous n'y pensez pas!

Cette fois, Liliane est bien décidée à empêcher son associé de mettre en péril leur réputation auprès de leur nouvelle clientèle.

— Mr. Noonan, il ne faut pas être devin pour se rendre compte à quelle vitesse les nouvelles se propagent dans la file. Dès que ces gens auront compris qu'on les vole, nous ne leur vendrons plus rien.

— Nous ne les volons pas, puisqu'ils paient d'eux-mêmes ce prix sans même essayer de le faire baisser. Tu sais cuisiner et, moi, je sais compter. À deux, nous allons faire fortune.

— Vous ne pouvez pas faire ça. Vous abusez de la situation.

— Parfaitement. Le prix est décidé, Lili. Demain, la pointe de tarte se vendra trente cents. On verra bien si les gens vont payer ou non.

Liliane ne dit rien. Elle voudrait se rebiffer devant l'attitude autoritaire de son associé, mais elle se rappelle qu'elle a beaucoup à apprendre de lui. Pour aussi difficile que cela paraisse, elle se répète qu'elle doit lui faire confiance. Après tout, elle n'est qu'une apprentie… Du moins, pour le moment.

— Il faut varier notre offre aussi, poursuit Mr. Noonan. Je pense que ton idée de servir des fèves au clou de girofle le matin est excellente. Je vais réfléchir au prix adéquat pendant la nuit.

Liliane acquiesce sans dire un mot et le silence revient autour de leur feu. Quelques minutes plus tard, il est brisé par une voix masculine sortie de l'obscurité :

— Vous reste-t-il de ces galettes ? On peut les sentir jusque de l'autre côté de la rivière.

De l'autre côté des flammes, Liliane découvre Samuel Lawless, avec son sourire candide aux lèvres. Mr. Noonan le reconnaît, lui aussi, et se lève, prétextant un besoin urgent pour s'éloigner.

— Ces galettes ne sont pas à vendre, Mr. Lawless.

L'homme vient prendre la place laissée vide par l'Irlandais.

— Je ne vois pas pourquoi vous ne m'en vendriez pas. Il vous en reste bien trois dans cette assiette.

— Je sais ce qu'il me reste, et c'est pourquoi je ne vous les vends pas. Je vous les donne.

Mr. Lawless l'observe longuement dans la pénombre, avant de fouiller dans sa poche.

— J'insiste, Miss Lili, dit-il en lui lançant quelques pièces de monnaie. Vous ne réussirez pas en affaires si vous donnez constamment à vos amis. Votre père a dû vous expliquer ça.

Il s'empare alors d'une galette qu'il mange avec ses doigts.

— C'est délicieux, ajoute-t-il en se léchant le pouce. Vous devriez en faire tous les soirs. Vous savez, à porter des bagages comme on le fait, on n'a pas vraiment le temps de cuisiner.

Sans qu'elle l'ait cherché, son nouvel ami lui offre justement l'occasion qu'elle attendait.

— Me céderiez-vous un peu de vos provisions, Mr. Lawless? Du café et de la farine, par exemple. En échange de quoi je pourrais vous servir gratuitement pendant quelques jours. Ça me permettrait d'évaluer le succès de ma nouvelle entreprise.

Le jeune homme éclate de rire, puis décline l'offre.

— J'ai besoin de toutes mes provisions pour entrer au Canada, explique-t-il en se levant. Il paraît que la Police montée refuse l'accès à ceux qui n'en ont pas suffisamment. Je ne vais donc pas vendre une partie de ce que je possède à une jeune fille qui veut s'enrichir le long de la piste.

Sur ce, il disparaît dans la nuit, laissant Liliane seule face au feu qui s'éteint lentement.

« Mr. Noonan a raison, se dit-elle en versant ce qui reste de thé sur les braises. En affaires, il n'y a pas d'amitié qui tienne. »

*

— Quel est votre nom?

Liliane détourne les yeux, apeurée. L'homme qui lui pose cette question tient à la main le crayon avec lequel il compte enregistrer son entrée au Canada. Derrière lui, d'autres hommes fouillent ses affaires. Liliane reconnaît leur uniforme et recule d'un pas. Ce sont des policiers.

Ils ont vidé la caisse et répandu les épices sur le sol. Elle veut s'insurger devant ce traitement injuste, mais s'en trouve incapable.

— Quel est votre nom? répète le policier avec une note d'impatience dans la voix.

Liliane ne sait que répondre. Si elle lui révèle son identité, elle sera arrêtée et retournée à Sherbrooke où ses parents s'empresseront de la marier à Joseph Gagné. Elle n'a pas vingt et un ans, elle est donc toujours sous l'autorité paternelle. Elle réfléchit à toute vitesse, mais ne trouve pas de nom à donner. Il lui en faut un, pourtant. Un nom dont elle se souviendra, qui lui convient et que les autres retiendront facilement.

Le parfum du girofle se répand dans le bâtiment. Il s'infiltre partout, effaçant l'odeur de la sueur, de la crasse, des coups de feu qu'on a tirés quelques minutes plus tôt. Liliane repense à cet homme abattu alors qu'il tentait d'entrer au Canada sans l'autorisation de la Police montée. Elle a peur qu'on lui réserve un sort semblable. Tout à coup, elle remarque que l'odeur a changé. Au lieu des effluves habituels, ses épices sentent la terre. Elles puent l'humidité, la moisissure, la mine.

— Quel est votre nom? insiste le policier.

Liliane secoue la tête et la tension monte d'un cran. Surtout, ne pas faire voir qu'elle est en fuite. Surtout, ne pas décliner son identité, la vraie. Les autres agents ouvrent maintenant son sac de toile et en sortent les vêtements offerts par Mrs. Burns. L'un d'eux tient à la main une enveloppe marquée du blason du Canadian Pacific Railway.

— Ces billets vous appartiennent-ils? demande le premier policier lorsque son collègue les lui remet.

Liliane écarquille les yeux. Non, il ne peut s'agir de ses billets puisqu'elle se trouve à l'autre bout du Canada.

— Les avez-vous volés?

Elle continue de nier, mais l'officier ouvre l'enveloppe et lui montre l'écriture serrée, *Montréal, première classe*. Liliane hésite.

— Ça ne peut pas être à moi. J'ai encaissé les miens, il y a un mois.

— Et ceci?

Il sort de l'enveloppe une bague surmontée d'un petit diamant. Elle ne l'a jamais vue, mais elle sait qu'il s'agit de celle que Joseph Gagné voulait lui mettre au doigt.

— Non, proteste-t-elle. Je n'ai pas de bague. Je ne suis pas mariée et je ne le serai jamais.

Une main se pose sur son épaule. Une pression qu'elle reconnaît. Elle n'ose pas se retourner pour faire face à sa mère. Sa mère? Que fait-elle si loin de la maison?

— Il faut fonder une famille, Lili.

— Je ne veux pas, maman, supplie-t-elle alors que des larmes lui inondent les joues. S'il vous plaît, laissez-moi partir.

La pression sur son épaule se transforme, devient plus insistante.

— Tu es MA fille, tonne une voix masculine qu'elle connaît bien. Tu es Liliane Doré.

Tout son être se révolte.

— Non, hurle-t-elle en se défaisant de l'emprise de Georges Doré. Je ne suis pas votre fille.

Deux grandes mains gantées de cuir lui serrent soudain les épaules puis l'entraînent vers une vallée, vers un lac ceint de montagnes.

– Va-t'en au Klondike, maintenant, Lili. Tu es libre.

Elle se retourne juste à temps pour voir disparaître, de l'autre côté d'un massif rocheux, la silhouette gracile de Samuel Lawless.

Elle se réveille en sueur, prisonnière dans son sac de couchage. Elle a dû rouler sur elle-même pendant son sommeil et elle se trouve maintenant coincée dans la toile tordue. Les battements de son cœur s'accélèrent à mesure que lui reviennent des bribes de son cauchemar. Des images aussi vivaces que ses souvenirs de la veille. Dans l'obscurité, il lui est difficile de chasser la peur et les doutes qui l'envahissent. Elle ne se calme que lorsqu'elle réalise qu'elle est connue, au milieu de ces gens, comme étant Lili, la fille de l'Irlandais Noonan. C'est donc ainsi qu'elle se présentera au poste de la Police montée.

*

Le lendemain s'avère très lucratif, ainsi que l'avait prédit Mr. Noonan. Parce que l'odeur du clou de girofle a flotté dans le camp toute la nuit, les fèves se sont écoulées en moins d'une heure. Les pointes de tarte aux fruits et les galettes, bien que vendues à trente cents chacune, connaissent un grand succès. Il faut dire que le froid commence à se faire piquant ; l'odeur d'épices aidant, les hommes sont affamés après avoir franchi le pont. Ils viennent se mettre en file, leur fourchette à la main, et sont accueillis par le rire communicatif d'un marchand irlandais et le sourire timide de sa fille. Certains profitent du feu allumé devant la tente pour faire chauffer de l'eau puisée dans la rivière. Rapidement, l'odeur du café se mêle à celle des pâtisseries. Ce détail agace Mr. Noonan, qui préférerait pouvoir offrir à gros prix des boissons chaudes. Il s'agit cependant d'un désagrément insuffisant pour troubler la bonne humeur qu'il affiche depuis leur arrivée à Finnegan's Point. Les affaires vont tellement bien qu'à la tombée de la nuit les provisions viennent à manquer. Liliane l'avait prévu, mais elle n'avait pas anticipé qu'ils seraient si rapidement victimes de leur succès. Pendant que Mr. Noonan récupère les assiettes, elle met de l'eau à bouillir pour faire la vaisselle. Elle a aussi préparé des tasses de thé qu'elle laisse sur la table, à portée de la main.

— Nous devrions retourner à Dyea, propose-t-elle quand son associé vient s'installer à côté d'elle pour l'aider. Nous pourrions acheter des provisions et revenir ici les vendre, sous forme de repas, pour dix fois le prix.

— L'effort est trop grand, estime l'Irlandais. Penses-y, il y a huit milles d'ici à Dyea.

— C'est vrai, mais avec notre canot…

— De toute façon, la nourriture sera très chère à Dyea. Ce qu'il faut…

Du coin de l'œil, Liliane le voit plisser le front et réfléchir. Son habituel teint rougeaud semble plus coloré encore lorsqu'il s'exclame :

— Il faut monter jusqu'à Canyon City !

— Vous savez, dit-elle en tâchant de ne pas montrer à quel point cette perspective l'enchante, Canyon City est à cinq ou six milles. Nous ne pouvons remonter la rivière en canot ; c'est trop peu profond. Cela veut dire qu'il faudra porter nos bagages sur notre dos.

Mr. Noonan abonde dans son sens :

— Où est le problème ? En écoulant ici le gros de nos provisions, nous nous sommes allégés d'autant. Le défi ne me paraît pas de taille à me faire renoncer. Surtout que le profit sera au rendez-vous.

Les mains dans l'eau chaude, Liliane s'immobilise.

– De quel profit parlez-vous ? Nous n'avons même plus de quoi tenir le restaurant.

– Peut-être…, murmure-t-il en observant les derniers prospecteurs à arriver dans le camp. Au fond, nous ne sommes encore qu'en début de piste. On m'a dit aujourd'hui que des dizaines de caisses ont été abandonnées le long du sentier menant à la prochaine halte. Davantage encore juste en dessous de Canyon City. J'imagine les pauvres types fatigués qui larguent une partie de leurs bagages. Ne penses-tu pas qu'il vaut la peine qu'on aille y jeter un œil ? Après tout, c'est peut-être ici, notre mine d'or à nous.

Liliane acquiesce d'un sourire entendu. Sa mine d'or à elle, c'est ce marchand irlandais.

CHAPITRE XI

Seattle. Le soleil a disparu depuis longtemps. Dans la rue, les passants semblent moins nombreux. Peut-être est-ce à cause de cette mince couche de nuages qui dissimule la lune et les étoiles. En cette nuit opaque, Rosalie se voit de nouveau sur le point de faire le saut de l'ange. Cette sensation la grise, car elle est consciente de se lancer dans une aventure de haute voltige avec, pour seul filet de sécurité, son amour pour Dennis-James. Elle risque le tout pour le tout, pour la troisième fois de sa vie.

Après une dernière vérification sous le lit, elle ramasse son sac et éteint la lampe, plongeant dans l'obscurité ce qui a été leur logis pendant trois semaines. Leur chambre à l'hôtel Seattle, avec vue sur la place des Pionniers et sur le port, n'est déjà plus qu'un souvenir. Cette alcôve où ils ont fait l'amour, où ils ont vécu et ont été présentés comme mari et femme, sera désormais remplacée par une cabine de bateau, puis par une tente fragile sous les étoiles. Rosalie referme doucement la porte et file au rez-de-chaussée où l'attend le fiacre envoyé par Dennis-James.

— Le quai Schwabacher, dit-elle au cocher en prenant place sur le siège arrière.

Un coup de fouet retentit et la voiture se met en mouvement. Le bruit des sabots résonne pendant quelques minutes, mais il est rapidement couvert par les cris provenant des saloons, malgré l'heure tardive. Dans une rue transversale, un couple s'éloigne en riant. Dans une autre, un groupe d'hommes ivres chantent à tue-tête. Il n'y a rien d'inhabituel dans ces comportements. À Seattle, on vit de nuit comme de jour.

Rosalie se rend compte à quel point son séjour dans cette ville l'a transformée. De jeune fille innocente, elle est devenue une femme prudente et perspicace. Rien ne lui échappe, pas même les regards insistants du conducteur. Elle se rassure, toutefois, en effleurant de la main la crosse du pistolet qu'elle sent contre sa cuisse. Elle ne sait pas si elle arriverait à tirer, mais cela importe peu. Du moment qu'elle peut s'en servir pour repousser le danger.

La voiture s'éloigne de l'hôtel en soulevant des nappes de ce brouillard mouvant qui fait disparaître les extrémités des rues. L'avenue Yesler s'étire jusqu'à la voie ferrée et, de l'autre côté, le port apparaît, diffus mais en pleine effervescence. Malgré l'obscurité, plus de vingt véhicules convergent vers le quai Schwabacher. Là, tout au bout, se dresse, dans une majestueuse frénésie, le *SS Rosalie*.

Les passagers diligents sont déjà sur le pont, saluant de la main des proches venus leur dire un dernier au revoir. Sur le quai, des femmes embrassent des hommes qui hésitent à les quitter. D'autres, plus résignées, agitent leurs mouchoirs dans le vide en retenant un sanglot. Des enfants pleurent, des mères serrent contre leur cœur leurs fils devenus trop grands pour demeurer sous leur toit alors que la richesse est à portée de la main. La voix de ces êtres déchirés, ou extatiques, se mêle au piaillement des mouettes, au craquement sinistre des mâts qui s'inclinent avec la houle, aux cris aigus des sifflets qui font vibrer l'air tiède de cette fin d'été. Sous la lumière des lampadaires, le voile de brouillard confère à la scène un aspect fantasmagorique. Quand le fiacre s'immobilise après avoir fendu la foule, Rosalie en descend avec la curieuse impression de flotter, comme dans un rêve.

Sur le quai, près de la poupe, elle aperçoit Dennis-James qui supervise le chargement de leurs caisses. Il est trop occupé pour s'arrêter aux épanchements des gens qui l'entourent, à la tristesse mêlée d'envie qui habite ceux qui restent. Il n'est cependant pas indifférent à cette émotion commune à tous : l'exaltation. Rosalie le devine à son front trop plissé, ses sourcils trop arqués, ses yeux trop grands ouverts pour l'heure tardive. Il y a aussi, sur ses lèvres, ce sourire figé, pareil au sien. Le grand jour est arrivé. Le départ est imminent ; l'aventure, inévitable. Pour la première fois, tous deux ressentent ce que signifie vraiment partir pour l'Alaska.

Lorsqu'il la reconnaît au milieu de la foule, Dennis-James se dirige vers elle et lui offre son bras. Elle n'a pas le temps d'y poser la main que la cloche de la salle des machines retentit.

– *All aboard !* s'écrie un des officiers sur le pont.

Rosalie s'accroche à Dennis-James et s'engage avec lui sur la passerelle. Debout sur le quai, les femmes brandissent leurs mouchoirs avec énergie. Quelques minutes plus tard, dans un vrombissement de moteur, le navire recule puis pivote sur lui-même avant de s'éloigner du port pour de bon.

La brume persiste à couvrir l'horizon et, pendant deux jours, le paysage se résume à un étroit chenal de mer sombre, entre des îles qu'on devine à gauche, et la côte complètement invisible à droite. Les heures sont longues pour les cent vingt passagers qui n'ont nulle part où aller et rien d'autre à faire que dormir et manger. Rosalie n'a pas été tellement surprise d'apprendre qu'il n'y avait pas de piano à bord du vapeur. Les marchandises des prospecteurs occupent tout l'espace disponible. Au début, ce n'était pour elle qu'un détail sans importance. Or, cette vétille prend une dimension différente quand, en la raccompagnant à leur cabine le deuxième soir de leur voyage, Dennis-James l'informe de ses projets pour la soirée.

— Je vais jouer aux cartes avec quelques gars de New York. Ça m'occupera un peu. Je trouve le temps tellement long.

Rosalie ne sait que répondre sans avoir l'air égoïste. C'est vrai que les jours passent lentement. Elle comprend que Dennis-James cherche à se divertir, mais il lui semble qu'il pourrait le faire avec elle. Comme s'il lisait dans ses pensées, il poursuit :

— Je t'emmènerais bien, mais il n'y aura pas de femmes dans la salle à manger à cette heure. Tu es mieux ici. Tu trouveras bien un moyen pour t'occuper.

Rosalie écarquille les yeux, incrédule. En quoi le fait qu'il n'y aura pas d'autres femmes l'empêche-t-il d'y aller elle-même ? Elle s'apprête à rétorquer, mais Dennis-James ne lui en laisse pas le temps.

— Verrouille bien la porte, dit-il en l'embrassant. On ne connaît pas bien les autres passagers.

Devant une attitude aussi décidée, Rosalie ne peut que se résigner.

— À quelle heure rentreras-tu ? demande-t-elle avant qu'il ne passe le seuil.

— Je ne sais pas. En même temps que les autres, je pense, pour ne pas paraître impoli.

Il referme derrière lui sans même lui souhaiter bonne nuit. Abandonnée dans une cabine à peine éclairée, Rosalie n'ose bouger. Elle croit un moment que c'est une blague, que Dennis-James agit ainsi pour la taquiner. Elle s'attend à voir la porte s'ouvrir d'un instant à l'autre et son amant réapparaître dans l'embrasure, l'air moqueur. Mais les pas qu'elle entend ne font que s'éloigner, inexorablement. Puis le silence revient, brisé uniquement par le clapotis des vagues contre la coque du bateau et le murmure des voix dans les cabines adjacentes. Rosalie s'assoit sur le banc devant la commode et tente de se raisonner. Son esprit oscille entre la révolte et l'abnégation. D'être ainsi traitée comme une enfant qu'on laisse à la maison pendant qu'on va faire la fête la met en colère, mais elle devine que Dennis-James a voulu lui éviter l'ennui d'assister à une partie de cartes entre hommes. Ses manières l'irritent, néanmoins. Pour qui donc se prend-il de disposer d'elle comme d'un objet ? Ne voit-il pas qu'elle trouve le temps long, elle aussi ? À mesure que les minutes passent, Rosalie se calme et se console en se rappelant que, depuis qu'elle le connaît, jamais Dennis-James n'a agi avec elle de manière cavalière. Il doit donc y avoir une explication.

Rosalie croise son propre regard dans le miroir sur pied au centre de la commode. Sa chevelure brune est sagement coiffée et remontée sous son chapeau. Son visage est rond, propre et à peine maquillé. Sa robe est boutonnée jusqu'au cou, comme les portent les femmes de la bonne société. Si ce n'était du pourpre de ses joues, personne ne devinerait l'indignation qui l'habite.

Cette nuit-là, le sommeil tarde à venir. Les dents serrées, elle attend le retour de son amant. Elle ne retrouve son calme que lorsqu'il rentre, très tard. Pendant qu'il se déshabille dans l'ombre, elle fait semblant de dormir. Quand enfin il s'allonge près d'elle, elle respire son parfum, exempt d'alcool.

— Je n'aime pas que tu me laisses comme ça, souffle-t-elle en se blottissant contre lui.

— C'était pour une bonne cause.

Il l'embrasse sur le front en froissant du papier dans son dos et ajoute :

— J'ai gagné vingt-cinq dollars.

Rosalie est estomaquée. Vingt-cinq dollars, c'est presque le prix d'un de leurs billets.

— Une autre soirée comme ça et ce voyage ne nous aura rien coûté.

En entendant ces mots, Rosalie ne sait plus si ce gain est une bénédiction ou une menace.

— Es-tu en train de me dire que tu y retournes encore demain ?

— Demain ou après-demain, je n'ai pas décidé. De toute façon, il ne reste que trois jours avant d'arriver à Skagway.

— Et moi, qu'est-ce que je vais faire, pendant ce temps-là ?

— Tu vas réchauffer le lit. Comme ça, il sera confortable quand je vais rentrer les poches pleines d'argent et te faire l'amour.

Rosalie s'efforce de rire, hésitant entre le bonheur de l'instant présent et l'appréhension des nuits à venir. Elle se surprend cependant à tout lui pardonner lorsqu'il glisse une main sous sa chemise de nuit.

*

Les jours qui suivent ne se passent pas exactement comme Dennis-James les avait décrits à Rosalie. Le lendemain, la jeune femme doit de nouveau faire face à sa solitude lorsqu'il l'informe qu'il se rend à la salle à manger. Mais quand, le soir suivant, il s'apprête encore une fois à l'abandonner, elle s'insurge:

— Tu m'avais dit une autre soirée seulement! Ça fait deux.

— Vois ça comme un investissement. Ça va me permettre de regagner ce que j'ai perdu hier.

— Parce que tu as perdu?

Rosalie est sous le choc. En rentrant, la nuit précédente, il ne lui a rien dit à ce propos. Elle s'en veut de ne pas y avoir pensé, mais elle lui en veut davantage de le lui avoir caché et de se servir maintenant de ces pertes comme d'une excuse pour retourner jouer aux cartes ce soir encore. Debout devant le miroir, Dennis-James replace ses vêtements de manière à ce que sa tenue soit impeccable. Rosalie l'observe et fulmine, assise sur le bord du lit.

— Ce n'est pas ce qui était convenu, souffle-t-elle, en croisant le regard de son amant dans la glace.

— Ah, non? Et qu'est-ce qui était convenu, Rosalie?

Rosalie accuse le coup et se mord la langue d'avoir abordé ce sujet délicat. Elle sait bien qu'il n'y a presque rien de convenu entre eux. S'il joue du piano pour elle, elle cuisinera pour lui. Voilà le seul engagement qu'ils ont pris l'un envers l'autre. Elle aurait dû parler plutôt de ses attentes. Mais la langue lui a fourché et, maintenant, elle ne sait pas comment se rattraper. À défaut de trouver les mots pour se racheter, elle creuse plus profondément encore le gouffre qui commence à les séparer.

— Ce voyage est aussi long pour moi que pour toi.

Dennis-James ne répond pas, se contentant de se diriger vers la porte.

— Et moi, je fais quoi en attendant? insiste-t-elle, sur un air de défi.

Dennis-James ne se retourne même pas.

— Tu fais ce que tu veux, souffle-t-il, agacé. Nous ne sommes pas mariés.

Il claque la porte si fort que les murs en tremblent. Rosalie s'allonge sur le lit, l'âme meurtrie, et serre contre elle son oreiller de plumes qu'elle mouille de larmes amères. Elle revoit leur conversation par bribes, tous ces moments où elle aurait dû se taire, toutes ces occasions où elle aurait dû se rapprocher de lui, lui demander pardon, le supplier de ne pas l'abandonner encore une fois. Elle a trop parlé, et maintenant il est trop tard. Sa mère avait raison, elle est *trop*, comme d'autres sont heureux, et elle s'en veut d'être ainsi faite. Si elle avait plus de retenue, si elle pouvait au moins se taire plus longtemps. Oui, il lui aurait fallu penser avant de parler, au lieu de laisser couler ces mots acerbes comme des torrents indisciplinés.

Cette nuit-là, elle comprend que la vie ne sera plus jamais comme avant entre elle et Dennis-James. Quelque chose s'est brisé, un lien ténu qui les unissait l'un à l'autre depuis leur première rencontre, une communion tacite qui s'est dissoute tel un château de sable avalé par la mer.

Quand, à l'aube, Dennis-James rentre ivre et plus pauvre que jamais, Rosalie garde les yeux clos, feignant de dormir, le cœur gros et douloureux.

CHAPITRE XII

La route jusqu'à Canyon City s'avère plus difficile que ce que Mr. Noonan avait prévu. Le mince sentier commence d'abord sur la rive sud de la rivière qui, elle, devient rapidement un étroit filet d'eau entre deux montagnes. Ce chemin monte parfois haut sur le versant afin de fournir un passage sécuritaire, puis redescend au niveau de la rivière qu'on doit traverser à gué pour atteindre enfin cette deuxième halte par la rive nord. Avec plus de quarante livres de marchandise sur le dos, Liliane marche pliée en deux, comme tout le monde, en regardant bien où elle met les pieds mais jamais plus loin en avant. Elle a chaud, malgré le vent, et malgré le froid qui s'accentue de jour en jour. Le poids lui écrase les épaules, les muscles de ses mollets se raidissent et ses genoux la font souffrir à chaque flexion, mais cela ne l'empêche pas d'avancer à ce rythme régulier qui est celui de tous les argonautes. Ses mains brûlent à force de se refermer sur la corde rude qui tient son fardeau en équilibre sur son dos. Cette caisse de bois est beaucoup trop lourde pour elle, elle l'admet maintenant. Comme elle admet aussi qu'elle n'aurait pas dû laisser son orgueil lui dicter sa conduite. Elle exagérait quand elle a prétendu qu'elle était aussi capable que son associé de transporter leur bien le plus précieux. S'il ne l'avait insultée en lui servant son argument habituel sur la supériorité des hommes, elle ne l'aurait peut-être pas mis au défi. Prise au piège, elle souffre, les reins meurtris et les jambes en compote. Personne ne l'entend jurer entre ses dents qu'on ne l'y reprendra plus, mais c'est exactement ce qu'elle a envie de hurler. Puisqu'il lui reste encore deux milles à parcourir, elle se console en se répétant que c'est un vrai coup de chance qu'elle soit grande, costaude et, malgré tout, assez forte. Le contraire aurait été un handicap dans ce voyage, mais, surtout, une source d'humiliation devant cet Irlandais qui ne cesse de lui dire qu'elle ne peut faire ceci ou cela parce qu'elle est une femme.

Elle doit cependant lui donner raison sur un point : sa tenue féminine est un réel désavantage. La jupe, trop longue, entrave ses mouvements en plus de traîner dans la boue et de s'accrocher aux branches et aux parois rocheuses. Liliane a aperçu, plus loin dans la file, quelques femmes vêtues des pantalons de leur mari. Si, sur le coup, elle a trouvé cela choquant, elle se dit maintenant que c'est là une très bonne idée.

Absorbée dans ses pensées, elle ne se méfie pas quand son pied s'accroche dans l'ourlet de la jupe. Elle est projetée vers l'avant, tête première. Déséquilibré par la secousse, son fardeau glisse vers la gauche et l'entraîne vers le vide. Elle entend s'élever autour d'elle des cris d'alarme, mais personne ne vient à son secours. Horrifiée, elle aperçoit la rivière tout en bas qui semble se rapprocher, l'attirer, sans qu'elle puisse se retenir. Son regard se pose, in extremis, sur une branche qui effleure son champ de vision. Liliane l'attrape et s'y agrippe de toutes ses forces, freinant ainsi sa chute. Puis elle se redresse, remet la caisse au creux de ses reins et regagne sa place dans la file. L'agitation s'apaise aussitôt et tout le monde reprend la route, comme si rien ne s'était passé. Alors qu'elle emboîte le pas à celui qui la précède, Liliane se promet de remédier à ce problème de vêtements dès que l'occasion se présentera.

*

Il ne reste plus qu'un mille, à ce qu'il paraît. De chaque côté de la piste apparaissent encore des caisses abandonnées, des bouteilles de verre, des contenants de ferblanc, des bottes de caoutchouc. Toutes ces choses constituent la mine d'or de Mr. Noonan et celui-ci s'enfonce encore une fois dans le bois pour une nouvelle inspection. Depuis ce matin, il dresse le compte de ce qui a été laissé en retrait et ramasse tout ce qui peut leur être utile.

— On connaît bien ses clients en inspectant leurs déchets, dit-il en extirpant d'une caisse de bois une boîte de levure chimique encore scellée.

Liliane hoche la tête. Elle accepte, par ce geste, qu'il ajoute à leurs bagages cette nouvelle acquisition. Comme ils en ont convenu, elle poursuit sa route sans attendre. De toute façon, si elle avait voulu s'attarder, elle se serait fait bousculer par les autres marcheurs qui, aussi chargés qu'elle, ne s'arrêteront que pour le dîner. Elle met donc un pied devant l'autre dans le sentier rocailleux, priant pour que les objets trouvés par son associé aient réellement été jetés par leurs propriétaires. Car dans cette piste du bout du monde, on fouette les voleurs. C'est du moins ce qu'on raconte le soir autour des feux.

*

Il leur faut la journée, à deux, pour transporter leur équipement jusqu'à Canyon City. Mais quelle journée! Dès leur arrivée, Liliane et Mr. Noonan empilent leurs biens en retrait du village de tentes et, sans s'attarder, font un deuxième aller-retour. Ils parcourent ainsi trois fois les cinq milles séparant Finnegan's Point de leur nouveau campement. Quinze milles en tout, sur un sentier inégal, glissant et souvent abrupt. Liliane a donc toutes les raisons d'être exténuée lorsque, la nuit venue, elle aperçoit la première neige qui tombe doucement et fond en atteignant le sol. Avec l'aide de Mr. Noonan, elle se hâte de monter la tente et s'allonge dans son sac de couchage sans retirer ses vêtements. Elle en ressent une soudaine nausée. Dans la piste, on ne se déshabille pas, on ne se lave pas et on n'est jamais à l'abri du vent. Pitoyable situation.

Assis sur son propre lit, Mr. Noonan, fébrile, écrit dans un carnet. Il compte et recompte, fait des plans et s'extasie devant leur nouvelle situation.

— Vous devriez dormir, soupire Liliane en fermant les yeux. On a eu une grosse journée aujourd'hui et demain…

— Demain est un autre jour, ma petite Lili. Pour ma part, j'ai encore plein de choses à faire, à penser, à planifier, à…

Liliane ne l'entend plus, le sommeil la gagne déjà. Elle rêve depuis peu lorsque la voix étouffée de Mr. Noonan la tire du sommeil. Dans la tente, l'obscurité est totale et il lui faut tâtonner quelques minutes afin de mettre la main sur le fanal renversé sur le sol. Elle l'allume

167

en vitesse et découvre l'Irlandais rouge, agité, les deux bras repliés sur la poitrine.

— Que se passe-t-il, Mr. Noonan?

L'homme n'a pas le temps de répondre que Liliane est déjà sortie de la tente. Malgré la noirceur ambiante, elle se met à sillonner les petits sentiers bordés de tentes. Ses pieds s'accrochent dans une racine et elle trébuche sur un piquet.

— Il me faut un docteur, s'écrie-t-elle suffisamment fort pour réveiller le camp. Mon père est malade, il me faut un docteur!

Elle court en criant, le fanal à la main et trébuche encore. Elle se redresse et continue de s'époumoner jusqu'à ce qu'un jeune homme apparaisse devant elle.

— Calmez-vous, mademoiselle, et conduisez-moi à lui. Je suis médecin.

Liliane voudrait obéir, mais elle se rend vite compte, en observant la nuit, qu'elle ne reconnaît plus son chemin. Autour d'elle, une centaine de tentes ont été plantées, ici et là, sans ordre précis. Des sentiers, il y en a partout. Devant son air effaré, le médecin la prend par les épaules et la force à le regarder:

— Quand vous avez monté votre camp, avez-vous remarqué si vous étiez près de la rivière ou à côté d'un bâtiment?

Liliane secoue la tête. Elle ne se souvient plus et sent la panique la gagner. Si elle ne revient pas assez rapidement...

— Il va mourir, murmure-t-elle, accablée de remords. Il va mourir à cause de moi. Je ne sais plus où est notre tente. Elles sont toutes pareilles...

— Moi, je sais.

Cette voix qui vient de l'interrompre, Liliane la re-connaît aussitôt. Elle se retourne, soulagée d'apercevoir Samuel Lawless qui s'éloigne déjà.

— Suivez-moi! ordonne-t-il en quittant le cercle lumi-neux créé par la lampe. Votre tente est par ici.

Liliane s'élance vers lui, suivie du médecin qui la dé-passe et rattrape Samuel en quelques enjambées. Lorsqu'elle atteint enfin la tente, les deux hommes sont agenouillés près de l'Irlandais. Le médecin tient son poignet dans sa main droite et garde les yeux fixés sur sa montre. Sur la caisse, une bougie a été allumée. Liliane l'éteint et dépose le fanal juste à côté.

— Je vais mieux, murmure l'Irlandais. Ne vous in-quiétez pas. Ce n'était qu'un malaise… passager.

— C'est un peu plus grave que ça, dit le médecin en reposant doucement le poignet de son patient. Vous avez sans doute travaillé trop fort aujourd'hui. Votre cœur ne l'a pas supporté.

— Je n'ai pas fait davantage que tous les autres. Lili et moi avons même moins de bagages que la plupart d'entre vous. Ce ne peut pas être mon cœur.

— Vous êtes trop vieux pour entreprendre une telle ex-pédition. Si vous êtes dans cet état à moins de quinze milles de la côte, imaginez ce que ce sera quand il faudra escalader la montagne pour atteindre le sommet.

Mr. Noonan se lève d'un bond et attrape le médecin par le revers de la veste.

— Je vous trouve bien arrogant, jeunot. Qui êtes-vous pour me dire que je suis trop vieux?

L'homme tente de se défaire de la main qui le secoue, mais la poigne de Mr. Noonan est encore solide, malgré ses cinquante ans passés.

— Je suis médecin. C'est mon devoir de vous recommander de rentrer chez vous.

Samuel intervient pour séparer les deux hommes et, lorsque le médecin quitte les lieux, il s'assoit sur la caisse, juste à côté de l'Irlandais.

— Un de mes partenaires a trouvé la route trop dure à son goût, soupire-t-il. Il retourne demain à Dyea. Vous devriez partir avec lui.

Mr. Noonan secoue la tête.

— Je n'ai pas de conseil à recevoir d'un voleur.

— Vous ne pouvez pas continuer, Mr. Noonan. Cette piste va vous tuer.

Debout près de la porte, Liliane hésite entre le soulagement et l'inquiétude qu'elle avait éprouvée durant les premiers jours de voyage et qu'elle sent renaître en elle.

— Vous ne pouvez pas continuer, mon ami, répète le marin en prenant un ton si doux et si compréhensif qu'il étonne même Liliane. Votre vie ne vaut-elle pas plus que cet or au bout de la route?

Ces derniers mots font leur effet et Liliane voit les épaules de son compagnon s'affaisser, signe de sa résignation.

— Qui s'occupera de Lili si je pars?

— Vous pouvez me la confier, répond Samuel en faisant un clin d'œil en direction de Liliane. Elle sera en sécurité avec moi.

L'Irlandais bondit une seconde fois.

— En sécurité avec un voleur! s'exclame-t-il, irrité plus que de raison. Il ne manquait plus que ça!

— Calmez-vous, souffle Samuel, les paumes levées et tournées vers Mr. Noonan dans un geste d'apaisement. Vous allez vous trouver mal, encore une fois.

— Et vous, vous allez me faire le plaisir de quitter ma tente, ou bien je vous pousse moi-même dehors. On verra bien si je suis si vieux que ça.

Samuel secoue la tête, découragé, et sort dans la nuit après un bref salut à Liliane. Dans le village de tentes, le calme est revenu. Les gens se sont rendormis et le silence du Nord a repris ses droits. Mr. Noonan s'est couché sur le dos. Il paraît apaisé, mais Liliane décide qu'elle est trop fatiguée pour discuter avec un homme aussi bourru. Elle s'allonge de nouveau dans son sac de couchage, mais, au moment où elle éteint la lampe, la voix de l'Irlandais grommelle, la faisant sourire malgré elle :

— Si tu crois que tu vas te débarrasser de moi aussi facilement, tu te trompes. Je m'en vais au Klondike avec toi, Lili. Que tu le veuilles ou non.

*

Liliane est debout bien avant le lever du soleil. En fait, elle n'a pas fermé l'œil depuis l'incident de la nuit et a attendu les premiers mouvements dans le camp pour se mettre à l'ouvrage. Le poêle n'ayant pas été monté la veille au soir, elle doit d'abord faire un feu. Elle plante ensuite deux piquets qu'elle attache ensemble d'un côté des braises et deux autres qu'elle attache de manière identique de l'autre côté. Dans le creux créé entre les extrémités des piquets, elle place une branche horizontale à laquelle elle suspend la cafetière. Avec la farine qui lui reste, elle fabrique des galettes plates dont l'arôme épicé ne tarde pas à attirer les clients.

Quand Mr. Noonan se lève enfin, le gros des prospecteurs a déjà quitté le camp, soit pour redescendre à

Finnegan's Point chercher ce qui leur reste de matériel, soit pour monter vers le troisième relais de la piste, Pleasant Camp, quatre milles plus haut. Une tasse de café entre ses mains froides, Liliane entend l'Irlandais qui s'éloigne dans le bois pour uriner avant de revenir vers elle. Il prend sa tasse dans ses affaires, la dépose sur le sol, s'empare de la cafetière toujours sur le feu et se verse de ce café bouillant et imbuvable. Tout ce temps, Liliane demeure immobile. Assise au bord du feu, elle est emmitouflée dans son manteau de laine, les pieds sur une pierre chaude. Elle fixe les braises, au-dessus desquelles cuit déjà le souper du soir.

— Tu aurais dû me réveiller plus tôt, ronchonne-t-il en s'assoyant devant elle.

Liliane ne répond pas. Tout ce qu'elle pourrait dire pour se justifier risquerait de piquer au vif son compagnon. Il avait besoin de dormir après la nuit mouvementée qu'ils ont connue. Il le sait et Liliane se demande même si, en lui reprochant sa délicatesse, il ne cherche pas, justement, à provoquer une nouvelle confrontation. Elle préfère ne pas entrer dans ce jeu et se tient coite, sortant de ses réflexions uniquement pour brasser les fèves qui mijotent entre eux.

— Tu penses aussi que je devrais retourner à Vancouver, n'est-ce pas ?

Liliane ne mord pas. Irrité par son silence, l'Irlandais poursuit :

— Je suis capable de continuer, tu sais.

Qui cherche-t-il à convaincre avec ce dernier commentaire ? Lui ou elle ? Liliane est tentée de lui poser la question, juste pour le taquiner, mais il ne lui en laisse pas le temps.

— Le problème, c'est que j'ai le vertige.

Cette fois, elle se tourne vers lui avec intérêt. Voilà que c'est au tour de son compagnon de se montrer fuyant. Il lève le menton en direction de la rivière.

— Tu vois, commence-t-il, ce n'est pas pour rien que cet endroit s'appelle Canyon City. Juste là, de l'autre côté de ces tentes, il y a un ravin. Non pas un ravin ordinaire, mais un véritable canyon au fond duquel coule la rivière Dyea. À ce qu'il paraît, le courant est tellement fort que la glace ne fige même pas en hiver. C'est ça, le premier obstacle à partir d'ici. Pour se rendre à Pleasant Camp, il faut d'abord passer par-dessus cette gorge en marchant sur des billots posés en travers. Tu m'imagines, moi, debout sur un tronc d'arbre avec la rivière qui gronde tout en bas ? Je n'arriverai même pas à regarder dans le trou, encore moins à traverser sur un semblant de pont pas plus large qu'une échelle.

Liliane se retient de sourire devant l'absurde de la situation. À défaut d'admettre qu'il est vieux, l'Irlandais est prêt à avouer qu'il a peur. C'est avec beaucoup de respect qu'elle accepte cette excuse qui permet à son associé de faire demi-tour dans un semblant de dignité.

— Je vous comprends, approuve-t-elle. Il paraît qu'il y a même des gens qui traversent à quatre pattes, en s'agrippant à l'un des troncs, tellement ils craignent de tomber.

— C'est exactement ce qu'on m'a raconté à moi aussi.

Rassuré, Mr. Noonan peut dévorer en paix la galette qu'elle a gardée pour lui. Liliane se verse une deuxième tasse de café. Elle n'est pas contre l'idée de continuer seule, mais quelques détails l'inquiètent. Elle attend que l'homme termine son déjeuner avant de lui en parler.

— On s'arrange comment, dans ce cas, pour régler notre accord ? Voulez-vous repartir avec votre part d'épices et de tout le reste ?

— Non, non. Je continue d'être ton associé. Tu me feras un rapport quand tu seras rendue à Dawson. Tu m'enverras ma moitié des profits en utilisant le courrier de la banque. Il doit bien y avoir une banque, au Klondike ?

L'orgueil de Liliane refait aussitôt surface :

— Votre générosité n'est pas nécessaire, Mr. Noonan. Je saurai me débrouiller seule. Je le faisais avant de vous rencontrer. Et puis, il vous faudra de l'argent pour vous relancer en affaires.

— Je n'ai pas besoin de cet argent tout de suite. De toute façon, j'en ai de placé à Vancouver. Je préfère voir ça comme un investissement.

Liliane le remercie et vide d'un trait ce qui lui reste de café.

— Dans ce cas, dit-elle, il faut qu'on refasse les paquets. La caisse d'épices est beaucoup trop lourde.

Elle se lève et se dirige vers la caisse de bois. Elle s'attend à tout moment à un commentaire taquin, mais Mr. Noonan a changé d'attitude à son égard.

— C'est à cause des flacons de verre, explique-t-il en déposant sa tasse sur une roche chauffée par les flammes.

Liliane poursuit :

— J'ai pensé à ces petites boîtes de métal que vous avez trouvées en bordure de la piste. Puisque la tôle est beaucoup moins pesante que la vitre, je pourrais y transférer les épices.

— Surtout pas, s'insurge l'Irlandais en bondissant de sa place pour venir se mettre debout entre Liliane et la caisse en question. Les épices sont extrêmement fragiles. Tant qu'elles sont dans des flacons de verre, elles gardent leur saveur et ne peuvent pas être endommagées par l'humidité. Mais dans une boîte de métal… Ça serait terrible. Imagine qu'il pleuve ou que ton paquet tombe dans l'eau, ou dans la neige. C'en serait fini des épices. Sans parler du goût de métal qu'elles acquerraient au contact de la tôle. Non, je t'assure, Lili, les épices doivent absolument être transportées et conservées dans du verre.

— Qu'est-ce que je vais faire, alors ? C'est bien trop lourd. J'ai réussi à franchir les cinq milles d'hier en serrant les dents. Je ne peux tout de même pas continuer comme ça jusqu'au sommet. Je n'y arriverai jamais.

— Dans ce cas, il faut les sortir de la caisse. Le bois aussi est très pesant. On pourrait préparer de plus petits paquets. Cela veut dire cependant plus d'allers-retours.

Liliane réfléchit. Plus d'allers et de retours signifient plus de jours de marche. Ne voyant pas d'autres solutions, elle hoche la tête :

— Si vous êtes d'accord, conclut-elle, on va prendre la journée pour refaire les paquets. Avec ce que vous avez trouvé le long de la piste, ça va bien me demander trois jours pour atteindre Pleasant Camp, mais, au moins, je ne serai pas à bout de forces en y mettant les pieds.

CHAPITRE XIII

Le cœur froid, debout sur le pont du bateau, Rosalie étudie Skagway qui vient d'apparaître dans un creux entre deux montagnes. Ce n'est en fait qu'un amas de tentes et quelques cabanes qui s'étirent le long d'une rivière étroite. Si loin de la civilisation, on peut appeler cela un village. À coup de manœuvres, le vapeur s'en approche, poussé vers la côte par des vagues puissantes. Tout autour, le rivage est une forêt luxuriante avec, au-dessus des plus hauts feuillus, une suite de monts en pics et en roches. À cause du vent du large, l'air est frais. On est pourtant seulement à la mi-août.

C'est ainsi que Rosalie conçoit l'Alaska, plus froid et plus distant que n'importe quel autre endroit de la Terre. Elle se sent d'ailleurs dans un état similaire, un état à mille lieues de tout ce qu'elle a éprouvé auparavant. Elle entend derrière elle les pas de Dennis-James qui s'occupe de faire monter leurs caisses de la cale. Quand il passe près d'elle, Rosalie ne se retourne pas, ni pour l'embrasser ni pour le saluer. Ce matin, elle veut qu'il comprenne que sa présence l'indiffère. Pour peu, elle resterait à bord, retournerait à Seattle et reprendrait la route de l'est.

Le navire s'immobilise à peu de distance des battures couvertes de boue. Elle entend, à la poupe, le cordage qui se déroule. L'ancre plonge dans l'eau et frappe vite le fond. Il n'y a pas plus de deux pieds sous la coque.

– On débarque, lui lance Dennis-James en la rejoignant. Le capitaine Roberts somme tout le monde de se dépêcher parce que la marée monte.

Rosalie ne dit rien, le regard fixé sur la grève où s'entassent déjà une grande quantité de provisions que des hommes, sans doute arrivés la veille, charrient inlassablement jusqu'au village.

Son compagnon lui tend une paire de bottes de caoutchouc :

– Tiens, tu vas en avoir besoin pour m'aider à transporter notre équipement jusqu'à la terre ferme.

Du menton, il désigne la boue qui encercle le navire. Rosalie persiste dans un mutisme qu'elle voudrait insupportable, mais Dennis-James ne semble pas s'en apercevoir.

– Enlève tes chaussures et enfile ça, ordonne-t-il en tournant les talons. Et rejoins-moi dans cinq minutes. Ne tarde pas, surtout.

Il s'éloigne, toujours imperturbable. Rosalie rage et se retient de balancer les bottes par-dessus bord. Si elle pouvait se décider à rester sur le *SS Rosalie*, si elle avait l'argent nécessaire pour payer son retour vers le sud, peut-être repartirait-elle. Mais elle ne possède rien. Rien d'autre que ce que lui donne Dennis-James. Et puis, elle n'a pas le choix de l'admettre, elle ressent encore pour lui une attirance qui la retient de le quitter. Elle n'en a pas le courage. Elle l'aime. Que peut-elle y faire ? Lorsqu'il revient vers elle, elle se place devant lui, le laisse s'approcher et plonge son regard dans le sien sans rien dire. Dennis-James lui sourit, étire le bras vers son cou et lui caresse la nuque du bout des doigts.

– Pardonne-moi, dit-il en l'attirant à lui.

Et elle oublie tout, sans qu'il ait un autre mot à ajouter.

*

Rosalie en est convaincue, le purgatoire ne peut pas être pire que ce débarquement en Alaska. Il y a la marée qui monte et qui menace d'engloutir leur équipement. Et il y a la boue qui avale tout ce qu'on dépose sur le sol, car il ne s'agit que de boue, et non de sable ni de galets. Elle comprend désormais la mine morose de ces hommes qui vont et viennent sur la plage. Ils sont à bout, et probablement découragés de commencer leur aventure dans une telle adversité.

Rosalie avance en s'enfonçant jusqu'aux genoux. Sa jupe traîne dans la vase malgré ses efforts pour la soulever. Dans ses bras, un sac de farine de vingt livres qu'elle transporte avec peine. Elle a froid et se sent trempée jusqu'aux os. Ses orteils butent soudain contre un rocher submergé. La douleur passe près de lui faire lâcher le sac. Elle perd l'équilibre, mais reprend pied juste à temps. Un peu plus et elle s'étendait de tout son long. Elle serre les dents quand Dennis-James la réprimande :

– Ne reste pas là, Lili ! La marée monte.

Elle lève vers lui un regard acéré, mais Dennis-James se détourne nonchalamment et poursuit sa route en direction de la grève. Rosalie relève sa jupe et se remet en marche. Elle parcourt ainsi plus d'un demi-mille. Un demi-mille dans une fange visqueuse et malodorante. Lorsqu'elle rejoint enfin Dennis-James, elle s'écrase, épuisée, sur la caisse qu'il a déposée à ses pieds.

— Il vaudrait mieux ne pas s'asseoir dessus, dit-il en lui tendant la main. Si on l'enfonce trop, cette caisse sera impossible à bouger quand il faudra la transporter au village. Sans parler des vagues…

Rosalie accepte la main tendue et se redresse. Un coup d'œil vers le large lui confirme que la menace est bien réelle. La marée monte vite et elle se rapproche dangereusement de leurs provisions demeurées près du bateau.

— Ne perdons pas de temps.

Sans plus d'explication, Dennis-James l'entraîne vers le *SS Rosalie*. C'est presque en courant qu'ils atteignent leur amoncellement de provisions. L'eau en mouille déjà une partie. Dennis-James pousse un juron et récupère de justesse deux sacs de farine qu'il dépose dans les bras de Rosalie.

— Dépêche-toi de mettre ça à l'abri, assez loin, mais pas trop parce qu'il faut revenir au plus vite pour déplacer le reste. Dans trente minutes…

Dans trente minutes, la mer aura avalé ces vivres qu'ils ont apportés pour passer l'hiver. Rosalie comprend soudain l'urgence de la situation : en plus des sacs, elle s'empare du manteau de fourrure qu'elle va étendre dans la boue à une centaine de verges plus loin. Un manteau, ça se lave, se dit-elle, mais de la farine gaspillée, ça ne se récupère pas. En retournant vers le bateau, elle se rend compte qu'ils sont plus de deux cents à quitter le *SS Rosalie* en catastrophe, deux cents à transporter leurs marchandises dans le plus grand désordre. À tout moment, on entend un bruit de bois qui se brise. Lancées depuis le pont, des caisses s'écrasent l'une sur l'autre. Un homme proteste, mais les matelots persistent à balancer par-dessus bord tout ce qu'ils trouvent sur leur passage. Et l'eau monte.

Rosalie effectue plus d'une dizaine d'allers et de retours. Dennis-James en fait autant, mais la mer continue de gagner du terrain. Malgré tous leurs efforts, ils voient, impuissants, le quart de leurs provisions être mouillé par une vague, puis par la suivante, jusqu'à ce que tout soit emporté par l'océan.

— C'est fichu! rage Dennis-James lorsqu'il dépose par terre la dernière caisse. Nous ne pourrons jamais passer l'hiver. Il nous en manque bien trop.

— Ne sois pas ridicule, nous avons tout ça.

Elle désigne la montagne de denrées et d'équipement à leurs pieds. Son ton impatient la surprend elle-même, mais elle poursuit avec autant d'autorité :

— Si on ne se hâte pas de déplacer ce qui reste, la mer va s'assurer de te donner raison. Reprends-toi et aide-moi!

Saisi par l'attitude de sa compagne, Dennis-James obéit. Il bondit sur ses pieds.

— Alors, dépêchons-nous.

Il s'empare du poêle et s'élance vers la terre ferme. Rosalie l'imite. Ils passent les trente minutes suivantes à re-déplacer leurs biens. Mais la mer est tenace. Lorsque Rosalie revient pour une dixième fois, l'eau atteint déjà la plus lourde des caisses. Incapable de la soulever, elle entreprend de la pousser pour l'éloigner des vagues. Peine perdue. La caisse est trop grosse et trop bien enlisée dans la vase. Plus Rosalie essaie de la faire bouger, plus elle s'enfonce. Elle persévère néanmoins, consciente que son avenir dépend de ces provisions. Au bout de plusieurs minutes, elle réussit à la déplacer de quelques pouces. C'est insuffisant, car une vague vient en lécher les montants. Rosalie serre les dents, appuie son épaule contre la structure et y met tout son poids. La caisse bouge enfin et glisse dans la boue pour s'arrêter là où commence la végétation. Rosalie se relève et aperçoit Dennis-James, debout à côté d'elle. Tout ce temps, il poussait à ses côtés, sans qu'elle le voie. Dans un même geste, ils se retournent pour constater les dégâts. Ils n'ont réussi à mettre au sec que cinquante pour cent de ce qu'ils ont apporté. Les vagues ont englouti le reste. À bout de souffle, Rosalie s'affale dans l'herbe haute. Dennis-James la rejoint. Ils demeurent un long moment silencieux, conscients que leur débarquement est un échec. Rosalie remarque alors la tache incongrue qui couvre le sommet de la montagne, de l'autre côté de la baie. D'un bleu-vert tendre et d'apparence friable, une langue de glace caresse la forêt, la roche et la cime des arbres. C'est un glacier qui s'étire jusqu'à la côte.

*

Chacun peut se consoler : ils sont des centaines à être tombés dans le piège de la mer et à avoir ainsi perdu une grande partie de leurs provisions, gaspillées par l'eau salée. Des centaines… Si cela en réconforte certains, ça n'apaise en rien les doutes qui tenaillent Rosalie. Depuis qu'elle a mis pied à terre, elle revoit sans arrêt ce débarquement catastrophique. Aurait-elle pu agir différemment ? A-t-elle fait preuve de paresse ? A-t-elle été trop lente ?

Elle entend la toile de la tente vibrer au-dessus de sa tête et un frisson la parcourt tout entière. Elle se blottit contre le corps chaud de Dennis-James, mais cela ne réussit pas à la réchauffer. L'humidité est trop grande et le vent, trop insistant. Elle continue de trembler et ne se souvient pas avoir eu aussi froid. Au fond de leur sac de couchage, ses pieds sont si gelés que ça l'empêche de fermer l'œil.

Les images reviennent empreintes d'une émotion persistante. Le pont du *SS Rosalie*, la boue des battures, la course vers le rivage. Le transport chaotique des marchandises, la colère de certains hommes, le désespoir de plusieurs autres qui ont vu leur rêve englouti par les flots. C'est dans ce climat de déception intense que le *SS Rosalie* s'est éloigné à peine la cargaison jetée par-dessus bord ; le capitaine Roberts avait sans doute compris qu'ils étaient plusieurs à vouloir sa peau. Alors qu'elle-même se remettait de cette catastrophe, Rosalie a vu de grands gaillards pleurer, assis sur un rocher, anéantis. À leurs pieds, tout ce qu'ils avaient réussi à sauver. De quoi survivre trois mois, peut-être quatre en se privant un peu. Comment espérer traverser les montagnes avec ça ? Comment croire que la Police montée les laissera passer avec si peu ? Sur le bateau, on racontait qu'il fallait six mois de nourriture, plus deux cents dollars en argent pour franchir la frontière. À tous ceux qui sont désormais pauvres, il ne reste qu'à faire demi-tour, à s'embarquer sur le prochain vapeur en payant leur passage à prix d'or. Que de désillusions !

Pour sa part, Rosalie ne se trouve pas trop mal en point. C'est vrai qu'ils ne sont plus suffisamment équipés pour entrer au Canada, mais Dennis-James a eu une bonne idée et, dès demain, elle mettra leur plan à exécution.

Elle va ouvrir un restaurant sur la grève, pour nourrir ces pauvres bougres qui peinent tout le jour à transporter des marchandises. Elle a tellement de talent qu'il est évident qu'elle fera vite fortune. Avec l'argent ainsi récolté, ils achèteront les provisions de ceux qui repartent. Dennis-James a tout calculé. Il leur faudra trois jours, peut-être quatre, pour récupérer ce qu'ils ont perdu. Pendant qu'elle s'occupera des repas, il transportera leurs biens au village, dans un endroit sûr, à l'abri du vent de la mer. Demain soir, il fera plus chaud dans leur tente. Et demain soir, ils devraient être beaucoup plus riches qu'ils ne le sont en ce moment.

Dennis-James gémit dans le noir. Rosalie étire le cou et embrasse sa joue rugueuse. Il fait mine de se plaindre, mais lui dépose à son tour un baiser sur le front avant de la serrer fort.

— Je pensais que tu dormais, murmure-t-elle en lui rendant son étreinte.

— Je viens juste de me réveiller. Et toi, pourquoi tu ne dors pas?

— Parce que je t'aime.

Il rit, se penche au-dessus d'elle et frotte son visage contre sa poitrine, sur le coton doux de sa robe de nuit.

— Moi aussi, je t'aime, ma petite Lili.

Il appuie sa joue contre son sein en se pressant contre elle.

— Regrettes-tu de m'avoir suivi? demande-t-il dans un soupir.

Le regrette-t-elle? Ce matin encore, elle aurait répondu affirmativement à cette question. Elle n'avait pas digéré qu'il l'ait abandonnée pour aller jouer aux cartes. Or, ce soir, après l'épreuve qu'ils ont endurée, après avoir vu leur rêve s'envoler pour reprendre forme dans leur esprit, après s'être collée à lui dans la nuit et s'être rendu compte à quel point elle est bien, malgré tout, la réponse s'impose tout naturellement :

— Je ne regrette rien, souffle-t-elle près de son oreille.

Un peu plus et elle lui demanderait pardon pour sa colère des derniers jours. À cette idée, elle est déçue d'elle-même, mais elle ne s'y attarde pas longtemps. Dennis-James a remonté sa robe de nuit au-dessus de ses cuisses et elle frissonne sous la caresse de ses doigts. Bien qu'elle ne regrette pas de l'avoir suivi, elle trouve très dangereux de l'aimer à ce point.

*

Depuis trois jours, Rosalie est redevenue cuisinière. Installée sur la grève, juste là où les hommes, découragés, s'affalent sur le sol, elle offre des plats chauds. Fèves, pain, viande en conserve ou séchées, crêpes, gâteaux, pouding et sauces diverses. De temps en temps, Dennis-James lui apporte des lapins, un cerf, quelques poissons qu'elle ajoute au menu. Les arômes planent au-dessus de la baie jusque dans le village et, certains soirs, ils sont près d'une centaine à faire la file devant son restaurant de fortune.

Dennis-James a fixé les prix, négocié l'achat de provisions et d'équipement. Il s'est même offert comme intermédiaire pour acquérir les billets de retour de ces pauvres argonautes déçus. En le voyant parcourir la plage, Rosalie se dit que leurs affaires vont bien. Elle ne s'inquiète que lorsqu'il s'attarde à Skagway. Elle a vite compris que sur cette grande rue qu'on a baptisée Broadway se trouvent plusieurs saloons où Dennis-James se fait embaucher de temps en temps comme pianiste. Quand il reste en ville tard le soir, elle se console en écoutant sa musique. Les notes flottent dans l'air et parviennent jusqu'à la plage. Impuissante à retenir son amant, Rosalie ferme les yeux et se laisse aller à la mélancolie. Il n'y a pas si longtemps, il jouait pour elle. Maintenant, il joue pour divertir des hommes rudes, qui parient gros et qui consomment beaucoup d'alcool. Ceux-là mêmes qui, quand ils se sentent généreux, l'invitent à leur table, lui paient un whisky pour qu'il parie avec eux son salaire de la soirée.

*

Depuis combien de jours sont-ils à Skagway ? Combien de soirées Rosalie a-t-elle passées seule dans la tente, qui est toujours plantée en retrait sur la plage, exposée au vent et au froid ? Elle ne les compte plus, elle a trop à faire. Dennis-James se montre de moins en moins présent et c'est elle qui fait les achats, soulageant de quelques centaines de livres de denrées les pauvres aspirants prospecteurs qui ne demandent qu'à repartir.

Un soir, alors que le soleil descend lentement derrière le glacier de l'autre côté de la baie, alors que la mer se couvre d'étincelles rousses, Rosalie soupire, affalée sur un petit banc de bois acheté le jour même. En pensée, elle planifie le menu du lendemain. Peut-être devra-t-elle planifier aussi celui du surlendemain, si Dennis-James ne se décide pas à partir. Elle a rangé ses ustensiles et ses casseroles, l'esprit habité par une grande lassitude. Qu'est-elle venue faire à Skagway ? Qu'est-elle venue voir en Alaska ? Elle jette un œil à la petite boîte de métal où elle garde les profits du jour. À quoi bon gagner cet argent si elle doit passer l'hiver dans un pays aussi reculé, aussi sauvage, pour cuisiner seule ? Cette vie est pire que celle de Portland. Pire aussi que celle de Coaticook. Ce n'est pas ce dont elle avait rêvé, ni ce qui était convenu.

Ce qui l'exaspère le plus, c'est que si elle se décidait enfin à repartir vers le sud, elle le pourrait. Elle en a les moyens désormais, mais c'est le cœur qui lui manque. Dennis-James lui manque aussi. Ce soir, peut-être parce qu'elle est fatiguée, la solitude lui pèse davantage et elle se languit de le voir revenir, lui faire l'amour, l'emmener loin, jusqu'au Klondike. Elle ferme les yeux et, lorsqu'elle les rouvre, elle aperçoit son propre reflet dans le petit miroir posé sur une caisse. Ce qu'elle y découvre la désole.

Depuis qu'elle a commencé à cuisiner sur la plage, elle roule son épaisse chevelure brune dans un grand foulard. Elle a sorti de ses bagages son plus vieux tablier, sa robe de semaine et ses bottines usées qui sont les plus confortables. Elle n'est pas à son meilleur, certes, mais elle ne peut tout de même pas enfiler ses vêtements du dimanche et les salir de graisse. Voilà qui explique peut-être l'attitude de Dennis-James. Son apparence le déçoit sans doute et il préfère errer dans cette ville minable plutôt que d'être vu en sa compagnie.

Elle se tourmente ainsi depuis près d'une heure lorsqu'elle aperçoit enfin son amant qui revient vers elle, accompagné d'un homme. Rosalie se redresse, enlève son tablier et tente de se montrer sous un jour meilleur en couvrant son chignon d'un chapeau de paille et de plumes. Dennis-James lui sourit et Rosalie se rend compte que l'homme qui marche à ses côtés n'est pas un des argonautes qui fait les allers-retours quotidiens. Il est moins voûté et vêtu beaucoup plus proprement. Sa barbe est bien taillée et il se dégage de lui un air si respectable que Rosalie en est intimidée. Elle cherche encore un moyen d'améliorer son apparence, mais, ne trouvant pas, elle se contente de redresser les épaules et de se tenir droite, la poitrine haute, malgré la gêne.

— Lili, je voudrais te présenter un homme extraordinaire, Mr. Jefferson Smith. Mr. Smith, voici Lili, ma… femme.

Sa voix recèle un soupçon d'hésitation auquel Rosalie ne s'arrête pas, trop ravie de l'entendre dire qu'elle est sa femme. Mr. Smith lui tend la main.

— Appelez-moi Soapy, comme tout le monde.

Il l'observe attentivement, avant d'ajouter :

— Vous reste-t-il de ce gâteau qui embaumait le village à l'heure du souper ?

Rosalie est rassurée : le visage radieux du nouveau venu lui rappelle que, à défaut d'être très belle, elle est tout de même jolie. Elle secoue la tête doucement, réprimant avec peine un sourire de fierté.

— Vous m'en voyez désolée, Mr. Smith. J'ai vendu le dernier il y a une heure. Je peux par contre vous garder un morceau de celui que je vais préparer demain.

— Ça me serait très agréable, merci.

Encore une fois, l'homme promène un regard admiratif sur Rosalie avant de s'attarder sur la tente, sur le chaudron suspendu à la crémaillère et sur les provisions amoncelées sur la grève derrière le campement. Il continue son inspection, répondant par monosyllabes aux questions de Dennis-James. Hypnotisée par Mr. Smith, Rosalie ne s'intéresse pas à ce que dit son amant. Elle observe à la dérobée cet homme étrange. Il n'est pas beaucoup plus vieux que Dennis-James. En fait, elle lui donne à peine trente-cinq ans. Il arbore cependant une attitude beaucoup plus fière, une prestance qui étonne et qui impressionne à la fois. Il s'agit sans doute de quelqu'un d'important, un avocat peut-être ou un médecin. Il semble en tout cas posséder assez de vécu pour être facilement à l'aise avec les gens. Sa voix, grave et posée, a quelque chose de rassurant qui plaît instantanément à Rosalie. C'est pourquoi elle est déçue lorsque, au bout de plusieurs minutes, il annonce qu'il doit retourner en ville.

— Content d'avoir fait votre connaissance, madame, conclut-il en lui baisant les doigts. Je vous souhaite une belle soirée.

Il incline légèrement son chapeau et rebrousse chemin. Ses pas réguliers s'impriment sur le sable derrière lui et Rosalie le suit des yeux pendant qu'il s'éloigne dans la lumière du soleil couchant.

— Tout un personnage, dit-elle. Où l'as-tu rencontré?

Dennis-James est, lui aussi, sous le charme.

— Il possède presque tout Skagway. Je ne sais pas pourquoi, mais, quand il a compris que j'étais le compagnon de cette Lili qui cuisine sur la plage, il a insisté pour que tu lui sois présentée.

À ces mots, il empoigne Rosalie par la taille et la soulève de terre.

— Ta réputation fait son chemin jusqu'en ville, Lili, dit-il en riant. De Portland à Skagway, tout le monde ne parle que de toi.

Elle rit avec lui, mais, lorsqu'il la repose par terre, elle ajoute :

— Tu exagères pas mal. Ce que je prépare ici est bien ordinaire en comparaison de ce que je cuisinais chez Mrs. Wright.

— Peut-être, mais tu as su attirer l'attention de Soapy Smith.

— Il n'est peut-être pas difficile…

Dennis-James l'embrasse fougueusement et Rosalie se laisse emporter dans son ardeur. Elle aime qu'il ne lui permette pas de se déprécier. Cela lui redonne confiance en elle. Pendant une fraction de seconde, elle a l'impression d'avoir retrouvé son homme.

— On peut dire que ta fortune est assurée, poursuit Dennis-James. Peut-être t'offrira-t-il de cuisiner dans un de ses restaurants. La chose ne me surprendrait pas. À moi, il a proposé de jouer du piano dans son saloon. Comme tu peux le voir, c'est quelqu'un de très généreux.

L'intensité qui brille dans les yeux de Dennis-James inquiète soudain Rosalie qui se sent obligée de lui rappeler qu'ils sont sur le point de partir. Sa remarque ne produit aucun effet.

— J'ai pensé qu'on pouvait peut-être profiter de l'occasion pour se faire un peu d'argent, poursuit-il. On pourrait en avoir besoin quand…

— On a plein d'argent, l'interrompt Rosalie. En fait, on a tout ce qu'il nous faut, assez de provisions pour passer la frontière, assez de liquidités pour acheter, en route ou à Dawson, ce qui pourrait nous manquer. On devrait déjà être partis.

— Oublie ça, Lili. Il paraît qu'on ne réussira pas à franchir la White Pass. La saison est trop avancée.

— Comment ça, trop avancée ? On est en août. Qui t'a raconté une histoire pareille ?

— Soapy.

L'admiration qu'elle perçoit dans la voix de Dennis-James trahit l'influence qu'exerce l'homme d'affaires sur son amant. Cela lui semble dangereux, mais elle se garde bien de le lui faire remarquer. Si elle tentait de forcer Dennis-James à choisir entre elle et son nouveau patron, peut-être en ressortirait-elle perdante.

— On devrait essayer et voir par nous-mêmes si ça passe. On peut partir demain, si tu veux.

— Impossible, s'oppose Dennis-James. Demain soir, je joue dans le saloon de Soapy. Il a dit qu'il viendrait exprès pour m'écouter. Je ne jouerai pas juste pour l'ambiance, Lili. Te rends-tu compte ? C'est la première personne que je rencontre qui m'apprécie à ce point. Cet homme-là connaît la musique, la vraie. Et moi, je ne vais pas laisser passer l'occasion de lui en mettre plein la vue et plein les oreilles.

— Dennis-James, est-ce que tu t'entends parler ? On n'a pas fait tout ce chemin pour que tu joues du piano.

Dennis-James la regarde, l'air ahuri. Pendant plusieurs secondes, il semble sur le point de répliquer, de se fâcher, de s'en aller même. Elle a peur qu'il lui répète qu'il est libre, qu'ils ne sont pas mariés. Elle sait bien qu'il n'a pas de comptes à lui rendre, mais elle sait aussi qu'il est parti de Portland avec l'argent de plusieurs investisseurs, dont celui Mr. Wright. Tous ces hommes lui ont fait confiance. Ce n'étaient pas des dons, mais des investissements, devrait-elle lui rappeler. Mais elle n'en a pas besoin. Aussi soudainement qu'il s'est emporté, Dennis-James se calme.

— Tu as bien raison, Lili. On s'en ira après-demain.

Rosalie soupire, soulagée. Elle entre dans la tente, se dévêt et enfile sa robe de nuit avant de s'allonger dans le sac de couchage. Elle n'attendra pas qu'il vienne la rejoindre pour s'endormir, car elle sait qu'il est parti pour plusieurs heures, qu'il est retourné au saloon, jouer du piano pour Soapy Smith. Elle aura donc froid, ce soir et demain soir, mais dans deux jours, les choses devraient reprendre leur cours normal. Du moins l'espère-t-elle.

Chapitre XIV

Un sac de toile contenant trente livres d'équipement. Voilà la charge maximum que Liliane est capable de transporter sur une distance de six milles en terrain accidenté. Entre les ravins vertigineux, les racines traîtresses, les cailloux glissants et la boue qui menace à tout moment de l'emporter vers la rivière, elle chemine lentement, précédée de quelques centaines de marcheurs, suivie d'au moins tout autant.

La fin d'après-midi est froide, mais Liliane sent à peine le vent qui lui fouette la figure. Elle ne remarque pas non plus les flocons qui s'accrochent à ses cheveux et lui mouillent les joues. Concentrée sur le sentier, elle ne pense qu'à cette charge sur son dos et à Mr. Noonan, qui doit maintenant avoir atteint Finnegan's Point, peut-être même Dyea. Il trouvera facilement un passage pour retourner à Seattle et, de là, se rendre à Vancouver où il reprendra sa vie paisible en espérant un rendement de son investissement qui compensera pour l'énergie engagée dans cette folle aventure. Le cœur de Liliane se réchauffe quand elle revoit son ami refuser de rebrousser chemin de peur de la laisser seule. C'était touchant de le voir si inquiet, mais également de le découvrir si candide et si paternel. Car elle n'est pas seule. Comment le serait-elle, entourée de centaines d'argonautes? Ils sont partout, tant dans le sentier que dans les villages qui poussent comme des champignons le long de la route. Le soir, chaque tente n'est qu'à une verge de la tente voisine, et ce mince espace qui sépare les abris sert à la circulation à l'intérieur du campement. Tout ce qui se passe sous la toile est entendu par les autres. Pas la moindre intimité, donc. Pas le moindre danger non plus. Liliane ne saurait, d'ailleurs, se sentir plus en sécurité qu'au milieu de ces hommes et de ces femmes qui apprécient ses repas autant que sa compagnie. La veille encore, elle a discuté autour du feu avec sept argonautes qu'elle ne connaissait pas, mais qui se sont montrés fort agréables. Parce qu'elle possède peu de choses en comparaison des autres, il ne lui faut que trois ou, parfois, quatre jours pour atteindre le camp suivant. Elle progresse donc plus rapidement que la moyenne des gens et cela lui permet de rencontrer beaucoup de monde et, surtout, de se faire de nouveaux clients.

Il est vrai toutefois que dans cette promiscuité imposée elle chemine en solitaire, fréquentant ses compagnons le soir, certes, mais travaillant seule tout le jour à sa propre affaire. Cette situation n'est-elle pas cependant celle de tout le monde? S'ils ont tous comme but commun de se rendre au Klondike, chacun ne recherche que sa fortune personnelle. En cela, Liliane ne diffère pas de ses compagnons de route. Sauf que, dans son cas, ce n'est pas au fond d'une mine qu'elle entend trouver son or, mais directement dans les poches des prospecteurs.

De toute façon, sa solitude n'est jamais tout à fait complète. Mr. Lawless est toujours dans les environs, un peu plus loin devant ou quelques verges derrière. Elle l'aperçoit souvent, le dos courbé sous une charge d'au moins cinquante livres. Lui aussi avance en solitaire depuis qu'il a quitté le groupe avec lequel il voyageait.

Comme c'était le cas même avant le départ de Mr. Noonan, les pensées de Liliane tournent trop souvent autour de Samuel Lawless, de l'intérêt qu'il lui porte et de l'affection qu'elle ressent pour lui. Elle aime l'écouter raconter des histoires, entendre son rire. Elle apprécie la façon dont il s'occupe d'elle, discrètement, avec beaucoup de tendresse. Si ce n'était de sa décision de ne pas se marier et, surtout, de ne pas avoir d'enfants, elle répondrait peut-être à ses sourires, resterait peut-être plus longtemps que nécessaire en sa compagnie. Heureusement, Liliane demeure fidèle à elle-même. Elle s'en va au Klondike faire fortune et c'est tout ce qu'elle y accomplira.

*

Le soir venu, Pleasant Camp s'anime, mais l'entrain des premiers jours de marche fait place à la fatigue et à un certain engourdissement. Après avoir servi le souper, Liliane s'assoit et pose ses pieds douloureux sur une bûche. Les yeux fermés, elle laisse la chaleur du feu l'envahir. Autour d'elle, le vent siffle entre les maigres troncs dégarnis, entre les sapins chétifs aussi. Ces arbres, devenus de plus en plus rares, se font également de plus en plus petits. Les plantes fournies d'un vert intense, qui poussaient partout il y a quelques jours à peine, ont complètement disparu du paysage. La végétation qui résiste encore se couvre de frimas le matin venu. Jour après jour, le ciel est camouflé par d'épais nuages qui menacent à tout moment d'inonder la région d'une pluie glaciale. En attendant, chacun s'estime heureux de pouvoir se détendre au sec. Comme le fait Liliane en ce moment.

Bien que le feu crépite à ses pieds, elle a le bout du nez froid. Chaque respiration lui emplit les poumons d'un air frais et vivifiant, la faisant parfois frissonner. Autour d'elle, les gens vaquent à leurs occupations. Elle écoute les pas qui s'éloignent, ceux qui s'approchent, et essaie de reconnaître la voix de ses voisins. Soudain, celle qu'elle attendait depuis ce matin se manifeste, enfin.

— Vous me semblez fatiguée, ce soir, Miss Lili.

Liliane ouvre les yeux. De l'autre côté du feu, Samuel Lawless s'est assis sur une bûche étroite et l'observe à la lueur des flammes.

— C'était une grosse journée. Heureusement pour moi, je vais rester ici trois ou quatre jours, le temps de cuisiner toute cette nourriture. Quand je pourrai voyager plus légèrement, je reprendrai la route.

— Vous n'avez donc pas encore eu de problème avec la monnaie?

En entendant le mot monnaie, Liliane se redresse.

— Quel problème?

— Celui causé par les porteurs indiens. Il paraît que les premiers prospecteurs qui les ont embauchés les ont rétribués avec de faux billets. Depuis, aucun Indien ne fait plus confiance à la monnaie de papier. Et puisqu'ils exigent d'être payés en pièces d'or et d'argent, il n'en reste presque plus en circulation.

— Je n'en avais pas entendu parler. Il faut dire que, jusqu'ici, j'ai surtout reçu du café, du thé ou du sucre en échange de mes repas. Ça faisait mon affaire.

Liliane s'interrompt. L'évidence lui saute aux yeux.

— S'il y a un problème avec l'argent, commence-t-elle, il sera donc de plus en plus difficile de me faire payer en espèces.

— C'est ce que je pense aussi.

— Dans ce cas, d'ici quelques jours, mes bagages ne seront pas plus légers, mais plus lourds.

Mr. Lawless hoche la tête. Liliane se dit que ce qui devait être pour elle quelques jours de repos vient de se transformer en épreuve d'endurance. Elle ne peut pas se permettre d'amasser davantage de biens et de nourriture. Tout transporter lui prendra trop de temps et trop d'énergie. Il n'y a donc qu'une chose à faire.

— Quelle est la dernière étape avant la frontière? demande-t-elle soudain.

Samuel lui sourit. Il a deviné où elle veut en venir.

— On appelle ça The Scales. Il paraît que ça se trouve au pied d'une gigantesque montagne si à pic que le sentier ressemble à un escalier.

— Si la pente est aussi escarpée que vous le dites, ça signifie qu'elle est aussi plus difficile. Pour l'escalader, il faudra alléger son fardeau et faire davantage d'allers-retours. Les gens demeureront donc plus longtemps à cet endroit qu'ailleurs.

Liliane n'a pas besoin de réfléchir davantage :

— C'est là que je vais m'installer avec mon restaurant, le temps de ramasser suffisamment de provisions pour passer le poste de la Police montée sans problème. Ensuite…

Le jeune homme enchaîne, impressionné :

— Ensuite, vous pourrez descendre jusqu'au lac Lindeman où, pressé de construire des bateaux, tout le monde vous achètera vos repas. Vous avez l'esprit d'un entrepreneur, Miss Lili. C'est plutôt rare chez une femme de vingt ans.

C'est au tour de Liliane d'être surprise. Qu'est-ce qui lui fait croire qu'elle a vingt ans? Elle aimerait bien lui poser la question, mais elle est consciente qu'en agissant de la sorte elle se placerait dans une situation délicate. Heureusement, Samuel a remarqué son air étonné. Il s'explique, s'excuse presque:

— J'espère que je ne vous ai pas froissée. J'en suis venu à cette conclusion à cause de la relation que vous avez avec votre père.

Liliane se détend. S'il est vraiment convaincu que l'Irlandais est son père, elle n'a rien à craindre. D'un geste, elle l'invite à poursuivre.

— Il ne vous aurait jamais abandonnée ici si vous aviez été plus jeune et vous ne l'auriez peut-être pas laissé vous accompagner si vous aviez été majeure.

Cette explication, bien que tirée par les cheveux, en vaut bien une autre. Liliane se contente de rectifier un point important:

— Vous oubliez que lui et moi sommes aussi des partenaires d'affaires.

— Je ne l'oublie pas, loin de là. D'ailleurs, s'il vous a permis de continuer, c'est qu'il a confiance en vous.

En entendant ces mots, Liliane s'esclaffe. S'il y a une chose que Mr. Noonan lui a répétée ad nauseam, c'est bien qu'il n'avait pas confiance en elle. Encore que… Ces derniers temps, il intervenait moins et lui laissait une plus grande liberté de mouvement. Peut-être l'observait-il afin de décider s'il pouvait lui confier cent pour cent des investissements? De l'autre côté du feu, Samuel soupire bruyamment et conclut:

– Même sans votre père, je ne vous aurais pas donné plus de vingt ans.

Liliane jubile, mais se garde bien de le montrer. Avec son sang-froid, son sens de l'organisation et sa taille au-dessus de la moyenne, elle a réussi à convaincre cet étranger qu'elle est presque majeure. Certes, elle ne lui dira jamais la vérité. S'il apprenait qu'elle n'a pas encore dix-sept ans, il serait capable de la forcer à retourner d'où elle vient. Elle peut tout de même se féliciter d'avoir atteint son premier but. Elle est indépendante, libre et à la hauteur de la situation. Elle le demeurera à condition de faire preuve de prudence. Pour respecter le personnage qu'elle est en train de forger, elle décide qu'il vaut mieux détourner l'attention de son interlocuteur.

– Dites-moi, Mr. Lawless, pourquoi vous êtes-vous lancé dans cette aventure ?

Quoi de mieux pour flatter un homme que de l'inciter à parler de lui-même ? C'est sa mère qui lui a donné ce truc, au début de ses fréquentations avec Joseph Gagné. Pour une fois, l'expérience de ses fiançailles lui sert à quelque chose.

– J'ai essayé de partir en tant qu'envoyé spécial pour un journal de San Francisco.

– Vous êtes reporter ?

Liliane est fascinée. Se pourrait-il qu'elle ait devant elle un homme de plume ?

– Je le voudrais bien, mais quand je me suis présenté au journal, le poste était déjà comblé et l'envoyé spécial, déjà parti.

– Qu'avez-vous fait alors ?

– J'ai emprunté de l'argent à un ami qui a une très grande confiance en moi.

Il rit et Liliane l'imite, heureuse de découvrir un côté de cet homme qui lui plaît beaucoup. À mesure que le temps passe, elle se sent plus proche de lui, plus liée. Elle l'écoute parler pendant une partie de la nuit. Il lui raconte sa vie ; elle se montre évasive sur la sienne. Il lui décrit sa famille ; elle trace un portrait idyllique du Québec, de Sherbrooke, des Anglais qui y habitent et des édifices de briques rouges qu'on y trouve. Elle ne donne pas de détails sur elle-même, sauf pour dire qu'elle est catholique.

— Avec un père irlandais, plaisante le jeune homme, le contraire m'aurait étonné.

Liliane rit à son tour. Ce n'est pas tant le fait que Mr. Noonan et elle aient la même religion qui l'amuse, même si la coïncidence a quelque chose de comique. Ce qu'elle trouve drôle, mais un peu inquiétant aussi, c'est cette aisance avec laquelle elle mêle fiction et réalité. Elle parle avec tellement de conviction et y met tellement d'énergie que, à force de raconter des histoires, elle finit par y croire. Pendant une fraction de seconde tout à l'heure, alors qu'elle décrivait la situation des Anglais à Sherbrooke, elle a vraiment cru qu'elle était la fille d'un marchand irlandais déménagé à Vancouver.

*

Les arbres dignes de ce nom ont complètement disparu depuis un mille au moins. Il n'y a de vert que ces minuscules sapins courant à un pied au-dessus du sol, comme écrasés par le vent. Ce vent, d'ailleurs, ne cesse de harceler tout ce qui vit, que ce soit les prospecteurs ou les animaux de trait qu'on relâche, enfin. Tout le reste n'est que roche brute, aride et stérile.

C'est ainsi que le camp baptisé The Scales apparaît le 17 août, le jour même de son anniversaire. Liliane en a le souffle coupé au point de s'arrêter en plein milieu de la piste pour admirer le paysage. Construit dans une vallée circulaire entourée de pics enneigés, le petit village de tentes et de cabanes présente l'aspect d'un entrepôt à ciel ouvert. De chaque côté d'une rivière étroite s'entassent des piles de marchandises de toutes sortes, des outils, de la nourriture, des vêtements. Les constructions de planches mal équarries semblent fragiles dans cet univers hostile, on les dirait sur le point d'être emportées par la première bourrasque. Mais le site prend toute son importance à cause de ce qui se trouve au-delà. Là, le fameux col Chilkoot se dresse, majestueux et envahi par un millier de personnes. Hommes et femmes s'y amassent en deux files grouillantes, pareilles à une armée de fourmis.

La ligne de gauche est mince, droite et inclinée à trente-cinq degrés. Il est impossible d'évaluer à l'œil sur quelle distance elle s'étire ainsi, car le sommet disparaît dans les nuages. Liliane sait cependant que quatre milles séparent The Scales de la frontière. Quatre milles qu'on doit grimper comme s'il s'agissait d'un escalier. Ceux qui l'escaladent apparaissent en ce moment comme de minuscules insectes, chargés et pliés en deux, avançant si lentement qu'ils en ont l'air immobile.

L'autre file est manifestement plus joyeuse et ressemble davantage à un amas diffus qu'à une ligne droite. C'est le retour, qu'on effectue dans le désordre, parfois même en courant. Un spectacle incongru. Une image de ce qui attend Liliane lorsqu'elle sera prête et aura amassé suffisamment de provisions pour franchir le poste de la Police montée.

– Si vous n'avancez pas, tassez-vous donc!

En même temps qu'elle entend ces mots, Liliane se fait bousculer et dépasser. Elle est projetée hors du sentier et doit patienter plusieurs minutes avant que se crée, dans la procession, un trou suffisamment grand pour qu'elle puisse s'y introduire à nouveau. Ce n'est pas le moment de traîner, il lui reste un autre voyage à faire avant la nuit. C'est ainsi occupée qu'elle célèbre ses dix-sept ans.

CHAPITRE XV

Comme dans les grandes villes du Sud, les jupes des femmes traînent sur les trottoirs de bois, dans les rues boueuses et sur le parquet des boutiques. Les vitrines offrent tout le luxe imaginable et les restaurants se multiplient au même rythme que les saloons. En moins de deux semaines, Skagway est devenu une vraie ville, en apparence du moins. On y trouve tout ce que l'on veut, de la plus fine pâtisserie au steak le plus épais, du matelas de plumes… à la prostituée. De la robe chic importée de Paris au mackinaw commun porté par les prospecteurs. On y trouve aussi le plus respectable pasteur de même que le pire bandit, quoique, dans ce domaine, le second se montre plus présent que le premier. Plus actif aussi.

Rosalie déambule sur l'avenue Broadway, s'attardant un moment devant l'atelier du forgeron, la clinique du médecin, et devant un restaurant bondé. De la brume du matin, il n'y a plus de trace. Il est presque midi. La baie est aveuglante et les rayons du soleil, intenses. Rosalie s'assure de bien protéger son teint de lait avec les larges rebords de son chapeau de paille et avance en suivant les façades flamboyantes. Quelques coups de feu retentissent, mais elle ne s'arrête pas pour en chercher la cause.

Commencerait-elle à s'habituer aux excès, aux cris, aux règlements de comptes expéditifs ? C'est que la ville de Skagway, bien qu'avec une population moindre, est aussi tumultueuse que Seattle. Certains jours, Rosalie aimerait croire qu'elle devient insensible à cette violence. Elle feint d'ignorer ce frisson qui lui parcourt l'échine à chaque détonation. En fille courageuse, elle marche la tête haute en regardant droit devant elle. Mais pas aujourd'hui. Le soleil se montre trop éblouissant.

Elle accélère pour atteindre le bureau du télégraphe. Craint-elle, pour la première fois de sa vie, de mourir ? Ressent-elle ses premiers véritables regrets ? Qui sait pour quelle raison elle a décidé d'envoyer un message à ses parents ? Elle se trouve des excuses pour ne pas y réfléchir trop longuement, sinon elle pourrait éprouver des remords, se sentir coupable de les avoir déçus. Elle évite donc de se questionner et pénètre dans l'édifice neuf.

Elle a griffonné quelques mots sur une feuille de papier. Quelques mots pour les informer qu'elle est toujours en vie et qu'elle se trouve à l'autre bout du pays, sur le point de s'engager sur la White Pass en direction du Klondike. Ces nouvelles provoqueront peut-être chez eux un sentiment de fierté, songe-t-elle. Après tout, que leur propre fille soit en train de vivre l'événement du siècle a de quoi flatter leur orgueil. Du moins l'espère-t-elle…

Elle est étonnée de découvrir une file d'attente d'une quinzaine de personnes. Des argonautes sur leur départ, qui envoient un dernier message à leurs proches avant de s'enfoncer dans la piste pour plusieurs mois. Elle se place donc dans la file et écoute, sans y prêter grand intérêt, les différentes conversations qui animent les lieux. Devant elle, un employé offre à un client de le conduire à un dépôt de monnaie sécuritaire.

— Il y a tellement de vols en ville, souffle-t-il à l'oreille du prospecteur. Mieux vaut savoir à qui on peut faire confiance.

Le client hoche la tête, lui indique qu'il le suivra tout de suite après avoir envoyé son télégramme. D'autres hommes s'informent de l'hiver qui, apparemment, serait déjà commencé dans les montagnes. On s'enquiert au sujet des marchands de chevaux les plus respectables de Skagway, des agences de porteurs les plus fiables. Rosalie envie ces prospecteurs qui savent quand ils partiront et qui travaillent à mieux organiser leur expédition. Leur avenir ne dépend que d'eux. Dans la pièce règne une atmosphère d'entraide. Cette attitude change agréablement de ce que Rosalie a connu depuis son débarquement où le mode du chacun pour soi semblait prévaloir.

À son tour, elle tend son texte au commis, qui le lit et le remet au télégraphiste installé à une petite table derrière le comptoir. Ce dernier observe Rosalie, lui sourit et entreprend de transmettre son message. Le commis l'informe alors qu'il communiquera avec elle si jamais il reçoit une réponse. Cette idée émeut Rosalie. Se pourrait-il que ses parents lui répondent? Elle n'ose presque pas y croire, et c'est le cœur léger et rempli d'espoir qu'elle quitte le bureau du télégraphe.

Elle sort dans la lumière du jour, radieuse, et s'engage sur le trottoir. Elle examine au passage les marchandises exposées dans les boutiques, salue les gens qu'elle reconnaît comme ses clients. Son regard se pose soudain sur un homme qui marche vers elle, un bout de papier à la main. Il se dirige sans doute vers le bureau du télégraphe. Rosalie est certaine d'avoir déjà vu cet homme. Comment d'ailleurs aurait-elle pu l'oublier, avec ses maniè-res trop affables, ses excès de politesse et ses vêtements à la mode ? Elle se souvient de cette moustache brune, de cette chevelure épaisse dissimulée sous un chapeau élé-gant. Elle se rappelle cette silhouette élancée et agile qui a disparu un jour dans une ruelle sans laisser de trace. Oui, il s'agit bien de lui, l'homme qui leur a volé leurs billets du *SS Mexico*. L'homme a dû la reconnaître, lui aussi, car il vient de changer de direction. Rosalie décide de le suivre. Elle devrait avoir peur, craindre pour sa vie. Elle le suit, pourtant, même quand il traverse la rue. La foule est bruyante et mouvante et le voleur parvient à disparaître complètement de son champ de vision. Elle le cherche, dans la rue, dans les vitrines des commerces, dans les ruel-les et les cours, puis elle l'aperçoit enfin, au moment où il s'apprête à emprunter une rue transversale. Rosalie s'élance à sa suite. Elle court presque. Lorsqu'elle atteint le coin, elle s'immobilise. Le voleur a disparu, mais devant elle se déroule un spectacle d'une horreur indicible.

Une cinquantaine de personnes se sont rassemblées autour d'une tente près de laquelle a été planté un pieu grossièrement ébranché. Un jeune homme d'à peine seize ans y est attaché, les poings liés à ce pilori de for-tune. Il a le dos nu et strié de plaies sanguinolentes. Il se tord de douleur en hurlant lorsque le fouet s'abat sur lui pour la énième fois. Il pleure, supplie qu'on cesse ce châ-timent, qu'on le détache. Sa voix, de même que le fait qu'il s'exprime en français, émeut Rosalie qui sent son cœur se nouer.

— Je ne le ferai plus, je vous le jure, gémit-il entre deux sanglots.

Mais le bourreau continue de le flageller, sous les acclamations de la foule. Le garçon pleure de plus belle et s'affaisse sur ses genoux.

— S'il vous plaît…, arrêtez…, s'il vous plaît…, implore-t-il dans un anglais hachuré.

Quatre hommes s'avancent alors vers lui pour le détacher. Rosalie reconnaît immédiatement parmi eux Soapy Smith. Elle est heureuse qu'on mette fin à cette punition publique et n'est pas surprise qu'un homme comme Mr. Smith vienne aider le garçon à se mettre debout. Ce dernier se redresse d'ailleurs avec peine, la tête basse, l'air piteux, devant les cris de haine de la foule qui l'encercle maintenant. La scène qui suit, Rosalie a l'impression de la voir au ralenti. Elle ne se déroule qu'en quelques secondes, mais semble durer une éternité. Smith et ses trois comparses sortent leurs pistolets et les déchargent sur la silhouette frêle et encore instable. Le jeune homme s'effondre, secoué de spasmes. Même au sol, le corps criblé de balles continue de tressauter, car les pistolets poursuivent leur pétarade jusqu'à épuisement des balles. Rosalie pousse un cri, mais sa voix est étouffée par la clameur qui envahit la place. Elle demeure immobile, horrifiée, à fixer le cadavre au pied du pieu.

— Qu'avait-il fait ? demande-t-elle enfin à un homme debout près d'elle. Qu'avait-il fait pour mériter ça ?

Désignant le cadavre d'un geste hautain, l'inconnu répond :

— Lui ? Il a été pris en train de voler des provisions dans une cache à deux milles d'ici.

Devant le désarroi de Rosalie, il ajoute :

— Ça servira de leçon à tous ceux qui pourraient être tentés de faire comme lui.

Puis il rejoint une dame un peu en retrait et tous deux s'éloignent en même temps que la foule se disperse. Près de la tente, la fumée tarde à se dissiper, comme pour rappeler, par son odeur désagréable, la brutalité dont peuvent faire preuve des hommes qui vivent loin de la civilisation.

Rosalie avance de quelques pas, s'arrête devant le corps qu'on a abandonné au soleil et aux mouches. Personne d'autre ne s'en approche et elle se doute bien qu'on va le laisser pourrir là afin que chacun le voie et sache quel sort attend celui qui commet ce genre de délit.

Elle s'éloigne à son tour, mais vomit dans la première ruelle qu'elle aperçoit. Puis elle reprend la route en direction de la plage où se trouvent sa tente et tous ses biens. Elle ressent soudain un profond dégoût de l'humanité.

*

Au souper, quand Dennis-James rentre enfin, elle n'ose lui parler du voleur abattu. Elle est encore sous le choc. Elle n'arrive pas à croire qu'on puisse punir si sévèrement pour faire un exemple. Le garçon n'était pas un meurtrier ni un bandit de grand chemin. C'était un être affamé, tout simplement. Quelqu'un comme elle, un Canadien français en terre étrangère. Au plus profond d'elle-même, Rosalie se demande si ce détail ne rend pas justement le drame plus épouvantable à ses yeux. Elle espère que non. Elle espère que l'horreur qu'elle ressent serait aussi profonde si le garçon avait gémi en anglais. Quoi qu'il en soit, elle ne peut oublier l'effet de ces mots prononcés dans sa langue maternelle. « Je ne le ferai plus, je vous le jure. » Rien que d'y penser, elle frémit.

Comme elle aimerait se laisser imprégner du calme qui se dégage du feu devant elle. Ce soir, le vent du large se fait discret et les flammes sont moins agitées qu'à l'habitude. Rosalie s'accroche à ce semblant de sérénité, même si, autour d'elle, la plage est loin d'être paisible. Le ballet des nouveaux arrivants se poursuit, inlassablement. Ils débarquent par centaines quotidiennement, de nuit comme de jour. Souvent, ils sont accompagnés de chiens, de chevaux ou de bœufs. Certains se sont fabriqué des brouettes, d'autres des charrettes. Quelques-uns ont même transformé des bicyclettes de manière à ce qu'elles servent d'engins de trait. Tout est valable pour faciliter le transport des marchandises. Pour l'accélérer aussi.

Pendant que Rosalie fait frire le lard du souper directement au-dessus des braises, elle revoit le dos meurtri, le corps criblé de balles, la satisfaction sur le visage de Soapy Smith. Elle se souvient de l'effroi qu'elle a ressenti. Soapy Smith. Désormais, elle le craindra, se méfiera de la haine dont elle le sait capable. Pas de procès, pas de jury. Un message clair : à Skagway, on tue les voleurs après les avoir fouettés sur la place publique. Tenez-vous-le pour dit.

Rosalie ne peut s'empêcher d'imaginer le pire. Et le pire, ce serait que ce garçon ait été innocent, qu'on l'ait accusé faussement, par vengeance ou par malice. Le pire, ce serait qu'on l'ait abattu parce qu'il avait faim. Et dire qu'elle n'a rien fait d'autre que le regarder mourir ! Quelques heures après le drame, elle se sent coupable de n'être pas intervenue. Ce sang qui vient d'être versé lui tache autant les mains que celles des bourreaux, songe-t-elle.

Elle remplit son assiette et celle de Dennis-James puis va s'asseoir sur son tabouret. Elle ne parle pas, de crainte d'aborder le sujet qui la préoccupe. Si par inadvertance elle le faisait, il lui faudrait également mentionner le voleur de Seattle, car c'est en le suivant qu'elle est arrivée au pilori. Que se produirait-il si elle le dénonçait? Elle ne voudrait surtout pas avoir sa mort sur la conscience. D'ailleurs, il l'intrigue, ce voleur, non seulement parce qu'il leur a donné deux fois la valeur des billets avant de s'en aller, mais aussi parce qu'il était élégant et poli, malgré son désespoir. Il les a menacés, mais ne les a pas violentés. Et puis, étant donné que le *SS Mexico* a coulé avec tout son fret, on pourrait dire que justice a été faite. Une justice divine, certes, mais une justice quand même. D'ailleurs, elle se demande comment il a pu atteindre Skagway après le naufrage. Pourquoi s'entête-t-il à poursuivre sa route s'il a tout perdu? S'il compte traverser les montagnes sans provisions et sans équipement, c'est qu'il doit être vraiment un homme déterminé. Plus déterminé, en tout cas, que ne l'est Dennis-James, qui mange devant elle avec insouciance, comme si Skagway était le paradis.

Depuis quelques jours, elle voit son compagnon d'un autre œil et ce nouveau regard altère l'image qu'elle a d'elle-même. Bien qu'elle soit malheureuse ici, elle n'a posé aucun geste pour se sortir de cette situation. Cela ne lui ressemble pas. C'est dire combien son amant a de l'emprise sur elle. Malgré toutes les vagues qui ont secoué son existence, elle a toujours eu l'impression d'être née avec le don du bonheur. Elle a toujours su tirer le meilleur parti de chaque situation et jamais, avant aujourd'hui, elle ne s'est résignée à son sort comme une âme en peine. Elle est capable d'agir, de rugir et de partir aussi, quand il le faut. Que fait-elle donc encore dans cette ville qu'elle déteste? Pourquoi attend-elle que Dennis-James se décide? De toute évidence, il en est incapable. Rosalie serre les poings et retient son souffle. A-t-elle le courage de poser un geste qui risque de détruire le lien qui les unit? qui menacerait l'amour qu'elle a pour lui, mais surtout celui qu'il a pour elle? Elle soupire. L'air du large sent le sel, les algues et la liberté. La liberté.

— Il faut qu'on s'en aille, lance-t-elle enfin, comme si elle se jetait à la mer.

Dennis-James tire une bouffée de la pipe qu'il vient d'allumer et rejette une volute bleue dans l'air en secouant la tête.

— Pas tout de suite. J'ai encore des concerts à donner.

Sa nonchalance exacerbe l'impatience de Rosalie.

— Tu ne t'es pas rendu aussi loin seulement pour jouer du piano, tranche-t-elle. Je croyais que tu voulais prendre un *claim* et devenir riche.

Dennis-James laisse doucement s'échapper une autre bouffée.

— On va y aller au printemps. Là, il est trop tard, je te l'ai déjà dit.

— On est encore au mois d'août. Ce n'est pas l'hiver, quand même!

— Pas ici, c'est vrai, mais dans les montagnes, oui. On ne part pas et je ne veux plus en entendre parler.

Rosalie s'apprête à répliquer mais s'aperçoit qu'on l'observe. Sur la plage, un homme avance d'un pas décidé vers leur campement. Il tient à la main un bout de papier froissé. Rosalie reconnaît l'employé du télégraphe.

— On a reçu ce message pour vous, Mrs. Lili, souffle-t-il en lui remettant le papier. Si vous voulez, je peux rapporter votre réponse.

Il lui sourit et Rosalie se dit qu'il existe peut-être des gens bien dans cette ville, malgré tout, malgré Soapy

Smith et ses hommes. Elle parcourt des yeux le message et secoue la tête, incrédule. Il s'agit d'une réponse à son télégramme de l'après-midi. Ses parents se disent rassurés de savoir qu'elle a atteint l'Alaska sans encombre et lui demandent de leur envoyer de l'argent. La colère la submerge soudain; elle froisse violemment le papier entre ses doigts avant de le lancer dans les flammes.

— Comment osent-ils me demander de l'argent? rage-t-elle. Après toutes ces années!

Elle se tourne vers l'employé du télégraphe, les poings sur les hanches.

— Je ne répondrai pas à ce message, monsieur. Vous pouvez retourner à votre poste.

Devant l'air furibond de Rosalie, le jeune homme hésite, puis il insiste:

— Mais madame, puisqu'ils...

— Jamais je n'enverrai une cenne à ma mère, hurle-t-elle sans desserrer les dents. D'ailleurs, si j'étais allée au couvent comme elle le désirait, elle n'aurait jamais pu me demander quoi que ce soit. Pourquoi pense-t-elle que les choses sont différentes maintenant?

— Mais..., intervient Dennis-James, c'est ta mère quand même. Ce n'est pas comme si nous étions pauvres.

Ces derniers mots émeuvent Rosalie. Son amant attache-t-il vraiment autant d'importance à la famille? Elle cherche de la moquerie dans son sourire ou dans ses yeux gris, mais n'en trouve pas. Dennis-James se tient là, debout en face d'elle, fidèle à lui-même, ses cheveux blonds en bataille, sa moustache fine et adorable. Finalement, il n'y a rien de nouveau dans sa façon de le voir. Tout est redevenu comme avant, avant le pilori, avant Soapy Smith, avant les parties de cartes sur le *SS Rosalie*. Comment a-t-elle pu penser un seul instant à le quitter ? Elle l'aime tellement.

*

Le lendemain, il pleut sur Skagway, mais ce mauvais temps n'empêche pas Rosalie de se rendre au bureau du télégraphe. Elle avance avec précaution, d'abord sur la plage que l'averse a presque transformée en sables mouvants, puis sur les trottoirs rendus glissants par la boue. Malgré sa bonne humeur, elle ne peut retenir un frisson lorsqu'elle dépasse le pieu à côté duquel gît toujours le cadavre du voleur abattu la veille. Le dégoût l'envahit de nouveau et elle presse le pas. La pluie redouble d'ardeur au moment où elle atteint la rue Broadway. Quelques secondes plus tard, l'orage devient si fort que Rosalie doit se mettre à l'abri sous l'auvent d'un édifice situé devant le bureau du télégraphe. Un véritable déluge s'abat sur Skagway et, dans les minutes qui suivent, la rue se transforme en un ruisseau de boue. Rosalie demeure immobile, un peu fâchée de s'être laissé prendre par ce mauvais temps. Les gouttes de pluie tombent comme des clous et le vent souffle fort. Un éclair de lumière blanche et crue déchire le ciel. Le coup de tonnerre qui suit fait vibrer le trottoir. La foudre n'a pas dû frapper loin. Nouveaux éclairs, nouveaux coups de tonnerre. Le bruit devient assourdissant. Rosalie attend, bien à l'abri sous l'auvent, l'épaule appuyée sur le montant d'une fenêtre dont quelques carreaux sont brisés.

Écrasée par une soudaine lassitude, elle se rend compte que les sentiments qui l'habitent sont difficilement conciliables avec l'amour qu'elle ressent pour

Dennis-James. Que fait-elle ici, sous ce violent orage ? Que fait-elle si loin de la civilisation, elle qui aime tant la ville et la belle société ? Elle doit être vraiment convaincue que Dennis-James est l'homme de sa vie pour accepter de demeurer avec lui au bout du monde. Elle se sent tout à coup si triste qu'elle doit faire un effort pour retenir ses larmes. Elle est triste pour celui dont les rêves changent au gré du vent, triste pour elle que l'amour étouffe trop souvent, triste aussi pour ses parents qui ont dû piler sur leur orgueil pour lui demander de l'argent.

La pluie diminue d'intensité puis s'arrête aussi vite qu'elle a commencé. Rosalie s'apprête à traverser la rue lorsqu'une voix retentit derrière elle.

— Si j'étais vous, je n'enverrais pas d'argent par télégramme.

Rosalie se retourne d'un coup. Derrière la fenêtre entrouverte contre laquelle elle est appuyée, une silhouette bouge à peine. Mais la lumière de ce jour pluvieux suffit à Rosalie pour reconnaître le voleur de Seattle.

— Que voulez-vous ? demande-t-elle en regrettant subitement d'avoir laissé son pistolet sous la tente.

L'homme tousse et, à travers un carreau brisé, lui désigne, d'un doigt, le bureau du télégraphe, juste en face.

— Vous étiez sur le point de commettre une grave erreur, dit-il sans se montrer davantage. Skagway n'est pas relié au reste du monde, ni par une route et certainement pas par une ligne de télégraphe. Regardez-les.

À contrecœur, Rosalie observe les gens qui s'amassent autour de l'édifice. Depuis que la pluie a cessé, ils sont une dizaine à attendre en file devant la porte. Deux employés s'occupent de vérifier le contenu des messages, discutent avec l'un, donnent des conseils à l'autre. Tout se passe comme lors de sa première visite. Les mêmes mots sont prononcés, les mêmes gestes sont posés.

— Je suppose que vous avez envoyé un télégramme hier, poursuit le voleur de Seattle, et qu'une réponse vous est arrivée dans laquelle on vous demandait de l'argent. C'est cela ?

Rosalie hoche la tête, stupéfiée.

— C'est une bonne technique… pour voler les gens avec leur permission.

Un bruit de frottement, une flamme minuscule derrière la vitre. L'homme vient d'allumer sa pipe. Rosalie inspire l'odeur familière du tabac.

— Pourquoi me dites-vous tout ça ? Je pourrais vous dénoncer !

Rosalie le menace, mais elle sait très bien qu'elle ne poserait jamais un tel geste, à moins d'y être forcée. Elle espère cependant que ce bandit de grand chemin ne la connaît pas suffisamment pour lire dans ses pensées.

— Je vous dois la vie, lance l'homme dans une nouvelle bouffée de fumée. Si vous ne m'aviez pas reconnu hier, je me serais jeté dans la gueule du loup.

— Je ne comprends pas… À moins que… Ne me dites pas que vous vous apprêtiez à écrire à vos complices voleurs ! J'avoue que ça aurait été comme vous dénoncer vous-même et ça vous aurait conduit au pilori, vous aussi. Pauvres voleurs, vous êtes tellement maltraités à Skagway…

Rosalie a pris un ton faussement compatissant et elle s'amuse du silence qui suit ses derniers mots. Mais l'homme ne fait pas de cas de son cynisme.

— Il n'y a pas que les voleurs qui ne soient pas bienvenus à Skagway, dit-il en tirant sur sa pipe. Ceux qui les arrêtent ne le sont pas non plus.

— Vous voulez me faire croire que vous êtes policier ?

Incrédule, Rosalie éclate de rire, mais l'autre poursuit :

— Je n'ai rien dit de tel et vous pouvez bien croire ce que vous voulez, Miss Lili. J'essayais simplement de vous éviter de tomber dans le piège de ces bandits. Disons que c'est en reconnaissance pour un service rendu.

— Comment connaissez-vous mon… ?

Elle s'interrompt en se rappelant qu'à Seattle il savait déjà son nom.

— Pourquoi me prévenir comme vous le faites ? insiste-t-elle. Cela vous rapporte quoi ?

Elle jette un coup d'œil au bureau du télégraphe où discute une foule de plus en plus nombreuse.

— Ça doit être un piège que vous me tendez, conclut-elle, et je suis tellement naïve que je suis en train de tomber dedans, c'est cela ?

— Je ne vous dois plus rien, maintenant. Si vous voulez envoyer ce faux télégramme, faites-le. Vous êtes libre, après tout.

Quelques pas sur le parquet de bois. Le voleur de Seattle disparaît. Rosalie demeure un moment perplexe, se demandant si la scène qui vient de se produire a vraiment eu lieu. De l'autre côté de la rue, des hommes rient fort, d'autres discutent. Elle hésite. Et s'il mentait ? Elle pense à l'argent qu'elle a glissé dans son sac. Près de cinquante dollars qu'elle était prête à envoyer à ses parents et qui auraient atterri, possiblement, dans les poches de ces bandits. Cette idée la révolte. Comment savoir à qui se fier dans cette ville ? Elle repense à Soapy Smith, à sa manière de faire un exemple avec un voleur. Le geste est d'une cruauté indicible, mais il s'agit peut-être de la seule manière de gérer une ville aussi peu civilisée. Elle n'a pas besoin de réfléchir plus longuement. Le soleil qui fait une percée juste au-dessus de la rue Broadway lui apparaît comme un signe du destin. Rosalie se dirige vers le saloon de Soapy Smith.

*

— Et qui vous a raconté une histoire pareille? s'exclame Soapy Smith en s'esclaffant derrière son bureau. J'espère que vous ne l'avez pas cru.

Rosalie rougit. Ce que le voleur de Seattle lui a décrit lui semblait plausible, surtout quand elle repense aux manières affables et intéressées des employés du télégraphe, mais maintenant que Soapy Smith se moque de sa crédulité, elle ne sait plus quoi penser. Une musique entraînante lui parvient de la salle, tout en bas. C'est Dennis-James qui joue au piano. Rosalie se souvient de la confiance qu'il met en Soapy Smith.

— Vous me dites que le télégraphe fonctionne vraiment?

Soapy Smith se penche au-dessus de son bureau, comme pour se rapprocher d'elle.

— Absolument, déclare-t-il en plongeant son regard dans le sien. Je ne laisserais personne arnaquer la population d'une manière aussi odieuse, chère madame. Pensez-y! C'est tout l'honneur de notre ville qui est en jeu.

Puis, devant l'air interrogateur de Rosalie, il s'explique:

— Nos voisins, à Dyea, n'attendent qu'un petit scandale pour salir notre réputation et détourner les prospecteurs vers la Chilkoot Pass. Imaginez nos pertes. Skagway au complet serait en faillite. Voyons donc! Personne ne permettrait une chose pareille.

Rassurée, Rosalie se lève et le remercie chaleureusement.

— Si vous voulez bien m'excuser maintenant, j'ai un télégramme à envoyer.

Soapy Smith lui adresse un large sourire et s'empresse de contourner le bureau pour lui ouvrir la porte. Juste avant qu'elle n'en franchisse le seuil, il pose une main sur son bras pour la retenir.

— Dites-moi, commence-t-il, vous ne connaîtriez pas le nom de celui qui vous a raconté cette histoire? J'aimerais beaucoup clarifier la chose avec lui.

Cette fois, Rosalie n'hésite pas.

— C'est un inconnu que j'ai rencontré dans la rue alors que je m'en allais répondre au télégramme de mes parents. Si je le croise de nouveau, je lui demanderai de venir vous voir.

Pour Rosalie, dénoncer un faux bureau de télégraphe est une chose, et mener à l'abattoir un voleur qui a déjà été puni par la justice divine en est une autre. Jamais elle n'aura une telle mort sur la conscience. Elle affiche un air détendu, mais déterminé. Son sourire est sûrement convaincant, car Smith la relâche en inclinant la tête dans un geste courtois.

— Est-ce que toutes les Canadiennes françaises sont comme vous? demande-t-il, alors qu'elle s'apprête à s'éloigner.

Rosalie freine son élan et se retourne, perplexe.

— Je ne comprends pas ce que vous voulez dire.

Soapy Smith s'adosse au chambranle et la regarde, comme il regarde sans doute ces filles qui se donnent en spectacle le soir dans son saloon. Pendant que ses yeux l'examinent de haut en bas, Rosalie se souvient de son regard haineux et méprisant lors du meurtre de la veille. Il lui faut vraiment se méfier de cet homme et de ses élans incontrôlés. Des élans qui, elle le réalise maintenant, pourraient aussi être portés contre elle.

— Vous croyez sur parole un étranger croisé dans la rue, poursuit-il, mais vous ne faites pas confiance aux employés du bureau de télégraphe municipal. C'est étrange, ne trouvez-vous pas?

Rosalie tente de cacher son malaise dans un haussement d'épaules et, après lui avoir rendu son sourire, elle descend l'escalier. Dans le bar, Dennis-James joue toujours. Elle aimerait qu'il lise la détresse sur son visage, mais il ne remarque même pas sa présence. Autour de lui, des hommes rient, chantent et discutent à voix forte. Il vogue avec eux dans l'euphorie provoquée par l'alcool et les cartes. Il s'amuse tant qu'il ne la voit pas non plus sortir dans la rue. Elle s'éloigne du saloon, furieuse. La pluie a fait place à un soleil radieux qui baigne la ville d'une lumière ocre et chaude. Toute à sa colère, Rosalie ne s'attarde pas à la beauté des lieux. Lorsqu'elle repasse devant le pieu, ses yeux ne peuvent se détacher du cadavre gisant toujours sur le sol.

« Il n'y a qu'une conclusion à tirer de cette situation, songe-t-elle, en s'immobilisant devant le corps. À Skagway, il est impossible de savoir qui ment et qui dit vrai, qui sont les bandits et qui sont ceux qui font respecter la loi. »

Une seule chose est certaine, elle doit quitter cet endroit. Et le plus tôt sera le mieux.

Chapitre XVI

The Scales, baigné par l'éclat lunaire, apparaît comme une minuscule tache sombre sur l'opalescence des montagnes environnantes. De temps en temps, un coup de vent balaie le sol, soulevant la fine couche de neige, effaçant peu à peu de ce paysage céleste les rochers saillants, les amas de sacs, de caisses, les traîneaux renversés, les bâtons de marche et les pelles jonchant la terre durcie par le froid. Ici et là, un chien abandonné qui aboie, bête de somme inutile devant ces pics gigantesques. L'endroit semble désert, mais sous les tentes de solide toile blanche, la vie bat son plein. On le devine à ces éclats de voix, à ces chants, à ces rires qui s'élèvent de toute part.

À l'entrée du village, une tente plus grosse que la moyenne a été dressée, un peu à l'écart. Devant la porte, sur un piquet planté profondément dans le sol, un écriteau annonce un restaurant : Lili's Café. C'est écrit en anglais, s'il vous plaît, pour que tous les Américains de passage comprennent bien de quoi il s'agit. Et même si les lettres tracées à l'encre de Chine devaient s'estomper sous une neige trop collante, tout client potentiel n'aurait qu'à se laisser guider par l'odeur alléchante du bacon qui se répand aux alentours. Sous cet abri de fortune, une foule nombreuse se restaure quotidiennement. On y apporte son banc, son écuelle et sa fourchette. Et bien que les prix soient exorbitants, tout le monde vous dira que, pour manger au chaud un bon plat mijoté, ça en vaut la peine.

Malgré la fatigue du jour et malgré la température qui décline rapidement, Liliane est debout derrière son comptoir improvisé. Elle parle peu, étant de nature plutôt réservée. Elle offre cependant à ses clients son plus beau sourire et les meilleurs repas possible, compte tenu des circonstances. Elle sait rendre attrayante la plus simple des recettes et s'organise pour combler tous les besoins de chacun : ses assiettes sont généreuses parce que les clients ont grand faim ; le café est chaud parce qu'ils ont froid ; la nourriture est savoureuse parce que si elle ne l'était pas, ces hommes et ces femmes se contenteraient de leur viande salée et de leurs biscuits secs. Peu leur importe d'échanger une livre de farine contre un morceau de pain, du moment que ce pain est goûteux et moelleux, comme celui qu'ils mangeaient chez eux il y a quelques mois à peine.

Liliane s'occupe donc très bien de ses clients, d'autant plus que ceux qui s'entassent au camp The Scales s'avèrent plus réguliers que les autres. Elle a évalué la situation : la pente qu'ils doivent gravir étant très à pic, il faut à chacun des argonautes une moyenne de quarante allers-retours à raison de cinquante livres de charge par voyage pour transporter tous ses biens à la frontière. Cela signifie plus d'un mois de travail pour la plupart. De quoi faire d'eux la clientèle la plus fidèle qui soit, à condition d'en prendre bien soin.

Car il y a de la concurrence. Quelques saloons, deux ou trois autres restaurants, de piètre qualité ceux-là, quelques bordels aussi, où il arrive qu'on serve des repas. Mais Liliane a confiance. Elle est la seule à posséder des épices. Cela lui confère un avantage certain sur ses compétiteurs.

Et il y a bien sûr ceux qui s'en retournent. Ils trouvent en Liliane l'acheteuse idéale pour leurs provisions dont ils ne savent désormais que faire. En bonne restauratrice, elle se montre intéressée par tout, sauf par l'équipement de prospection. Que ferait-elle d'une pelle ou d'une pioche? Elle leur répète qu'elle n'a pas l'intention de creuser où que ce soit. D'ailleurs, puisque tout le monde possède ces outils, à qui en vendrait-elle? Avec son esprit pratique, elle n'acquiert que ce qu'elle peut utiliser. Farine et aliments secs, conserves, légumes d'hiver et parfois un chaudron ou deux.

C'est ainsi qu'elle s'est procuré cette tente, son meilleur investissement à ce jour, si on exclut les épices. Elle l'a achetée à un groupe de New-Yorkais le lendemain de son arrivée, en même temps que ce deuxième poêle qui chauffe la place pour contrer le froid de la nuit. Au lieu de servir cinq ou six personnes à la fois, comme c'était le cas avant, elle peut désormais en asseoir vingt autour de deux longues tables à tréteaux, elles aussi achetées aux New-Yorkais. Les hommes étaient pressés de rentrer, rebutés par l'ascension nécessaire pour rejoindre la frontière. Pour accélérer leur descente, ils se départissaient de tout leur matériel. Pourquoi rapporter une tente pareille à New York? Quel usage en feraient-ils? Pour eux, ce n'était plus qu'un encombrement, comme d'ailleurs ces provisions sèches qu'ils ont cédées pour le dixième de leur valeur. Liliane s'en réjouit encore et elle remercie le ciel d'être arrivée à temps pour en profiter. Voilà, à n'en point douter, le plus beau cadeau d'anniversaire qu'elle ait reçu de sa vie. Comme quoi le malheur des uns fait le bonheur des autres. Dans ce cas-ci, il s'agit de son bonheur à elle, mais aussi de celui de tous ces hommes et femmes qui viennent se sustenter dans la bonne humeur.

Satisfaite, elle observe sa vingtaine de clients qui mangent en oubliant leurs soucis. Ils rentreront dans leur tente le ventre plein, l'esprit léger d'avoir partagé un bon repas avec des compagnons de route. Demain, ils reprendront leur labeur, mais ce soir, ils préfèrent ne pas y penser. En ce moment, ils demeurent bien au chaud dans son restaurant, s'y reposent, s'y distraient, s'y amusent. Et tout ça, grâce à Liliane, qui en ressent chaque jour une grande fierté. Quelle joie de se savoir utile et appréciée!

Est-ce à cause de cette sensation d'allégresse? Elle ne détourne pas la tête lorsque ses yeux croisent ceux de Samuel Lawless, installé à la table la plus proche. Elle lui sourit d'une manière différente, tout à coup, ne cache plus l'intérêt qu'elle lui porte. Peut-être aussi est-ce parce qu'elle se sent plus vieille, qu'elle se découvre une maturité nouvelle, une confiance en elle qui n'existait pas il y a trois jours à peine. Peut-être… Quoi qu'il en soit, comment expliquer qu'au fond d'elle-même, jusqu'au creux de son ventre, Liliane souhaiterait qu'ils soient seuls tous les deux dans cette tente qui tremble sous le vent? Seuls, et enlacés.

*

Au camp The Scales, le jour, on se bouscule et on se parle peu. On va et on vient dans tous les sens. Les nouveaux arrivants s'empressent d'entreprendre la pente vertigineuse, s'impatientant dans la file, se chargeant plus que de raison. Ceux qui sont arrivés la veille se montrent à peine plus sages. S'ils diminuent quelque peu le poids à porter pendant l'ascension, ils accélèrent toutefois la cadence, essayant d'adopter un pas régulier, aussi rapide que s'ils marchaient dans une vallée plate. Seuls ceux qui en sont à leur huitième ou dixième voyage montrent davantage de discernement. Ils réduisent au moins du tiers leur fardeau et ralentissent le pas, afin de poursuivre au même rythme le lendemain. Toutefois, ils ne manifestent pas moins d'empressement à commencer la journée et, très tôt après le lever du soleil, le camp se vide. Ou presque.

En cette matinée radieuse, alors que le pain lève à l'abri des courants d'air, alors que les fèves qui ont trempé toute la nuit cuisent lentement avec le lard, alors que la soupe au chou du dîner mijote en dégageant son odeur caractéristique un peu âcre, Liliane quitte la tente et entreprend sa tournée du village. Comme tous les matins, elle va à la rencontre de ses clients habituels et cherche, parmi les mines déconfites, les hommes qui s'apprêtent à rebrousser chemin. Il faut saisir toutes les occasions pour faire des affaires, répétait Mr. Noonan. Liliane est une bonne élève. Elle se le prouve chaque jour. Ce matin, elle est vraiment fière de sa nouvelle acquisition. Elle ne regrette qu'une chose : que son associé ne soit plus avec elle. Lui seul pourrait apprécier cet achat de quatre caisses de savon à lessive en pains. De quoi lui permettre d'occuper davantage ses journées et faire un profit certain grâce à ses installations spacieuses et chauffées. Elle a remarqué depuis longtemps que les argonautes n'ont pas le temps de laver leurs vêtements. S'ils le font le jour, ils perdent des heures précieuses. S'ils le font le soir, le linge mouillé n'a que la nuit pour sécher. Et les nuits, très froides, couvrent les tissus de frimas en plus de les rendre raides. Dès lors, Liliane est convaincue du succès de ses nouvelles opérations.

Ce matin, donc, alors qu'elle se promène dans le village, elle fait sa publicité. Désormais, son commerce s'appellera « Lili's Café and Laundry », toujours en anglais, car il devient évident, à mesure que les semaines passent, que sur la route de l'or neuf hommes sur dix sont Américains.

*

Les bras dans l'eau chaude jusqu'aux coudes, Liliane se rappelle une leçon de Mr. Noonan : le succès d'une entreprise se mesure en comparant les dépenses et les rentrées d'argent. Jusqu'à présent, en faisant cette équation, Liliane s'en tire gagnante. Mais cette façon d'évaluer la rentabilité ne prend pas en compte la dépense d'énergie. Ni celle de temps. Or, depuis une semaine qu'elle tient sa buanderie, Liliane n'en a plus, de temps. D'énergie non plus. Jamais elle n'avait imaginé obtenir un tel succès. Les clients viennent pour souper, lui laissent chemises, pantalons et sous-vêtements dans l'intention de les récupérer le lendemain, propres et secs. Liliane n'en croit pas ses yeux. Elle n'a plus de temps libre. Pas même un petit quart d'heure pour se rendre à l'extrémité ouest du village, contourner la dernière tente et admirer la montagne piétinée où s'étire jour après jour la longue file de prospecteurs. Plus question non plus de traîner au pied de la pente pour chercher, parmi les premiers hommes à redescendre, la silhouette familière de Samuel Lawless. Non pas qu'elle l'ait souvent vu revenir du sommet, mais on dirait que, depuis que sa nouvelle tâche l'accapare, Samuel la tourmente, lui occupe l'esprit et la porte à imaginer les scénarios les plus fantaisistes. De tous ces rêves qu'elle fait éveillée, cependant, aucun n'a de chance de se réaliser dans les conditions actuelles. Toutes ses heures disponibles sont consacrées à cuisiner et à laver pour les autres. Le soir, Liliane s'allonge, seule et fourbue, près de ses poêles chauffés à bloc. Il y a toutefois un élément positif à ses nouvelles activités : elles permettent de raccourcir son séjour au pied de la montagne, puisqu'elle pourra ainsi amasser plus vite provisions et équipement. Encore une semaine et elle sera à même d'affronter le sommet et le poste de la Police montée.

Quand elle pense à son passage à la frontière, Liliane angoisse. Et si les policiers la reconnaissaient? Impossible, se raisonne-t-elle, elle est trop loin du Québec, et même si ses parents avaient signalé sa disparition, jamais une information de cette nature n'aurait pu être transmise sur une telle distance aussi rapidement. Elle est en cavale depuis deux mois environ. Et puis, son père n'était-il pas pressé de la marier pour ne plus l'avoir à sa charge? Ici, au bout du monde, elle n'est un poids pour personne. D'ailleurs, une petite voix au fond d'elle-même lui rappelle que Georges Doré n'est même pas son père. Mais Liliane chasse, en vain, cette voix. C'est un poison capable de la déstabiliser, de lui faire douter de qui elle est véritablement. C'est cette voix qui lui permet de mentir et de s'inventer un passé, comme elle le fait quand elle discute avec Samuel. Le pire, c'est qu'elle aime ce qu'elle raconte. Elle souhaiterait vraiment être celle qu'elle crée ainsi de toutes pièces, cette fille dégourdie de père irlandais, cette fille qu'on n'asservit pas en lui faisant des enfants.

Samuel… Quand elle pense trop à lui, ses certitudes vacillent. Avec lui, elle n'aurait peut-être pas peur du mariage. Mais peut-on se marier sans avoir d'enfants ? Toutes les filles qu'elle a vues prendre époux se sont retrouvées grosses moins d'un an plus tard. Ça vient avec le mariage, ne cessait de lui répéter sa mère. Liliane s'en veut de ne pas avoir demandé à Mrs. Burns pourquoi les Anglaises n'ont que peu de bébés alors que les Canadiennes françaises en portent douze, souvent quinze. La bonne Mrs. Burns lui aurait certainement expliqué.

Affairée à suspendre une chemise sur une corde au-dessus du poêle, elle en est là dans ses pensées lorsqu'un courant d'air subit la fait frissonner. Elle se retourne pour voir qui soulève ainsi les pans de la porte de la tente et découvre, devant l'ouverture, une jeune femme blonde et rondelette comme elle, qui pointe un doigt accusateur dans sa direction.

— De quel droit me volez-vous mes clients ? s'écrie la nouvelle venue en fonçant vers elle.

Décontenancée, Liliane ne sait que répondre. Elle parcourt la tente du regard à la recherche d'une explication. N'en trouvant pas, elle risque une question :

— Que me voulez-vous ? demande-t-elle de sa voix posée habituelle. Vous ai-je offensée, madame ?

Le mot « madame » sonne drôlement dans sa bouche, surtout que la dame en question n'est autre qu'une des prostituées qui œuvrent dans le camp. Des vêtements trop révélateurs, un maquillage trop criard, une coiffure trop peu sévère.

— Je veux que vous cessiez de me prendre mes clients!

Liliane sent tout à coup le rouge lui monter aux joues. Lui prendre des clients?... Croirait-on qu'elle se prostitue? Pourquoi, diable, penserait-on une chose pareille? Parce qu'elle voyage seule? Parce qu'elle fréquente, si peu soit-il, Samuel Lawless? Confuse, elle essaie de rétablir les faits:

— Vous vous trompez, balbutie-t-elle. Je ne vous ai pas pris de...

Cette réponse fait bondir la prostituée.

— Et ça? demande-t-elle en arrachant une chemise suspendue au-dessus du poêle. Je suppose qu'il s'agit de vos propres vêtements?

Liliane cherche ses mots, plus perplexe que jamais.

— Euh... non, ce sont ceux de...

Elle comprend tout à coup la source du conflit. Cette femme a, de toute évidence, une deuxième occupation. Une occupation moins lucrative peut-être, mais plus noble, et Liliane lui a fait de l'ombre sans le savoir. Devant le quiproquo, Liliane éclate de rire.

— De quoi riez-vous? s'insurge la prostituée. Vous vous moquez de moi?

Liliane glousse de plus belle et s'étonne de constater à quel point cela lui fait du bien. Il y a longtemps qu'elle n'a pas ri de si bon cœur. Elle s'affaisse sur le sol, hilare. Des larmes coulent sur ses joues. L'autre a sans doute compris ce qui se passe, car elle rectifie la situation:

— Je ne vous accusais pas de me voler ces clients-ci, dit-elle en roulant les hanches dans un geste langoureux. Mais ceux-là.

Elle désigne du menton les vêtements suspendus dont elle froisse, admirative, des pans entre ses doigts.

— Ils sont presque secs, murmure-t-elle pour elle-même. Ça doit être à cause des deux poêles.

Liliane s'est redressée et, plus calme, elle s'essuie le visage du revers de la manche.

— Je ne savais pas que vous vous occupiez aussi de lessive, dit-elle pour s'excuser.

L'autre ignore l'explication et poursuit sa réflexion à voix haute.

— Vous êtes beaucoup mieux installée que moi. C'est pour ça que mes clients m'ont laissée tomber. Vos poêles vous rendent plus efficace.

En prononçant ces mots, elle se tourne enfin vers Liliane. Puis, constatant qu'elle ne s'est pas encore présentée, elle lui fait un clin d'œil en lui tendant la main :

— Je m'appelle Dolly La Belle, dit-elle avec aplomb.

Liliane réprime un nouvel éclat de rire devant ce nom grotesque et serre la main tendue en soufflant un timide :

— Lili.

— Je sais qui tu es, rétorque l'autre. Tout le monde le sait. Il paraît qu'on parle même de toi de l'autre côté de la frontière.

— Comment ça?

Liliane craint tout à coup pour sa réputation, mais se calme dès que Dolly lui rapporte ce qu'on raconte à son sujet :

— Tout le monde a hâte que tu descendes au lac Lindemann. On dit que, là-bas, les hommes travaillent d'arrache-pied pour construire les bateaux et qu'ils aimeraient bien avoir des bons repas chauds à la nuit tombée.

Ces mots produisent beaucoup d'effet sur Liliane. On l'attend! Son cœur se réchauffe à l'idée que ces hommes et ces femmes qu'elle a déjà servis pensent encore à elle après avoir traversé la montagne. Du coup, elle souhaiterait avoir déjà les provisions suffisantes pour passer la frontière et se mettre en marche là, tout de suite. Mais c'est impossible. Elle devra travailler au moins une semaine de plus, peut-être deux, avant d'être adéquatement pourvue. À moins qu'elle ne trouve un moyen pour accélérer les choses.

*

Dernière semaine du mois d'août. Une neige folle souffle sur les rochers sans s'y déposer et The Scales demeure une étendue grise, mouchetée de toiles blanches sous lesquelles s'activent des prospecteurs sombres. L'urgence est palpable. Un vent glacial annonce du mauvais temps et, même s'il est plus de huit heures du matin, l'aurore règne toujours sur le camp. Giflée par les rafales, Liliane zigzague entre les cabanes et les tentes, sa jupe collée contre ses jambes. Son visage est crispé, tant par le froid que par le malaise qu'elle ressent. Elle n'a jamais vu l'antre d'une prostituée.

De la glace s'est formée à quelques endroits, là où la pluie s'est accumulée au fil des jours. Liliane n'a conscience de l'embûche que lorsqu'elle pose le pied sur une de ces taches noires et passe près de se tordre une cheville. Bien au chaud dans son restaurant, il lui arrive souvent d'oublier les dangers de la piste. Cet incident lui rappelle la nécessité d'être alerte. Ici, aussi loin de la civilisation, la vivacité d'esprit peut sauver des vies.

La tente de Dolly se dresse tout près du saloon. Liliane se demande parfois si elle y loge ou si elle ne fait qu'y travailler. Jamais cependant elle n'oserait poser la question à la principale intéressée. Il lui suffit de savoir qu'elle s'y trouve et que, quand elle a besoin d'aide pour la lessive, elle peut venir l'y quérir. Ce matin, ce sont sept Américains qui lui ont laissé leurs vêtements. Ils affirmaient en être à leurs derniers voyages et désiraient que toutes leurs chemises et tous leurs pantalons soient propres avant de quitter définitivement les lieux. Il paraît qu'au-delà de la frontière l'eau va bientôt geler, même dans les ruisseaux. Liliane n'en a pas cru un mot, mais a accepté de faire l'ouvrage pour le lendemain. Cependant, une tâche de cette ampleur ne s'accomplit pas sans aide. Dolly lui ayant déjà offert ses services, l'occasion est idéale pour l'embaucher.

Bien sûr, le statut peu respectable de Dolly aurait pu faire hésiter Liliane. Aucune femme convenable ne s'abaisserait à faire des affaires avec une fille de joie. En d'autres circonstances, Liliane ne lui adresserait même pas la parole. Mais ces diktats, qui sont légitimes dans les grandes villes, ne s'appliquent plus dans leur situation. Ici, au milieu des montagnes, c'est chacun pour soi et personne ne se soucie de ce que les autres vont penser. Personne n'a le temps pour ce genre de préoccupation. Gagner le fleuve Yukon avant les glaces est la seule chose qui compte. On ne parle que de ça. On ne vit que pour ça et Liliane ne fait pas exception. Si elle a accepté de laver tous ces vêtements, c'est que cela lui rapportera suffisamment de provisions pour enfin lever le camp et se diriger, elle aussi, vers la frontière. Demain, déjà, elle démontera les tables, les chaises, les poêles, et après-demain, elle prendra la route.

En allant voir Dolly, il ne lui est pas venu à l'esprit que celle-ci puisse être en train de travailler. Or, lorsqu'elle l'appelle, la voix qui lui répond est celle d'une femme fort occupée qu'on dérange. Immédiatement, Liliane comprend son impair. Elle entreprend de s'éloigner sans faire de bruit, quand le pan de toile se soulève derrière elle et que Dolly apparaît, son corset entrouvert.

– Oh, c'est toi! s'exclame-t-elle en la reconnaissant. Je pensais que c'était une fille du saloon.

Ce n'est que moi, en effet, murmure Liliane. Mais ce que j'ai à te dire peut attendre.

Dolly hoche la tête et lui fait un clin d'œil amusé :

– Je serai chez toi dans quinze minutes. Vingt maximum.

Liliane a le feu aux joues en imaginant ce qui se produira sous cette tente dans les quinze ou vingt prochaines minutes. Alors qu'elle est en train de chasser cette idée de son esprit, un coup de vent soulève plus largement la toile. Samuel Lawless apparaît, allongé sur le lit de camp, en chemise et en caleçon. En même temps que la lumière du jour naissant glissait sur son corps, il a tourné la tête vers elle. Sous le choc, Liliane demeure quelques secondes immobile, les yeux écarquillés. Puis elle pivote et s'élance vers l'autre bout du village, vers le seul endroit qui puisse lui servir de refuge. Elle s'élance, mais n'arrive pas à fuir l'émotion qui l'assaille, le poignard qui s'enfonce dans son cœur. Est-ce la voix de Samuel qui l'appelle? Elle court et court encore. Ce qu'elle a vu lui apparaît comme un sacrilège, car elle a compris à quel point les activités de Dolly s'apparentent à ce qui se passe dans le lit des nouveaux mariés pendant la nuit de noces. Une fois dans sa tente, elle se laisse aller aux larmes. Les premières qu'elle verse pour un homme. Les dernières, se jure-t-elle lorsque, calmée et furieuse contre elle-même, elle entreprend de faire la lessive qui lui permettra enfin de quitter ce camp d'enfer dès le lendemain matin.

*

Les meubles sont démontés, les morceaux attachés les uns aux autres en des amas facilement transportables. Les nouvelles provisions ont été ensachées, l'équipement proprement emballé. Il ne reste plus qu'un des poêles, dont Liliane a besoin pour se réchauffer cette nuit, et cette tente immense, qu'elle ne défera qu'au matin, juste avant le départ. Debout au centre de cette aire vaste et déserte, Liliane se rappelle ses clients, leurs rires, leurs chants. Pendant deux semaines, elle les a reçus avec tellement de plaisir. Elle se revoit au meilleur de la liesse, servant, desservant, observant. Demain, The Scales commencera à s'évanouir de ses pensées. Ce soir cependant, le village représente encore une source de nostalgie, de mélancolie, de tristesse aussi.

Elle dépose la bouilloire sur le poêle qu'elle vient de chauffer à bloc. Dehors, le vent a redoublé d'ardeur et s'immisce partout, la faisant frissonner. Les prochains jours dans les montagnes s'annoncent froids, eux aussi, et Liliane s'imagine plus loin, au sommet, en train d'affronter les bourrasques pour remonter son abri. Elle sait trop bien que, d'ici une semaine, la neige aura complètement effacé les rochers et les arbrisseaux. Il est pourtant tellement tôt dans la saison.

La vapeur s'élève enfin de la bouilloire et Liliane verse l'eau fumante dans la tasse déposée sur une pile de bois de chauffage. Ce bois, elle devra également le transporter au sommet, car il n'y a rien, là-haut, qui puisse servir de combustible. Que des rochers et de la boue durcie par le froid. Tout le monde le dit et Liliane a suffisamment de sagesse pour tenir compte de ces informations.

Elle continue de faire des plans pour le lendemain et les jours suivants. Elle continue d'engourdir son esprit, de le garder occupé à quelque chose d'utile. Elle sent malgré tout une boule logée au fond de sa gorge. Une boule qui l'étouffe et dont elle souhaiterait ignorer l'existence. Elle sent aussi cette pression douloureuse au creux de son estomac, qui l'a empêchée de souper et qui l'empêchera sans doute aussi de boire ce thé qu'elle vient de préparer. Qu'importe, il n'est pas question de permettre à ses pensées d'affluer librement, sinon cette boule et cette pression deviendraient intolérables, elle en est convaincue. Mieux vaut limiter les dégâts et garder tout au fond d'elle-même cette première peine d'amour.

– Je me trouve ridicule, souffle soudain une voix masculine derrière elle.

Saisie, Liliane se reproche de s'être laissée aller à cet élan du cœur. Elle retient les larmes qui lui piquent les yeux, car elle a perçu de la douceur dans le ton de Samuel. Surtout, ne pas montrer à quel point elle souffre à cause de lui. Mieux aurait valu demeurer détachée, comme elle l'avait fait avec Joseph Gagné. Elle a quitté sans peine le premier homme dans sa vie, elle oubliera le second aussi facilement. Pas question de regretter des projets qui n'étaient que pure fantaisie. Elle a rêvé, voilà tout. Samuel Lawless ne lui a rien promis, ne lui a rien offert, ne lui a même jamais avoué éprouver des sentiments pour elle. Elle a tout imaginé, en même temps qu'elle prenait conscience de sa propre inclination.

— Le restaurant est fermé, lance-t-elle sans se retourner.

— Je voudrais vous expliquer…

Comme un voleur pris sur le fait, Samuel cherche à se justifier. Liliane se dit que s'il avait été intéressé par elle, s'il avait été sérieux, il ne se serait pas trouvé dans les bras de Dolly La Belle, un point c'est tout. Elle pressent ce qui s'en vient. Le mensonge qu'elle ne croira pas, le pardon qu'il sollicitera et la peine que tout cela avivera, immanquablement. Elle l'interrompt donc:

— Vous ne me devez aucune explication. Vous n'êtes qu'un client et les clients d'un restaurant ne sont en rien liés à la propriétaire.

— Je sais, mais pour Dolly…

Ce nom dans sa bouche évoque trop explicitement la scène du matin pour que Liliane ne réagisse pas. Ce qu'elle tentait d'oublier lui revient : le clin d'œil de la prostituée, le vent qui soulève la toile, le lit, et lui, le client. Cette image la dégoûte soudain au point de lui faire mal.

— Mon restaurant est fermé, Mr. Lawless, répète-t-elle pour le forcer à s'en aller. Je lève le camp tôt demain matin.

Une minute de silence. Peut-être deux. Liliane continue de lui tourner le dos. Un courant d'air lui annonce que Samuel est enfin sorti, qu'elle peut maintenant laisser couler les larmes.

Chapitre XVII

— Si tu ne veux pas me suivre, reste. Moi, mon choix est fait.

En prononçant ces mots, Rosalie a l'impression de s'arracher le cœur. Elle n'a pas envie de quitter son amant, mais elle n'en peut plus de vivre à Skagway. Puisqu'il refuse toujours de l'écouter, elle doit agir avant qu'il ne soit trop tard. Les jours passent, la saison avance et, même si elle ne croit pas Soapy Smith quand il affirme qu'il est impossible de franchir le col en septembre, Rosalie sait que le temps presse. D'ailleurs, de la côte, le sentier paraît carrossable. En peu de temps, elle sera là-haut, elle en est convaincue.

Un coup de vent secoue la toile au-dessus de sa tête, couvrant pendant un moment le bruit des conversations des nouveaux prospecteurs qui débarquent sur la plage. Rosalie ne peut les voir, mais elle sait qu'ils écoutent. Ils pressentent sans doute qu'une querelle est sur le point d'éclater.

— Tu ne peux pas t'en aller comme ça, annonce nonchalamment Dennis-James en finissant de s'habiller. Tu n'as même pas d'équipement, encore moins de provisions. Tu ne vas tout de même pas t'aventurer dans les montagnes sans rien à manger.

Rosalie avait prévu qu'il tenterait de ridiculiser son projet. Elle se doutait qu'il utiliserait cet argument et a bien préparé sa réponse.

— Les provisions et l'équipement que nous avions quand nous sommes arrivés resteront ici avec toi. Tu peux tout garder. De toute façon, je n'en ai pas besoin.

Dennis-James affiche soudain un sourire cynique et secoue la tête pour montrer qu'il la prend en pitié. Et, voyant que son attitude ne décourage pas Rosalie, il roule les yeux, claque la langue comme s'il grondait une petite fille.

— La Police montée du Canada ne te permettra jamais de franchir la frontière, dit-il. Il vaut mieux que tu attendes ici avec moi jusqu'au printemps. Quand le gros de l'hiver sera passé, on ira au Klondike. Je te le promets.

C'est au tour de Rosalie de secouer la tête.

— Je ne pars pas les mains vides, rassure-toi. Je me suis rééquipée et je m'en vais aujourd'hui.

À ces mots, Dennis-James, se retourne, les yeux écarquillés.

— Comment ça, tu t'es rééquipée?

Fière de son coup, Rosalie recule les épaules et bombe le torse.

— J'ai utilisé l'argent que j'ai gagné en cuisinant depuis trois semaines pendant que tu t'amusais au saloon.

Dennis-James s'empare brusquement de la boîte de bois où il l'a vue ranger l'argent depuis leur arrivée. Il l'ouvre et la secoue, mais il n'en tombe pas un sou. Incrédule, il lui montre le contenant vide.

— Tu as tout pris?

— J'ai pris ce qui m'appartenait.

— Mais… mais c'est à moi aussi.

— Cet argent provenait de mon travail, pas du tien. Ton salaire de pianiste, tu l'as joué aux cartes.

— Mais c'était pour nous. Si j'avais gagné…

Rosalie secoue de nouveau la tête et claque la langue à son tour.

— Tu as joué ton salaire, j'ai épargné le mien.

Puis, lui désignant les provisions et l'équipement amassés dans un coin de la tente, elle ajoute :

— Je te laisse tout ça. Tu en auras plus qu'assez étant donné que je ne serai pas à ta charge.

Dennis-James sort de ses gonds et lui empoigne le bras pour la forcer à le regarder dans les yeux. Rosalie ne tente même pas de se défiler.

— C'est moi qui ai payé ton billet à bord du *SS Rosalie*, hurle-t-il en la serrant plus fort. Tu ne peux pas partir comme ça. Tu n'en as pas le droit.

Rosalie s'attendait à ce qu'il lui rappelle ce détail. Elle sort de sa poche l'argent qu'elle a préparé. D'un geste désinvolte, elle le lance sur le lit.

— Avec ça, nous sommes quittes.

Elle inspire profondément pour puiser en elle ce courage dont elle se sait capable et ajoute :

— Pour ce qui est des droits, je peux faire ce que je veux puisque nous ne sommes pas mariés.

Elle a utilisé les mêmes mots que Dennis-James lui avait adressés sur le *SS Rosalie* et qui l'avaient tant blessée. Meurtri lui aussi, Dennis-James laisse tomber la boîte, qui fait un bruit sourd en heurtant le sol. Rosalie se défait de sa poigne et soutient son regard, dans lequel elle discerne une profonde incompréhension. Pas question toutefois de se laisser attendrir. Il ne l'aura pas. Pas de cette manière. Pas cette fois. Elle récupère son manteau, attrape son sac de voyage et sort de la tente. Elle l'abandonne, seul avec son chagrin.

Elle devrait être fière, bomber le torse encore une fois, mais elle n'en fait rien. Elle s'éloigne, la tête basse, le cœur en miettes.

*

La route se déroule, plate et droite, d'abord sur la rive sud de la rivière Skagway pendant un mille et demi, puis sur la rive nord, pendant une distance équivalente. Apparaît alors, en bordure de la piste, le premier camp. Il lui a fallu deux heures pour atteindre cette étape, sur un sentier qu'on pourrait qualifier de pente douce. Là où la boue risquait d'engloutir les véhicules et les bêtes de somme, on a placé des billots de bois en travers, ce qui a assuré une progression régulière et moins hasardeuse. Un début encourageant, ont semblé se dire les centaines de prospecteurs que Rosalie a croisés ou suivis le long du chemin. La frénésie était palpable.

Durant tout le trajet, elle a poussé cette brouette achetée la veille. La roue grinçait de temps en temps, mais cela était dû davantage à la charge qu'aux accidents de terrain. La caisse, non conçue pour être remplie de la sorte, a mis l'essieu à rude épreuve. Mais cette brouette, c'est tout ce que Rosalie a trouvé à un prix raisonnable. Deux heures donc pour arriver au camp, un peu moins pour revenir à Skagway, deux autres heures pour y retourner, et ainsi de suite pour trois allers-retours. Avec la pause du dîner et le temps de chargement et de déchargement, cela fait dix-huit milles parcourus en treize heures. Même si l'inclinaison du terrain est à peine perceptible, Rosalie a décidé que cela suffisait pour une première journée. Elle s'arrêtera à sa cache, fière d'avoir atteint son objectif: aujourd'hui, elle aura transporté la moitié de son équipement.

À mesure que les heures passent, elle ne s'émerveille plus autant devant le paysage qui l'entoure. Elle s'est habituée à la forêt, au feuillage d'un vert éclatant et au sol couvert de fougères gigantesques. Cette image du paradis terrestre, qui lui coupait le souffle ce matin, la laisse plutôt indifférente en cette fin d'après midi où la fatigue et la lassitude se sont installées. Elle atteint enfin sa cache pour de bon un peu avant le coucher du soleil. Malgré ses bras et ses jambes endoloris, elle constate que la White Pass s'annonce beaucoup moins exigeante qu'elle ne l'avait anticipé.

Légèrement en retrait de la piste, elle monte sa nouvelle tente, une tente blanche en tout point semblable à celle qu'elle a laissée à Dennis-James. Rosalie ressent un pincement au cœur à l'idée de s'allonger seule, mais chasse rapidement cette émotion. Elle profitera de la soirée pour se changer les idées. Elle devrait pouvoir se lier à des voisins sans trop de mal, puisqu'ils sont plusieurs centaines à bivouaquer au même endroit. À seulement quelques verges de son campement, dix hommes et trois femmes se réchauffent autour d'un feu. Leurs chevaux, déchargés, broutent l'herbe maigre du sous-bois. Rosalie n'a pas besoin de demander la permission pour se joindre au groupe. Dès qu'elle plante le dernier piquet de sa tente, une des femmes l'appelle et lui offre du café. Rosalie accepte avec joie. Immédiatement, un homme lui fait une place sur un tronc d'arbre mort et elle passe l'heure qui suit à manger en compagnie de ces étrangers.

À mesure que la nuit approche, une brume diffuse s'étire depuis la rivière, accentuant la pénombre. Rosalie et ses compagnons se hâtent de terminer leur repas, de laver la vaisselle et de tout ranger. Puis chacun se réfugie dans sa tente. Quinze minutes plus tard, l'obscurité est totale. Seuls brillent encore les feux des veilleurs les moins fatigués. Tous les autres sont au lit. Étrangement, Rosalie se sent rassurée de se retrouver ainsi à l'abri sous la toile. Depuis un moment déjà, la pensée de Dennis-James essayait de refaire surface. Trop orgueilleuse pour pleurer devant des étrangers, elle a réussi à la refouler, mais maintenant qu'elle est seule, elle ne retient pas les sanglots qui lui montent à la gorge. La tête sous les couvertures, elle tente cependant de les étouffer. Les doutes qui affluent dans son esprit la rendent malheureuse. Et si elle s'était trompée?

Elle ne se déshabille pas avant de se glisser dans son sac de couchage. Non pas qu'il fasse froid, mais l'humidité de la forêt est telle qu'on gèle. Elle entend sans les écouter les voix qui s'élèvent des tentes voisines. Elle reconnaît tout à coup ces gémissements familiers, caractéristiques de la vie de couple. Le visage baigné de larmes silencieuses, elle s'endort, l'âme tourmentée par l'image de son amant laissé en plan à Skagway.

*

Quelques notes de musique. Une sérénade triste. Rosalie garde les yeux clos et s'accroche à son rêve. Dennis-James y joue du piano, son regard plongé dans le sien. Il y joue avec intensité, avec affection, avec passion, et Rosalie se sent fondre. Elle aime tellement cette sensation d'être son unique auditoire. Elle le revoit chez Mrs. Wright, dans le grand salon. Avec son écharpe bleue et ses vêtements d'homme du grand monde. Elle réentend sa voix, lorsqu'il lui fredonnait une mélodie le soir, au lit, quand aucun piano ne se trouvait à proximité. Comme elle aime cette voix chaude, profonde, douce. Elle lui manque tant, car en ce moment, elle la sent s'éloigner, elle n'arrive pas à la retenir. Elle frissonne malgré le sac de couchage, malgré ses multiples couches de vêtements. Elle devine le demi-jour, perçoit avec regret les bruits du matin : la vaisselle qui s'entrechoque, les murmures, le crépitement des grillades dans les poêlons. Puis elle reconnaît l'odeur du café, celle du bacon et, étrangement, celle du pain. Quelqu'un aurait-il pris le temps de boulanger pendant la nuit ?

Elle ouvre les yeux et découvre, contre toute attente, que la voix chantonne toujours. D'un bond, elle sort de la tente. Le matin est humide et brumeux. Devant elle, assis près du feu, Dennis-James dodeline de la tête. Dès qu'il l'aperçoit, il lui sourit et plonge son regard dans le sien, donnant à Rosalie l'impression que son rêve prend vie. Avec bonheur, la jeune femme peut facilement lire sur son visage cette même affection, cette même passion !

– Bonjour Lili, souffle-t-il en s'arrêtant de fredonner pour boire le café que lui tend la femme de la tente voisine. Je me suis dit que ça te ferait plaisir.

Rosalie n'en croit pas ses yeux. Aux pieds de Dennis-James gît un sac de toile rempli de miches de pain. Un pain encore tiède, sans doute transporté jusqu'ici ce matin même. À quelques pas derrière lui, un immense cheval brun, qui n'était pas là la veille. Il broute avec les autres l'herbe qui reste encore dans les environs. Sur son dos se trouve une partie de l'équipement que Rosalie a laissé à Skagway. Dans un geste souple, presque mesuré, Dennis-James se lève, s'approche d'elle et s'immobilise à un pas.

— Tu avais raison, murmure-t-il humblement.

Son visage est couvert d'une barbe rousse et ses yeux, cernés mais toujours beaux, contiennent tous les remords dont Rosalie a besoin pour lui pardonner, mais, surtout, pour l'accepter de nouveau près d'elle. Elle lui sourit à son tour, intimidée par les regards que les gens autour posent sur eux. Puis la vie, qui semblait s'être arrêtée à l'apparition du musicien, reprend son cours. Le camp redevient aussi animé que la veille, habité par des hommes et des femmes impatients de porter plus loin leur bien, jusque dans le Klondike.

Sans que Rosalie s'en aperçoive, Dennis-James a franchi les quelques pouces qui les séparaient et se trouve maintenant tout près, si près qu'elle peut sentir son souffle chaud sur son visage. Sans ajouter un mot, il la serre dans ses bras et la presse fort contre lui. L'intensité de son étreinte traduit toute la peur qu'il a dû ressentir à l'idée de la perdre. Rosalie ferme les yeux et perçoit contre sa joue, sur le manteau de laine de son amant, la bruine qui tombe sur la région. Elle ne s'était pas encore rendu compte qu'il pleuvait.

*

Pour Rosalie, le deuxième jour sur la route ressemble au premier : il faut retourner à Skagway chercher ce qui reste de provisions et d'équipement. Seule différence, Dennis-James pousse sa brouette tandis qu'elle tient la bride du cheval. Bien qu'elle soit heureuse de revoir son amant, Rosalie ne peut s'empêcher de douter de lui, maintenant qu'elle connaît ses faiblesses. Pendant tout le trajet, elle se demande si sa présence au camp n'était pas un piège pour la faire revenir à Skagway. Devant sa bonne humeur manifeste, devant son air candide aussi, elle chasse ces soupçons de son esprit et rêve avec lui lorsqu'il décrit leur future concession, leur future vie de gens du monde. Elle s'attend néanmoins à le voir bifurquer vers un saloon quand ils atteignent la rue Broadway. Cela ne se produit pas. Dennis-James salue à peine Soapy Smith quand ils le croisent en se rendant à leur ancien campement sur la plage. Comme prévu, ils chargent le cheval et la brouette, s'installent chacun un sac sur le dos et reprennent la piste, comme ils auraient d'ailleurs dû le faire dès leur arrivée, il y a plus de deux semaines. Il ne leur faudra que quatre allers-retours pour transporter jusqu'au premier relais toutes les marchandises, dont le petit poêle qui leur permettra de faire cuire leur repas, mais aussi de réchauffer la tente. Rosalie n'est pas mécontente de retrouver cette pièce d'équipement. Cuisiner sur un feu de camp offre beaucoup moins de possibilités.

Vers huit heures du soir, ils reviennent à Skagway pour la quatrième fois. Ils sont épuisés, mais ont l'intention d'effectuer ce dernier voyage ce soir de manière à entreprendre la piste pour de bon dès le lendemain matin. Or, en passant devant l'hôtel Skagway, une odeur alléchante de ragoût et de tarte vient leur chatouiller les narines. Rosalie, lasse et fatiguée, ne peut s'empêcher de jeter un œil à l'intérieur. Une trentaine de personnes sont attablées et discutent avec énergie. Il est évident qu'elles n'ont pas encore entamé la piste.

— As-tu faim ? lui souffle Dennis-James en suivant son regard.

Rosalie hoche la tête.

— On pourrait rester ici ce soir, propose-t-il en désignant l'enseigne.

À bout de forces, Rosalie ne se sent pas le cœur de refuser un lit au chaud. Elle franchit avec plaisir le seuil de l'hôtel au bras de son amant. À l'intérieur, deux rangées de bancs sont disposées de part et d'autre d'une longue table. Les clients y mangent avec entrain. Le long d'un mur se trouve une série de clous où sont accrochés des manteaux et, sous ceux-ci, un autre banc où fument six hommes. Tout au fond, appuyée contre une trappe dans le plafond, une échelle rudimentaire mène à l'étage.

— Nous venons pour souper, lance Dennis-James au propriétaire qui le reconnaît aussitôt.

— Soyez le bienvenu, Mr. Peterson. Vous pouvez vous asseoir où vous voulez, Hingrid va venir vous trouver dans quelques minutes.

Puis il s'adresse à son employée qui revient justement de la cuisine :

— Hingrid, Mr. Peterson est un ami de Soapy Smith. Assure-toi qu'il ne manque de rien.

La serveuse hoche la tête et prend leur commande avec un sourire exagéré. Tout ce temps, Rosalie est mal à l'aise. Les gens sont trop gentils avec elle et elle sent renaître ses craintes. On leur sert le repas, chaud et délicieux, et, si ce n'était des regards envieux de la serveuse, Rosalie pourrait croire que Dennis-James est sincère, qu'il est vraiment décidé à partir. Mais elle en doute, c'est plus fort qu'elle.

Ses inquiétudes se calment à peine lorsqu'ils empruntent l'échelle au fond de la pièce. Rosalie doit faire preuve d'agilité pour grimper les barreaux en resserrant sa jupe contre ses jambes. Quelle humiliation si quelqu'un arrivait à voir dessous! À l'étage, elle ressent une grande déception. Il n'y a point de chambre, point de murs, que des paillasses déposées sur le sol, séparées par des draps suspendus à des câbles. Rosalie se rend compte qu'elle n'aura aucune intimité cette nuit. Elle s'allonge donc tout habillée sur le matelas que lui propose Dennis-James et s'attend à ce qu'il l'abandonne là pour retourner au saloon. Ce qu'il ne fait pas. Il la rejoint, l'attire contre lui et l'enlace. Rosalie demeure raide, intimidée par les hommes qui discutent bruyamment de l'autre côté des rideaux. Plusieurs d'entre eux sont ivres et pourraient les voler pendant leur sommeil. Ou pire encore. Comme s'il devinait ses craintes, Dennis-James se met à rêver tout haut. Rosalie ferme les yeux et se laisse bercer par le son de sa voix.

— Je sais bien qu'on a deux semaines de retard, Lili. Mais à voir le climat, la forêt et les montagnes, il me semble finalement qu'on aura le temps de franchir le col avant l'hiver.

Il inspire profondément, comme s'il soupirait d'aise.

— Puisqu'il a fallu deux jours pour franchir les trois premiers milles, poursuit-il, on peut penser qu'il ne nous faudra qu'un mois pour transporter nos affaires jusqu'au sommet. Au pire, au début d'octobre, on devrait être en train de fabriquer notre bateau sur le bord du lac Bennett. Ensuite, ce sera le Klondike, ma Lili.

Il penche la tête et lui dépose un baiser sur la joue. Rosalie se dit que le cauchemar achève enfin. Elle se sent envahie par une grande béatitude et se love contre son amant, se voyant déjà descendre avec lui le fleuve Yukon jusqu'à Dawson City. Elle s'imagine arrivant dans cette ville mythique au bras de son homme, comme une femme de la bonne société.

Chapitre XVIII

Jamais on ne voit la ligne d'horizon lorsqu'on monte une pente en regardant le sol. On pose le pied sur la roche ou dans la boue et on espère que celui qui marche devant nous sait où il va, et qu'il aperçoit, lui, ce lointain qui nous est inaccessible. Voilà, en tout cas, le seul désir de Liliane alors qu'elle grimpe dans le sentier, le dos écrasé par les sacs de farine et les boîtes de conserve. Comme repliée sur elle-même, les yeux rivés à ses bottes, elle a chaud, malgré le vent. La pente est si inclinée que Liliane a l'impression d'escalader le mur d'une maison. Il aurait fallu tailler des marches dans ce roc, mais qui s'arrêterait une heure pour le bien de tous?

Du lever au coucher du soleil, la file ne s'interrompt jamais, gravissant les parois rocheuses, longeant une falaise, sinuant dans le défilé sous un glacier gigantesque et menaçant. La longue colonne progresse toujours au même rythme, les bottes des uns s'enfonçant dans les traces des autres. Le bruit des pas, particulier, régulier, est presque angoissant tant il est continu. Et si par malheur on doit sortir de la piste à mi-pente, il faut attendre des heures, parfois même toute la journée, avant que ne s'ouvre de nouveau un espace suffisant pour se glisser entre deux marcheurs. Liliane l'a appris à ses dépens le premier jour, lorsqu'elle a eu besoin d'uriner. Trois heures durant, elle a cherché un trou pour rentrer dans le rang. Pour une fille qui, comme elle, a entrepris ce voyage seule, une telle situation engendre une énorme pression. Malgré toute sa bonne volonté, elle se sent au bord de l'épuisement. C'est la dixième fois qu'elle gravit les mille pieds qui séparent The Scales du col Chilkoot. Dix fois en dix jours, parce qu'il faut six heures de marche pour atteindre le point le plus élevé du défilé. Jusqu'ici, elle a réussi à transporter là-haut, en ce lieu baptisé Silent City, près de la moitié de son équipement. Le reste se trouve toujours au pied de la pente et, quand Liliane y pense trop, elle voit surgir dans son esprit l'image de la défaite. Continuer lui semble impossible ; elle n'y arrivera pas.

Comme à Montréal, alors que le train pour Sherbrooke s'apprêtait à quitter la gare Windsor, elle songe à rebrousser chemin. Elle a les pieds en sang à cause des ampoules et des éraflures, et les muscles de ses mollets sont si raides qu'ils refusent désormais de s'étirer, faisant de chaque pas un supplice. Et la pente monte toujours. Comment poursuivre dans ces conditions ?

Cette torture quotidienne a cependant un avantage : elle l'empêche de penser à Samuel Lawless, à la peine qu'il lui a causée. Toute à son désespoir de se sentir incapable de continuer, elle se désole, déçue d'elle-même. Et si elle s'était trompée ? Et si, dans le fond, son destin était de devenir une bonne épouse, une bonne mère de famille comme toutes les Canadiennes françaises ? Or, devant cette perspective, tout son être se révolte, puis d'autres doutes surgissent, alourdissant un parcours qui lui paraît déjà irréalisable. Possède-t-elle suffisamment de force physique pour accomplir son projet? Y a-t-il en elle assez de détermination et de patience pour maintenir le cap?

Liliane lève les yeux sur l'Indien qui la précède. Cet homme transporte bien cent livres sur son dos. Et il en est au moins à son quarantième aller-retour sur cette pente du diable. Il ne semble pourtant pas près de renoncer. Ni lui ni aucun des Tlingits ou Chilkats qu'elle a aperçus sur la route. Ces Indiens, natifs de la région, tirent profit de la ruée vers le nord. Ils s'enrichissent, tout comme elle prévoyait le faire en se lançant dans cette aventure. Liliane se compare: possède-t-elle moins de détermination que ces hommes? moins de force de caractère que Samuel Lawless dont elle reconnaît la silhouette tout en haut? Pour la vingtième fois peut-être, il vient d'atteindre le col, ce creux logé entre deux montagnes couvertes de glace. Jamais elle ne l'a entendu se plaindre des dures conditions de la piste. Elle l'aperçoit d'ailleurs qui s'écarte de la file pour mieux regarder en bas. Le temps clair et l'air limpide permettent certainement de voir jusqu'à la baie où se trouve le village de Dyea. Samuel admire sans doute le point de vue, à moins que ce ne soit elle qu'il observe.

Songe-t-il, lui aussi, à la possibilité de rebrousser chemin? Descendre est tellement plus aisé. Si elle vendait ses affaires, elle atteindrait la mer en deux jours. Et après? Après, elle n'a aucune idée de ce qu'elle ferait. Inutile de retourner à Sherbrooke; Joseph Gagné ne voudrait plus d'elle. De toute façon, elle ne voudrait pas de lui non plus. Et sa famille ne l'accueillerait pas à bras ouverts, humiliée qu'elle aura été par le départ subit et clandestin de Liliane. Ne resteraient que Vancouver et Mr. Noonan. Mais lui non plus ne verrait pas son retour d'un bon œil après tout ce qu'il a investi dans cette affaire. Liliane n'a donc pas le choix : elle doit continuer, franchir la frontière et poursuivre vers Dawson. Rien d'autre n'est plus possible quand on a parcouru autant de route, quand on a renoncé à sa vie d'avant, quand on s'est engagé devant autrui.

La pente se termine enfin et, malgré les risques auxquels cela l'expose, Liliane s'écarte du rang juste avant d'entreprendre le défilé.

— Je vais mourir ici, soupire-t-elle en s'écrasant sur le sol, épuisée.

Samuel a quitté les lieux depuis un moment déjà et c'est un inconnu qui lui répond en s'affaissant à côté d'elle.

— Ce n'est pas le bon endroit pour ça, dit-il avec un accent texan difficile à comprendre. Quoique le risque soit réel.

Levant le bras bien haut, il désigne la langue de glace suspendue dans le vide au-dessus de leurs têtes. Les rayons du soleil en font étinceler les contours, comme s'il s'agissait d'une pierre précieuse.

— Pour ma part, je préférerais mourir à Dawson les pieds dans l'or, poursuit le Texan. C'est plus noble, vous ne trouvez pas ?

Liliane sourit à cette idée, s'allonge à son tour du mieux qu'elle le peut, sans toutefois retirer ce sac attaché à son dos. Devant elle, le glacier apparaît poudreux et fragile, mais cela ne l'effraie pas davantage que ça n'a effrayé les milliers de personnes qui ont emprunté le col depuis deux mois. Quel plaisir de se reposer un instant, le temps de reprendre son souffle, de permettre à ses muscles de se détendre ! Son compagnon s'éclaircit la gorge :

— C'est le Klondike ou la mort! lance-t-il avec conviction.

Liliane s'esclaffe. Aucune phrase n'aurait mieux illustré ses propres pensées.

— Merci pour l'idée, souffle-t-elle en se redressant. Et bonne journée.

Par miracle, un espacement se crée dans la file juste à ce moment. Liliane en profite pour reprendre la route. Tout en marchant, elle surveille du coin de l'œil ce glacier menaçant, au dessus de sa tête. Sa présence, comme celle d'un prédateur féroce, lui inspire à la fois respect et crainte. Un danger permanent, comme le sont ces montagnes, cette route, sa destination. «Le Klondike ou la mort», voilà sa nouvelle devise.

*

La nuit tombe aussi rapidement qu'à l'habitude et, d'un pas léger, Liliane redescend la pente. Le froid a durci le sol et la noirceur rend la route traîtresse. Souvent, sa botte heurte un caillou ou glisse sur une plaque de glace invisible. Alors qu'ils étaient plusieurs à entreprendre la descente avec elle il y a un peu moins d'une heure, étrangement, Liliane se retrouve seule. On l'a vite devancée car elle marche trop lentement, hésitant parfois entre deux chemins, cherchant dans le noir à éviter les obstacles. Depuis cet après-midi pourtant, elle ressent un regain d'énergie. Elle n'a plus envie de s'en retourner. «Le Klondike ou la mort», cela lui convient très bien. Elle s'imagine dans son restaurant en plein cœur de Dawson la fabuleuse, avec ses rues pavées d'or. Elle se voit riche, très riche, et adulée par ses clients. Cette vie est pour elle et rien ne l'en détournera désormais. Quel démon s'était donc emparé d'elle, pour qu'elle songe à abandonner? Le démon de la facilité, de la paresse, de la lâcheté? Pourtant, Liliane ne possède aucun de ces défauts. Elle a toujours été forte et déterminée.

Plongée dans ses pensées, elle poursuit sa descente. La nuit, qui s'intensifie de minute en minute, ne lui fait pas peur. Elle se guide en suivant les lumières qui apparaissent de temps en temps. Les feux de ce semblant de village, au pied de la pente. Sa première tente, la plus petite, y est dressée, prête à l'accueillir. Dolly aura préparé à souper pour elle, comme elles en ont convenu à son départ. Elle aura sans doute aussi allumé le poêle pour réchauffer le minuscule abri de toile, et aura peut-être quelques ragots à raconter, une histoire à partager.

Lorsqu'une silhouette sombre surgit de derrière un rocher, Liliane fige sur place et retient sa respiration. Elle ne distingue qu'une masse mouvante aux contours flous. Un caribou? Une chèvre de montagne? Un ours? Un loup, peut-être? Elle s'apprête à crier pour effrayer ce qu'elle croit être une bête, quand la silhouette lui adresse la parole.

— Vous êtes seule, ce soir, Miss Lili?

Liliane reconnaît l'accent texan, mais ne s'en trouve pas rassurée pour autant, car elle pressent aussitôt une menace.

— Mes amis sont devant, monsieur, ment-elle en essayant de poursuivre sa route.

— Vous n'avez pas d'amis, Miss Lili. Personne n'a d'amis par ici.

L'homme fait deux pas pour lui barrer la route et s'empare de son bras.

— Venez donc avec moi. Je serai votre ami pour la nuit.

— Laissez-moi tranquille! ordonne Liliane avec tout l'aplomb dont elle est capable.

Elle tente de se libérer, mais l'homme affermit sa prise et l'entraîne à l'extérieur de la piste.

— Viens, ma jolie. On va s'amuser, toi et moi.

— Lâchez-moi! crie-t-elle en le repoussant de sa main libre. Mais lâchez-moi donc!

Pas question de montrer la peur qui la gagne. Ce serait admettre sa faiblesse. Si elle demeure plus longtemps à cet endroit, songe-t-elle, elle se doute bien du sort qui l'attend. Elle cherche donc à fuir malgré l'étau qui lui serre toujours le bras. Elle frappe l'homme et cette deuxième tentative pour se libérer porte fruit. Enfin débarrassée de l'emprise de son agresseur, Liliane se met à courir dans l'obscurité. Elle se croit enfin hors de portée lorsqu'elle s'empêtre dans sa jupe qui vient de s'accrocher aux aspérités d'un rocher et de se déchirer. Elle tombe à plat ventre et le Texan la rattrape immédiatement.

— Au secours! s'écrie-t-elle à pleins poumons.

Une main lui écrase brutalement les lèvres. Elle manque d'air et s'étouffe.

— Tais-toi, souffle le Texan à voix basse, ou je te ferai regretter tes cris.

À ces mots, l'homme se laisse choir sur elle. Liliane en a le souffle coupé. De ses mains, elle tente de repousser la bouche qui lui lèche le cou, mais des mains plus puissantes la retiennent et lui joignent les poignets au-dessus de la tête. Quand la bouche remonte pour prendre la sienne, Liliane mord de toutes ses forces cette langue qui voulait l'envahir. Le sang gicle. Elle ne peut le voir, mais elle sent le liquide chaud couler sur son visage.

– Sale pute ! zézaye le Texan en la giflant. Tu vas me payer ça.

Liliane a roulé sur elle-même et, reconnaissant la forme solide d'un gros caillou sous ses doigts, elle s'en empare et attend. L'homme s'est redressé et, dès qu'il lui saisit les épaules pour la forcer à se retourner, elle lui assène un puissant coup sur le crâne. S'ensuivent un râlement et un bruit de chute.

Liliane ne prend pas la peine de chercher le Texan, de voir où il est tombé, s'il est toujours en vie. Elle relève sa jupe, s'élance vers les taches de lumière et dévale en courant le reste de la pente. Quand, trente minutes plus tard, elle atteint The Scales, elle ne se dirige pas vers la tente de Dolly, mais plutôt vers la sienne. Là, à l'abri des regards, elle enlève ses vêtements déchirés, se lave le visage et pleure, assise sur son lit de camp. Elle vient de comprendre que le danger qui l'attendait ce soir la guettait depuis son départ de Sherbrooke. Comme elle l'a échappé belle !

Chapitre XIX

Devil's Hill. La colline du diable. C'est ainsi que les prospecteurs ont baptisé la première montagne que l'on doit gravir pour atteindre le col. L'origine de ce nom terrible saute aux yeux : la piste est un véritable cauchemar. Depuis qu'elle et Dennis-James ont quitté la côte, Rosalie n'a pas cessé de regretter la première partie du trajet. Loin d'être carrossable, la route s'est transformée en un étroit sentier d'à peine deux pieds de large. Sur sa gauche, la montagne s'élève, couverte d'une forêt hostile et de buissons épineux. Sur sa droite, un ravin, que Rosalie évalue à trois cents pieds. Tout en bas, dissimulée par la brume, se trouve la rivière Skagway. Les eaux y sont tumultueuses, si on se fie au bruit de la cataracte.

Rosalie avance en se cramponnant aux arbustes piquants. Au fil des ans, elle avait réussi à oublier à quel point elle souffre de vertige, mais maintenant qu'elle doit marcher en bordure de cette falaise à pic, elle n'arrive pas à penser à autre chose. Droit devant elle, l'étroit filet de boue qui sert de route semble sur le point de s'effondrer. Rosalie a beau se raisonner, elle a l'impression de tomber. Et elle sait que ce sentiment l'habitera pendant plusieurs heures encore parce qu'elle n'est pas près d'atteindre la seconde étape.

Elle soupire, furieuse contre sa faiblesse. Si au moins elle pouvait voir autour d'elle. Or, depuis le matin, les nuages ne se sont aucunement dissipés. Les environs sont toujours aussi blancs et opaques. Rosalie, comme les autres prospecteurs, est confinée à une demi-obscurité constante et oppressante. Elle devine la masse sombre de la montagne à sa gauche, imagine la gorge terrifiante à sa droite, mais n'essaie même pas d'évaluer l'heure en observant la position du soleil, car il n'y a pas de soleil. Le ciel et la forêt ne sont qu'un néant blanc. Dire qu'elle marche depuis des heures et, pourtant, la deuxième étape n'est toujours pas en vue. Mais qui pourrait prétendre apercevoir quoi que ce soit dans cette purée de pois?

À cause de la dénivellation et de l'étroitesse de la piste, Rosalie a dû s'arrêter pour la première fois avant même d'avoir parcouru un mille. Son cheval était trop chargé pour affronter la pente. Elle aussi, d'ailleurs. Elle a donc abandonné une partie de l'équipement au pied de la montée et, depuis, elle avance avec précaution, horrifiée à l'idée de perdre l'équilibre. Derrière elle, Dennis-James pousse une brouette aussi lourde qu'elle l'était au matin. Il marche avec insouciance, nullement incommodé par le précipice sur sa droite.

Soudain, Rosalie entend un des sabots du cheval glisser dans la boue. Elle s'arrête, craignant que la bête ne soit entraînée vers le bas. Doit-elle tenir la bride ou non? Si l'animal perdait pied complètement, elle ne serait pas assez forte pour le retenir, c'est évident. Il lui semble tout de même inhumain de laisser un cheval mourir sans essayer de l'aider. Elle sent la bête qui se redresse, avance d'un pas et pose la patte avec précaution frôlant, du coup, le talon de Rosalie. Elle devrait s'inspirer du courage du cheval, songe-t-elle, au lieu d'imaginer le pire sans raison. Malgré ces remontrances qu'elle s'adresse à elle-même, Rosalie ne peut détacher son regard de la tache blanche et diffuse, tout en bas. Qu'est-ce qu'elle y peut ? Elle est obsédée par le vide.

— Ne te décourage pas, Lili, lui lance Dennis-James. On arrive. Je pense que l'étape se trouve à moins d'un mille.

Un mille. Trente minutes, peut-être un peu plus à cause du mauvais état de la piste. Et même davantage, à cause de la peur. Lorsqu'elle aura enfin atteint l'étape, Rosalie aura parcouru environ quatre milles aujourd'hui. Quatre milles qu'elle devra franchir en sens inverse pour aller chercher le reste de leur équipement. Plus un autre voyage demain, de même que les dix jours suivants. En tout, quarante-huit milles à flanc de falaise, les deux pieds dans la boue. Pour aller au Klondike dans ces conditions, il ne faut pas être déterminé, il faut être complètement fou. Et c'est exactement ce qu'elle est en train de devenir à force d'arpenter cette montagne du diable.

*

Ce soir-là, lorsque Rosalie et Dennis-James s'arrêtent enfin, ils sont à mi-chemin, toujours sur la Devil's Hill. Ils ont planté leur tente tout près de celles d'un groupe de prospecteurs et partagent le café avec eux. Compagnons d'aventure installés autour du feu, ils tentent de faire sécher leurs vêtements mouillés et couverts de boue. Dans un geste empreint de lassitude, Dennis-James a allumé sa pipe. Assise sur le même tronc que lui, Rosalie le regarde, l'air absent. Elle n'a même plus la force de penser. Elle se laisse aller à cette béatitude, à ce doux bonheur qui l'habite depuis qu'elle a réalisé qu'ils étaient vraiment sur la route de l'or. Malgré la douleur qui assaille chacun de ses membres, malgré la peur du vide, elle est heureuse d'avoir Dennis-James là, près d'elle. Pendant qu'il tire sur sa pipe sans dire un mot, elle écoute le chant des oiseaux qui couvre les voix autour d'elle. Dennis-James souffle sa fumée droit devant lui. Rosalie fixe les volutes. Même l'odeur du tabac de son amant lui avait manqué.

*

Les jours qui suivent semblent plus éprouvants pour Dennis-James que pour Rosalie. Peut-être est-ce à cause de sa forte stature, ou de sa détermination sans limites, mais la petite Canadienne française supporte de mieux en mieux les aléas de la route. La file s'étire sans fin, devant comme derrière, et Rosalie, à l'instar de ceux qui l'entourent, ne distingue pas ce qui se trouve à plus de dix verges. La brume est à couper au couteau. Loin de se laisser décourager par ce climat maussade, Rosalie fonce, le dos courbé, heureuse de vivre cette grande odyssée. Car c'est ainsi qu'elle voit cette aventure : une odyssée extraordinaire, malgré les désagréments, malgré la fatigue. Il lui tarde d'apercevoir le sommet, de se sentir de nouveau en territoire canadien. Étrangement, aussi loin de chez elle, elle éprouve de la fierté pour ses origines. À tout moment, elle pousse un cri de joie en constatant la ressemblance entre ce qui l'entoure et les souvenirs de son pays. À un pas derrière le cheval, Dennis-James secoue la tête et soupire bruyamment. Rosalie s'attriste de le voir si découragé. Les doutes et les craintes ressurgissent. L'appel du saloon se ferait-il sentir jusqu'ici? Parfois, le soir, des hommes prennent des paris. Il suffit de quelques gestes. Un bonneteau des plus simples. Quelqu'un renverse trois demi-coquilles de noix sur une caisse de bois. Après avoir montré un pois minuscule à la foule qui s'agglutine autour de lui, l'homme le glisse sous l'une des coquilles et se met à les agiter toutes, à les déplacer, de gauche à droite, de droite à gauche. Ceux qui l'encerclent parient et, lorsque l'inconnu s'immobilise, quelqu'un désigne du bout du doigt une des demi-coquilles. On mise parfois jusqu'à quinze dollars. Quand l'inconnu soulève la coquille, elle est inévitablement vide. Alors l'argent change de mains. Rosalie guette du coin de l'œil le regard attentif de Dennis-James, impressionnée de constater que son amant ne joue pas. Elle jurerait qu'il n'en ressent aucune envie, même lorsqu'il arrive qu'on prenne des paris dans la piste, quand la file s'arrête pour laisser passer le convoi venant en sens inverse. Dennis-James affiche alors un air distant, au-dessus de tout, concentré sur la route, sur le poids qui lui écrase le dos, sur celui qu'il doit pousser dans la brouette. Rosalie s'en veut du peu de foi qu'elle place dans ce soudain retour à la vertu.

Puis, un jour, alors qu'ils marchent depuis trois bonnes heures déjà, la voix de Dennis-James retentit derrière elle:

— Arrêtons-nous un instant, Lili. Je n'en peux plus.

La piste s'élargissant justement à cet endroit, Rosalie immobilise le cheval et l'attire en retrait sur la droite afin de laisser passer ceux qui les suivent. Puis, après avoir attaché la bête à un arbre fluet et dénudé, elle revient sur ses pas. Elle trouve Dennis-James affalé sur un rocher.

— Je n'y arriverai pas, souffle-t-il entre deux respirations difficiles. Il n'y a pas un muscle de mon corps qui ne me fasse pas mal.

Rosalie se hâte de lui rappeler leur rêve de richesse et de grande vie.

— La boue et le froid ont le même rôle que ces rochers et ce ravin, explique-t-elle en s'assoyant à côté de lui. Ce ne sont que des obstacles sur notre route, mon amour. Vois cela comme un moyen de nous mettre à l'épreuve. Seuls les plus déterminés toucheront l'or de leurs doigts. Les autres…

Elle désigne la file de prospecteurs qui vient de s'arrêter. Trois hommes, maigres et chargés à l'excès, redescendent la piste, suivis de sept chevaux de trait, aussi fluets et chargés que leurs propriétaires.

— Les autres, poursuit-elle, s'en retournent bredouilles, ruinés et déçus.

Sur le visage de ces inconnus qui, las et résignés, rebroussent chemin, on peut effectivement lire la déception, voire la honte.

Dennis-James les suit des yeux alors qu'ils se rapprochent. Tout comme lui, ils ont les mains et les joues rouges et brûlées par le vent. Leurs barbes ressemblent à la sienne, trop clairsemées pour servir de protection dans ce climat aride. Rosalie a deviné que sa peau le fait souffrir depuis quelques jours, depuis que la neige a commencé à tomber, depuis qu'ils marchent douze, voire seize heures par jour, ne se reposant que lorsque la file s'immobilise pour laisser passer ceux qui descendent. Dennis-James lui a demandé souvent comment elle faisait pour résister à ce vent détestable. Elle et sa peau blanche et tendre, elle dont le visage lisse et jeune s'offre en entier aux intempéries.

— Viens, murmure-t-elle. Il faut continuer si on veut faire un autre voyage avant la nuit.

— Mais la nuit est si courte… et je suis tellement fatigué, Lili. Si tu savais…

— Je sais, souffle-t-elle en lui déposant un baiser sur le front. Viens.

Elle lui tend une main aussi rouge que la sienne et il semble réconforté de constater qu'elle aussi souffre un peu. À ce moment, la file se remet en mouvement. Il leur faut quelques minutes pour s'y réintroduire. La neige se change alors en pluie et, en moins d'un quart d'heure, tous les marcheurs sont trempés jusqu'aux os.

*

Les collines sont séparées les unes des autres par des marécages où pullulent des insectes voraces malgré le froid. Après avoir escaladé la Devil's Hill six fois et l'avoir descendue à autant de reprises, voilà maintenant qu'il leur faudra s'immerger dans cette eau gluante et glacée pour rejoindre la piste de l'autre côté. Le sentier continue de se diriger vers le nord-ouest, et l'hiver semble décidé à s'installer sur la région, bien qu'on ne soit qu'à la mi-septembre. Au moment où Rosalie s'enfonce dans le marais, Dennis-James proteste encore une fois :

— C'est assez, Lili ! hurle-t-il.

Rosalie s'immobilise, dans l'eau jusqu'à mi-mollet. Un pan de sa jupe, qu'elle avait pourtant relevée bien haut, flotte à la surface et s'accroche aux herbes jaunies. Le froid traverse ses bottes de caoutchouc, mais Rosalie refuse de revenir sur ses pas.

— Voyons, mon amour, dit-elle d'une voix douce et convaincue. Nous n'allons pas rebrousser chemin si près du but.

Elle désigne du menton, au nord-ouest, la crête rocheuse qui apparaît de temps en temps. Tout le monde prétend qu'il s'agit du sommet.

— Il ne nous reste plus que quelques jours avant d'atteindre la frontière. Il ne faut pas lâcher maintenant.

Mais Dennis-James lui montre du doigt ce même sommet qu'on devine balayé par le vent.

— C'est de la folie, Lili. Regarde ce qui nous attend. Une tempête se dessine là-bas. L'hiver est déjà là et la neige commence à rendre la route glissante. L'eau gèle dans les tasses, la nuit. Viens donc, Lili. Viens me rejoindre ici, sur la terre ferme. Nous nous installerons à Skagway jusqu'au mois de mai, comme nous aurions dû le faire. Je te promets de ne pas jouer aux cartes. Peut-être as-tu remarqué à quel point j'ai appris ma leçon. Je ne parie plus, Lili, mais je ne peux pas continuer sur cette route. Je vis un calvaire permanent. Regarde mes mains!

Il lève les bras et agite ses doigts rouges et brûlés.

— Ce sont des mains de pianiste, ça, mais je n'arrive plus à les plier sans que ça me fasse mal. J'ai la peau qui pèle aux articulations, qui fend dans les plis, qui devient insensible aux bouts.

Les autres prospecteurs, tous dans un aussi mauvais état, ne prêtent pas attention au couple qui discute fort. Ils avancent, comme des animaux en route vers l'abattoir, le regard vide, le dos courbé, le visage brûlé par le vent.

Rosalie a fait quelques pas vers son amant qu'elle sent sur le point de craquer. Elle sort du marais et, sans prendre le temps de tordre sa jupe, s'approche de Dennis-James afin de le persuader de continuer. Il lève une main pour l'empêcher de parler.

— J'ai déjà regretté de te l'avoir dit, murmure-t-il en lui caressant le visage de ses doigts gercés. Et tu me l'as répété pour me blesser, ce qui était pleinement mérité, je l'admets. Mais je me vois forcé aujourd'hui d'évoquer ce fait encore une fois. Nous ne sommes pas mariés, Lili. Tu es libre de faire ce que tu veux. Tu peux continuer dans cet enfer si tu le désires, tu peux espérer atteindre le Klondike avant l'hiver, mais moi, j'y renonce.

Il repousse une mèche de cheveux rebelles derrière l'oreille de Rosalie. Elle frissonne, mais ne bouge pas, même lorsqu'il se penche et l'embrasse sur le front avec une telle tendresse qu'elle sent le nœud se reformer au creux de son estomac. D'un geste furtif, elle tente de retenir la main de Dennis-James, mais il est trop tard. Il l'a déjà remise dans sa poche.

— Je retourne à Skagway, Lili. Avec ou sans toi.

Rosalie reçoit cette dernière phrase comme un coup de poignard. Avec ou sans elle. Il ne désire donc plus la garder près de lui. Il ne rêve donc plus de leur vie dans le grand monde. Il ne s'imagine donc plus avec elle là-bas. Elle ne le montre pas, mais elle est dévastée. Quand elle a quitté Skagway la première fois, elle espérait qu'il la suivrait. Elle y comptait. Son départ n'était que le coup de fouet nécessaire pour le faire bouger. Mais maintenant, alors qu'il s'apprête à s'en retourner et accepte qu'elle ne revienne pas avec lui, elle ne trouve plus les mots pour le convaincre. Elle ne sait plus quoi faire ; il lui semble avoir tout essayé, tout dit. En désespoir de cause, elle tente un dernier argument :

— Quand j'atteindrai Dawson, je vais y prendre une concession. Avec ou sans toi.

Elle a prononcé ces mots dans l'intention de l'ébranler. Elle a fait mouche et souffre maintenant de voir la douleur dans le regard de celui qu'elle aime tant. Elle l'a blessé bien davantage qu'elle ne le souhaitait.

— Vas-y, mon amour, souffle-t-il en fixant le sommet pour éviter de la regarder. Sois heureuse, tu le mérites tellement.

Rosalie sent son cœur lui écraser la poitrine. Juste avant qu'il ne lui tourne le dos, elle a aperçu la larme qu'il a essuyée promptement du revers de la main.

*

Dennis-James n'a pas perdu de temps et l'empressement avec lequel il a déchargé son cheval bouleverse Rosalie. Ses gestes trahissaient son désir profond de repartir, désir qui mûrissait sans doute depuis des jours. Il continuait parce qu'il voulait être à la hauteur et espérait qu'ainsi elle lui pardonnerait ses faiblesses. Toutes ses faiblesses. À bout de forces, il a dû admettre qu'il n'y arriverait pas. Rosalie le regarde s'éloigner, remonter la Devil's Hill, suivi de son cheval. Elle a dû insister pour qu'il reparte avec l'animal. Elle savait trop bien à quel point la route de retour serait difficile pour lui. La neige tombe maintenant tous les jours et, bien qu'elle fonde presque immédiatement, les pentes sont plus glissantes que jamais. Le cheval lui permettra de redescendre ses biens personnels. Ses provisions et le reste de l'équipement, il les lui a offerts afin qu'elle ne manque de rien pendant l'hiver. Il abandonnera à leur cache précédente tout ce qu'il lui donne. Elle n'aura qu'à aller le chercher quand elle aura déposé ce qu'elle transporte à la prochaine étape.

La neige a repris, brouillant la silhouette de Dennis-James qui escalade la colline d'un pas décidé. Rosalie demeure sur place, un amas de provisions à ses pieds. En fixant son amant, elle a l'impression que ses entrailles se déchirent. Les joues couvertes de larmes tièdes qui, pourtant, lui glacent la peau, elle soulève sa jupe et s'enfonce dans le marais en priant pour que Dennis-James change encore une fois d'avis…

*

Dans la boue qui lui monte souvent jusqu'aux genoux, sinuant entre des rochers de dix pieds de diamètre dont les arêtes sont aussi coupantes que des lames, Rosalie progresse en poussant la brouette sur le sentier étroit. La brume se montre discrète depuis le matin et, bien que Rosalie se soit mise en marche il y a une heure à peine, elle n'a pas le choix de s'immobiliser quand la file s'arrête sans avertissement au milieu de la pente. Habitués à ces pauses forcées, plusieurs prospecteurs se hâtent d'allumer des feux pour se réchauffer, persuadés qu'un nouveau convoi arrive en sens inverse. Des cris venant de l'avant sèment un émoi inhabituel dans le rang. Rosalie étire le cou, curieuse, et aperçoit, à une vingtaine de verges devant, un cheval allongé en travers de la piste. Une de ses pattes s'est brisée après s'être coincée entre deux rochers. L'os a fendu la peau et la plaie saigne abondamment.

À côté de l'animal, un homme crie, lève un poing rageur vers le ciel. Puis il soulève sa hache et l'abat sur le crâne du cheval dans un geste d'une violence inouïe. La bête ne tressaute qu'une fois, brièvement, et son corps retombe, lourd, sur le sol détrempé. Un malaise s'empare alors de ceux qui ont vu la scène. Le silence les écrase tous... pendant deux minutes à peine. Puis la marche reprend, comme si rien ne s'était passé. Les hommes, les femmes, les chevaux, les ânes, les bœufs, tous enjambent l'animal inerte gisant dans plusieurs pouces de boue. Rosalie n'a pas le choix de les imiter, la route étant bordée de plusieurs gros rochers qui rendent un détour impossible.

Pendant le quart d'heure qui suit, elle ne peut effacer cette image de son esprit. Certes, l'événement n'est pas le premier du genre à se produire sur la piste. Les chevaux se font battre régulièrement, et plusieurs, affamés, tombent sans pouvoir se relever. Habituellement, le propriétaire, déçu mais résigné, lui met une balle dans la tête. Or, ce matin, la fureur de l'homme impressionne, bien davantage que le geste qu'il a posé. Il en voulait au ciel de lui avoir mis entre les mains un animal aussi faible, fragile au point de se casser une patte sur le sentier. A-t-il seulement songé au fait que son cheval avait faim, qu'il était épuisé à force de marcher avec sa charge sur le dos seize heures par jour depuis probablement au moins deux semaines? Pour épargner de l'argent et gagner du temps, plusieurs prospecteurs n'ont pas transporté de nourriture pour leurs bêtes de somme. Ils espéraient sans doute que la nature y pourvoirait. C'était sans tenir compte des centaines de chevaux qui les ont précédés depuis la fin de juillet. Les premiers à passer ont mangé tout ce qu'il y avait de verdure, laissant derrière eux une piste ravagée, au sol gris et mort. Il faudrait désormais transporter la nourriture de chaque animal, mais les hommes pressés prétendent que deux ou trois voyages supplémentaires leur feraient perdre trop de temps. Ils ont donc décidé d'utiliser leurs chevaux jusqu'à ce qu'ils rendent l'âme.

Rosalie songe à la douceur et la sensibilité de Dennis-James, qui, lui, avait prévu suffisamment de foin et de grains pour nourrir son cheval pendant un mois. Il tenait à traiter son animal avec bonté. Rosalie l'admire tout à coup davantage.

— C'était un trop gros cheval pour ce genre de sentier.

Rosalie sursaute. Elle ne reconnaît pas la voix qui vient de lui souffler ces mots à l'oreille. Elle se retourne et découvre le voleur de Seattle, celui-là même qui l'a mise en garde contre le faux bureau de télégraphe.

— En montagne, poursuit-il, il est préférable d'utiliser de petits chevaux. Même le vôtre était trop gros. Vous avez été chanceux qu'il ne lui soit rien arrivé de fâcheux. Il faut dire que Mr. Peterson n'avait pas l'embarras du choix à Skagway.

— Depuis combien de temps me suivez-vous?

Rosalie s'est arrêtée pour faire face à son interlocuteur, mais l'homme lui pose une main dans le dos pour la forcer à reprendre sa place dans le rang.

— Ne vous donnez pas en spectacle, Miss Lili. Cela ne vous va pas du tout. Pour répondre à votre question, je ne vous suivais pas, dans le sens où vous l'entendez. Mais vous conviendrez que, puisque je fais partie de cette file où nous marchons tous dans la même direction, il m'aurait été impossible de ne pas vous suivre, surtout que vous étiez devant moi.

Rosalie n'arrive pas à savoir si l'homme la taquine ou s'il est sérieux, alors elle ne dit rien. Depuis leur dernière rencontre, elle s'est convaincue qu'il n'était pas dangereux. S'il avait voulu s'en prendre à elle, il en aurait eu amplement l'occasion. Puisqu'il ne l'a pas fait, elle n'a rien à craindre de lui. Du moins, elle l'espère.

— Vous savez, commence-t-elle lorsqu'il se rapproche d'elle, vous ne vous êtes pas encore présenté. Cela fait de vous un personnage assez grossier, je dirais. Le fait que vous soyez policier n'y change rien.

L'homme éclate de rire et cela déconcerte Rosalie qui ne s'attendait pas à une telle légèreté.

— Je n'ai jamais prétendu que j'étais policier, corrige-t-il. Je suis détective privé.

— Cela ne vous absout pas du tout.

Il rit de nouveau avant de se nommer, enfin.

— Charles Perrin, de la firme Spencer and Perrin, Private Investigators, de San Francisco.

Rosalie se retourne brusquement et lui tend la main dans un geste exagérément poli.

— Rosalie Laliberté, cuisinière, de Coaticook. Mais cela, vous le savez déjà, n'est-ce pas?

Il hoche la tête, un sourire amusé sur les lèvres, puis lui fait signe de reprendre la marche. Derrière lui, les hommes ont ralenti et commencent à s'impatienter de leurs arrêts inutiles et trop fréquents.

— Vos bons plats ont embaumé la plage de Skagway pendant des semaines, explique-t-il. Il aurait été difficile pour moi d'ignorer votre talent.

Ils avancent au rythme régulier de la file et Rosalie se rend compte, quinze minutes plus tard, qu'il a réussi à lui faire oublier l'image du cheval avec la hache plantée au milieu du crâne. Puis elle se demande si l'apparition soudaine de Mr. Perrin est liée au fait qu'elle se trouve seule désormais. Si c'est le cas, aurait-il été témoin de sa querelle avec Dennis-James? Elle se sent rougir juste à y penser.

Quand, un peu plus tard, on annonce un convoi en sens inverse et que ceux qui la précèdent s'arrêtent pour allumer un feu, Rosalie profite de cette pause pour interroger son compagnon.

— Que fait un détective privé sur la route du Klondike?

— La même chose que tout le monde. Je marche.

— Vous savez bien ce que je veux dire.

— Je le sais, en effet. Mais je vous trouve étrangement curieuse pour une cuisinière.

— Mon métier n'a aucun rapport avec mes qualités ou mes défauts. C'est un simple talent que j'ai appris à exploiter. Et qui m'a souvent servie.

— Je n'en doute pas le moins du monde.

Il sourit, encore une fois, et Rosalie songe que cet homme n'a rien d'un voleur. Et pourtant…

— Allez-vous me raconter un jour pourquoi vous nous avez… *acheté* de force nos billets pour le *SS Mexico*?

— Mais je vous l'ai déjà dit. Il fallait que je parte et les autres navires quittaient le port trop tard.

Un doute jaillit soudain dans l'esprit de Rosalie.

— Vous êtes ici pour votre travail?

L'homme ne répond pas, se contentant de se frotter les mains l'une contre l'autre au-dessus des flammes. Rosalie insiste:

— Vous cherchez quelqu'un et vous êtes prêt à tout, même à voler s'il le faut. C'est ça ?

— Entre autres choses.

— Vous essayez donc de retrouver un bandit, ici, au bout du monde. Vous êtes tenace, Mr. Perrin. Tenace ou très, très optimiste.

— Peut-être un peu des deux.

Cette fois, Rosalie rit de bon cœur et l'éclat de sa voix se répercute en écho dans la vallée. Depuis près d'une demi-heure, elle n'a pas pensé à Dennis-James.

*

Lorsque beaucoup plus tard elle revient sur ses pas chercher ce qui lui reste d'équipement à l'étape précédente, Rosalie est surprise de découvrir que le corps du cheval abattu à la hache a complètement disparu. Ne subsistent sur les lieux que la tête, d'un côté de la route, et la queue, de l'autre côté. Le reste a été littéralement écrasé jusqu'à en imprégner le sol de chair et de sang. La scène est plus horrible encore que celle du matin et Rosalie vomit au moment d'enjamber cette bouillie. Si au moins la neige ne fondait pas avant d'arriver au sol. Peut-être arriverait-elle à couvrir ce triste spectacle...

*

La piste descend lentement vers la rivière. C'est la troisième fois que Rosalie longe ce précipice, mais la millième fois au moins qu'elle se retient de regarder en bas. Voilà bien, se dit-elle, la section la plus difficile de la route depuis le départ de la côte. La plus difficile pour les humains, mais aussi pour les chevaux. Le mince ruban de boue suit pendant plusieurs milles une gorge vertigineuse et Rosalie doit affronter seule ce parcours, Mr. Perrin ayant quitté le camp ce matin alors qu'elle dormait encore.

Sur la gauche, la roche brute s'élève, coupante et glissante, jusqu'à disparaître dans les nuages. Sur la droite, le sol descend si abruptement qu'on dirait qu'il se jette dans le vide. C'est la fin de la Porcupine Hill. Au loin, quand la brume se dissipe un peu, on devine le sommet. Ou serait-ce une autre montagne servant de leurre? Son fardeau sur le dos, Rosalie garde sa place dans le rang, avançant au même rythme que les autres.

Depuis une heure déjà, elle ne quitte plus des yeux le cheval et l'homme qui marchent devant elle. Elle craint à tout moment de voir se produire l'inévitable, une menace qui la guette, elle aussi. Tomber dans le vide. La mort qui happe tout à cause d'une flaque vaseuse, d'un caillou instable. Le cheval sent le danger, il se frotte délibérément le cou contre la paroi rocheuse, contre les frêles buissons, contre tout ce qui peut offrir une résistance. Rosalie a l'impression qu'il veut se défaire de son licou, comme s'il souhaitait que le cuir reste pris, le forçant à s'arrêter, lui offrant, par le fait même, la pause méritée. Mais le licou tient bon et le maître continue de traiter le cheval de tous les noms, de tirer sur la longe pour l'obliger à garder le pas, malgré la piste difficile. Rosalie se révolte devant un tel traitement, mais ne fait rien pour soustraire l'animal à ce supplice. Ce n'est pas SON cheval et elle a compris que personne n'accepterait qu'elle mette son nez dans les affaires des autres. Et puisque chacun est armé, qui sait ce qui se produirait si elle intervenait? Elle n'ose même pas y penser.

Ils atteignent une forte descente lorsque, soudain, le licou reste accroché à une aspérité rocheuse plus prononcée que les autres. L'animal est brutalement arrêté dans son mouvement et déséquilibré. Il en va de même pour l'homme, qui tire de plus belle.

– Avance, sale bête, hurle-t-il en lui assénant plusieurs coups de cravache.

Le cheval hennit, se cabre et ses pattes avant quittent le sol. Horrifiée, Rosalie le voit se jeter dans le ravin. Mais il ne tombe pas. Il est retenu au cou par la sangle de cuir qui, elle, est toujours accrochée au rocher. Le cheval s'agite, cependant, se frotte à la paroi, s'agite encore, suspendu au-dessus du vide. Au bout d'un moment, la bride cède dans un craquement sec et l'animal dégringole sur la pente abrupte et rocailleuse, entraînant des dizaines de cailloux avec lui. Son corps écrase au passage les minces buissons gris et va se fracasser, tout en bas, contre les rochers couverts de neige mouillée.

Pendant les quelques secondes qu'a duré le drame, la file s'est immobilisée. Même ceux qui marchaient à l'avant se sont arrêtés et retournés pour voir le cheval, rendu fou par le travail, provoquer délibérément sa mort. Puis la marche reprend et Rosalie se trouve aussi insensible que ceux qui l'entourent. Elle met un pied devant l'autre, sans s'attarder davantage. Au bout d'un instant, l'horreur la rattrape et, nauséeuse, elle lève les yeux vers le sommet qui disparaît dans les nuages. À voir la cruauté avec laquelle on traite les animaux sur la piste, elle comprend ce cheval d'avoir posé un geste aussi désespéré. C'était l'unique délivrance possible, lui qui ne pouvait, comme Dennis-James, rebrousser chemin et retourner à la civilisation.

CHAPITRE XX

Dix jours ont passé et Liliane n'a soufflé mot à personne de cette agression qu'elle a subie dans la piste cette nuit-là. À qui aurait-elle porté plainte ? Il n'y a pas de policiers dans la région, pas plus que de militaires. D'ailleurs, le seul crime punissable en ces lieux est le vol et Liliane n'a pas été volée. Elle ne craint même pas que ses biens, amoncelés à Silent City depuis vingt jours, n'aient été touchés ou brisés. Bref, une agression n'est qu'un fâcheux événement de ce côté-ci de la frontière, rien de plus.

Ce « fâcheux événement » l'a toutefois convaincue de changer certaines choses. Tout d'abord, elle a demandé à Dolly de lui procurer un pantalon d'homme. Elle n'a certes pas l'intention de se faire passer pour l'un d'eux ; elle a la poitrine trop forte pour espérer réussir à la dissimuler. Son but est plutôt d'ordre pratique. Un pantalon n'entrave pas les mouvements. Un pantalon permet de courir. Un pantalon est plus difficile à enlever qu'une jupe à retrousser. Au diable la bienséance. Aussi loin du monde civilisé, personne ne lui en tiendra rigueur. C'est donc fièrement qu'elle fait de grands pas, des pas exagérés, de manière à exhiber devant tous sa nouvelle tenue.

Peu lui importe d'où vient ce pantalon, à qui il a appartenu, ce qui compte, c'est qu'elle se sente davantage en sécurité.

Elle a également modifié sa façon de percevoir l'ascension jusqu'au col Chilkoot. Depuis dix jours, elle n'est plus retournée au sommet. Les six milles de la montée requéraient trop de temps et la contraignaient chaque fois à redescendre à la noirceur. Sensibilisée depuis son « fâcheux événement » au danger que cela représente, elle préfère se montrer prudente, choisissant plutôt de faire une halte à mi-pente, dans la gorge d'une rivière asséchée.

C'est après avoir cherché le corps du Texan, le lendemain de l'agression, qu'elle a découvert cet endroit privilégié. Situé dans un des ravins qui bordent le sentier, le plateau étroit est protégé du vent par des parois rocheuses élevées. Quand elle y a déposé son fardeau, une vingtaine d'argonautes s'y étaient déjà installés. Ces hommes, pour la plupart des Américains, n'ont pas émis d'objection à ce qu'elle se joigne à eux et entasse, dans un coin reculé, ce qui reste de ses provisions et de son équipement. Ce soir, elle y dressera aussi sa tente. Cette perspective la réjouit grandement, car elle symbolise la fin d'une étape. En ce moment, Liliane parcourt le bas de la pente pour la trentième et dernière fois. Quitter enfin The Scales est un réel soulagement, et elle n'est pas peu fière de voir apparaître, derrière les gros rochers balayés par le vent, l'endroit où elle plantera son abri de fortune, ce plateau devenu un refuge accueillant et familier.

Au souper, elle cuisine son bacon au-dessus du feu, fait son café, la cafetière posée au milieu des braises, et mange du pain préparé par Dolly. Elle s'est assise dans le cercle de ses nouveaux compagnons, bien décidée à faire mentir le Texan. Plus jamais on ne pourra la harceler impunément. Car elle a des amis maintenant et elle ne fera plus la route seule. Elle a noué des liens avec ceux qui lui semblent le plus dignes de confiance. Ainsi, elle pourra marcher et, surtout, dormir en paix.

*

Une aurore bleutée se dessine lentement sur le versant ouest des montagnes. Rien ne peut obscurcir ce jour naissant, ni nuages ni arbres ni construction. À mi-pente du col, seule la vingtaine de tentes érigées dans le lit d'une rivière asséchée parviendraient à faire ombrage aux timides rayons du soleil, si ce dernier se pointait enfin. Le calme de ce petit matin automnal aurait tout pour séduire, tant il semble limpide. Si ce n'était du vent qui, sans cesse, s'infiltre par les coutures des tentes, jusque sous les couvertures et dans les sacs de couchage, on aurait peut-être pu oublier qu'on se trouve si loin au nord.

Dans ses rêves, Liliane affronte les hommes et les intempéries avec une ténacité égale. Elle ne s'éveille pas tout de suite quand un formidable coup de tonnerre retentit, suivi d'un grondement puissant. Ce n'est que lorsque la terre se met à trembler qu'elle ouvre les yeux. Des cris fusent de partout. La panique a gagné le camp et Liliane attrape son manteau, l'enfile et sort avec son fanal à la main, comme à l'habitude. Ce réflexe est bien inutile, car le ciel s'éclaircit déjà au-dessus de sa tête. Elle éteint la flamme et cherche du regard ce qui cause la panique de ses compagnons. Le grondement persiste, le tremblement de terre aussi, et autour de Liliane les hommes vont dans tous les sens, ramassant une caisse, un sac de farine, un tas de vêtements.

– C'est une avalanche, lui lance l'un d'eux. Montez vite sur les collines!

Une avalanche. Liliane lève les yeux au ciel, sceptique. Il n'y a pas assez de neige, voyons. Elle retournerait bien se coucher si le sol pouvait cesser de trembler, mais il vibre encore et toujours sous ses pieds. Le grondement continue, lui aussi, et le bruit semble se rapprocher. Liliane songe que le danger est peut-être réel après tout, et elle jette un œil vers le sommet. Dans le jour naissant, une masse sombre et mouvante descend à toute vitesse. Elle ressent une peur si soudaine et si intense que ses cheveux se dressent sur sa tête. Sans plus attendre, elle écoute le conseil que l'homme lui a donné et escalade les cinquante premiers pieds de la colline.

Le bruit est maintenant assourdissant. Cette chose qui descend la montagne arrache tout sur son passage. Il ne s'agit pas de neige, mais plutôt d'une vague d'eau gigantesque. Une vague d'une puissance incroyable qui se creuse un chemin par la force, exactement dans le lit de la rivière asséchée. Sous le regard effaré de Liliane, l'eau atteint le camp et emporte tout. Tentes, provisions, équipement en même temps que trois hommes qui tentaient de sauver leurs biens. L'eau continue de dévaler la montagne, mais Liliane n'a d'yeux que pour le camp dévasté. Il ne reste rien, que de la roche nue. Pas même de boue.

Prudente, Liliane ne redescend pas tout de suite. À l'exemple de ses compagnons, elle s'assoit sur le sol et fixe le sommet de la colline dans l'attente d'une récidive qui ne vient pas. Les larmes lui montent aux yeux. Des sanglots presque aussi violents que ce torrent dévastateur.

Elle pleure de peur, elle pleure pour ces trois malheureux balayés par la vague, mais elle pleure aussi parce qu'elle vient de perdre plus de la moitié de sa fortune amassée au camp The Scales. Elle n'a même plus de vêtements! Tout a disparu et traverse sans doute en ce moment The Scales, Pleasant Camp, Canyon City, Finnegan's Point jusqu'à Dyea et se jette peut-être déjà dans la mer.

— C'était l'eau de ce damné glacier, explique en gémissant un de ses compagnons. Il a dû fondre par en dessous et nous est finalement tombé dessus au moment où on ne s'y attendait pas.

Liliane écoute les plaintes des hommes autour d'elle qui, eux, n'ont pas seulement perdu la moitié de leurs biens, mais la totalité. Ils lancent des imprécations et s'en prennent à Dieu. Ils ont tellement travaillé pour se rendre jusque-là, tellement investi. Pour eux, l'aventure se termine ici, à mi-pente du col, après un mois et demi de marche, de sueur et de douleurs. Ils sont en colère et avec raison.

— C'étaient mes frères, sanglote un homme en faisant référence aux trois prospecteurs fauchés par la vague. Ils n'ont pas eu le temps de se sauver.

Anéanti, l'homme demeure immobile, les yeux rivés sur le camp, à l'endroit où les êtres chers ont disparu. Devant la situation désespérante des autres, Liliane apprécie sa propre chance. Elle possède toujours les provisions qu'elle a entassées au sommet, dans la tranquillité de Silent City. Rassurée, elle sèche aussitôt ses larmes. C'est finalement une bonne chose que le vol soit sévèrement puni dans la piste. Grâce à cela, elle a la certitude que, une fois ses provisions récupérées, elle saura reprendre ses affaires en main. Là-haut, ses épices l'attendent toujours.

CHAPITRE XXI

On n'est qu'en septembre, mais la neige tombe régulièrement. En deux jours, près d'un pied s'est amassé dans les ravins, agglutiné de chaque côté du sentier, entassé sous les bottes des prospecteurs. Et ce n'est pas fini. Certains disent que l'hiver est là pour rester. Rosalie le croit sans peine. Désormais, la marche est si difficile qu'elle parcourt quotidiennement la moitié de ce qu'elle réalisait il y a une semaine à peine. Heureusement, White Pass City, qui constitue la prochaine étape, est un établissement semi-permanent. On raconte qu'il s'y trouve plusieurs maisons de bois pour accueillir les prospecteurs. Rosalie se réjouit à l'idée de dormir à l'intérieur, au sec et au chaud, pendant une nuit ou deux, peut-être même trois.

Le petit village a quelque chose de pittoresque, c'est le moins qu'on puisse dire. Après les tentes entassées dans les campements, après les marais, après une piste qui sinuait vers le nord-ouest pour ensuite piquer directement à l'ouest, Rosalie a l'impression d'entrer au paradis. Le hameau est construit dans un creux formé par quatre montagnes. Une vallée minuscule, comme accrochée dans les Rocheuses. C'est le premier village digne de ce nom depuis Skagway et Rosalie jubile de retrouver enfin un fragment de civilisation, ne serait-ce que quelques cabanes de rondins qu'on appelle maisons par affection. Sur les toits, les cheminées fument joyeusement. Les galeries sont garnies de cordes à linge où est suspendue la lessive du jour, malgré la neige fine qui tombe encore. Rosalie aperçoit l'écurie, bondée et sale, deux saloons, dans le même état, deux restaurants et un hôtel, où entrent et sortent des hommes, des femmes et quelques enfants.

En bordure du village, elle déniche un endroit qu'elle fait sien en y déchargeant sa brouette. Elle pique, au milieu de ses affaires, un bâton long de deux verges au bout duquel elle attache son mouchoir préféré, celui qu'elle reconnaîtrait entre mille, vert tendre brodé de ses initiales. Planté à cette hauteur, le piquet lui permettra de retrouver ses provisions, même si une tempête devait s'abattre sur la région. Rosalie jette un œil vers le nord-ouest, où l'on devine, davantage qu'on ne distingue, le fameux col : la White Pass. Un ruban blanc sur une montagne blanche, le chemin de la fortune. C'est une chance que la file de prospecteurs s'y déroule toujours. Ainsi, ceux qui arrivent n'ont pas à chercher leur chemin dans la forêt clairsemée, dans ces monts rocheux qui se dressent au loin, arides et dénudés. Il reste un peu plus d'une semaine de marche à Rosalie pour transporter ses biens au sommet. Ensuite, ce sera la frontière, le retour au Canada et la descente jusqu'au lac Bennett. Une autre semaine au moins. Donc, en tout, deux semaines de dur labeur. Et après, il faudra affronter le fleuve Yukon. Quoi qu'on en dise, cette étape ne pourra être pire que ne l'a été la montée jusqu'au col. Rassurée à l'idée d'approcher enfin du but, Rosalie inspire une grande bouffée d'air, histoire de savourer pleinement cette odeur résineuse. Les arbres sont moins gros ici, moins présents aussi. D'un coup d'œil, elle s'assure que toutes ses caisses sont bien fermées, que tous ses sacs sont entassés autour du bâton, que rien n'a roulé et ne s'est éloigné du centre. Elle n'a quand même pas transporté toutes ces choses au bout du monde pour que quelqu'un d'autre se les approprie faute de signalisation adéquate. Ici, sous son mouchoir, ce sont ses biens à elle. Ceux des autres, amoncelés partout autour, sont identifiés de façon similaire.

Le soleil a disparu, déjà, et l'obscurité grandit de minute en minute. Après un dernier regard vers la montagne, Rosalie s'élance vers le village. Elle emprunte ce qui devait, à l'origine, constituer la rue principale de White Pass City. L'étroit chemin est couvert de neige sale et de boue épaisse et, en cela, il ne diffère pas de la piste que les prospecteurs longent depuis des semaines. Plusieurs embranchements mènent vers les divers établissements publics et Rosalie, dont le dîner est loin derrière, se dirige d'un pas léger vers un restaurant. Le bâtiment ne paie pas de mine avec ses fenêtres minuscules, et ses murs de planches mal équarries laissent filtrer la lumière des lampes à huile. Cependant, il en émane, par la porte qu'on ouvre et qu'on referme sans arrêt, des effluves alléchants. Des fèves, du pain, peut-être même de la viande. Quel plaisir, en entrant, de trouver le détective Perrin, assis au fond de la pièce, les deux pieds appuyés sur la bavette du poêle !

— Déjà en vacances, Mr. Perrin ? Auriez-vous attrapé votre bandit ?

L'homme bondit de sa chaise, une main sur son pistolet. Rosalie lève les paumes pour montrer qu'elle ne représente pas une menace. Mr. Perrin soupire, se rassoit et la réprimande :

— Vous devriez savoir qu'on ne surprend pas les gens comme ça, Miss Lili. Cela manque à votre éducation.

— Je vous demande pardon. Je n'avais pas réalisé que vous dormiez. Mais je vous comprends de profiter de cet endroit pour vous prélasser. Comparé aux marais, c'est le paradis.

Mr. Perrin acquiesce et Rosalie parcourt la pièce d'un regard envieux. Il y a effectivement de la viande au menu, c'est du moins ce qu'elle devine dans les assiettes des clients. Elle en a l'eau à la bouche.

— Avez-vous mangé ? demande-t-elle au détective en désignant deux places libres sur un banc.

— Pas encore, j'ai préféré me réchauffer les pieds avant de me remplir la panse. Ce serait un plaisir de me joindre à vous.

Ils s'installent et, rapidement, une grosse femme vient les trouver, un plateau chargé dans les mains.

— Il ne reste que du ragoût de boulettes, dit-elle avec impatience. En voulez-vous ?

Son air bourru n'affecte pas Rosalie, qui accepte l'assiette et le café que la femme dépose devant elle. Le détective l'imite, mais grimace à la première bouchée. Le plat est infect. Lorsqu'elle y goûte à son tour, Rosalie acquiesce, mais n'ose s'en plaindre à la propriétaire, trop heureuse de profiter de la chaleur du restaurant. Mr. Perrin et elle mangent donc lentement, plus lentement en tout cas qu'ils ne l'auraient fait si le plat s'était avéré délicieux. Rosalie observe distraitement les gens qui l'entourent. Elle les a déjà vus, pour la plupart, sur la piste ou aux abords des campements. En les regardant, elle constate que, même au milieu d'une file qui paraît infinie, chacun est seul, finalement. Car chacun a son but, semblable à celui des autres, mais également distinct. C'est peut-être à cause de cette solitude latente que Rosalie apprécie autant la compagnie du détective. Malgré la foule qui l'entourait, elle n'a parlé à personne depuis deux jours. Tous ceux qu'elle rencontrait étaient comme elle, plongés dans leurs pensées, pressés d'atteindre le sommet puis le fleuve Yukon, de l'autre côté. Toujours en tête, la même idée: les glaces peuvent prendre d'un moment à l'autre.

Personne ne se salue pendant la marche, personne ne discute, ou presque. Il faut avancer, ou revenir sur ses pas chercher ce qui reste de matériel. En dehors de cela, tout n'est que délai et perte de temps. Perte d'argent aussi. Rosalie comprend ses compagnons, car elle ressent la même urgence. Les jours passent, raccourcissent et se refroidissent. Le temps finira peut-être par lui manquer, à elle aussi.

Sans doute parce qu'elle vit dans cet isolement relatif depuis des semaines, elle est surprise d'entendre ses voisins de table s'exprimer en français. Son cœur bat plus vite et elle sent le besoin irrésistible de leur adresser la parole, peut-être pour se rassurer, peut-être pour se rappeler qui elle est.

— D'où venez-vous, messieurs? demande-t-elle dans sa langue maternelle. De Montréal?

— Nous deux, on est de Québec, répond un des hommes en se désignant d'abord puis en pointant celui qui est assis en face de lui. Les frères Maxence et Théophile Picard.

Il se tourne vers un de leurs compagnons qui se présente à son tour.

— Eudes Picard, de Saint-Antoine-de-Tilly. Je suis leur cousin.

— Euclide Picard, de Trois-Rivières, décline le quatrième en ronchonnant, mais je ne suis pas parent avec eux.

Les autres s'esclaffent.

— Ne l'écoutez pas, mademoiselle, il ment comme il respire.

— C'est pas vrai! se défend le Picard de Trois-Rivières.

— Et il est soupe au lait avec ça, renchérit le Picard de Saint-Antoine. C'est notre cousin, malheureusement pour lui. De la fesse gauche!

Cette fois, tous les quatre éclatent de rire et Rosalie, même si elle ne comprend pas bien leur humour, songe qu'il est bon d'entendre parler de chez soi.

— Et vous, mademoiselle? Vous êtes d'où?

Rosalie se présente et donne le nom sa ville natale. Elle est surprise d'entendre la réplique d'un des cousins Picard :

— Coaticook? Les maisons de briques, les trains, les méchantes grosses côtes, et puis la gorge. De toute beauté!

Elle s'étonne de l'exactitude de la description.

— Vous y êtes déjà allé?

— Certain que j'y suis déjà allé. J'ai travaillé à construire le chemin de fer jusqu'aux États. Et puis, une fois, j'ai pris le train pour me rendre dans le Maine. Il passe par là.

Chacun commence alors à narrer ses voyages antérieurs et une conversation animée prend vie en français. Rosalie ajoute son mot, décrivant Portland et la mer, Chicago, Saint Paul, Seattle. Elle se rend compte qu'ils ont tous emprunté le même chemin, à quelques jours d'intervalle. Depuis leur départ, ils ont certainement campé à proximité. Ces hommes ont peut-être même mangé à sa table à Skagway. Mais elle ne les avait pas remarqués avant ce soir.

Assis à côté de Rosalie, Mr. Perrin écoute en silence. À son air distrait, on peut facilement conclure qu'il ne comprend pas un mot de français. Ainsi, autant par courtoisie que pour le plaisir de prolonger la conversation, Rosalie traduit pour le détective les propos échangés.

— Et votre ami, demande soudain le Picard de Trois-Rivières, d'où vient-il? C'est un Anglais, ça se voit, mais il me semble être un gars de la ville. Il doit se trouver pas mal perdu, par ici.

Rosalie ne relaie à Mr. Perrin que la question sur ses origines, se doutant bien que le détective n'apprécierait pas la moquerie. Ce dernier leur annonce qu'il est de San Francisco et, en entendant cela, les quatre Picard s'exclament en chœur :

— Ah! Je le savais!

Alors, chacun y va de son opinion sur la côte ouest américaine.

— En tout cas, commence le Picard de Saint-Antoine, moi, quand j'aurai mon *claim* et que je serai riche, j'ai bien l'intention d'y aller, à San Francisco. Je veux voir du pays, comme disait mon oncle.

Les autres approuvent et Rosalie se plaît à écouter ces hommes rêver. Lorsqu'on leur rappelle que d'autres clients attendent près de la porte, Rosalie est déçue. Elle aurait souhaité étirer ce moment, le faire durer encore quelques heures. Qui sait quand elle pourra de nouveau converser dans sa langue? Mais les cousins Picard se lèvent déjà, la saluent et font un clin d'œil à son compagnon avant de quitter le restaurant. Rosalie comprend le geste rempli de sous-entendus, mais ne s'en offusque pas. Les hommes sont les hommes, se dit-elle en vidant sa tasse d'un trait.

— Les connaissiez-vous ? interroge le détective lorsque le dernier des Picard a refermé la porte derrière lui.

Sa voix a un ton de reproche qui met immédiatement Rosalie sur la défensive.

— Absolument pas.

Puis, sentant le besoin de se justifier, elle ajoute :

Mais ce sont des compatriotes.

Le détective hoche la tête, l'air moqueur.

— Et vous parlez librement comme ça à tous vos compatriotes quand vous êtes chez vous ?

— Euh, non. C'est que… Vous savez, il y a très longtemps que j'ai mis les pieds chez nous.

Mr. Perrin se renverse sur sa chaise en s'exclamant :

— Ah, le mal du pays !

— Sans doute, oui.

Il se lève, va chercher un tison, allume sa pipe et en tire une bouffée en se rassoyant.

— Je me doutais bien que vous aviez quitté le Québec depuis un moment, commence-t-il. Votre anglais est trop bon. D'ailleurs, votre ami le musicien est le type d'homme à ne pas s'éloigner souvent de New York. Peut-être n'a-t-il jamais mis les pieds ailleurs que sur la côte est avant aujourd'hui.

— Vous vous trompez, ment Rosalie, dont les joues s'empourprent trop à son goût. C'est un pianiste de renommée internationale.

— Vraiment ?

Pourquoi défend-elle Dennis-James ? A-t-elle honte à ce point de sa faiblesse ? Le détective scrute son visage, y cherchant sans doute la réponse à une question qu'il n'ose poser. Puis, apparemment satisfait, il hausse les épaules.

— Je vous crois sur parole, lance-t-il sur un ton sarcastique, mais sa qualité de musicien ne fait pas de lui un homme du grand air, ni surtout un habitant. Ce n'est pas surprenant qu'il ait abandonné à moins de six milles de la côte. Il n'était pas habitué à travailler si dur, physiquement je veux dire.

Rosalie s'apprête à s'opposer, mais Mr. Perrin la fait taire d'un geste de la main.

— Comprenez-moi bien, Miss Lili. Ce n'est pas une insulte. Pas pour vous, du moins. Les Canadiens français sont des gens de la terre. Des travailleurs, des gens rudes. Nous en avons vu beaucoup chez nous, à cause des mines d'argent. Et autrefois, votre peuple a parcouru l'Amérique d'un bout à l'autre pour acheter les fourrures des Indiens. Il est naturel que vous vous sentiez dans votre élément ici. D'ailleurs, regardez-vous!

Rosalie écarquille les yeux, se demandant à quoi il fait allusion au juste. Le détective poursuit:

— Ces hommes qui viennent de sortir vous ressemblent. Des fonceurs qui n'ont pas peur du froid ni de la neige. Vous n'étiez pas à l'aise dans le grand monde de Seattle. Ce détail m'avait frappé dès notre première… rencontre. Vous aviez l'air d'une catin, poudrée et maquillée. Mais ici…

Il avance la main et lui caresse le menton. Rosalie recule, saisie par la spontanéité du geste.

— Ici, poursuit-il, vous êtes radieuse, resplendissante. Vous êtes chez vous dans le Grand Nord, Miss Lili. Comme le sont vos compatriotes qui viennent de nous quitter. *Vous êtes une pionnière.*

Sur ce, il la salue, se lève et se dirige vers la sortie sans se retourner. Rosalie le suit des yeux, sous le choc. Jamais de sa vie on ne l'a analysée de cette manière. Jamais non plus quelqu'un n'a compris sa quête du monde sans qu'elle ait eu à l'expliquer. Ce détective a lu en elle comme dans un livre ouvert et cela la bouleverse.

Elle quitte le restaurant, absorbée dans ses pensées, et c'est seulement en arrivant à sa brouette qu'elle réalise que le détective Perrin, de la firme Spencer and Perrin de San Francisco, s'est bien moqué d'elle. Ses derniers mots, « Vous êtes une pionnière », c'est dans un français impeccable qu'il les a prononcés.

Chapitre XXII

Liliane a passé la frontière sans s'en apercevoir. Nul bâtiment, nul policier. Jusqu'à tout récemment, personne ne se souciait de délimiter le territoire si loin au nord. C'est pourquoi on n'y trouve aucun agent du gouvernement. Pas encore, du moins. Cependant, comme tous ceux qui ont franchi la ligne de démarcation des eaux, Liliane a la certitude d'être enfin au Canada. Elle le sent à ce quelque chose dans l'air, dans le parfum du vent, dans celui de la roche, à cette absence d'humidité et à ce bonheur qui se dégage des futurs prospecteurs convaincus que le pire est derrière eux.

En cette mi-septembre, Liliane savoure son retour au pays. De Silent City, elle a entrepris la descente en direction du lac Lindemann d'un pas guilleret. Le nombre d'allers-retours effectués s'est avéré moindre que ce qu'elle anticipait, car elle ne possède désormais que bien peu de choses et aucun vêtement autre que ceux qu'elle porte quotidiennement. Ce pantalon, déjà usé et déjà rapiécé, lui a permis d'éviter le danger à plusieurs reprises, elle en est certaine. Il ne l'a pas entravée dans ses mouvements quand elle a dû bondir sur les rochers pour échapper à la vague mortelle. Il a certainement découragé bien des hommes qui auraient aimé se montrer entreprenants, voire agressifs. Lui retirer de force ce pantalon relèverait de l'exploit. Et puis il faut une femme fantasque pour oser porter un tel vêtement. Ce n'est ni approprié pour les personnes de son sexe ni flatteur pour la silhouette, donc bien peu excitant. Liliane s'est promis de remercier doublement Dolly lorsqu'elle la reverra. Qui aurait cru qu'une simple pièce de vêtement ferait une si grande différence?

Ce soir, elle ouvre encore une fois son restaurant. Elle a beaucoup de pain sur la planche si elle veut accroître ses biens suffisamment pour éviter qu'on la retourne chez elle. On dit que, plus loin sur le fleuve Yukon, près d'un lac nommé Tagish, se trouve un poste de la Police montée. On dit aussi que les hommes qui y sont affectés n'entendent pas à rire, qu'ils ont déjà refusé par exemple de laisser passer un groupe d'Américains qui comptaient se rendre au Klondike avec des bijoux et de la soie, mais sans provisions. De quoi faire peur à tous ceux qui ont entrepris ce voyage. Liliane est donc un peu inquiète, malgré son talent pour les affaires. Si ses épices ont été épargnées jusqu'ici, elles ne lui ouvriront pas la route pour autant, même avec leur valeur intrinsèque.

Dès la fin de l'après-midi, Liliane a replanté son écriteau dans la terre durcie du Nord. L'odeur du clou de girofle, du bacon, des fèves et du pain se répandait dans le camp depuis le matin.

Coup de chance: la clientèle est au rendez-vous. Liliane retrouve sa bonne humeur en remplissant les assiettes, en versant du café, en offrant une pointe de tarte ou une petite confiserie. Ce faisant, elle amasse de nouvelles provisions, un nouvel équipement et encore un peu d'argent. Avec le temps, elle aura de quoi convaincre les agents de la Police montée de la laisser passer. Ensuite, plus rien ne fera obstacle à ses projets.

*

Depuis une semaine déjà, la neige tombe sur les rives du lac Lindemann. Pourtant, malgré le froid qui règne dans les environs, la vallée paraît surchauffée. Partout, on voit de la fumée s'élever dans le ciel, au milieu des tentes et des amoncellements de provisions. La forêt qui recouvrait les montagnes ceinturant le lac a été en partie rasée pour la construction des bateaux. Une telle activité humaine règne ici qu'il arrive à Liliane d'oublier à quel point cette contrée est isolée. Ici et là, des trous ont été creusés et les hommes s'y sont installés avec leur scie pour couper le bois en planches. Ils s'y agitent et s'y querellent, mais chaque matin ils y retournent, pressés qu'ils sont d'entreprendre la descente du fleuve Yukon.

Depuis cinq jours, dès que le déjeuner est terminé, Liliane erre dans le camp à la recherche des embarcations les plus solides, mais, surtout, de celles qu'on s'apprête à mettre à l'eau. Et comme chaque matin depuis qu'elle fait cette tournée, Liliane est forcée de constater que le prochain bateau à partir sera sans contredit celui de Samuel Lawless. Quand elle passe près de la structure de bois clouée, élevée directement sur la berge, ses joues s'enfièvrent contre sa volonté et elle s'éloigne d'un pas brusque en serrant les dents. Il est hors de question qu'elle embarque avec un homme aussi peu respectable. D'ailleurs, elle ne se sent pas prête à lui pardonner. Même s'il ne s'était engagé à rien, Liliane a l'impression d'avoir été trahie. A-t-elle inventé l'intérêt qu'il lui manifestait? A-t-elle imaginé ces sourires, ce plaisir qu'il semblait éprouver en sa compagnie? Quand elle y pense trop, elle se sent ridicule et toute sa fierté en prend un coup. Ces sentiments s'avivent chaque fois qu'elle voit sa silhouette passer devant sa tente pour se rendre dans le restaurant d'un concurrent. Elle jure alors entre ses dents. Elle n'aurait jamais dû lui prêter autant d'attention. Elle n'aurait jamais dû rêver de lui comme elle l'a fait. Elle est déçue et sa propre déception la blesse bien davantage que le comportement de Samuel. Car, même s'il s'était ouvertement montré intéressé et lui avait fait la cour de manière respectable, aurait-elle accepté de l'épouser? Aujourd'hui, elle veut se convaincre que non. Elle ne veut pas d'une famille, et ce refus prime sur toutes les inclinations que pourrait avoir son cœur de jeune fille. Elle s'est choisi une ligne de conduite et s'y tiendra, dût-elle mourir seule. Et si au fond d'elle-même une petite voix lui murmure qu'elle n'est pas tout à fait honnête dans cette histoire, elle refuse de l'écouter et préfère continuer de chercher ailleurs un moyen de transport.

La seconde embarcation à présenter un intérêt est celle de trois Américains qu'elle a plusieurs fois servis dans son restaurant depuis Canyon City. Ce sont les frères Ashley, des hommes de forte stature avec des traits identiques. Un nez très arqué, une mâchoire carrée, un front large et des cheveux d'un brun commun, de la même couleur que cette barbe qui leur descend sur la poitrine. Ils se sont montrés, dès le début, très courtois et ont toujours bien payé leurs repas. Pour le moment, ces comportements sont un gage d'honnêteté et Liliane n'en demande pas davantage.

Un beau matin, voyant que, de toute évidence, leur embarcation sera prête d'ici un jour ou deux, Liliane se dirige vers leur trou de sciage où elle les sait en train de fabriquer la barge qui transportera les provisions. Sur son chemin, elle fait un détour exprès par la rive où repose toujours le bateau de Samuel. Elle le trouve en grande discussion avec un nouveau partenaire, un Suédois qui parle à peine l'anglais. Les deux hommes paraissent en désaccord, mais se taisent dès qu'ils l'aperçoivent. Galant, le Suédois retire son chapeau et la salue, mais Samuel demeure de marbre. Liliane sourit au premier, ignore le second et s'éloigne plus décidée que jamais à acheter les services des Américains.

Les frères Ashley sont particulièrement de bonne humeur ce matin-là et Liliane comprend pourquoi en arrivant à leur hauteur. Assise sur une bûche à proximité du trou, Dolly converse avec l'aîné. En l'apercevant, la prostituée l'interpelle et lui fait un grand signe de la main :

– Salut, Lili ! Viens donc par ici que je te présente mes nouveaux amis.

Liliane se sent rougir en entendant ces mots. Les amis de Dolly ne peuvent manifestement pas devenir les siens. La chose irait contre la bienséance. Or, pour atteindre un objectif, il faut savoir plier quelque part, à défaut de quoi on n'avance pas. Si Liliane se montre trop difficile, elle sera encore sur la berge lorsque les glaces envahiront le fleuve. Un regard en coin lui permet d'apercevoir Samuel, toujours debout, les yeux rivés sur elle. Elle fait donc affront aux convenances et s'approche de Dolly, un sourire aux lèvres.

– Devine quoi ? s'exclame la prostituée quand Liliane est à portée de voix. Les frères Ashley ont promis de me prendre avec eux. C'est gentil, n'est-ce pas ?

Avant que Liliane ne réponde, elle l'entraîne vers les trois hommes.

— Celui-là, c'est le plus vieux, c'est pour ça qu'il a une barbe grise.

Se voyant ainsi décrit, l'homme lui jette un regard offensé et Dolly éclate de rire.

— Bon, corrige-t-elle. Dans ce cas, lui, c'est Joshua, le plus beau des trois. Les deux autres, Marvin et Percy, sont jumeaux.

Les jumeaux saluent Liliane poliment, avant que Dolly ajoute :

— Ils sont beaux, eux aussi, mais je n'arrive pas à les différencier. Alors, je m'en tiens au plus vieux.

Liliane doit utiliser toute sa détermination pour se convaincre de ne pas s'enfuir. La relation entre Dolly et ses nouveaux compagnons n'a rien d'ambigu et elle sait qu'elle devrait craindre pour sa propre réputation. Mais elle fait comme au camp The Scales et ne s'arrête pas à ce qu'on pensera d'elle. Elle écoute les compliments que Dolly continue d'adresser aux trois hommes puis l'interrompt pour s'adresser à eux, elle aussi :

— Je venais justement vous proposer de me prendre avec vous, moi aussi, lance-t-elle, plus consciente que jamais d'être observée. Je vous cuisinerai trois repas par jour, je préparerai le café et je ferai votre lessive. En échange de quoi vous me laisserez monter à bord de votre embarcation avec toutes mes provisions.

Les frères Ashley se regardent, surpris, mais Liliane essaie de ne pas imaginer ce qui leur passe par la tête. Elle a l'intention d'assumer les conséquences de ses gestes plutôt que de s'abaisser à supplier Samuel. Car même s'il est évident que Dolly compte payer de son corps son voyage vers Dawson, Liliane ne peut en vouloir à ces hommes d'accepter cet échange. Ils ne cachent pas leur jeu, eux, et ne lui ont jamais manifesté autant d'intérêt que Samuel Lawless. Ils ne lui ont pas porté secours, ne l'ont pas fréquentée avec assiduité et n'ont rien laissé d'ambigu entre eux et elle. Ce sont des hommes libres et ils peuvent bien faire ce qu'ils veulent avec Dolly La Belle, cela ne la concerne pas.

— Votre proposition m'apparaît insuffisante, commence Joshua Ashley. Miss Dolly s'occupera déjà de notre lessive pendant le voyage.

Pour éviter de se faire imposer d'autres conditions, Liliane se voit forcée de bonifier son offre :

— Je cuisinerai à partir de mes propres provisions, cela va de soi. Les vôtres demeureront intactes jusqu'à Dawson.

En disant cela, Liliane se rend compte qu'elle s'est beaucoup trop avancée. Elle possède tout juste de quoi permettre son passage au poste du lac Tagish. Qu'à cela ne tienne, elle trouvera bien une solution. La réaction des Américains se fait attendre. Ils se sont éloignés un peu, sont allés de l'autre côté du trou, le temps de discuter de l'offre de Liliane. Si les deux plus jeunes semblent prêts à la prendre à bord, le plus vieux se montre encore réticent.

— Ce serait vraiment génial si tu embarquais avec nous ! lui souffle Dolly en serrant plus fort cette main qu'elle tient toujours entre les siennes. Je me sentirais tellement moins seule.

Liliane doute que Dolly puisse souffrir de solitude, mais elle lui rend néanmoins son étreinte. Cette fille lui plaît bien, malgré qu'elle gagne sa vie de façon peu convenable. Elle est sincère, serviable, bien qu'un peu naïve, et, depuis leur rencontre, Liliane n'a pas eu à se plaindre d'elle. De plus, Liliane ne risque pas de s'ennuyer avec cette compagne : elle a voyagé beaucoup à partir de San Francisco et ne se fait jamais prier pour parler de sa ville natale, des gens du Sud, de la ferme de ses parents.

— Il paraît que la route est longue jusqu'à Dawson, poursuit Dolly. Longue et dangereuse. Il y a des rapides, des rochers, des canyons, des bêtes sauvages et des brutes. Au moins, avec ces trois grands gaillards, nous serons en sécurité.

Désignant du menton quatre hommes qui travaillent dans un puits de sciage à proximité, elle ajoute :

— Les frères Ashley sauront bien nous protéger de ceux-là, advenant que je les trouve encore sur mon chemin.

Liliane dévisage les inconnus. Quels gestes ont-ils posés pour que Dolly, qui aime pourtant les hommes, s'en méfie de la sorte ? Soudain, un frisson la parcourt des pieds à la tête. Elle a reconnu celui qui manie la scie depuis le trou. Le Texan, qui l'observe à son tour, a donc survécu à sa chute dans la montagne. Elle avait plutôt espéré le contraire…

— Tu le connais ? demande-t-elle à Dolly sans quitter l'homme des yeux.

— Tu parles si je le connais ! Nous étions dans la même cabine en partant de San Francisco. Bien exigeant, le monsieur, et violent aussi. Quand quelque chose ne fait pas son affaire, il cogne. Il se croit tout permis parce qu'il paie, mais j'ai compris son truc maintenant. Il fait le méchant seulement si personne n'écoute. Depuis que les camps sont surpeuplés, je te dis qu'il se tient tranquille. Alors, moi, je reste là où il y a du monde. Plus je serai entourée, mieux ça vaudra.

Liliane acquiesce en silence, se sentant de nouveau exposée à cette ancienne menace. Lorsque les frères Ashley reviennent vers elle, elle s'empresse de se montrer amicale, plus décidée que jamais de partir avec eux. Mais le sourire entendu des jumeaux au moment où elle leur serre la main lui laisse croire qu'elle vient de commettre une grosse bêtise.

Chapitre XXIII

White Pass City ne s'est pas avéré le paradis que Rosalie avait imaginé en y mettant les pieds. Nombreux étaient les prospecteurs qui convoitaient un lit à l'intérieur. Trop nombreux, en fait, pour ce que peut accueillir un petit hameau au cœur de la montagne. C'est donc dans sa tente que Rosalie a passé les dernières nuits et elle devra s'en contenter encore longtemps, l'hôtel étant plus que plein. En ce petit matin de septembre, les premières voix se font déjà entendre de l'autre côté de la toile, annonçant qu'il est l'heure de commencer sa journée.

Parce qu'elle dort toujours habillée, il ne faut que quelques minutes à Rosalie pour se préparer. Elle allume la lampe et, après avoir brisé la croûte de glace qui recouvre l'eau de son pichet, elle se fait une brève toilette. Le liquide froid sur sa peau est revigorant et achève de la réveiller. Elle sort alors de sa tente et plonge dans l'aurore incertaine qui baigne la vallée. Rosalie doit se fier entièrement à ses voisins de camp lorsqu'ils s'activent comme s'il s'agissait du matin et non du plein cœur de la nuit. Quelques hommes ont déjà allumé un feu et elle se joint à eux, comme à l'habitude, déposant sa cafetière à même les braises. Elle avale quelques fruits secs, quelques biscuits de farine, un peu de lard salé qu'elle mâche en s'efforçant de penser à autre chose. Elle commence à détester ce goût qui lui brûle la langue.

Le repas terminé, elle lave sa vaisselle dans la neige, et plutôt que de prendre immédiatement la route, elle s'installe pour faire du pain. En fait, elle veut tester une méthode apprise la veille. Elle sort quelques ustensiles, fait lever la levure dans de l'eau tiède, la malaxe dans la farine. Puis elle enroule la boule de pâte dans un linge sec qu'elle glisse dans son dos, sous sa blouse, directement contre sa peau. Ainsi au chaud, le pain est censé gonfler et être prêt à cuire en début d'après-midi, quand elle reviendra de son premier voyage. D'après la femme qui lui a enseigné cette technique, elle n'aura qu'à faire un feu dans lequel elle aura enfoui le moule contenant la pâte.

Rosalie quitte donc White Pass City en tirant son traîneau et avec, dans son dos, la masse molle qui suit chacun de ses mouvements. Il lui tarde de revenir pour constater l'efficacité de sa nouvelle méthode.

*

Il est bien deux heures de l'après-midi lorsqu'elle revient à sa cache, son lourd traîneau laissant un sillon profond dans la neige du matin. Elle ne le décharge pas immédiatement, trop pressée de voir l'effet qu'a produit la chaleur de son corps sur le pain. Elle sort donc son moule de métal, le seul qu'elle ait emporté depuis Skagway. Elle le graisse avec un peu de beurre et le pose sur le sol devant sa tente. Afin d'éviter que la pâte ne refroidisse, elle allume d'abord un feu et place le moule devant de manière à le réchauffer. Lorsque les flammes semblent bien prises, elle creuse le trou. Quand tout est prêt, elle enlève son manteau, retire le linge gonflé de sous ses vêtements et en déplie les pans pour constater le résultat. Plus que satisfaite, elle fait rouler la pâte jusque dans le moule, qu'elle dépose dans le trou avant de le recouvrir du linge encore collant et d'une tôle de métal propre. Elle fait ensuite glisser les charbons ardents directement sur la tôle et avive les flammes. Il ne lui reste plus qu'à attendre une heure que le pain soit cuit.

Contente d'elle, elle se dirige ensuite vers son traîneau avec l'intention de le décharger, mais des cris de colère l'arrêtent dans son mouvement. Rosalie ne s'étonne plus de ces vociférations, devenues aussi familières à ses oreilles que la montagne et la neige à ses yeux. Elle lève néanmoins la tête vers la source de cette agitation. À la sortie du village, trois hommes attendent, chacun tenant par la bride un cheval surchargé. Un quatrième cheval est écrasé au sol et subit les coups de pied et les coups de bâton que lui assène un quatrième homme, probablement son maître.

– Debout, sale bête! Debout! Au prix où je t'ai payé, tu vas faire *toute* la route.

D'où elle se trouve, Rosalie voit tressaillir le cheval et le sang gicler dans la neige lorsqu'un coup de bâton, porté plus durement, fend la peau du flanc gauche. L'animal gémit, mais ne se relève pas.

– Debout! Ce n'est pas vrai que tu vas t'écraser ici.

Suit une série de coups de pied et Rosalie s'approche malgré elle de la scène du drame. Elle est saisie d'horreur en apercevant les os saillants, la maigreur extrême de la bête dont la peau est couverte de plaies séchées. Elle se doute bien que l'animal n'a pas dû manger grand-chose depuis longtemps. Son maître est, de toute évidence, un autre sans-cœur. Il continue d'ailleurs à battre son cheval et ce dernier, dans un effort extrême, réussit à se relever. Sa frêle carcasse oscille un moment sur ses pattes, hésite, avant de s'écrouler de nouveau dans la neige, vaincue par la charge toujours attachée à son dos. L'homme, qui avait semblé euphorique pendant quelques secondes, entre soudain dans une rage telle que les coups qu'il donne à sa bête n'ont plus pour but de le faire se redresser, mais bien de l'achever. Ses gestes sont d'une extrême cruauté.

– Maudit animal, tu vas voir de quoi je suis capable, moi !

Le cheval ne gémit même plus, recevant chaque coup comme s'il le rapprochait d'une délivrance certaine. Rosalie le devine à bout de force, vide d'énergie et de volonté.

– Meurs, sale bête ! Meurs donc, puisque tu ne veux plus avancer. Tu ne me sers plus à rien. Meurs !

La violence du maître semble soudain se suspendre dans le temps quand il aperçoit ses trois compagnons qui, après avoir assisté au triste spectacle, entreprennent de poursuivre leur route sans lui.

– Attendez-moi ! leur crie-t-il.

Son appel est vain. Les trois autres s'éloignent. Alors la brutalité de l'homme décuple. Il se met à marteler de son bâton la chair sanguinolente et immobile. Ne pouvant en supporter davantage, Rosalie s'approche du cheval, retire de sa poche le pistolet acheté à Seattle et en presse la détente. Pendant une fraction de seconde, il lui semble lire de la gratitude dans le regard de l'animal. La détonation retentit et résonne en écho dans la vallée. Tous les gens présents se tournent alors vers Rosalie qui, l'arme à la main, se demande un moment si elle n'aurait pas dû abattre le maître plutôt que le cheval.

— C'en est fini de votre furie, monsieur, lance-t-elle avec dédain en glissant le pistolet dans sa poche. Cet animal est mort maintenant, bien mort. Vous pouvez cesser de le battre.

L'homme s'immobilise, son regard allant du cheval à Rosalie, qui ne bronche pas. Plus surpris que furieux, il laisse tomber son bâton. La sueur perle sur son front et sa mâchoire se crispe et se décrispe, comme s'il tentait de se convaincre qu'il ne rêve pas. Sans attendre qu'il reprenne ses esprits, Rosalie retourne à sa tente. Autour d'elle s'élèvent les murmures approbateurs des autres prospecteurs qui, même s'ils ne traitent guère mieux leurs propres animaux, ne peuvent qu'approuver qu'on ait mis fin au terrible spectacle. Rosalie essaie de marcher d'un pas assuré, surtout qu'elle se sait observée, mais elle tremble comme une feuille. Rien ne trahit toutefois l'état de choc dans lequel son geste l'a plongée. En apercevant le feu qui brûle toujours devant sa tente, elle reconnaît l'odeur de son pain qui embaume tout le village. À cause du tumulte des dernières minutes, elle ne l'avait pas encore remarquée.

*

Il a fallu dix jours à Rosalie pour transporter tout son équipement jusqu'à White Pass City. Dix jours à marcher dans la neige, à se geler les orteils et les doigts, à peiner sous la charge. Mais en cette fin d'après-midi du 18 septembre,

Rosalie s'encourage. Plus que cinq milles et elle sera au Canada. Plus que cinq milles et elle abordera enfin la descente vers le lac Bennett. Reste à espérer qu'elle l'atteindra à temps. Avec cette vie rythmée par les allers et les retours, avec cet effet de surplace constant provoqué par des étapes de plus en plus longues, il est devenu difficile d'imaginer à quoi ressembleront les jours et les semaines à venir. Un bout de sentier qu'on croyait franchir en deux heures en nécessite cinq. L'hiver prendra-t-il Rosalie par surprise? Impossible de le prévoir, car ici, au cœur de la montagne, la rivière coule toujours. À peine dissimulée sous une mince couche de neige, on la dit traîtresse, à l'affût du moindre faux pas, de la moindre faiblesse. Malgré ses rives glissantes et menaçantes, elle montre le chemin, permet de choisir parmi les vallées celle qui mène au col. Les prospecteurs la perçoivent à la fois comme une amie et une ennemie, nécessaire, mais impitoyable. Si elle gèle, ce qui ne saurait tarder, elle sera plus facile à traverser et à longer, mais elle disparaîtra totalement sous la neige et, arrivé à une fourche, on ne verra plus où s'en va le sentier.

Les nuits allongent, se refroidissent aussi, et les jours sont de plus en plus blancs, envahis par la neige. Une verge, voilà ce qui est tombé en trois jours. Jamais Rosalie n'aurait cru la chose possible, si elle ne l'avait vue de ses yeux. Alors que White Pass City se dessine au tournant du sentier, elle ne peut s'empêcher d'admirer la beauté de cette vallée profonde et de ces monts tachetés de vert sombre. L'hiver paraît vouloir s'installer pour de bon et le plus dangereux, dans les jours à venir, ce ne sera sans doute plus la rivière, mais la montagne elle-même. Car elle a commencé à se montrer difficile, cette montagne. Le vent et la neige forment un blizzard dense qui bloque la vue et risque d'entraîner le marcheur désorienté vers les eaux encore vives. En somme, c'est la montagne qui décidera du sort des prospecteurs, croit Rosalie. C'est elle qui choisira ceux qui atteindront le Klondike cette année et ceux qui devront attendre le printemps pour s'y rendre. C'est elle le maître, après Dieu.

Rosalie se dirige vers un regroupement d'abris de fortune dressés en bordure du village. Les toiles, tendues sur des piquets, claquent sous le vent, mais ne cèdent pas. Ce soir encore, il sera possible de dormir sous les tentes. En reconnaissant son propre bivouac identifié par son mouchoir, elle pousse un soupir de soulagement. Puisque le bâton dépasse toujours du sol, elle n'aura pas besoin de déterrer ses provisions et d'aller les empiler ailleurs. Rosalie y remorque donc son traîneau qu'elle renverse à côté du piquet. Elle vérifie que tout est en bon état, retire le bâton de son emplacement et le plante au milieu de l'équipement nouvellement déchargé. Le vent s'intensifiant, elle ne s'attarde pas sur les lieux. Il sera toujours assez tôt pour s'allonger sous la toile, seule et transie.

Elle traverse rapidement le village, pousse la porte du restaurant puis s'y engouffre en même temps qu'une bourrasque. Sans un mot, elle va s'installer devant le poêle, comme elle le fait chaque soir depuis dix jours. En la reconnaissant, l'hôtesse vient à sa rencontre, une tasse de café brûlant à la main.

– Qu'est-ce que tu fais encore ici, ma petite Lili? l'interroge-t-elle dans un français typique de la province de Québec. N'as-tu pas entendu ce qui se passe?

Rosalie s'ébroue et la neige qui la recouvrait tombe sur le sol. Elle porte la tasse à ses lèvres, boit prudemment puis pose le récipient sur le poêle.

— De quoi parlez-vous, madame Gagnon ? s'enquiert-elle en retirant son manteau avant de le suspendre à un clou. Personne ne m'a rien dit.

La femme secoue la tête et va à la cuisine où son fils s'est mis à crier. Rosalie en profite pour reprendre sa tasse et s'installer sur un banc, au même endroit que d'habitude. Malgré la mauvaise nourriture qu'on y sert, ce restaurant est devenu son refuge depuis qu'elle a découvert que la propriétaire, cette femme bourrue, est en fait l'épouse d'un prospecteur malchanceux décédé sur la piste. Puisque c'est également une compatriote, Rosalie a senti la nécessité de l'encourager dans son commerce. De plus, le fait de pouvoir discuter en français a quelque chose de rassurant au milieu de tant d'adversité.

Mme Gagnon revient avec une assiette qu'elle dépose devant Rosalie. Puis elle se glisse péniblement sur le banc d'en face.

— La piste est fermée, ma fille, annonce la femme comme on annoncerait un décès.

Rosalie, qui était sur le point d'enfoncer la fourchette dans sa bouche, suspend son geste.

— Comment ça, fermée ? On n'a toujours bien pas élevé des barrières pour interdire l'accès à la montagne ?

Elle sent l'inquiétude la gagner. Mme Gagnon s'essuie les mains sur son tablier, aboie un ordre à son fils et reporte son attention sur Rosalie.

— Ça ne passe plus, déclare-t-elle sur un ton solennel. L'hiver est arrivé pour de bon.

Devant la mine découragée de Rosalie, elle ajoute :

— Il est tombé trop de neige, à ce qu'il paraît. Le col est infranchissable, pour les hommes autant que pour les chevaux. C'est ce qu'on dit en tout cas.

Rosalie l'écoute, recevant ses paroles comme s'il s'agissait d'une condamnation. Si le col est infranchissable, combien de temps devra-t-elle demeurer à White Pass City? Un mois? Deux? Six? Non, la chose est impensable. Tous les prospecteurs ne peuvent s'installer dans un si petit village. Avec cette neige et ce froid qui s'intensifie de jour en jour, il deviendra dangereux de dormir sous la tente. Et, étant donné le peu de logements disponibles, les prix vont monter, encore une fois. Avant longtemps, tout le monde manquera d'argent, elle y compris.

— La route est fermée pour combien de temps? demande-t-elle, craignant le pire.

— Mais tout l'hiver, ma fille. Et l'hiver, ici, dure jusqu'au mois de mai, à ce qu'il paraît. En tout cas, c'est ce que disaient ce matin ceux qui revenaient de la montagne. Ils ont d'ailleurs poursuivi leur chemin tout de suite après le dîner. Ils s'en retournaient à Skagway, là où il y a plus de logements. Je te dis qu'il y en aura, du monde, pour passer l'hiver dans le coin! Ici ou là-bas, tous les planchers seront couverts de grabats. Les prix vont monter, c'est certain.

Elle hoche la tête, presque honteuse à l'idée de faire de l'argent sur le dos de ceux que le malheur vient de frapper. Puis elle ajoute, comme pour soulager sa conscience:

— Je les revois, ces hommes-là, ce matin. D'une humeur massacrante. Je n'ai pas osé leur *charger* plus pour dîner, mais à partir de demain...

Rosalie n'entend pas ce dernier commentaire, tout occupée à faire des calculs. De la mi-septembre à la mi-mai, cela fait huit mois. Puisqu'elle n'a avec elle qu'une année de provisions, il lui en manquera environ les deux tiers lorsque le printemps arrivera. Jamais la Police montée ne la laissera passer. C'est une tragédie! Pire, une catastrophe. Elle subit une défaite, pour la première fois de sa vie, et c'est la nature qui l'a vaincue. Des larmes de frustration et de rage montent en elle, mais elle se retient de pleurer. Elle les trouve faibles, ces Américains qui ferment une route à cause de la neige. Dans son coin de pays, la neige n'arrête pas celui qui va à pied, surtout s'il possède un traîneau et des raquettes, comme elle. Mais peut-elle s'élancer seule en pleine montagne? Évidemment pas. Ce serait suicidaire.

Elle enfourne une autre bouchée de ragoût et la texture de la viande lui lève le cœur. Elle fait cependant surgir une idée brillante dans son esprit. Pourquoi n'y a-t-elle pas pensé avant?

— Dites-moi, madame Gagnon, vous pourriez certainement utiliser les services d'une cuisinière pour l'hiver, n'est-ce pas? Avec tous ces gens qui vont demeurer à White Pass City, vous allez faire des affaires d'or.

— Mais…, hésite la femme, c'est que je n'ai pas vraiment de quoi payer une employée. Souvent, le monde échange un souper contre d'autres provisions. Tu le sais bien, l'argent liquide, c'est plutôt rare par les temps qui courent.

— Je ne vous demande que le gîte et le couvert, en plus d'un endroit où entreposer mon équipement à l'abri des intempéries jusqu'au printemps. En échange, je cuisinerai trois repas par jour pour vos clients.

— Et tu sais faire à manger, toi? Je veux dire, je ne voudrais pas que tu gaspilles mes provisions. Si ce n'est pas mangeable…

Rosalie réprime un sourire. Elle ne saurait faire pire que ce qui lui est servi depuis dix jours.

— Madame Gagnon, cuisiner, c'est mon métier.

— Dans ce cas-là, tu vas dormir ici, à terre, devant le poêle. Et puis tu vas manger à même ce que tu auras préparé.

Rosalie accepte. Le plancher de la cuisine sera mille fois plus confortable et, surtout, plus chaud que le fond de sa tente.

— Pour ce qui est d'un abri pour tes affaires, poursuit l'hôtesse, il n'y a pas de place à l'intérieur. Tu sais qu'il faut beaucoup de provisions pour tenir un restaurant.

Rosalie se rappelle avoir vu une remise juste à l'arrière. Il s'agit d'une simple construction de planches grises. Le vent passe certainement au travers, mais l'endroit lui semble parfait pour servir d'entrepôt.

— Et la *shed*, interroge-t-elle, qu'est-ce qu'il y a dedans?

— Du bois de chauffage. Si tu veux, tu peux utiliser l'espace entre les cordes de bois. Je n'ai pas d'autre place à t'offrir.

Rosalie jubile. Elle empilera son matériel jusqu'au plafond s'il le faut, mais pas question de laisser passer une occasion comme celle-là.

— Ça me convient très bien, dit-elle avant d'avaler une nouvelle bouchée de ragoût.

Puis elle termine son assiette, presque avec plaisir, sachant que, dès demain, elle sera mieux nourrie. Comme tous les clients d'ailleurs.

*

En quelques jours, Rosalie change totalement la réputation de l'établissement de Mme Gagnon. Les prospecteurs forcés de rebrousser chemin s'arrêtent dans ce bâtiment chambranlant pour savourer ses ragoûts, ses fèves et son pain dont les arômes se mêlent à la fumée des cheminées et planent sur la région, beau temps, mauvais temps. Les pourboires sont généreux, malgré les prix qui augmentent tous les deux jours. Bien que malheureux de devoir retourner sur la côte pour l'hiver, les clients passent plusieurs heures chez Mme Gagnon avant de reprendre la piste, appréciant ces moments de chaleur, de bonne humeur et de bonne chère. Parce que Rosalie ne s'occupe pas seulement de la cuisine. Retrouvant ses habitudes de cuisinière en chef, elle prend rapidement le contrôle du restaurant, au grand plaisir de Mme Gagnon pour qui cet accroissement de la clientèle est une bénédiction. Pendant que les plats mijotent et que le pain cuit, Rosalie reçoit les clients avec son air affable, remontant aussi le moral de ces hommes que le destin a défavorisés. Ses éclats de rire se font entendre partout dans White Pass City et montrent le chemin jusqu'au restaurant aussi sûrement que le font les effluves exquis.

C'est dans ce climat presque heureux que, par un après-midi de tempête, le détective se pointe chez Mme Gagnon. Rosalie ne l'a pas revu depuis près d'une semaine.

– Quel bon vent vous ramène par ici, Mr. Perrin? s'exclame-t-elle en lui tendant une tasse de café. Je vous croyais reparti depuis longtemps pour Skagway.

L'homme s'empare de la boisson chaude et, sans rien dire, se dirige vers le poêle, son manteau couvert de neige toujours sur le dos. Rosalie le suit, mais n'a pas le temps de lui parler davantage, car Mme Gagnon choisit ce moment pour la rappeler à la cuisine. C'est seulement à son retour dans la salle à manger, quelques minutes plus tard, qu'elle remarque les joues brûlées par le froid, les lèvres bleuies et les tremblements qui agitent le détective.

— Que vous est-il arrivé? demande-t-elle en lui approchant un banc.

L'homme ne répond pas, mais s'assoit avec soulagement. Il paraît épuisé et frigorifié et Rosalie ne peut s'empêcher de poser une main réconfortante sur l'épaule de cet homme qu'elle considère un peu comme un ami.

— Que s'est-il passé? D'où arrivez-vous dans cet état?

Cette fois, Mr. Perrin se tourne vers elle et elle reconnaît dans son regard cet éclat propre à la détermination, éclat qu'elle avait plutôt attribué à la folie lors de leur première rencontre à Seattle.

— Je me suis trompé de chemin, murmure-t-il en agitant difficilement ses doigts gourds.

— Vous vous êtes perdu?

L'homme secoue la tête, l'air découragé.

— Vous avez perdu vos provisions! conclut Rosalie, sidérée.

Voilà bien la pire chose qui puisse arriver à ceux qui ont pris la route de l'or. Il la corrige aussitôt.

— Non. Je me suis trompé de chemin, répète-t-il. J'avais pourtant tout évalué, mais j'ai dû mal le juger.

Rosalie est plus confuse que jamais. Le détective aurait-il perdu la raison? De qui parle-t-il?

— Je vais vous chercher de quoi vous remplir la panse, décide-t-elle. Ça va vous réchauffer et vous verrez plus clair après.

— Je vais très bien, coupe le détective en se tournant vers elle. J'y vois d'ailleurs plus clair que jamais. Vous savez pourquoi je n'ai pas encore attrapé mon homme?

C'est parce qu'il a pris la piste Chilkoot, et non la White Pass, comme je l'avais imaginé.

— Comment pouvez-vous en être certain? Ils sont des milliers à marcher vers Dawson.

Le détective secoue la tête encore une fois.

— Je l'ai sous-estimé et me voilà forcé d'affronter la tempête si je veux lui couper le chemin. Ils sont peut-être des milliers à marcher vers Dawson, comme vous le dites, mais c'est par la Chilkoot que ma proie est passée. J'en suis certain maintenant.

Il fait une pause, comme s'il plongeait en lui-même pour y déterrer des souvenirs. Au même moment, des hommes pénètrent dans le restaurant, laissant entrer avec eux le bruit de la tempête qui rugit. Rosalie frissonne. Quand la porte se referme, Mr. Perrin poursuit:

— À l'annonce de la fermeture de la piste, je suis redescendu à toute vitesse vers Skagway. J'espérais l'attendre dans le port, sur le nouveau quai. J'ai attendu, en vain. Je me suis rendu au saloon, pour poser des questions, et là, j'ai rencontré deux hommes qui arrivaient de Dyea. Ils jouaient aux cartes et aux dés dans l'espoir de se faire suffisamment d'argent pour pouvoir reprendre un bateau pour Seattle. Ils se sont querellés et je me suis senti forcé d'intervenir. Ils étaient tous les deux ivres et racontaient un tas d'histoires. Au milieu de ces propos incohérents, j'ai entendu son nom. Ce faux nom que j'avais reconnu sur une liste de passagers à San Francisco. C'est là que j'ai compris que je m'étais trompé. J'ai sous-estimé sa débrouillardise. J'ai sous-estimé son talent pour brouiller les pistes. Et si ce que m'ont dit ces deux hommes est exact, j'ai bien peur d'avoir pris beaucoup de retard. Le col Chilkoot est toujours ouvert, lui. Là-bas, tout le monde marche encore.

Mr. Perrin serre les dents, furieux contre lui-même. Rosalie ose lui demander :

— Que comptez-vous faire maintenant ?

— Faire ? Mais il n'y a qu'une chose à faire, Miss Lili. Il faut que je poursuive ma route. Il n'y a que cinq milles jusqu'au sommet. À peine vingt pour rejoindre le lac Bennett. Si je parcours tout ça d'une traite, j'y serai après-demain. Au plus tard le jour suivant.

Rosalie se redresse d'un bond.

— Mais vous êtes fou ! s'écrie-t-elle. Vous ne pouvez tout de même pas affronter la tempête en plus de tirer vos provisions. Vous allez vous perdre, c'est certain. Sans compter les avalanches, et la rivière, qui n'est toujours pas prise. La piste est dangereuse, c'est bien pour ça qu'elle est fermée. Il neige sans arrêt depuis deux semaines.

— Je ne transporterai pas de provisions. En fait, j'aurai avec moi le strict nécessaire. Uniquement ce qu'il me faut pour la durée de mon voyage jusqu'à Dawson.

— Mais vous ne passerez jamais la frontière !

Mr. Perrin fixe désormais la cheminée incandescente et Rosalie suit son regard. S'il faisait nuit, la lueur provenant du tuyau baignerait la pièce d'une lumière orangée.

— La Police montée me laissera passer, explique Perrin. Elle m'aidera même. J'ai tous les papiers et toutes les signatures nécessaires pour l'extradition. Il me faut simplement lui mettre la main au collet. Ensuite, je reviendrai à la civilisation. Le reste, l'or et les mines, ça ne m'intéresse pas. Ce n'est pas pour moi, ces affaires-là. Vos amis les Canadiens français l'ont bien deviné, l'autre jour. Je n'ai rien d'un mineur et je ne suis pas un homme de grand air. Je suis un homme de la ville. De la grande ville. Mais pour accomplir ma mission, j'irai jusqu'au bout du monde s'il le faut.

Rosalie se tait, ne voyant pas ce qu'elle pourrait ajouter qui convaincrait le détective de renoncer à son bandit. Elle s'éloigne vers la cuisine et en revient avec une assiette fumante.

– Si vous comptez affronter la White Pass à son pire, dit-elle, aussi bien le faire le ventre plein.

*

Le 22 septembre, le blizzard souffle toujours sur la région, dissimulant la montagne, la terre et le ciel. Ne reste que le blanc, le blanc, et encore le blanc. Et le vent. Debout aux abords du village, Rosalie fixe ce néant éblouissant. Elle a revêtu son manteau de laine, chaussé ses bottes de feutre, remonté son foulard sur ses joues et descendu jusque sur ses oreilles ce bonnet de fourrure nouvellement acquis. De son visage, un passant ne verrait que les yeux, dont les cils sont couverts de glaçons. Mais de passant, il n'y a point. Rares sont ceux qui oseraient pointer le bout du nez dehors par ce temps.

Le village est à peine visible, les murs et les toits des maisons disparaissant sous les amoncellements de neige. Des cheminées s'élève toujours cette fumée blanche, rapidement dissipée par les rafales incessantes. Seules demeurent les odeurs de bois brûlé, de pain chaud et de viande bouillie qui se diffusent partout et nulle part à la fois. Les éclats de rire et les cris provenant des saloons sont eux aussi modifiés par la montagne, comme assourdis et distordus. À moins que ce ne soit le souffle du vent qui imite les voix. Ces odeurs et ces bruits attestent encore de la présence d'êtres humains dans la vallée. Mr. Perrin se trompait. Le bout du monde, ce n'est pas Dawson City. C'est ici, au milieu des Rocheuses, au cœur de cette tempête qui n'en finit pas de souffler. Dawson City, par comparaison, ne peut être que la civilisation. Rosalie en est persuadée.

Alors qu'elle regarde s'estomper la silhouette du détective dans la neige qui tombe avec intensité, Rosalie a envie de lui crier de revenir, de lui rappeler que c'est de la folie d'affronter la nature ainsi déchaînée. Depuis quelques minutes, les traces des raquettes qu'elle lui a offertes ne sont plus visibles, ensevelies, ou balayées par le vent. Et il en va de même pour le détective Perrin, de la firme Spencer and Perrin de San Francisco, dont on ne voit déjà plus signe de vie.

CHAPITRE XXIV

Le 22 septembre, tôt le matin. Dans un blizzard intense, trois bateaux s'éloignent de la pointe ouest du lac Lindemann. Le premier est piloté par Samuel Lawless et son associé suédois. Le second, par deux Danois qui en sont à leur troisième tentative pour descendre l'étroit chenal tout en rapides qui sépare le lac Lindemann du lac Bennett, à trois milles en aval. Assise sur le troisième bateau, une espèce de radeau à voile tirant derrière lui deux barges aussi larges que longues, Liliane s'accroche. Elle n'aime pas que l'embarcation danse sur les vagues. Elle n'aime pas ce vent qui tend si fort la voile, ni cette neige folle qui camoufle au regard ce qui se trouve à plus de cinquante pieds. Autour d'eux, on ne voit ni ciel ni montagnes ni rives. Que du blanc, encore du blanc, intense, froid et étouffant des heures durant.

Pendant tout ce temps, les frères Ashley se montrent prudents, imitant dans leurs manœuvres celles des conducteurs des deux bateaux devant eux. Une longue perche à la main, les jumeaux sondent le fond pendant que Joshua oriente la voile. La neige a déjà recouvert leurs barbes et leurs chapeaux. Elle s'amasse lentement sur leurs épaules, sur leurs bottes de même que sur le pont où Liliane, blottie contre Dolly, récite intérieurement ses prières d'antan. La peur au ventre, elle frémit dès que l'eau vient lui lécher les pieds, comme si elle craignait que le courant veuille les submerger. Elle recule et replie davantage les jambes.

Tout en avant, Samuel et le Suédois manient la perche et la voile d'habile façon, évitant les écueils qui pointent à la surface. Vers la fin de l'avant-midi, le lac, jusque-là calme et opaque, devient subitement houleux et opalescent. Sur la rive, un camp apparaît, mais personne n'y prête attention car droit devant se dessinent les rapides avec leurs multiples rochers, leur dénivellation plus intense et leur écume. Dès que le courant s'empare du bateau de Samuel, Liliane le perd de vue à cause de la neige. Elle imagine la fragile embarcation secouée par les vagues, se heurtant aux écueils. Elle pressent le pire, mais est rassurée lorsqu'un cri lui parvient, porté par le vent. Le premier bateau est passé. Une clameur s'élève de la rive. Rassemblés pour observer la manœuvre, plusieurs hommes manifestent bruyamment leurs encouragements, leur admiration, leurs craintes.

C'est maintenant au tour du bateau danois de se laisser aller dans le courant. Ce n'est manifestement pas la première fois que les deux hommes s'attaquent à ces rapides et ils communiquent à voix forte, annoncent les récifs qu'il faut éviter, ceux qu'on ne voit qu'en les effleurant mais qu'on peut anticiper à la couleur de l'eau. Leur embarcation tangue et Liliane frémit en les regardant naviguer au milieu d'un tel danger. Le courant attire le bateau vers le lac Bennett, mais il l'attire avec beaucoup trop d'empressement. Soudain, le devant plonge et l'arrière bascule. Un cri s'élève de la berge. Un cri d'horreur.

Éjectés, les Danois volent un moment dans les airs avant d'atterrir dans l'eau. On leur porte secours, mais on ne peut rien pour le bateau, qui dérive, renversé, sa cargaison répandue dans les flots et charriée vers l'aval.

Sur la rive, un des deux malheureux, frustré, demeure allongé, ses poings battant la neige. L'autre s'est relevé et s'éloigne vers la première tente qu'il voit. Il marche sans regarder autour de lui, prisonnier de sa colère. Il pénètre dans l'abri de toile, remue, fouille et en ressort, triomphant, un pistolet à la main. Comme tous les gens présents, Liliane suit ses mouvements, intriguée. Mais avant que quelqu'un puisse réagir, l'homme se rapproche de l'eau, lève son arme, l'appuie contre sa tempe et presse la détente. La détonation retentit, répétée par l'écho et le corps bascule dans les flots. Suit un long silence où personne ne bouge, pétrifié. Liliane ne réalise pas tout de suite ce qui vient de se passer. Il lui faudra une voix, un cri, un mot pour que l'image se fraie un chemin jusqu'à son esprit. Elle regarde l'autre Danois qui fond en larmes sur la plage, le regard fixé sur le corps de son compagnon qui dérive, attiré par les rapides.

— Oh, mon Dieu! souffle Dolly, toute tremblante à côté de Liliane.

Une main sur la bouche, elle tente d'étouffer l'émotion qui la submerge. Se sortant de sa léthargie, Liliane aperçoit tout à coup les rochers couverts d'écume qui approchent.

— Mr. Ashley! hurle-t-elle en montrant du doigt le danger imminent. Les rapides nous attirent.

L'Américain se détourne du cadavre flottant et houspille ses frères en leur reprochant leur manque d'attention.

— Utilisez les perches, leur ordonne-t-il. Poussez sur le fond pour nous empêcher d'avancer.

— Oh, mon Dieu! répète Dolly.

Droit devant, le courant crée des remous terrifiants.

— On va chavirer, nous aussi, poursuit-elle, sur le point de céder à la panique.

Elle se tourne vers Joshua Ashley et tire sur le bas de son pantalon:

— J'ai peur, s'écrie-t-elle. Fais reculer le bateau, je t'en prie. On va couler. Recule, s'il te plaît, recule, Joshua!

Il est cependant trop tard pour une telle manœuvre, car l'eau les aspire vers l'avant. Derrière eux, les deux barges tanguent. Plus personne ne s'intéresse désormais à ce corps inerte qui s'éloigne en aval. Ni à l'autre Danois qui pleure, assis dans la neige. Tous, tant dans l'embarcation que sur la grève, ont les yeux rivés sur les rapides. Le lac Bennett n'est toujours pas visible, mais les vagues se font de plus en plus violentes, soulevant la poupe, attirant la proue. Un coup de vent fait piquer le bateau encore plus profondément dans les flots et Joshua Ashley s'empresse d'attacher la voile au mât.

À bord, les deux femmes se cramponnent l'une à l'autre, impuissantes. Puis, comme par enchantement, le lac Bennett apparaît, calme et limpide. La tension baisse aussitôt.

— C'est fini, soufflent en chœur les jumeaux.

— C'est fini, répète Liliane en découvrant, loin sur le lac, le bateau de Samuel.

Il a poursuivi sa route, ignorant tout du danger qu'elle vient d'affronter.

*

Après les pics enneigés des plus hautes Rocheuses, les montagnes qui entourent le lac Bennett ressemblent à des collines. Ces monts arrondis et ravinés, que la neige commence à recouvrir, ondulent à perte de vue. Depuis que la tempête s'est calmée, c'est un tout nouveau paysage qui s'offre au regard de Liliane alors que le bateau s'éloigne du camp érigé sur la rive sud du lac Bennett. L'entassement de tentes, identique à celui du lac Lindemann, coïncide avec la fin de la White Pass. Cette route-là également, ils sont des milliers à l'avoir empruntée et l'endroit grouille d'activité. Là aussi, on construit des bateaux. Et, là aussi, le temps presse.

Liliane repense à ces deux hommes aperçus au moment où ils mettaient leur embarcation à l'eau. Leur barge était au moins aussi chargée que les leurs. Tant de nourriture pour seulement deux hommes. Cette réflexion lui rappelle l'étape périlleuse à venir : le poste de la police du lac Tagish. La laissera-t-on passer ?

À la pointe est apparaît la décharge du lac Bennett. Sur la grève, là où la neige ne s'agglutine pas encore, Liliane aperçoit des bancs de sable où poussent, presque hirsutes, quelques arbustes bas et maigrelets. Si elle ne se savait pas aussi loin au nord, elle pourrait croire qu'il s'agit d'un désert. Le sable en a toutes les propriétés. Fin et beige, amoncelé en dunes. Liliane se retourne pour le suivre des yeux et elle remarque alors la couleur du lac. Vues de l'est, les eaux du lac Bennett ont la teinte de ces petites pierres qui formaient le collier de Mrs. Burns, entre le bleu et le vert. Au souvenir de son ancienne patronne, Liliane se sent submergée par la nostalgie. Chez Mrs. Burns, le lit était douillet, la maison, bien chauffée, et elle s'y sentait en sécurité. Depuis son départ, ce confort est rarissime. Et maintenant que l'hiver s'installe, il le sera plus encore. De plus, elle doit être toujours sur ses gardes, malgré la présence réconfortante de Dolly. Elle pressent le danger dans chaque geste des frères Ashley, dans chaque vague du Yukon, dans le bruit du vent ou les flocons de neige soufflés de la rive. Désormais, sa priorité ne sera plus d'avancer vers le nord, mais de survivre à la descente du fleuve.

*

— Toujours à gauche, toujours vers le nord, jusqu'à ce qu'on aperçoive la grande tache de sable qui déchire le versant ouest d'une montagne. Juste en dessous se trouve Dawson City.

C'est ainsi que Joshua Ashley a décrit la route à suivre. Depuis qu'ils ont quitté le lac Lindemann, l'Américain dirige son bateau d'une main de maître, évitant avec soin les écueils qui pourraient s'avérer néfastes pour les deux barges surchargées attachées à la poupe. Dès le premier soir, il a sorti de la poche de sa veste mackinaw une carte du Nord, grossièrement dessinée à la main.

— Je me suis fait une copie de celle du Suédois, a-t-il expliqué en faisant référence à l'associé de Samuel.

Il a déplié la carte sur un rocher et Liliane y a reconnu les lacs Lindemann et Bennett, de même que le lac Tagish. Les eaux s'écoulent en direction du pôle Nord, sillonnant entre les montagnes.

Ce soir, alors qu'ils ont dressé leur camp sur une île du lac Tagish, Joshua sort de nouveau sa carte.

— On se trouve juste en amont du poste de la Police montée, affirme-t-il en étudiant les dessins avec les jumeaux.

Il reste beaucoup de détails à régler pour qu'on nous laisse descendre plus bas.

Liliane accuse le coup, un nœud dans la gorge. Encore une fois, elle sent l'ombre de la défaite planer au-dessus de sa tête. Occupée à façonner des galettes et à faire cuire le bacon, elle évite de regarder Dolly. Celle-ci a puisé de l'eau pour faire la lessive des hommes et, avant de s'allonger dans la tente de Joshua, elle suspendra les chemises tout près des braises dans l'espoir qu'elles sécheront pendant la nuit.

Liliane a peur que son amie lise dans ses yeux l'angoisse qui l'habite. L'avenir la tourmente parce qu'elle n'arrive plus à l'entrevoir, n'ayant plus le contrôle de sa vie depuis qu'elle est montée à bord du bateau des frères Ashley. Ce sont eux qui décident où elle va et à quelle vitesse elle y va. Ils pourraient également l'abandonner à son sort advenant qu'on lui refuse le passage vers le Klondike, ce dont elle ne saurait douter maintenant. Comme elle déteste cette situation!

Au-dessus des flammes, l'eau bout. Liliane prépare le café sans empressement et retourne à ses galettes, l'esprit ailleurs. Elle n'a plus assez de provisions pour qu'on lui accorde la permission de se rendre à Dawson, voilà la réalité. Déjà trois jours qu'ils naviguent et qu'elle cuisine pour le groupe à même sa farine, son lard et sa graisse. Comme ils mangent, ces trois hommes! Des ogres. Les réserves de Liliane baissent à vue d'œil. C'était l'entente qu'elle a conclue avec eux, elle en convient, mais elle avait secrètement espéré que les frères Ashley se montreraient plus compréhensifs. Étant donné leur immense appétit, ils auraient pu lui fournir un peu de tout, pour ne pas la forcer à puiser autant dans ses propres denrées.

Ils ne l'ont pas fait. Un *deal*, c'est un *deal*, affirmait Mr. Noonan. Il s'agissait de sa première leçon et l'homme d'affaires avait beaucoup insisté là-dessus. Il avait répété qu'il fallait s'assurer de pouvoir respecter un contrat avant de s'engager. Comme elle a été naïve de croire que la bonté dicterait un meilleur code de conduite à ses nouveaux associés! Cette constatation la ramène à son propre comportement, quelques semaines plus tôt. Était-elle dirigée par la générosité lorsqu'elle tenait son restaurant? Elle a demandé le gros prix à ses clients; il est normal que les Ashley profitent eux aussi de la situation. Dans cette aventure loin du monde tel qu'on le connaît dans le Sud, Liliane a compris dès le début que chacun ne pensait qu'à lui-même. Cela ne changera pas parce que le poste de la police vient d'apparaître à l'horizon. Liliane envisage donc, encore une fois, l'échec. On la forcera à rentrer chez elle, c'est certain.

L'air du nord continue de fraîchir, mais la neige a cessé depuis la veille. Outre le halo incandescent qui baigne le camp, tout autour, c'est le noir profond. Les étoiles n'en sont que plus magnifiques, certes, bien que Liliane n'y ait même pas jeté un œil. Deux points scintillent au-dessus des flots et ce sont eux qui la préoccupent. Le premier émane de la cabane du poste de la police, son cauchemar du moment. Le deuxième, sur la rive ouest, juste en face de l'île, provient du feu de Samuel. Depuis le départ, elle passe ses journées à fixer son bateau, se demandant si elle n'a pas été trop dure avec lui, regrettant certains gestes, certains mots. Elle est obligée d'admettre qu'il lui manque. Elle s'était habituée à sa présence et, même si elle ne lui parlait plus depuis des semaines, il était toujours là, pas très loin, à attendre son pardon. Ce pardon qu'elle lui a refusé et qui la tourmente tous les soirs maintenant. La nuit, seule dans sa tente, elle craint que les jumeaux ne posent un geste audacieux, Percy surtout, qui se montre souvent trop prévenant. Elle dort tout habillée, avec son pantalon fétiche. Une bien faible protection, finalement. Au matin, elle se trouve ridicule d'avoir peur de ses associés. Ils ne manifestent à son endroit que courtoisie et respect. Néanmoins, à la nuit tombée, ses fantômes reviennent, exacerbés par la fatigue du jour.

Ce soir, alors que toutes ses angoisses renaissent dans son esprit, Liliane s'interroge, les yeux rivés à ce feu qui danse à l'horizon. Samuel s'est-il arrêté là, en face de l'île, exprès pour être plus près d'elle ? Ou bien est-ce Joshua qui a choisi l'île afin de garder, à portée de main, le marin de San Francisco et son compagnon suédois ? Après tout, ceux-ci se sont montrés d'une aide précieuse. On n'a qu'à suivre leur embarcation pour s'assurer d'une route sécuritaire.

Derrière Liliane, les frères Ashley, qui discutaient haut et fort, se taisent tout à coup. Joshua vient s'asseoir près du feu, escorté de Percy.

— Miss Lili, commence l'aîné en jouant dans les braises avec un bâton. On a l'intention de passer le poste de police demain matin. Il faut que vous fassiez une liste de vos affaires.

Liliane hoche la tête, intriguée par ce changement d'attitude chez Joshua. Jamais il ne s'est montré prévenant jusqu'ici. Elle ne comprend ce qui se passe que lorsqu'il ajoute :

— Mais je pense bien qu'on ne vous laissera pas continuer.

Voilà donc où il voulait en venir. Sauf que cette conclusion, Liliane y était arrivée depuis un moment déjà. Consciente de la précarité de sa situation, elle attend qu'on lui propose une solution. Car on va lui en proposer une, c'est certain. L'assurance de Joshua Ashley est trop évidente.

— Je vais faire passer Dolly pour ma femme, dit-il sans même un regard vers la prostituée. En répartissant différemment mes provisions et celles de mes frères, la police ne devrait y voir que du feu.

— Quel est le rapport avec moi?

Liliane craint la réponse autant qu'elle l'anticipe. Joshua Ashley est un homme brillant. Brillant, mais dangereux, parce qu'il avait prévu cette situation depuis le premier jour. Elle en est persuadée.

— Percy est d'accord pour vous présenter comme sa femme, poursuit l'Américain. Si vous entassez vos affaires avec les siennes, cela devrait suffire à confondre l'inspecteur.

Tel était donc leur plan. Liliane serre les cuisses, plus mal à l'aise que jamais. De l'autre côté du lac, les flammes sont sur le point de s'éteindre.

*

Le policier soulève les sacs, les compte, les compare avant d'en noter le contenu. Les cheveux bien coupés, le visage glabre, l'uniforme impeccable, l'homme n'entend pas à rire. Ainsi, autour de lui, tout est silencieux. Ils sont pourtant une vingtaine d'argonautes à guetter un hochement de tête pour reprendre la route.

Puisque l'arrêt ici est obligatoire, les bateaux ont accosté, l'un derrière l'autre, à l'endroit précis où se forme un goulot sur le fleuve, à la décharge du lac Tagish. Depuis le lever du soleil, le vent a forci, créant des vagues puissantes qui poussent sur les coques, lesquelles se heurtent dans un craquement sourd.

Ils sont donc vingt à attendre au bord de l'eau, dans ce coin de pays perdu. Et ils attendent patiemment. C'est ici que l'on décide de leur sort. Or, la barge que le policier inspecte en ce moment regorge de provisions, la chose est évidente. Son propriétaire n'était pas à une livre près, à un sac près ni même à une caisse près. Il en a transporté plus que le minimum exigé, pour parer aux imprévus. On le constate facilement à l'œil nu, mais le policier en dresse néanmoins le compte, détaillant chaque élément sur sa liste. Malgré le ridicule de la situation, personne n'ose faire une blague, trop inquiet, imaginant le pire.

Lorsque la barge inspectée peut enfin quitter le poste, c'est au tour de celles des frères Ashley. Joshua dirige le bateau puis l'immobilise devant le policier. Il met ensuite pied à terre, bombe le torse et se montre déplaisant en répondant aux questions de l'agent ou en donnant une explication. Rien d'aimable dans son regard ni dans son attitude.

Liliane se croise les doigts. De ce colosse astucieux et ambitieux dépend son avenir, alors elle prie pour que le policier ne s'offusque pas de son arrogance, pour qu'il s'en tienne à l'équipement. Elle prie pour qu'il ne s'attarde pas trop à ce sourire cynique, à la nonchalance des jumeaux, à la tension qu'on peut lire sur le visage de Dolly.

Accroupie dans le bois, Liliane surveille la réaction de l'agent, mais aussi celle de Samuel. Elle sait qu'il a vu le bateau de Joshua s'approcher de la rive, quelques milles en amont du poste. Mais l'a-t-il vue débarquer ? A-t-il compris qu'elle avait décidé de passer par le bois ?

Passer par le bois... C'était son idée à elle, sa réponse à la proposition de l'Américain. Un véritable coup de bluff. Elle a prétendu bien connaître la Police montée. Elle a vanté la minutie de ces policiers, leur discipline, leur grande rigueur, pour convaincre les frères Ashley de l'absurdité de leur projet. Jamais ils ne berneraient un policier de leur trempe. Donc, jamais on ne les laisserait passer avec ce qu'ils possédaient de provisions pour cinq personnes. Elle avait alors proposé la première solution qui lui était venue à l'esprit. Elle contournerait le poste de la police par la forêt et les rejoindrait en aval. En ajoutant ses affaires aux leurs, ils avaient toutes les chances d'obtenir l'approbation nécessaire pour poursuivre leur route. Joshua lui avait tendu la main. Un *deal*, c'est un *deal*, s'était souvenue Liliane en glissant sa paume tremblante dans celle de son associé. Respecterait-il sa part du contrat ? À voir le sourire narquois qui a illuminé son visage, Liliane en a douté. Mais elle est vite revenue à la raison. Le vol est le pire crime à commettre dans cette région. Elle n'aurait qu'à dénoncer les voleurs pour qu'ils soient punis. Elle pouvait donc faire confiance à Joshua Ashley. Il sera fidèle à ses engagements et l'attendra. Mais ces trois Américains seront aussi fidèles à eux-mêmes. Liliane se doute bien qu'elle devra payer, d'une manière ou d'une autre, cet affront qu'elle leur a fait en refusant de se faire passer pour la femme de Percy.

En s'éloignant de la rive, après avoir mis pied à terre, quelle ne fut pas sa surprise de découvrir un sentier. Une piste déjà tracée. Ils étaient donc nombreux à contourner le poste pour éviter d'avoir à rebrousser chemin. Liliane a mis ses pas dans ceux qui, comme elle, sont déterminés au-delà de toute raison, au-delà de toute loi.

C'est ainsi qu'elle a longé ce chemin et ralenti à l'approche de la cabane de la Police montée. Elle voulait voir de ses yeux comment les choses se déroulaient, afin de se rassurer. Maintenant qu'elle distingue à travers les branches les bateaux, les hommes et Dolly, elle constate qu'elle ne peut rien faire d'autre que prier pour que Joshua se comporte le plus civilement possible. Puisqu'il est inutile qu'elle s'attarde davantage si près du danger, elle reprend sa route, sous le couvert des sapins maigrelets et des trembles dégarnis.

Il est presque midi et le soleil est éblouissant. Liliane avance d'un pas prudent, guettant les rochers glissants, les trous d'eau discrets. La neige réfléchit les rayons et Liliane doit souvent fermer les yeux pour se reposer de la lumière. Beaucoup de branches d'arbre ont été cassées et plusieurs buissons qui poussaient directement dans le sentier il y a quelques semaines seulement ont été arrachés et écrasés sur le sol jusqu'à cesser d'exister. D'autres détails trahissent encore plus fortement la présence humaine. Des boîtes de conserve ouvertes jetées dans les broussailles. Ici, des cendres et du charbon à demi consumé, là, des traces d'urine sur le blanc immaculé. Combien étaient-ils à vouloir éviter, comme elle, le poste de la police ?

La piste rejoint le fleuve un mille plus bas, loin des regards. Quand Liliane atteint la rive, Joshua y est déjà. Percy et son frère jumeau ont fait un feu sur la grève et Dolly a préparé du café.

— Et puis, interroge-t-elle dès qu'elle se trouve à portée de voix. Vous êtes passés sans problème ?

Joshua acquiesce et lui tend une tasse remplie à ras bord.

— Vous aviez raison, conclut-il en buvant lui aussi. Sans vous, nous nous serions jetés dans la gueule du loup. Vos connaissances ont été un atout. Imaginez, il aurait fallu débarquer Dolly.

La prostituée bondit du sac de toile où elle s'était assise et le toise d'un regard furieux.

— Tu oublies notre entente, Joshua Ashley! Je m'occupe de toi et tu m'emmènes. Tu ne peux pas briser un contrat quand ça ne fait plus ton affaire.

L'Américain s'esclaffe.

— Mais non, ma belle. Ne te fâche comme ça. On ne t'aurait pas abandonnée, voyons!

Ses propos se veulent rassurants, mais le ton mielleux laisse planer un doute. Mal pris, les frères Ashley auraient sûrement largué Dolly. Et qu'auraient-ils fait de Liliane? Elle préfère ne pas y penser. Elle est là, maintenant. Elle est entrée au Klondike. Ne reste plus qu'à descendre jusqu'à Dawson City, où la fortune l'attend.

*

Le lendemain se déroule sans encombre et Liliane pourrait presque se laisser convaincre que le voyage jusqu'à Dawson sera une balade tranquille sur le fleuve. Mis à part le froid, elle n'a pas à se plaindre. Dolly s'avère vraiment de bonne compagnie et les frères Ashley continuent de se montrer aimables, surtout Percy qui lui a offert une couverture de laine supplémentaire. La nuit, quand elle se roule en boule dans sa tente, Liliane apprécie ce cadeau à sa juste valeur.

Il est peut-être minuit lorsqu'elle s'éveille sans raison. Dehors, elle n'entend que le vent et le calme du Nord. Cette absence de bruit, elle commence à s'y habituer. Il lui est arrivé, les premiers soirs, de s'attendre à des ronflements, en vain. Outre les gémissements de Dolly et de son amant dans le premier quart d'heure de la nuit, rien ne brise la quiétude des lieux. Ce silence s'étend d'ailleurs à des milles à la ronde, car les bateaux s'étalent maintenant le long du fleuve, laissant beaucoup d'espace entre eux. Les argonautes n'éprouvent pas, les uns pour les autres, de réelle affection, pas plus qu'ils ne présentent d'affinités. Ils resserrent leurs liens lorsque cela leur convient, mais redeviennent solitaires et farouches dès que la présence d'autrui n'est plus essentielle. Liliane en veut pour preuve l'attitude de Joshua qui, ce matin, a dépassé Samuel et son copain suédois sans aucune cérémonie. Si, au départ, ce marin lui paraissait utile, ça ne semble plus le cas désormais. Joshua possède une carte et le fleuve est de plus en plus profond, ce qui le rend plus facile à naviguer. Ainsi se prennent toutes les décisions dans cette aventure.

Incapable de se rendormir après ces réflexions, Liliane quitte ses couvertures et sort dans la nuit. Point de lumière à l'horizon, ni sur une berge ni sur l'autre. La lune brille, pleine et blanche, au-dessus d'un monde qui paraît inhabité. Les troncs ont perdu leur texture rugueuse, les épines des sapins, leur finesse. Les arbres ne sont plus qu'une masse indistincte et le fleuve, une flaque d'eau qui scintille au clair de lune.

— Une nuit parfaite, soupire Liliane en regagnant sa tente.

Si un jour on lui demandait de brosser un tableau du paradis, c'est ainsi qu'elle le décrirait. Une telle sérénité l'habite qu'elle ne sent plus le froid qui lui engourdit les pieds. Au moment de se rendormir, un hurlement se fait entendre. Celui d'un loup qui rappelle à tous ces étrangers qu'ils ne sont pas chez eux, qu'ils campent ce soir sur un territoire qui n'est pas le leur.

*

— Canyon droit devant! hurle Dolly depuis son poste d'observation, à la proue.

À cause d'un méandre dans le fleuve, personne n'a vu venir le danger. Immédiatement après le cri de Dolly, des murs géants se dressent à la verticale et le bateau est emporté par le courant. L'eau se précipite contre la roche, y entraînant tantôt une barge, tantôt l'autre. S'intensifiant dans l'étroit chenal, le vent pousse fort sur le bateau que les frères Ashley tentent de garder à flot. La coque frôle une des parois, l'embarcation tangue et glisse en diagonale, comme si elle allait se renverser.

— Repliez la voile, ordonne Percy en se tournant vers Liliane.

Terrifiée, celle-ci met un moment à réagir, les yeux rivés à ces remous énormes qui menacent de tout avaler.

— Immédiatement, Miss Lili! ajoute Joshua en poussant de toutes ses forces sur la perche qu'il vient d'appuyer contre le mur qui se dresse sur leur droite.

Ses frères l'imitent avec les autres perches, mais reprendre le contrôle du bateau semble impossible tant le vent est puissant. Liliane se ressaisit, s'agrippe au mât et y enroule la voile. La pression se relâche aussitôt. Le bateau s'éloigne de la paroi et se laisse entraîner par les flots. Liliane soupire en s'affaissant à la poupe, mais les hommes demeurent aux aguets, conscients de leur impuissance à manœuvrer dans un tel courant.

L'embarcation aboutit dans un vaste bassin circulaire où les eaux paraissent peu menaçantes. Joshua se met toutefois à jurer et s'empresse de réinstaller la voile.

— Essayez d'attraper une branche, ordonne-t-il, furieux.

Étrangement, le bateau passe tout droit devant la sortie du bassin et se met à tourner en rond.

— Que se passe-t-il?

Liliane ne comprend pas comment il est possible que l'embarcation ne descende plus. Le courant semble puissant. Elle s'efforce toutefois de faire comme les autres et tend les bras pour s'accrocher à cette rive presque verticale. Ce qui, quelques minutes plus tôt, était un ennemi devient soudain leur planche de salut.

— On est pris dans un tourbillon, explique Joshua en montrant la sortie du bassin devant laquelle le bateau glisse pour la deuxième fois. Si on ne fait rien pour se sortir de là, on va tourner comme ça éternellement. Il faut absolument se rapprocher des murs et s'aider des arbres pour contrer l'effet de l'eau. Essayez d'attraper quelque chose. C'est la seule solution.

Debout à la proue, Liliane et Dolly ont étiré les bras, mais ne sentent sous leurs doigts que les épines des sapins. Puis, soudain, un cri victorieux retentit.

— Ça y est! s'écrie Dolly en décollant du mur une branche menue.

— Tiens-la bien!

Les trois hommes accourent, mais il est trop tard. La branche cède sous la traction et se détache du tronc dans un craquement sec. Quelques feuilles mortes flottent dans le courant, accompagnées de brindilles aussitôt englouties. Pendant près de trente minutes, chacun se remet à la tâche, mais en vain. Le bateau continue de passer devant la sortie sans jamais l'emprunter. Tous s'affalent alors sur le pont, las et fatigués, les bras endoloris à force de s'étirer. Des heures durant, Liliane fixe ces murs, le ciel et le fleuve et ces arbres trop frêles pour être d'un quelconque secours.

Le temps s'écoule, lentement. Adossée à une caisse, Liliane voit le soleil décliner et le ciel s'assombrir au-delà des parois rocheuses. Le froid devient piquant et elle regrette d'avoir laissé toutes ses affaires sur les barges. Il lui faudrait au moins une couverture. Quand elle imagine les heures à venir, elle en ressent une vive appréhension. L'humidité l'a pénétrée depuis un moment déjà et elle grelotte, seule dans son coin. Dans le coin opposé, Dolly s'est blottie contre Joshua. À côté d'eux, Percy ne cesse d'observer Liliane sans chercher à dissimuler le désir qui l'habite, ce qui rend la situation insupportable. Vont-ils vraiment passer la nuit sur le bateau? Autour d'eux, la lumière se tamise, le ciel tourne au bleu marine et la végétation environnante prend une teinte gris sombre, lugubre.

— Ça n'a pas de bon sens! s'insurge soudain Liliane en bondissant sur ses pieds. Il faut qu'on sorte de là.

Joignant le geste à la parole, elle s'empare d'une perche à l'aide de laquelle elle tente d'accrocher des racines.

— Ne faites pas ça, s'oppose Joshua, sans toutefois bouger de sa place. Si vous perdez la perche, ce sera plus difficile de naviguer quand on sera enfin sortis de ce trou.

— Si on ne fait rien, on n'en sortira jamais, justement. Dites-moi à quoi servira cette perche, si on doit mourir ici!

— On ne mourra pas ici, marmonne Percy. Demain, quelqu'un d'autre descendra le canyon et nous donnera un coup de main.

Liliane ne l'écoute pas et continue d'essayer d'attraper quelque chose, n'importe quoi, qui la relierait à la terre ferme. Soudain, à cause d'un remous, le bateau se rapproche de la paroi. Liliane pose la perche et étire le bras. Se produit alors ce qu'elle qualifierait de miracle. Elle sent l'écorce rude sous ses doigts. Elle referme la main, sa poigne n'ayant d'équivalent que sa détermination à sortir le bateau du tourbillon.

— Ça y est! s'exclame-t-elle à son tour, d'un air triomphant.

Le courant semble rugir un moment, tirer puis lâcher prise pour reprendre aussitôt de la vigueur. Le sourire aux lèvres, Liliane demeure accrochée à la branche. Mais le fleuve n'a pas dit son dernier mot. Les vagues poussent plus fort sur l'embarcation, la font dangereusement piquer du nez et Liliane perd pied. Éjectée, elle plonge dans les flots glacés. Son corps est immédiatement assailli par la douleur, transpercé par des milliers d'aiguilles. Quel réflexe l'a forcée à lâcher la branche? Elle ne le sait pas, mais elle se sent emportée par le tourbillon. Alors que le bateau s'éloigne, elle voit une des barges venir droit sur elle. Tout va trop vite, beaucoup trop vite. La barge la heurte de plein fouet. Pas de cri, pas de panique. Que le noir. À la vague suivante, le fleuve Yukon l'avale d'un coup.

*

Une bourrasque fait craquer les branches nues. Une rivière qui rugit. Une voix douce, quelques cris d'hommes au loin. Ces bruits, désormais familiers, tirent Liliane du sommeil forcé où elle était plongée depuis… Depuis combien de temps? Elle ne se souvient que du fleuve glacé, de la barge, d'une vague. Or, en ce moment, elle se trouve allongée sur quelque chose de dur et de froid. Elle a le nez qui coule et cela la dérange. Elle ouvre les yeux.

Tout d'abord, elle ne perçoit que ces flammes qui dansent tout près, les étincelles évanescentes et de légers tisons qui flottent dans l'air, portés par le vent. Puis elle tourne la tête et le blanc l'éblouit. Il y a celui du ciel très loin, celui de la neige collée aux troncs et aux branches des arbres et celui des flocons agglutinés sur les épaules et sur le chapeau de Dolly. Son amie ne la regarde pas. Assise tout près, elle fixe un point à l'horizon. L'inquiétude se lit sur son visage et Liliane reconnaît les mots qu'elle murmure pour elle-même. Dieu, sa miséricorde, son secours. Il s'agit d'une prière et Liliane se demande ce qui angoisse à ce point son amie. Tout doucement, elle se soulève sur un coude. Sa tête lui fait mal et elle grimace en se tâtant le crâne de sa main libre. Elle se découvre une bosse sensible sur le front, à moins d'un pouce de l'arcade sourcilière. Elle l'a échappé belle. Encore un peu et elle perdait un œil.

Elle se trouve au bord d'une rivière, de toute évidence le fleuve Yukon, mais elle ne reconnaît pas l'endroit, ni les berges plates de part et d'autre, ni le rapide tumultueux que descendent en ce moment le bateau et les deux barges des frères Ashley. Ce ne sont cependant pas eux qui dirigent l'embarcation, puisqu'elle les aperçoit sur la rive, beaucoup plus bas.

— Comment ça va, ce matin? l'interroge soudain Dolly. Tu nous as flanqué toute une frousse!

– Je vais…

Les derniers événements lui reviennent tout à coup à l'esprit. Elle s'assoit et observe les environs. Où se trouve le bassin dans lequel ils ont tourné en rond pendant des heures ? Aussi loin que porte son regard en amont, aucune élévation de la berge ne permet d'imaginer le canyon étroit ni les murs gigantesques ni même cette sortie inaccessible qui les narguait. Autour d'elle, elle ne voit, à perte de vue, que conifères sombres, trembles gris et nus, plages sablonneuses. Et, bien sûr, il y a ces rapides qui grondent comme une horde de chevaux blancs au galop.

– Où sommes-nous ? demande-t-elle, confuse.

– Une vingtaine de milles plus bas que le canyon. Les hommes s'occupent de faire descendre les bateaux.

– Les hommes ?

Liliane se tourne vers le fleuve où elle aperçoit encore l'embarcation, quelques secondes à peine avant qu'elle ne disparaisse dans un méandre de la rivière. Sur la grève, les frères Ashley se sont mis à courir.

– Qui manœuvre ?

Elle a posé cette question sur un ton détaché, mais, au fond d'elle-même, la réponse lui importe beaucoup.

– Tu sais bien qui manœuvre, chère Lili.

Elle est surprise que Dolly puisse lire aussi clairement dans son esprit. Évidemment qu'elle connaît ce marin blond et habile. Il n'y a que lui pour s'aventurer avec autant d'adresse dans des rapides aussi dangereux. Il n'y a que lui pour tout. Point.

– Il a fallu qu'ils s'y prennent à trois pour te sortir de l'eau hier soir. Moi, je t'ai réchauffée toute la nuit et, ce matin, dès le lever du soleil, Samuel et le Suédois ont descendu le canyon et nous ont poussés hors de ce tourbillon du diable. Il était temps! Je n'en pouvais plus de tourner comme ça. Ça me rendait malade. Toujours les mêmes murs, et cette même sortie qu'on n'arrivait jamais à atteindre. Quelle frustration de passer devant chaque fois!

Liliane acquiesce et remarque tout à coup qu'on l'a changée de vêtements. Au lieu de sa chemise et de ce pantalon qu'elle affectionne tant, elle porte une des robes de Dolly. Se souvenant du décolleté plongeant dont le buste est paré, elle est heureuse de sentir sur ses épaules un lourd manteau de laine. Un coup d'œil derrière elle lui permet de se rassurer. Sur la plus basse branche d'un arbre, ses propres vêtements sèchent, suspendus près des flammes. Elle reconnaît, dans l'air, l'odeur du savon.

– Merci pour la lessive, dit-elle, touchée par une telle attention. Et merci pour le reste aussi.

Dolly lui sourit.

– De rien. Si jamais tu as encore besoin qu'on lave ton linge, tu n'as qu'à le demander. Pour ce qui est de te réchauffer, par contre, je t'assure que les jumeaux se sont portés volontaires. Tous les deux. Il a fallu que je m'impose afin de t'éviter de te réveiller à leurs côtés. Je me suis dit que tu n'aurais peut-être pas apprécié.

Cette moquerie fait rire Liliane, qui tente ainsi de dissimuler son malaise. Ce moment de faiblesse aurait pu mal tourner. Un frisson la parcourt. Combien de dangers l'attendent encore sur sa route? Elle replie ses jambes sous elle pour se réchauffer, mais aussi pour se protéger. Elle aimerait qu'on la laisse tranquille, qu'on lui permette d'agir à sa guise sans avoir toujours à craindre pour sa sécurité. Les hommes n'ont pas ce genre de contraintes. Ils vont et viennent comme ils l'entendent sans jamais que la menace d'un viol pèse sur eux. Cette injustice la révolte. Elle s'insurge : si elle ne peut pas changer de sexe, elle peut au moins manifester autant d'assurance qu'un homme. Forte de cette décision, elle bondit sur ses pieds. Légèrement étourdie, elle s'approche de ses vêtements. Elle palpe la chemise, chaude, mais grimace devant le pantalon encore mouillé à la fourche.

– Tant pis, décide-t-elle en l'arrachant de la branche.

Elle les portera tels qu'ils sont. Elle est comme ça. Et c'est comme ça qu'elle s'aime.

*

Le 27 septembre, au beau milieu d'une féroce tempête de neige, alors que les montagnes environnantes semblent avoir disparu, le bateau des frères Ashley apparaît sur le lac Laberge. Long de trente et un milles, cet élargissement du fleuve permet au vent de gagner de la vélocité. C'est ainsi que la petite embarcation se trouve propulsée très fort vers l'est. Il faut beaucoup d'adresse aux jumeaux pour manœuvrer la voile.

Debout à l'arrière du bateau, Joshua barre, les dents serrées. La neige lui colle au visage, et ni lui ni personne ne distingue les dangers qui guettent à l'horizon. L'eau devient gélatineuse et s'agglutine sur la coque. À l'aide de pics, Liliane et Dolly défont ces amas de glace dès leur formation.

Liliane a beau scruter les environs, elle ne voit que du blanc. Sans parler du vent et du froid. Les flocons se logent dans ses cils et y gèlent pour former de petits glaçons. C'est un moindre mal, si on pense à l'ensemble de la tempête.

Soudain, comme si le voile blanc se levait d'un coup, une douzaine d'embarcations apparaissent, droit devant.

– Oh, mon Dieu! souffle Dolly en se couvrant le visage.

Liliane imagine sans peine ce qui les attend et s'agrippe aux bords du bateau, dans l'attente d'une collision. Joshua pousse un cri indistinct et barre à droite pendant que les jumeaux font pivoter la voile. Le bateau pique du nez et se cabre tel un cheval. Puis il glisse en diagonale et va s'immobiliser à quelques pas de la rive, évitant la catastrophe de justesse. Les barges s'entrechoquent à l'arrière. Suit alors un long silence pendant lequel on n'entend que le grincement des mâts de la douzaine de bateaux abandonnés près de la berge.

Tout à coup, le vent reprend toute la place, son hurlement dominant la voix des jumeaux et les gémissements de Dolly. Seuls Joshua et Liliane demeurent silencieux, balayant du regard les embarcations vides. Sur la grève, on ne distingue ni tentes, ni feux, ni êtres humains. Que du blanc, encore une fois.

– Où sont-ils? interroge Liliane qui s'inquiète soudain pour ces prospecteurs qu'elle connaît et qu'ils suivent depuis des jours.

Un frisson lui parcourt le corps. L'espace d'un instant, elle imagine le pire.

– Ils ne sont pas loin, répond l'Américain. Les bateaux sont amarrés.

Il lui montre les cordages tendus dont le point d'ancrage disparaît dans la neige. Liliane pousse un soupir de soulagement. Ils ne sont pas loin, se répète-t-elle en cherchant sur la grève la silhouette de Samuel Lawless. Quelques ombres viennent justement d'apparaître sur la plage. Une vingtaine d'hommes et de femmes sortent de la forêt, la mine déconfite. Ils s'avancent vers les nouveaux venus, secouant la tête comme s'ils voulaient montrer que, eux aussi, ils avaient craint la collision. Samuel se détache du groupe et s'approche, l'air épuisé.

– Vous pouvez attacher votre bateau au nôtre, Ashley, annonce-t-il en serrant la main de Joshua. Impossible de passer à cause des vents.

Sa barbe est longue et couverte de glaçons. Ses joues, brûlées par le froid. Liliane n'a qu'une envie, le prendre dans ses bras. Elle l'aurait peut-être fait si elle n'avait pas senti une main se poser fermement sur son épaule. La voix de Percy souffle alors, à quelques pouces de ses oreilles :

– Vous êtes ici depuis longtemps ?

Liliane se retourne, surprise de le trouver si près derrière elle. Percy lui sourit et raffermit sa poigne, qui vise principalement à l'empêcher d'être déstabilisée par la houle. Bien qu'elle sache qu'il pose ce geste pour l'aider, Liliane est mal à l'aise qu'il la touche ainsi, surtout devant Samuel. Elle voudrait repousser cette main, mais n'en a pas le temps. Samuel la dévisage, furieux, avant de faire demi-tour.

– La tempête dure depuis deux jours, lance-t-il à Joshua. Et on n'est pas près de repartir si on se fie au vent.

Puis il disparaît dans la neige et Liliane voudrait le rappeler, mais n'en fait rien. Elle sent la pression sur son épaule se relâcher et s'en dégage complètement d'un geste impatient. Pour combien de temps seront-ils ainsi retenus à la rive du lac Laberge ? Ils ne sont, d'après la carte, qu'à trois cents milles de Dawson. Si près et si loin à la fois.

CHAPITRE XXV

Dès la première semaine du mois d'octobre, le vent s'apaise dans les montagnes Rocheuses et White Pass City vit quelques jours d'accalmie qui permettent les déplacements jusqu'à Skagway. Lors d'une de ces journées où le soleil se fait radieux, mais froid, un homme de Soapy Smith se présente au restaurant. Rosalie le reconnaît, pour l'avoir rencontré au saloon où jouait Dennis-James, et elle l'accueille de la même manière qu'elle accueille les autres clients. Dès qu'il prend place sur un banc, elle lui apporte son café et son repas.

— Je suis content de vous trouver ici, souffle l'homme en entourant la tasse de ses mains pour se réchauffer. J'ai eu peur que vous soyez déjà rendue au lac Bennett.

Devant l'air étonné de Rosalie, il ajoute :

— Je suis Robert Walsh. Je travaille pour Soapy Smith.

— Je sais qui vous êtes, Mr. Walsh, mais je ne comprends pas pourquoi vous venez me voir, moi.

— C'est que, madame, on m'envoie vous chercher. Votre mari, Mr. Peterson, ne va pas bien du tout. On craint même pour sa vie.

Rosalie a l'impression que le sang se retire de son corps. Ses mains deviennent aussi froides que semblaient l'être celles de son interlocuteur quand il est entré. Elle se laisse choir sur le banc en face de lui, sous le choc.

— Mr. Peterson vous demande, poursuit Walsh, alors Soapy Smith a proposé que je vous ramène, étant donné que la température le permet.

Malgré la déception qu'elle ressent à l'idée de devoir revenir sur ses pas, Rosalie n'hésite pas une seconde. Si Dennis-James est malade, elle ne peut pas l'abandonner. Sinon, il lui faudrait vivre le reste de ses jours avec le remords, advenant que le pire survienne.

— Attendez-moi ici, ordonne-t-elle à Walsh. Je vais prendre les arrangements nécessaires.

Elle se lève et se dirige vers la cuisine en réfléchissant aux arguments qu'elle utilisera avec Mme Gagnon. Elle lui laissera ses recettes, dûment écrites, et lui expliquera comment manipuler certains ingrédients plus fragiles. Mais surtout, elle la convaincra de conserver, à l'abri dans la remise, son précieux équipement. Car Rosalie est une fille déterminée. Elle sera de retour à White Pass City, et ce, avant le printemps.

Chapitre XXVI

Sur les rives du lac Laberge, les jours se suivent et se ressemblent. La tempête ne semble pas vouloir se calmer et, dans les tentes et autour des feux, la tension monte. Les nuits sont de plus en plus longues et de plus en plus froides, et les frustrations vont grandissant, surtout pour les hommes seuls. Les femmes, elles, au nombre de six, ont toutes un fiancé, un mari, un amant. Sauf Liliane, qui repère rapidement les regards de convoitise et fait mine de ne pas entendre les commentaires grivois. Elle vaque à ses occupations habituelles et dort dans sa tente, solitaire et roulée en boule. Ses provisions baissent, évidemment, car elle continue de cuisiner pour les frères Ashley afin de respecter leur entente. Le soir, lorsqu'elle s'allonge sur le sol, sous ses deux couvertures, lorsqu'elle observe les sacs qu'elle a empilés devant la porte en guise de protection, elle ne peut s'empêcher de frissonner malgré tout. Ainsi entourée d'étrangers, ce n'est plus le froid qui la fait trembler, mais la peur. La peur qu'on s'approche d'elle quand elle dort et qu'on abuse de sa vulnérabilité. La peur de se réveiller en panique, un corps sur le sien, des mains qui la palpent, un visage puant l'alcool et la crasse au-dessus du sien.

Les nuits où elle dormait en toute quiétude, sa tente plantée entre celles des frères Ashley, lui manquent terriblement. Les nuits où seuls les gémissements de Dolly et les loups affirmant leur territoire brisaient le silence, où la lune éclairait de sa lumière glacée les rives immobiles du fleuve. Les nuits où les étoiles se comptaient par milliers et où Liliane ne craignait pas de sortir dans la pénombre pour les contempler. Ces jours anciens, pourtant pas si lointains, ne sont plus que des souvenirs, comme la chaleur d'un poêle et la protection de murs étanches, solides et rassurants.

En cette troisième nuit où elle est bloquée, comme tout le monde, aux abords du lac Laberge, Liliane tarde à trouver le sommeil. Elle entend, autour de sa tente, les allées et venues des autres. Leurs gémissements l'agressent, leurs rires et leurs mots font naître en elle des soupçons qu'elle ne parvient pas tout à fait à repousser. Elle sent venir le vertige, celui qui l'attire habituellement vers un rêve ou un cauchemar. Alors qu'elle s'apprête à céder se produit un coup de vent, plus frais et plus franc que les précédents. Liliane ouvre les yeux.

Au début, elle ne voit rien. Que le noir des ténèbres, que des ombres immobiles. Dort-elle? Si c'est le cas, pourquoi craindre cette silhouette qui s'avance lentement vers elle? Une main effleure ses jambes à travers la laine des couvertures et remonte vers ses hanches. Une bouche se penche sur sa joue en murmurant fiévreusement son nom. Liliane ne rêve pas, c'est impossible. Elle se redresse, paniquée, et sa tête heurte celle de l'intrus. Un juron retentit. Mais malgré la douleur que le coup a provoquée, Liliane se retrouve sur ses pieds en moins d'une seconde.

— Qui est là ? demande-t-elle en ramassant dans l'obscurité le seul objet qui puisse lui permettre de se défendre dans les circonstances : un poêlon de fonte, qu'elle a délibérément placé près de sa tête, avant de se coucher.

— N'aie pas peur, Lili, je ne te veux pas de mal. J'ai froid et j'ai pensé que tu devais avoir froid, toi aussi.

Liliane reconnaît la voix de Percy, se rappelle ses regards alanguis, son geste possessif devant Samuel. Elle recule jusqu'au fond de la tente.

— Je n'ai pas froid au point de partager mon lit avec toi. Alors va-t'en ou je t'assomme !

Malgré l'obscurité, elle devine qu'il ne bronche pas.

— Je ne te ferais pas mal, répète-t-il en s'affaissant tout à coup sur le sol. Je me sens tellement seul, Lili. Tu ne peux pas l'imaginer.

Liliane est émue des accents de tristesse qu'elle perçoit dans sa voix. Elle abaisse le bras et laisse tomber son poêlon sur le sol couvert de sapinage. De quoi avait-elle peur ? Percy ne fera rien contre elle au milieu de tous ces gens qui les entourent. Déjà, des cris s'élèvent de la tente voisine. On l'a entendue et on s'apprête à lui venir en aide.

— J'étais prêt à te faire passer pour ma femme, poursuit Percy. J'aurais tout donné pour t'éviter de rebrousser chemin. Mais toi, tu n'as besoin de personne, jamais. Comment veux-tu que je te montre de quoi je suis capable si tu fais toujours tout par toi-même ? Sais-tu que c'est grâce à moi si Joshua t'a prise à bord ? Il trouvait ridicule de s'encombrer de quelqu'un comme toi. Il préférait que mon frère et moi on se cherche d'autres filles comme Dolly. Il disait qu'elles seraient utiles la nuit. Mais moi, c'est toi que je voulais dans mon lit et dans ma vie, pas une de ces catins maquillées. Je t'ai tellement souvent regardée dormir, Lili. Ton petit nez retroussé frémit quand tu rêves, le savais-tu?

La toile de la porte s'ouvre enfin et Joshua apparaît, une lampe à la main. Sa surprise est grande de trouver son cadet aux pieds de Liliane.

— Tu fais un fou de toi, Percy, soupire-t-il en serrant l'épaule de son frère. Laisse-la tranquille. Je t'ai dit que tu ne l'intéressais pas. Va donc te coucher dans ta tente, tes frasques ont ameuté tout le camp.

Percy expire bruyamment, mais ne bouge pas. Il demeure assis à l'endroit même où il s'est affalé quelques minutes plus tôt.

— Viens, insiste Joshua.

Percy reste immobile, les yeux rivés aux branches encore tièdes qui servent de matelas à Liliane. Il les effleure du plat de la main.

— Pourquoi tu ne veux pas de moi, Lili?

Liliane est troublée de voir cet homme si robuste et si vulnérable à la fois. Son regard rejoint cependant celui de Joshua qui secoue la tête, lui signifiant de ne pas répondre. Que pourrait-elle ajouter sans remuer le fer dans la plaie? Elle ne l'aime pas, c'est tout.

— Viens, répète Joshua.

Cette fois, Percy obéit. Il se redresse lentement et se laisse guider vers la porte. Au moment où son frère soulève la toile, Percy se retourne vers Liliane.

— Qu'est-ce que j'ai qui te déplaît tellement?

Puis il laisse son frère l'entraîner vers l'extérieur.

Debout, seule dans le noir de sa tente, Liliane entend Percy qui continue de la harceler de ses questions, réveillant tout le monde de sa voix brisée.

– Qu'est-ce qu'il a, lui, que je n'ai pas, moi ?

Liliane sait bien qui est celui qui attise ainsi sa jalousie. Que dire, sinon qu'il ne possède pas la force et l'assurance qu'elle devine chez Samuel ? Elle ne peut certainement pas lui révéler qu'elle a été séduite par ce dernier dès qu'elle l'a vu, bernant Mr. Noonan aux cartes, à bord du *SS City of Topeka* ! Alors que Percy s'éloigne, Liliane ressent une profonde lassitude. Que se passera-t-il maintenant ? Comment parviendra-t-elle à dormir, demain soir et les nuits suivantes ?

La toile se soulève de nouveau et Samuel apparaît.

– Est-ce que tout va bien ? demande-t-il en posant sa lampe sur le sol. A-t-il essayé de…

Afin d'éviter des explications embarrassantes, Liliane lui coupe la parole et lance, dans un seul souffle :

– J'aimerais me joindre à vous et à votre associé pour la suite du voyage, dit-elle en soutenant son regard. Je propose de préparer vos repas et de faire votre lessive en échange d'un transport jusqu'à Dawson. Qu'en dites-vous ? Cela vous conviendrait-il ? Je peux cuisiner à partir de mes propres provisions si vous voulez. Je peux…

Cette fois, elle sent ses nerfs la lâcher. Elle n'en peut plus de ces nuits d'angoisse, de ce manque de sommeil, de ces journées épuisantes à bord d'un bateau sous un froid glacial. Elle n'en peut plus de ces dangers qui la guettent en permanence. Elle n'en peut plus, elle n'en peut plus… Elle éclate en sanglots.

Samuel l'accueille dans ses bras au moment où elle s'effondre. Contre sa joue, elle sent la laine rude d'une veste makinaw, qu'elle mouille de ses larmes. Une odeur de sueur figée par le froid se mêle à la sienne qu'elle ne sentait pourtant plus depuis des jours. Quelques mèches de son chignon s'accrochent à cette barbe drue qu'elle a tant de fois rêvé d'effleurer des doigts.

— Emmène-moi dans ton bateau, supplie-t-elle en se lovant contre lui.

Une grande main lui caresse le dos, le cou, les cheveux.

— Je t'emmènerai où tu voudras, murmure-t-il à son oreille.

Liliane tourne alors la tête et cueille d'elle-même ce baiser tant attendu.

*

Le vent rugit, gonfle la voile, la tend presque jusqu'à la rompre et pousse le bateau trop loin vers l'est, plus loin que la décharge du lac. Un soupir de découragement s'élève de la petite embarcation. Il s'agissait de la troisième tentative pour gagner le fleuve, pour reprendre le voyage vers Dawson. Encore une fois, la tempête fait obstacle et, à bord, Liliane et Dolly participent à la manœuvre, assistant là où elles le peuvent Samuel et le Suédois.

La neige tombe toujours, bouchant l'horizon, chargeant la toile, le pont et la barge à l'arrière. Ce matin, il a fallu briser la glace qui s'était formée autour de la coque avant de quitter la rive. Maintenant, c'est la responsabilité de Liliane de s'assurer que rien n'entrave les mouvements du bateau. Le pic à la main, elle surveille, libère le passage, continuellement aux aguets. Leur avenir dépend aussi d'elle et cela la réconforte.

À l'arrière complètement, Dolly garde les yeux rivés à la barge. Sa tâche consiste à avertir les hommes si elle perçoit le moindre signe de danger. Il ne faut surtout pas perdre de provisions, car celles-ci doivent dorénavant subvenir aux besoins de quatre personnes au lieu de deux.

Lorsqu'il a décidé de la prendre à bord, Samuel savait bien qu'il était déjà trop chargé. Impossible d'y ajouter les six cents livres appartenant à Liliane. Il s'est donc porté volontaire pour négocier avec Joshua le transport de ses biens jusqu'à Dawson. Liliane l'a observé, de loin, alors qu'il discutait avec les frères Ashley. L'arrangement proposé semblant leur déplaire, Samuel a dû bonifier son offre, car elle a vu Percy secouer la tête, insister auprès de son aîné pour qu'il refuse. Tentative vaine. Joshua a pris ce qu'on lui offrait et l'a enfoncé dans la poche de sa veste.

Assise à bord du bateau de Samuel, Liliane étudiait la situation et essayait de comprendre ce qui motivait ses anciens associés à accepter l'offre qu'on leur faisait. Tout dans leur attitude trahissait pourtant le refus de poursuivre leur route chargés des provisions de celle qui venait de briser son contrat avec eux. Car l'entente était claire : ils les transportaient, elle et ses biens, à condition qu'elle les nourrisse. Comme elle changeait de bateau, ils n'étaient en rien tenus de descendre ce surplus de marchandise jusqu'à Dawson. Liliane ne peut donc pas leur reprocher d'être furieux. Comme elle ne peut reprocher à Percy de la juger sévèrement et de se rebeller à l'idée de la laisser partir avec son rival. Mais elle ne regrette pas sa décision. Si elle était demeurée à bord du même bateau, non seulement elle se condamnait à subir ses avances, mais elle le condamnait, du même coup, à entretenir l'espoir. Par respect pour lui et pour elle-même, Liliane devait donc s'en aller le plus rapidement possible, et c'est ce qu'elle a fait. Quelle ne fut pas sa surprise alors de voir arriver Dolly au bras du Suédois!

— Je pars avec vous, a lancé la jeune prostituée en sautant sur le pont sans donner d'autres explications.

Samuel et son compagnon se sont regardés un instant puis ont décidé que le navire tenterait une sortie dès l'après-midi. C'était hier. Depuis, ils se sont essayés à trois reprises, mais toujours, la tempête les pousse trop loin. On dirait même que les vents se sont intensifiés, que le froid se fait plus mordant et la neige, plus dense, plus abondante, plus traîtresse.

Une main enroulée à une corde attachée au mât, Liliane utilise le pic pour défaire la glace qui colle à la coque. Lorsqu'elle lève les yeux, elle aperçoit la douzaine de bateaux toujours amarrés, figés sur le bord du lac. Là aussi, la neige s'accumule aux mâts. Sur la plage, il n'y a personne pour les regarder manœuvrer. Personne, sauf Percy et son frère aîné qui secouent la tête devant ce nouvel échec. Si Samuel n'arrive pas à reprendre la route, qu'en sera-t-il d'eux-mêmes? Le fleuve, grâce au courant, restera praticable encore quelques semaines, mais le lac, à cause de ses eaux plus stagnantes, ne bénéficiera pas d'un tel sursis. Dans quelques jours, peut-être même demain, la glace prendra pour de bon entre les bateaux, les immobilisant sur place pour les six prochains mois.

La lumière du jour décline lentement et, de blanche, la tempête devient grise. Samuel annonce son intention de faire une autre tentative.

— Le vent tombe souvent à cette heure-ci. Nous saisirons la moindre accalmie. Quitte à devoir ramer jusqu'à l'embouchure.

Ses prévisions s'avèrent justes. Le vent s'amenuise tout à coup. Samuel sort quatre rames et, doucement, grâce aux forces humaines conjuguées, le bateau gagne enfin la décharge. Au moment de laisser le large, Liliane se retourne une dernière fois. Sur la plage, au loin, presque invisible dans la tempête, Percy regarde toujours dans sa direction. Elle sait bien qu'elle lui a brisé le cœur. Mais qu'y pouvait-elle? Elle en aime un autre.

*

Le fleuve se déroule devant eux depuis des jours, enserré par de gigantesques parois qui soustraient aux regards l'horizon enneigé. À leurs pieds, peu ou pas de berges, que des rochers où les eaux se ruent dans une écume dense et inquiétante. La puissance du courant a de quoi effrayer Liliane qui ne s'imagine pas survivre à un naufrage dans ce climat. Heureusement, le petit bateau et sa barge se laissent porter par le Yukon, toujours vers le nord, vers Dawson. Lorsque surgit un rapide, les hommes abaissent la voile, s'agitent un moment avec leurs perches jusqu'à ce que le fleuve redevienne calme, que le danger s'éclipse. Alors, ils reprennent leur place à côté des femmes, les serrent contre eux pour les réchauffer.

C'est ce souvenir que Liliane veut garder de sa descente du fleuve. La chaleur des bras de Samuel, la douceur de sa voix, le réconfort de ses paroles, l'assurance de ses gestes. Il est fort, solide, et elle se sent si bien auprès de lui.

Quand il lui arrive de regarder derrière l'embarcation, Liliane comprend que les dés sont jetés. En amont, elle ne voit plus le moindre bateau. Le lac Laberge a dû figer tout de suite après leur départ, empêchant désormais quiconque de rejoindre Dawson avant six mois. Les frères Ashley sont donc prisonniers des glaces avec toutes les provisions de Liliane. Heureusement qu'elle a pensé à réunir dans un sac ses biens les plus précieux : quelques vêtements, les pots de verre contenant ses épices, et tout l'argent qu'elle possède. Rien à manger, aucun abri, aucun équipement. Mais elle est libre, cela lui suffit.

Le soir venu, lorsqu'ils montent le camp, Dolly rejoint le Suédois dans sa tente et Liliane s'allonge avec Samuel, son corps lové contre le sien. Ainsi au chaud sous les couvertures, elle dort comme jamais elle n'a dormi depuis son départ de Sherbrooke. Elle dort comme une enfant en sécurité. La nuit, il lui arrive de frissonner en entendant les petits cris de Dolly. Mais elle se rassure aussitôt. Samuel la protège et jamais il ne tenterait ce genre de rapprochement avec elle sans son consentement. Elle n'est pas prête à se donner à lui de cette manière. Pas dans ce froid, pas dans une tente où le moindre bruit est perçu à un mille aux alentours. Et puis, ils ne sont pas mariés. Dans sa tête de petite catholique, la chose est tout simplement impensable. Elle n'est pas comme Dolly, un point c'est tout.

*

Le fleuve Yukon n'en finit plus de serpenter entre les montagnes. Si, sur la carte, le lit du cours d'eau est clairement tracé, dans la réalité de la descente, il en va autrement. Qu'ils longent des parois à pic ou qu'ils effleurent des rives douces, ses méandres tortueux ont de quoi faire perdre le nord au plus aguerri des marins.

En ce 10 octobre, les reflets du soleil font scintiller les vagues et le fleuve file paresseusement vers le nord-est depuis des heures. De chaque côté s'élèvent des monts ravinés, couverts d'une forêt où sont dispersés des conifères chétifs. La cime des arbres se découpe sur le bleu du ciel comme une muraille crénelée au pied de laquelle la neige s'est amoncelée pour former un tapis immaculé et aveuglant. Les yeux plissés et le sourire figé, Liliane n'en finit plus de s'émerveiller devant la beauté de ce paysage immense. Puis soudain surgit dans le lointain, telle une illusion engendrée par les nuages, une rangée de pics enneigés et vertigineux.

— Le cercle polaire arctique, précise Samuel, que cette apparition diaphane impressionne autant que Liliane.

La voile est gonflée, la barge, bien stable et bien attachée, et le petit poêle installé à bord pour la cuisinière dégage une chaleur réconfortante. Liliane se souvient des premiers jours de décembre dans son coin de pays, quand le froid se montrait insistant mais que les rayons du soleil réussissaient encore à en faire oublier la morsure. Il serait facile de naviguer ainsi pendant des jours, voire des mois, songe-t-elle, en se blottissant contre Samuel.

À la proue, Dolly et le Suédois se prélassent et se cajolent, mais cela ne la choque plus comme avant. Elle a fini par s'habituer aux manières de son amie. D'ailleurs, même si elle n'approuve ni son comportement ni sa façon de gagner sa vie, il arrive que, secrètement, Liliane lui envie sa spontanéité, cet abandon au plaisir dont elle-même se sait absolument incapable. Soudain, alors que le cours d'eau bifurque franc nord, la voix de Dolly rompt la quiétude.

– Regardez! hurle-t-elle, un doigt pointé vers l'avant. À droite, là-bas, on dirait la tache de sable dont tout le monde parlait.

Liliane lève les yeux et repère rapidement dans la montagne la trace en question. On dirait une empreinte laissée par la patte d'un ours gigantesque. C'est l'indice que tous les chercheurs d'or attendent depuis des mois, celui qui confirme qu'ils ont enfin atteint leur but. Juste en dessous, la berge s'élargit et, dans ce qui devait ressembler à un marécage il n'y a pas si longtemps, apparaît aujourd'hui Dawson City. Bourgade de tentes, de cabanes de bois aux cheminées fumantes, bourgade envahie par la musique. La capitale de l'or, la *Paris of the North*, l'ultime destination des argonautes et des prospecteurs de tout acabit. Comme surgie des flots, des rêves, des fantasmes les plus fous, Dawson émerge.

– On a réussi! s'exclame Dolly en sautant au cou du Suédois.

Tous deux s'esclaffent, s'enlacent et admirent la ville alors que ses contours se découpent sur la forêt, que la vie s'y précise, que ses habitants se dessinent dans les rues et que ses quais s'étirent sur le fleuve pour servir de point d'ancrage.

– On a réussi…

Liliane répète en écho les mots de son amie, mais l'incrédulité l'envahit. A-t-elle vraiment atteint son but? Que de chemin parcouru depuis Sherbrooke, depuis la petite maison surpeuplée, depuis ce fiancé abandonné au pied de l'autel. Après les centaines d'embûches qui se sont dressées sur sa route, elle a du mal à croire que Dawson se trouve juste devant, toute proche, à portée de la main. Il faut les bras de Samuel qui s'enroulent autour de sa taille et la presse contre lui pour qu'elle reprenne contact avec la réalité.

— On a réussi, lui murmure-t-il à l'oreille en lui caressant la nuque de ses lèvres. On a réussi, mon amour.

Il la soulève de terre dans un élan de joie qui fait tanguer le bateau. Liliane rit de bon cœur, gagnée par son enthousiasme. « Mon amour. » Comme ces mots, qu'elle ne voulait pourtant jamais entendre, peuvent sonner doux et rassurants. Comme ils ajoutent à ce plaisir qu'elle ressent d'avoir accompli, enfin, ce voyage impossible.

CHAPITRE XXVII

Skagway lui apparaît plus beau que jamais lorsque, en descendant la dernière colline, Rosalie l'aperçoit de loin. Une forme indistincte dans la brunante. Quelques toits couverts de neige, beaucoup de fumée partout. Et au-delà, la baie, toujours libre de glace et sombre. Les vagues mouillent encore la plage de leur écume blanche, comme elles le faisaient le jour où Rosalie a débarqué. Au-dessus du bras de mer, le glacier, à peine dissimulé sous une fine couche de frimas, continue de dominer la falaise, étirant sa langue bleue vers les flots. Non, Skagway n'a pas changé et, en ce 10 octobre, il n'y fait pas trop froid. Ce n'est pas encore l'hiver, malgré la neige qui recouvre le sol.

Ce matin, Rosalie et le dénommé Walsh ont quitté White Pass City alors qu'il faisait toujours nuit. Ils ont marché sans arrêt, ne se permettant qu'une pause de quinze minutes toutes les deux heures. Le ciel était radieux et le soleil réchauffait de plus en plus leurs visages à mesure qu'ils s'approchaient de la mer. Pour Rosalie, c'est tout son être qui s'enfiévrait à l'idée de retrouver Dennis-James. Il lui tardait de s'agenouiller à son chevet, de s'occuper de lui, de l'embrasser, de lui murmurer à l'oreille que tout ira bien, qu'elle est là, enfin, qu'elle l'aime et qu'elle va l'aider à se remettre sur pied en peu de temps. Elle n'a pensé qu'à ça depuis son départ, mais, au fond d'elle-même, elle craint qu'il ne soit trop tard, qu'il soit déjà à l'agonie.

Ils ont progressé aisément dans le sentier de neige durcie. Au courant de la facilité de la piste, Walsh avait décidé qu'ils parcourraient les dix milles jusqu'à la côte en une seule journée. Après plus de douze heures de marche, Rosalie n'est pas malheureuse de voir enfin apparaître les premières cheminées, les premiers toits, les premières maisons.

Ils atteignent le pied de la montagne et longent la rivière qui serpente paresseusement dans la vallée. Si bas, on ne distingue plus que les arbres, mais Rosalie sait que Skagway est proche. Elle entend de la musique. Pas vraiment de la musique, en fait, mais plutôt une joyeuse cacophonie provenant des nombreux saloons de la ville. Tout à coup, alors que la forêt s'éclipse, Skagway se dévoile enfin, neuve et prospère, plus animée encore que dans ses souvenirs. Il fait nuit maintenant, mais les rues étant éclairées par des torches, les gens s'y promènent encore en grand nombre, tant à pied qu'en charrette.

Rosalie suit Walsh de près, se laissant guider à travers le méandre de nouvelles rues, observant, à la lueur des flammes, ces maisons qui ont poussé comme des champignons, mais de façon organisée, les unes à côté des autres, les unes derrière les autres. Son cœur bat fort maintenant qu'elle est si près du but, si près de Dennis-James. Lorsqu'ils atteignent la rue Broadway, Rosalie se retrouve en terrain connu. Les saloons n'ont pas changé, le bureau du faux télégraphe non plus. Les restaurants sont bondés malgré l'heure tardive et, partout, cette sensation de déjà-vu. Skagway lui rappelle plus que jamais Seattle. Des coups de feu retentissent. Proviennent-ils d'une ruelle, d'une maison de jeu ? Qui s'en préoccupe encore ? Des éclats de rire, des hommes qui chantent. De la musique. Ce retour à la civilisation a de quoi étourdir Rosalie qui s'en remet complètement à Walsh pour la conduire à destination.

Lorsqu'ils poussent enfin la porte d'un saloon, Rosalie s'immobilise sur le seuil, son corps à demi dans la chaleur de l'ambiance et à demi dans l'air frisquet de la nuit. Mais le froid qui la saisit ne provient pas de l'extérieur. Au fond de la pièce, Dennis-James joue du piano, resplendissant de santé.

— Dennis-James Peterson ! lance-t-elle en se dirigeant vers lui. Qu'est-ce que tu fais debout ? Tu devrais être au lit.

La musique s'est tue. Les spectateurs aussi et le silence s'abat sur le saloon. Dennis-James, figé par la surprise, immobilise ses mains juste au-dessus des touches. Puis, avec des gestes lents, il abaisse les bras et tourne la tête vers la porte. Son air penaud provoque un accès d'hilarité chez les clients. Devant les éclats de rire qui fusent de tous les côtés, Rosalie arrête à quelques pas de son amant qu'elle devine embarrassé par cette entrée fracassante. Soudain, sans dire un mot, Dennis-James se lève, se dirige vers elle et lui prend le coude.

— Montons, ordonne-t-il en la guidant avec autorité vers l'escalier.

Les conversations ont repris, plus personne ne leur prête attention. Les parties de cartes sont de nouveau le centre d'intérêt et, alors que Rosalie grimpe les marches, relevant sa jupe alourdie par la neige, elle remarque le pas assuré de Dennis-James. Un pas où ne transpirent aucune souffrance, aucune faiblesse. Des doutes naissent dans son esprit. A-t-elle été bernée ? Dennis-James referme derrière eux la porte d'une petite chambre du deuxième étage. Rosalie n'a pas le temps d'observer la pièce. Dennis-James l'enlace, la soulève de terre et l'embrasse avec tant de fougue qu'elle en a le souffle coupé. Les yeux écarquillés, la bouche béatement entrouverte, elle fixe ce regard enflammé, ces lèvres affamées qui se pressent sur les siennes avec avidité. Ce moment de surprise lui paraît durer une éternité avant qu'elle se reprenne et rende à son amant ce baiser qu'il désire tant. Appuyée contre la porte, Rosalie laisse ses mains courir dans ce dos qu'elle connaît par cœur. Elle sent celles de Dennis-James soulever sa jupe. Elle les attrape pour les arrêter dans leur mouvement. Tout va trop vite à son goût. Elle veut des explications et cet amour qu'il lui offre de nouveau ne les remplacera pas. Pas tout de suite, du moins.

— Qu'est-ce qui se passe ? demande-t-elle lorsqu'elle parvient à se défaire de son étreinte. Pourquoi n'es-tu pas couché ?

Elle préfère continuer de croire que Dennis-James s'est rétabli soudainement, qu'il était, encore hier, bouillant de fièvre dans ce lit vers lequel il tente de l'attirer en ce moment.

— J'ai su que tu n'avais pas réussi à passer.

— C'est vrai. Mais ce n'est pas cette déception qui t'a rendu malade, j'espère ?

Dennis-James éclate de rire et l'entraîne avec une telle fermeté qu'elle se retrouve assise sur ses genoux, sa jupe retroussée jusqu'aux cuisses.

— En fait, j'étais même plutôt content d'apprendre la nouvelle.

Devant son regard désapprobateur, il rectifie sa pensée :

— Pas que je me sois réjoui, comprends-moi bien. Je sais que tu as dû être fâchée qu'on ferme la piste, mais, moi, j'ai vu le bon côté à ce contretemps. Je me suis dit que puisque tu n'avais pas franchi les montagnes comme tu le voulais, tu pouvais bien venir passer l'hiver avec moi, ici, dans une vraie maison.

Rosalie sent le besoin de faire valoir son point. Surtout, éviter que son amant ne soit trop sûr de lui, comme avant…

— Tu t'es inquiété pour rien. Je m'étais trouvé une vraie maison. Et toi, quelle maladie avais-tu qui s'est guérie en moins de deux jours ?

— Aucune.

Elle le savait ! Au plus profond d'elle-même, elle l'a su dès que Walsh est venu la chercher. Le fait, cependant, que Dennis-James ne manifeste aucun remords l'enrage. Il l'a bernée, mais ne s'en repent pas le moins du monde. Elle bondit sur ses pieds et le foudroie d'un regard courroucé.

— Walsh m'a dit qu'on craignait pour ta vie ! Quel besoin avais-tu de me mentir ? C'est ignoble. Je me suis fait du mauvais sang pendant tout le trajet. Je n'ai même pas dormi hier soir, tellement l'idée d'arriver trop tard me hantait. Et toi, tu m'annonces tout bêtement que tu n'étais pas malade. J'ai envie de t'écorcher vif.

Dennis-James s'esclaffe de plus belle, ce qui exaspère davantage Rosalie.

– Arrête de rire de moi! Je n'ai même pas hésité à venir te rejoindre. Et pour quoi? Pour un homme qui me ment!

– Je ne t'ai pas menti. C'est Walsh qui l'a fait.

– N'essaie pas de te disculper en accusant les autres. Tu es un menteur, Dennis-James Peterson. Si Walsh m'a raconté cette histoire, c'est parce que tu la lui as racontée toi-même.

– Là, tu te trompes, mon amour. C'est l'idée de Soapy. Et puis, serais-tu revenue si tu avais su que c'était pour mon bon plaisir? Et peut-être aussi pour le tien…

À ces mots, il étire le bras et lui prend la main qu'il approche doucement de sa bouche. Un à un, il lui baise les doigts, caressant la chair de son pouce, frottant sa joue rugueuse sur la peau délicate de Rosalie. Elle le laisse faire, aussi troublée que furieuse. Puis la colère s'estompe à mesure que Dennis-James se rapproche. L'aime-t-il à ce point? Comment en douter? Comment refuser ce qu'il lui offre puisque la piste est fermée? Le timide sourire qui naît sur son visage efface l'exaspération qui l'habitait il y a une minute encore.

– Tu m'as manqué, mon amour, répète Dennis-James en l'accueillant dans ses bras. Mais comme tu sais que je suis un homme obéissant, me voilà au lit, comme tu le souhaitais en arrivant. Es-tu contente, maintenant?

Sur cette question, qui demeure sans réponse, il se laisse basculer sur les couvertures moelleuses, entraînant dans sa chute Rosalie, qui ne résiste pas. Qu'a-t-elle d'autre à faire, de toute façon, avec l'hiver qui gagne le Nord tout entier? Qu'y a-t-il de plus intéressant que de se donner avec amour à celui qu'elle désire plus que tout?

Et, qui sait, au printemps, peut-être son homme reprendra-t-il finalement la route de l'or avec elle?

Pour le moment, cela n'a pas d'importance. La neige a commencé à tomber sur Skagway. Le vent a commencé à souffler sur la mer et sur le glacier bleu, de l'autre côté de la baie. Bientôt, l'activité humaine s'arrêtera partout, sauf dans la chaleur des saloons, sauf aussi dans ces maisons de fortune où des couples s'aimeront, le temps d'une tempête. Bien malin celui qui pourrait dire à quoi ressemblera cet hiver de 1897-1898.

CHAPITRE XXVIII

Ce n'est pas encore le crépuscule sur Dawson et, pourtant, on s'agite partout en ville. Les saloons accueillent des hommes joyeux et bruyants et les filles qui les accompagnent ressemblent toutes à Dolly. C'est ce que constate Liliane qui a passé la journée à errer dans les rues, entre les cabanes de planches et les tentes de toile, à la recherche d'un lit à louer.

Un lit à louer. Si on lui avait dit, il y a trois mois, qu'elle dormirait un jour au milieu d'inconnus avec, pour toute séparation, un drap suspendu, elle ne l'aurait jamais cru. Et la voilà maintenant, à l'aube de ses dix-sept ans, capable de marcher pendant des heures, de porter sur son dos une charge de quarante livres, d'escalader des montagnes, d'affronter des hommes en pleine nuit et de dormir n'importe où, à même le sol gelé, sans la moindre intimité. Ce soir, il lui paraît même envisageable de s'allonger à la belle étoile, malgré le froid, malgré le vent, malgré la neige.

Il se trouve bien une dizaine d'hôtels à tenir commerce dans Dawson. Certains sont plus recommandables que d'autres, certes, mais comme la population dépasse largement la capacité de la ville à accueillir les étrangers, même les pires taudis s'avèrent occupés. Dire qu'un jour, il n'y a pas si longtemps, Liliane a eu sa propre tente, son propre poêle, son propre équipement et ses provisions bien à elle. En cette fin d'après-midi sombre, elle ne s'en trouve que plus démunie. Même ses épices ne lui sont d'aucun secours puisqu'elles ne peuvent ni la nourrir ni l'abriter des intempéries qui menacent en cette saison.

Liliane continue donc de marcher, refusant de s'attarder de peur qu'on ne la prenne pour une fille de joie. Des rires se font entendre partout, dans les hôtels et les restaurants, dans les ruelles et les bordels. Cette bonne humeur générale la laisse de glace, trop préoccupée qu'elle est par l'obscurité qui tombe rapidement. Que fera-t-elle lorsque la nuit sera si noire qu'il faudra une lampe pour voir à dix pieds?

Elle aimerait trouver une âme amie, quelqu'un d'assez charitable pour l'accommoder le temps qu'elle se fasse une place en ville. Elle ne croise cependant sur son chemin que des étrangers qui lui semblent si différents d'elle. Elle se sent mal à l'aise dans cet univers osé où les femmes sont trop légèrement vêtues, maquillées à l'excès et exubérantes dans leurs manières et dans leurs voix. Elle ne peut s'empêcher de craindre ces hommes qui croient que tout s'achète, que chacun a son prix.

Lorsque, fatiguée, elle s'affale enfin sur le trottoir en face d'un restaurant animé, elle repense aux minutes qui ont suivi leur arrivée à Dawson. Ces souvenirs la troublent. Dès qu'il a eu posé le pied sur la terre ferme, Samuel a prétexté une urgence pour s'éloigner, lui promettant de revenir la chercher quand il aurait trouvé à se loger. Le Suédois l'a accompagné, comme il fallait s'y attendre, abandonnant lui aussi sa nouvelle compagne aux hasards de la ville. Mais Dolly s'est tout de suite sentie en terrain connu et a disparu au coin d'une rue, le bras appuyé à celui d'un homme grand, mince et, de toute évidence, fortuné. Liliane s'est donc retrouvée seule, au milieu d'une foule bigarrée, entourée de millionnaires qui ne savent que faire pour dépenser leur argent.

Voilà sans aucun doute l'aspect le plus étrange de la ville : cette concentration d'hommes riches. Cela explique que le prix des repas soit vingt fois plus élevé que ce qu'il était à Vancouver. Cela explique également le coût inabordable des chambres et celui, exorbitant, des vêtements et de l'équipement. Mise au fait de la situation dès les premières heures suivant son arrivée, Liliane n'a cessé de se demander combien de temps elle pourra tenir avec ce qu'elle possède d'argent. Ce qui lui paraissait une fortune il y a quelques jours à peine lui semble aujourd'hui dérisoire.

— Tu es bien courageuse de te prélasser dehors au grand vent !

Liliane tourne la tête, le sourire aux lèvres. Samuel est debout derrière elle, les poings sur les hanches, vêtu d'un manteau et d'un pantalon flambant neufs. Elle est tellement heureuse de le revoir que, oubliant de lui reprocher ses mauvaises manières lors du débarquement, elle se redresse d'un bond et se jette à son cou.

— Tu n'as pas idée de tout ce qui m'est passé par la tête depuis ce midi.

Elle appuie sa joue contre l'épaule solide et se laisse entraîner par cette main qui la guide par la taille.

— Tu me raconteras ça. Mais avant, allons nous payer un bon souper.

– Oh, Samuel, tu n'y penses pas! Nous allons nous ruiner à vivre ici. Si seulement j'avais mes affaires, je te le cuisinerais, ce souper.

Samuel rit, l'embrasse puis lui ouvre la porte du restaurant devant lequel elle se reposait. L'endroit s'annonce comme un établissement chic où les dames sont bienvenues. Liliane pénètre donc dans une salle aussi enfiévrée qu'assourdissante où les arômes de viande achèvent de la convaincre.

Samuel repère deux places libres, tout au fond contre le mur, et y dirige sa compagne d'un pas dansant, évitant un homme qui se lève, un autre qui recule, une femme qui remue son verre dans les airs et une autre qui s'aère avec son éventail comme en plein été. Une fois rendu à la table, Samuel fait glisser la chaise du côté du mur et l'offre à Liliane avant de s'installer, lui-même, de l'autre côté, près de l'allée.

D'où elle se trouve, Liliane peut voir tout le restaurant. Elle observe le propriétaire qui va et vient d'une table à l'autre, zigzaguant entre les clients, un plateau à la main. Cela lui rappelle son propre restaurant, au camp The Scales, puis celui du lac Lindemann, et elle se rend compte que cette vie-là lui manque.

Samuel est tout sourire. Il discute avec ses voisins, fait signe au patron de leur apporter à boire et ne paraît pas surpris le moins du monde de découvrir qu'on leur sert du champagne. Liliane, pour sa part, en demeure bouche bée et n'ose y goûter de peur de s'enivrer.

– Tu n'as jamais bu d'alcool? l'interroge Samuel, sensible à son malaise.

– Oui, mais il y a longtemps.

En réalité, Liliane n'en a jamais pris une goutte. Mais elle ne peut l'avouer sans révéler son âge, alors elle ment, encore une fois. Quoi qu'il en soit, le simple fait qu'on l'invite à boire du champagne a quelque chose de merveilleux et d'irréel à la fois. Elle doit se pincer pour se convaincre qu'elle ne rêve pas. Samuel lève son verre, il le fait tinter contre le sien et il lui souffle un baiser en murmurant :

— À ma princesse.

Liliane cesse de respirer, le regarde déguster la précieuse boisson, les yeux fixés sur elle. Si on lui avait un jour demandé à quoi ressemblait un prince charmant, elle l'aurait décrit exactement comme Samuel. Beau, vif d'esprit, avec des mots capables de la faire chavirer.

— J'ai une offre à te faire, Lili

Liliane boit à son tour, ensorcelée par le charme de son compagnon. Si, ce soir, il l'invite à partager son lit, elle dira oui, c'est décidé.

— Cet après-midi, j'ai acheté un *claim* sur le ruisseau Eldorado. C'est à vingt milles de la ville, un peu loin, je sais, mais je pense que je vais m'enrichir avec ça. En tout cas, je l'ai payé un prix dérisoire et le pauvre type qui me l'a vendu était épuisé à force d'avoir creusé. L'idiot ! Il ne creusait pas au bon endroit. J'ai bien écouté les gens parler, tout le long depuis Port Townsend et même dans la piste. J'ai étudié ce qu'ils disaient, comparé les théories et je pense que j'ai mis la main sur quelque chose de gros.

Liliane devine que s'il lui raconte tout cela, c'est qu'il aspire à partager ce *claim* avec elle.

— Mais je ne peux pas m'occuper d'une maison et d'une mine en même temps. C'est pour ça que je voudrais que tu viennes vivre avec moi. La cabane que l'ancien propriétaire a construite est assez rudimentaire, il paraît, mais je pense qu'avec ton talent pour l'organisation, tu pourrais nous en faire un nid douillet. Cet hiver, tu t'occuperais de l'ordinaire pendant que je creuserais.

S'agit-il d'une demande en mariage ? Si c'est le cas, Liliane sait déjà qu'elle dira oui. Samuel poursuit, comme si la chose était réglée :

— Je comprends bien que tu ne possèdes plus rien depuis que Joshua Ashley est resté au lac Laberge. C'est pour ça que je fournis l'équipement, la nourriture et le reste. Je partage toutes mes affaires avec toi. Tu seras la reine du foyer, ma Lili.

Samuel a posé son verre et pris ses mains dans les siennes. Liliane se trouve sotte d'avoir douté de lui ! Comment a-t-elle pu oublier qu'il lui est venu en aide quand elle en avait besoin ? Cette nouvelle offre tombe à point, en plus de lui garantir un hiver et un avenir décents. Elle plonge donc son regard dans le sien et hoche la tête pour accepter la proposition de cet homme que la Providence a mis sur sa route. Jamais elle n'a été aussi heureuse qu'en ce moment. Elle revoit Samuel, sur le *SS City of Topeka*, les cartes dans les mains, avec son air innocent qu'elle trouvait adorable. Elle se rappelle ses attentions dans la piste, repense à ce jour où il lui a porté secours quand Mr. Noonan a failli mourir. Avec quelle sagesse il a convaincu l'Irlandais de retourner chez lui ! Il lui a sauvé la vie, à n'en pas douter.

Derrière Samuel, la porte du restaurant s'ouvre soudain et Dolly apparaît sur le seuil, radieuse et souriante comme toujours. Liliane lui fait un signe pour qu'elle vienne les retrouver. Comme il lui tarde de partager son bonheur avec sa seule amie ! Dolly exprime d'ailleurs pleinement son plaisir de la revoir et marche vers elle et Samuel de son pas ondulant, un nouveau compagnon à son bras.

– Oh, je suis tellement heureuse de vous trouver tous les deux ! s'exclame-t-elle en les rejoignant. Je vous cherche depuis au moins une heure.

Elle se tourne alors vers l'homme qui l'accompagne et lui désigne Samuel.

– Eh bien, Mr. Perrin. Je vous l'avais bien dit que je retrouverais votre ami.

Liliane perçoit une soudaine tension dans l'attitude de Samuel. Il s'est raidi à l'approche de l'inconnu et a glissé ses mains sous la table dans un geste de crispation. Elle l'interroge du regard, mais, au lieu de répondre, il bondit sur ses pieds et s'élance vers la sortie en bousculant les clients et les meubles. Le dénommé Perrin réagit aussitôt. Liliane le voit littéralement plonger et attraper Samuel par les jambes. Ce dernier s'écrase alors par terre, fracassant une table et quelques chaises au passage. Mr. Perrin sort de sa poche une paire de menottes qu'il met aux poignets de Samuel avant de s'adresser à un homme debout près de la porte :

– Allez me chercher un agent de la Police montée. Cet homme est aux arrêts.

Tout le temps qu'a duré le spectacle, Liliane est demeurée bouche bée, assommée par les événements. Les questions que pose Dolly la ramènent à la réalité.

– Que se passe-t-il, Mr. Perrin ? demande la prostituée. Pourquoi arrêtez-vous Samuel ? Êtes-vous un policier ? Samuel est-il un bandit ?

– Je suis détective privé, répond l'homme en forçant Samuel à se remettre sur pied. Et lui, c'est Samuel

Spitfield, un voleur notoire que je poursuis depuis San Francisco.

— Samuel Spitfield…, murmure Liliane sans quitter des yeux son prince déchu.

— Ce faux nom n'a pas été suffisant pour me berner, explique Mr. Perrin en rudoyant son prisonnier. Lawless, voilà qui était bien choisi, puisque c'est justement le nom de la dernière bijouterie qu'il a cambriolée.

Quelques minutes plus tard, deux policiers pénètrent dans le restaurant. Leurs uniformes écarlates détonnent dans le sérieux de la situation et Liliane s'affaisse sur le dossier de sa chaise, estomaquée. Elle sent une pression sur son bras, exercée par Dolly. Son amie est aussi bouleversée qu'elle. Toutes deux voient le détective remettre son mandat aux policiers et ceux-ci procéder à l'arrestation officielle de Samuel. Samuel. Liliane ne cesse de le regarder, impuissante et incrédule, mais lui, il garde les yeux fixés sur le sol depuis qu'on lui a mis les menottes. Juste avant de franchir la porte, il se tourne vers elle. Liliane reconnaît sur son visage cet air innocent qu'elle aime tant. Elle en est plus troublée que jamais. Que vient-il de se passer? On lui a offert la lune, puis on la lui a enlevée aussitôt. Samuel n'était-il qu'un mirage?

— Je comprends mieux maintenant comment il a pu acheter Joshua.

Ce commentaire de Dolly force Liliane à se ressaisir.

— De quoi parles-tu?

— De l'offre de Samuel. Il a payé Joshua Ashley pour que lui et ses frères restent un jour de plus au lac Laberge. Il lui a donné plusieurs perles et des pierres précieuses. Je le sais, Joshua me les a montrées. Il n'était vraiment pas content de l'échange. Vois-tu, Joshua voulait partir en même temps que vous et descendre tes affaires, comme votre entente le prévoyait. Samuel a insisté pour qu'il attende. C'était évident que le lac prendrait d'un jour à l'autre. C'est pour ça qu'il lui a offert ces cailloux. Joshua a bien vu qu'ils étaient d'une grande valeur. Quand il m'a raconté ça, j'ai pensé que c'était un truc de Samuel pour t'éloigner de Percy au plus vite. Joshua a fait le pari que la glace attendrait encore deux jours, mais moi, je n'ai pas voulu risquer de passer l'hiver sur le bord du lac. Je me suis dépêchée de monter avec vous.

Liliane frémit et les paroles de Samuel lui reviennent à l'esprit. Ces mots qui, moins d'un quart d'heure plus tôt, faisaient d'elle une princesse lui semblent en ce moment teintés d'opportunisme. Il est évident que Samuel n'a pas payé Joshua Ashley pour empêcher Percy de l'importuner, mais bien pour la manipuler, pour la diriger vers lui, lui couper toute autre porte de sortie. Ainsi, elle n'avait pas d'autre choix que de suivre, si elle voulait un toit et si elle désirait manger à sa faim. Elle devait se retrouver dans son lit, sans même qu'il ait promis de l'épouser. En découvrant à quel point elle était au bord du gouffre, Liliane a le vertige. Dire qu'elle n'a rien vu venir!

Tous ces éléments jettent un éclairage nouveau sur chacun des gestes posés par Samuel. Lui manifestait-il de l'intérêt simplement dans le but de se servir d'elle une fois rendu ici? Y avait-il réellement de la compassion derrière ses arguments pour forcer Mr. Noonan à faire demi-tour à Canyon City?

Liliane est rivée à sa chaise, incapable du moindre mouvement, de la moindre parole. Les doutes fusent dans son esprit et l'avenir qui se dessine devant elle lui apparaît soudain comme un cauchemar. Elle ne possède plus de provisions ni d'équipement. Son argent ne vaut plus rien et l'hiver s'annonce terrible. Que fera-t-elle, seule à Dawson? Elle surprend tout à coup les clins d'œil que les clients échangent entre eux en les regardant, Dolly et elle. Sera-t-elle à son tour forcée de mener une vie semblable à celle de son amie? Elle en a la nausée juste à y penser.

Dehors, l'obscurité se fait dense et le froid y est sans doute mordant. Ce soir, Liliane se cherchera un coin à l'abri du vent et elle s'enroulera dans ses deux couvertures. Cette nuit, elle connaîtra le froid et la faim, mais demain elle se jure de trouver une solution qui soit à la hauteur de sa valeur. Elle ne vendra jamais son corps, elle s'en fait la promesse.

Pour en savoir davantage

À ceux et celles que le sujet de la ruée vers l'or intéresse, je recommande quatre livres qui ont été d'une grande aide pendant mes recherches.

En anglais :
Klondike, de Pierre Berton, publié aux éditions Anchor Canada, est un ouvrage général sur l'ensemble des événements reliés à la ruée vers l'or au Yukon de 1896 à 1899.

Klondike Women, de Melanie J. Mayer, publié aux éditions Swallow, dresse le portrait de quelques femmes qui ont fait la route jusqu'à Dawson à cette époque ou qui ont vécu dans cette ville.

En français :
Les chercheurs d'or, de Jeanne Pomerleau, publié aux éditions J.-C. Dupont, traite de la participation des Canadiens français aux différentes aventures de prospection minière en Amérique du Nord. Un chapitre complet est consacré au Klondike.

17 Eldorado, de Lorenzo Létourneau, constitue le journal personnel de l'auteur. C'est un texte précieux, riche en détails sur la vie quotidienne des chercheurs d'or. Le document original a été révisé par François Gauthier en 2006 et publié chez Linguatech Éditeur.

Dupuis, Gilbert, *L'étoile noire*
Dussault, Danielle, *Camille ou la fibre de l'amiante*
Fauteux, Nicolas, *Comment trouver l'emploi idéal*
Fauteux, Nicolas, *Trente-six petits cigares*
Fortin, Arlette, *C'est la faute au bonheur*
    (Prix Robert-Cliche 2001)
Fortin, Arlette, *La vie est une virgule*
Fournier, Roger, *Les miroirs de mes nuits*
Fournier, Roger, *Le stomboat*
Gagné, Suzanne, *Léna et la société des petits hommes*
Gagnon, Madeleine, *Lueur*
Gagnon, Madeleine, *Le vent majeur*
Gagnon, Marie, *Emma des rues*
Gagnon, Marie, *Des étoiles jumelles*
Gagnon, Marie, *Les héroïnes de Montréal*
Gagnon, Marie, *Lettres de prison*
Gélinas, Marc F., *Chien vivant*
Gevrey, Chantal, *Immobile au centre de la danse*
    (Prix Robert-Cliche 2000)
Gilbert-Dumas, Mylène, *1704*
Gilbert-Dumas, Mylène, *Les dames de Beauchêne. T. I*
    (Prix Robert-Cliche 2002)
Gilbert-Dumas, Mylène, *Les dames de Beauchêne. T. II*
Gilbert-Dumas, Mylène, *Les dames de Beauchêne. T. III*
Gill, Pauline, *La cordonnière*
Gill, Pauline, *Et pourtant elle chantait*
Gill, Pauline, *Les fils de la cordonnière*
Gill, Pauline, *La jeunesse de la cordonnière*
Gill, Pauline, *Le testament de la cordonnière*
Girard, André, *Chemin de traverse*
Girard, André, *Zone portuaire*
Grelet, Nadine, *La belle Angélique*
Grelet, Nadine, *Les chuchotements de l'espoir*
Grelet, Nadine, *La fille du Cardinal. T. I*
Grelet, Nadine, *La fille du Cardinal. T. II*
Gulliver, Lili, *Confidences d'une entremetteuse*
Gulliver, Lili, *L'univers Gulliver 1. Paris*

Gulliver, Lili, *L'univers Gulliver 2. La Grèce*

Gulliver, Lili, *L'univers Gulliver 3. Bangkok, chaud et humide*

Gulliver, Lili, *L'univers Gulliver 4. L'Australie sans dessous dessus*

Hébert, Jacques, *La comtesse de Merlin*

Hétu, Richard, *Rendez-vous à l'Étoile*

Hétu, Richard, *La route de l'Ouest*

Jasmin, Claude, *Chinoiseries*

Jobin, François, *Une vie de toutes pièces*

Lacombe, Diane, *La châtelaine de Mallaig*

Lacombe, Diane, *Gunni le Gauche*

Lacombe, Diane, *L'Hermine de Mallaig*

Lacombe, Diane, *Nouvelles de Mallaig*

Lacombe, Diane, *Sorcha de Mallaig*

Laferrière, Dany, *Cette grenade dans la main du jeune Nègre est-elle une arme ou un fruit?*

Laferrière, Dany, *Le goût des jeunes filles*

Lalancette, Guy, *Il ne faudra pas tuer Madeleine encore une fois*

Lalancette, Guy, *Les yeux du père*

Lamothe, Raymonde, *L'ange tatoué* (Prix Robert-Cliche 1997)

Lamoureux, Henri, *L'infirmière de nuit*

Lamoureux, Henri, *Journées d'hiver*

Lamoureux, Henri, *Le passé intérieur*

Lamoureux, Henri, *Squeegee*

Landry, Pierre, *Prescriptions*

Lapointe, Dominic, *Les ruses du poursuivant*

Lavigne, Nicole, *Les noces rouges*

Massé, Carole, *Secrets et pardons*

Maxime, Lili, *Éther et musc*

Messier, Claude, *Confessions d'un paquet d'os*

Moreau, Guy, *L'Amour Mallarmé* (Prix Robert-Cliche 1999)

Nicol, Patrick, *Paul Martin est un homme mort*

Ouellette, Sylvie, *Maria Monk*

Racine, Marcelle, *Éva Bouchard. La légende de Maria Chapdelaine*

Robitaille, Marc, *Des histoires d'hiver, avec des rues, des écoles et du hockey*

Roy, Danielle, *Un cœur farouche* (Prix Robert-Cliche 1996)

Saint-Cyr, Romain, *Belle comme un naufrage*
Saint-Cyr, Romain, *L'impératrice d'Irlande*
Sicotte, Anne-Marie, *Les accoucheuses. T. I: La fierté*
Sicotte, Anne-Marie, *Les accoucheuses. T. II: La révolte*
St-Amour, Geneviève, *Passions tropicales*
Tremblay, Allan, *Casino*
Tremblay, Françoise, *L'office des ténèbres*
Turchet, Philippe, *Les êtres rares*
Vaillancourt, Isabel, *Les mauvaises fréquentations*
Vignes, François, *Les compagnons du Verre à Soif*
Villeneuve, Marie-Paule, *Les demoiselles aux allumettes*
Villeneuve, Marie-Paule, *L'enfant cigarier*